312호에서는
303호 여자가 보인다

HER
EVERY
FEAR

312호에서는 303호 여자가 보인다

피터 스완슨 지음

노진선 옮김

푸른숲

수전과 짐, 데이비드, 제러미에게
이 책을 바친다.

모든 두려움은 욕망이다.
모든 욕망은 두려움이다.
나무 아래서 담배가 타고 있다.
나무 아래서 스태퍼드셔 살인마들은
공범이자 피해자를 기다린다.
모든 피해자는 공범이다.

_제임스 펜턴, '스태퍼드셔 살인마'

차례

1부   다리 긴 짐승들   11

2부   공평하게 반반   377

1부

다리 긴 짐승들

1

로건 공항에서 보스턴 시내로 가는 가장 빠른 길은 1.6킬로미터 길이의 섬너 터널을 통과하는 것이다. 어둡고 축축하고 천장이 낮은 섬너 터널은 백 년 전쯤 지어진 듯했는데 실제로도 그 비슷했다. 그리고 4월 24일 금요일, 따뜻한 봄날 저녁, 보스턴 대학교 1학년생이 모는 차가 터널 중간에서 기름이 떨어지는 바람에 퇴근 시간에 몰린 차량들은 평소처럼 두 줄이 아닌 한 줄로 서행하게 되었다. 보스턴을 처음 방문한 케이트 프리디는 자신이 보스턴 항구 밑 터널 속에 갇힐 줄은 꿈에도 몰랐고, 정차한 택시 뒷좌석에서 공황 상태에 빠지기 시작했다.

처음 겪는 일도 아니었고, 오늘만 해도 벌써 두 번째였다. 그날 아침 런던 벨사이즈 공원 안에 자리한 집을 나서서 차가운 잿빛 여명 속으로 발을 내디뎠을 때도 이런 공황 상태에 빠졌다. 누군가와 서로 집을 바꿔서 지내기로 한 계획 자체가 갑자기 최악의 실수처럼 느껴졌기 때문이다. 하지만 케이트는 호흡 연습을 하면서 주문을 되뇌었고, 이제 와서 돌이키기에는 너무 늦었다고 스스로를 타일렀다. 한 번도 만난 적이 없는 육촌이 이미 보스턴에서 출발한 런던행 비행기에 타고 있을 터였다. 육촌은 앞으로 6개월간 케이트의 집에서 지내고, 케이트는 보스턴의 비컨힐에 있는 육촌의 집에서 지낼 예정이었다.

하지만 어두운 터널에 갇힌 택시 안에서 일어난 이 공황 발작은 어느 때보다 강도가 심했다. 젖은 벽이 번들거리는 터널은 끝없이 길었고, 천장이 곡선으로 이뤄져 마치 먹이를 칭칭 감아 조이고 있는 거대한 뱀 안에 들어온 듯했다. 케이트는 위장이 오그라들며 입안이 바짝 말랐다.

택시가 천천히 전진했다. 뒷좌석에서는 꽃향기 같은 자동차 방향제 냄새와 체취가 풍겼다. 차창을 내리고 싶었지만 여기는 미국이라서 그래도 되는지 알 수 없었다. 다시 위장이 오그라들며 경련하기 시작했다. 마지막으로 화장실을 간 게 언제더라? 그 생각을 하자 공황 발작이 한층 심해졌다. 너무도 익숙한 증상이었다. 심장 박동은 빨라지고, 팔다리는 차가워지고, 갑자기 세상이 선명하게 보인다. 하지만 케이트는 대처법을 알고 있었다. 머릿속에서 심리치료사의 목소리가 들렸다. 이건 그냥 공황 발작이고, 아드레날린이 돌발적으로 치솟는 증상일 뿐이에요. 당신은 다치지도 죽지도 않아요. 당신이 공황 상태에 빠진 걸 아무도 몰라요. 그러니 그냥 둬요. 함께 흘러가요. 조금만 더 버텨요.

하지만 이번에는 다르다고 케이트는 생각했다. 정말로 위험에 처했다는 느낌이 들었다. 갑자기 그녀는 윈더미어 호수 근처에 있는 별장으로 돌아가 잠긴 벽장 안에 웅크리고 있었다. 잠옷은 오줌으로 흠뻑 젖었고, 벽장 밖에는 조지 대니얼스가 있었다. 그때처럼 차가운 손이 몸 안으로 들어와 위장을 젖은 행주처럼 비틀어 짜는 기분마저 들었다. 총성이 울렸고 그 후로 몇 시간 동안 지독한 침묵이 계속되었다. 마침내 벽장에서 구조되었을 때는 몸 마디마디가 쑤셨으며, 소리를 질러댄 탓에 목에서는 쇳소리가 났다. 아직 살아 있다는 사실이, 두려움으로 죽지 않았다는 사실이 믿기지 않았다.

경적 소리에 케이트는 다시 택시 안으로 돌아왔다. 윈더미어와 조지 생각을 떨쳐내고 가능한 한 깊이 심호흡했다. 비록 무거운 돌덩이가 가슴을 짓누르는 듯했지만.

공포를 직면해. 받아들여. 함께 흘러가. 기다려.

주문을 외워도 소용이 없었다. 목구멍이 바늘구멍만 하게 줄어들면서 폐가 미친 듯이 산소를 들이마시려고 했다. 이제 택시 뒷좌석에서는 그때 벽장에서처럼 퀴퀴한 냄새와 썩은 내가 났다. 마치 오래전에 거기서 무언가가 죽은 듯이. 택시에서 내려 터널 밖으로 뛰어갈까 싶었지만 그렇게 생각하니 공황이 더 심해졌다. 케이트는 처방받은 벤조디아제핀을 떠올렸다. 요즘에는 거의 먹지 않지만 그래도 가져오기는 했다. 더는 애착 이불에 집착하지 않아도 이불을 늘 곁에 두는 어린아이처럼. 하지만 약은 캐리어 속에 있고, 캐리어는 망할 트렁크에 있다. 케이트는 운전사에게 말하려고, 트렁크를 열어달라고 부탁하려고 바짝 마른 입을 벌렸지만 말이 나오지 않았다. 바로 그 순간, 전에도 숱하게 겪었듯이 자신이 정말로 죽어간다는 확신이 들었다. **공황 발작이 일어난다고 죽지는 않아. 당연하지.** 케이트는 그렇게 생각하며 마치 자신을 향해 질주하는 기차를 맞이하듯이 눈을 질끈 감았다. 최악의 선택이었다. 눈을 감자 세상은 캄캄한 벽장으로 변했고, 죽음이 목을 졸랐다. 몸 안이 흐물흐물해지는 기분이었다.

직면해. 받아들여. 함께 흘러가. 기다려.

갑자기 택시가 5미터쯤 전진하더니 다시 멈췄다. 그렇게라도 움직이니 기분이 좀 나아졌다. 마치 주문을 외운 덕에 차가 움직인 것 같았다. 케이트는 호흡 연습을 하며 다시 주문을 외웠다.

운전사가 고개를 저으며 손가락을 쫙 펴더니 더러운 앞유리창에 대고 케이트가 모르는 언어로 뭐라고 중얼거렸다. 미국의 택시 운전사들은 전형적인 미국인일 줄 알았다. 택시 운전사 모자를 쓰고, 입에는 시가를 물고, 목소리가 크고, 키가 작은 남자. 하지만 운전석에 앉은 남자는 머리에 터번을 둘렀고, 수염을 덥수룩하게 길렀다. 운전석이 왼쪽에 있는 점만 제외하고는 런던의 택시와 다를 바가 없었다.

"터널을 통과하려면 아직 멀었나요?" 케이트는 앞좌석과 뒷좌석 사이에 설치된 칸막이 너머로 간신히 물었다. 그녀가 듣기에도 갈라지고 소심한 목소리였다.

"앞쪽에서 사고가 났나 봅니다."

"여긴 늘 이렇게 밀리나요?"

"가끔씩 그렇죠." 운전사는 그렇게 말하고 어깨를 으쓱했다.

케이트는 그만 묻기로 하고 칸막이에서 물러났다. 허벅지에 양손을 대고 문질렀다. 택시는 3, 4미터씩 전진했다가 멈추기를 반복했고, 터널 한가운데 멈춰선 세보레를 지난 후에는 다시 2차선 도로가 되어 정상적으로 주행할 수 있었다. 케이트는 코로 숨을 들이쉬었다가 입으로 내뱉었다. 꽉 쥐었던 주먹을 펴자 손가락 관절에서 뚝 소리가 났다. 검지부터 새끼손가락까지, 차례대로 엄지와 톡톡 부딪쳤다. 바늘구멍 같던 목구멍이 조금 넓어졌다.

터널을 빠져나오자 뭉게구름이 뜬 하늘이 잠깐 보이더니 이내 택시가 다시 다른 터널 속으로 쑥 들어갔다. 하지만 이번에는 전혀 막히지 않았다. 택시 운전사는 늦어진 시간을 보충하려는 듯 쏜살같이 달리다가 터널에서 나와 역시 찰스 강을 따라 소통이 원활한 도로로 들어섰다. 아직은 어두워지기 전이라 벽돌 저택들 뒷면이 왼편으로 휙휙 지나갔다. 강에서는 조정 보트에 탄 누군가가 잔잔한 수면 위로 스치듯 노를 젓고 있었다.

운전사가 갑자기 왼쪽으로 유턴해 좁은 도로를 되돌아갔다. 양쪽에 반듯한 사각형 벽돌집들이 있고, 인도를 따라 꽃이 핀 가로수들이 늘어서 있었다.

"여기가 베리 가입니다." 운전사가 말했다.

"101번지로 가주세요."

"알겠습니다." 속도가 빨라졌다가 줄어들더니 갑자기 택시가 한쪽 바퀴를 보도에 올린 채 벽돌로 지은 아치 앞에 멈춰 섰다. 아치 맨 위에 있는 자그마한 돌에는 101이라고 새겨져 있었다. 아치 안쪽으로 나직한 분수가 있는 안뜰이 보였는데 삼면이 3층 아파트 건물로 둘러싸여 있었다. 조금 전 공황 발작의 여파로 배가 약간 아픈 케이트는 미안한 마음으로 육촌인 코빈 델을 떠올렸다. 코빈은 이미 노스런던에 있는 그녀의 평범한 아파트에 도착했으리라. 하지만 둘은 여러 번 이메일을 주고받은 터라 코빈은 자신이 어떤 아파트에서 살게 될지 잘 알고 있었다. 침실 하나가 딸린 케이트의 아파트는 아늑하고, 지하철역에서 가까웠지만 코빈이 보내준 사진 속 집은 헨리 제임스 소설에나 나올 법했다. 그렇기는 해도 저렇게 안뜰까지 딸려 있을 줄은 몰랐다. 케이트가 여기까지 오는 동안 짧게나마 본 보스턴과 다르게 이 저택은 이탈리아 분위기가 물씬 풍겼다.

그녀가 인도에 서서 기다리는 동안 택시 운전사는 트렁크에서 가방 두 개를 꺼냈다. 대형 캐리어와 그보다 더 큰 더플백이었다. 지난주에 런던 은행에서 달러를 환전해두었기 때문에 케이트는 얇고 빳빳한 지폐로 택시비를 냈다. 팁으로 얼마를 줘야 할지 몰라서 너무 많이 준 듯했다. 택시가 떠나자 케이트는 바퀴 달린 캐리어 위에 더플백을 올려 균형을 잡은 뒤, 아치 모양의 정문을 통과했다.

판석과 벽돌이 반씩 깔린 안뜰을 반쯤 가로질렀을 때 아파트 공동 출입문이 활짝 열리더니 엉덩이와 허벅지가 유달리 펑퍼짐한 체형의 경비원이 손을 흔들며 쏜살같이 달려 나왔다.

"어서 오세요. 환영합니다." 경비원은 양복에 긴 갈색 레인코트를 입었고, 경찰모 같은 모자를 썼다. 모자 아래로 짙은 갈색 뿔테에 렌즈가 두꺼운 안경을 썼고, 새까만 피부에 새하얀 콧수염을 길렀는데 한쪽이 다른 쪽보다 숱이 살짝 더 많았다.

"안녕하세요. 전 캐서린 프리디라고 해요. 오늘부터 코빈 델의 집에서 살기로 했어요." 케이트가 말했다.

"네, 알고 있습니다. 앞으로 6개월간 델 씨는 런던에 살고, 아가씨는 여기서 살고요. 이런 미인을 잃었으니 런던은 손

해고, 보스턴은 이익이죠." 경비원이 윙크를 하자 여전히 케이트의 가슴을 조이고 있던 긴장이 순식간에 사라졌다.

"그건 잘 모르겠네요." 케이트가 말했다.

"난 틀리는 법이 없답니다." 경비원이 말했다. 어디선가 보스턴 사람들은 쌀쌀맞기로 악명 높다고 읽었는데 이 경비원은 딴판이었다.

"전 재산을 다 가져오셨군요." 경비원이 가방 두 개를 훑어보며 말했다. 그때 케이트는 어떤 여자가 그녀를 지나 건물 안으로 들어가는 것을 봤다기보다 느낄 수 있었다. 경비원은 눈치채지 못한 듯했다.

"캐리어를 끌어주시면 더플백은 제가 들고 갈게요." 케이트는 그렇게 말했고, 두 사람은 건물 로비로 이어지는 낡은 대리석 계단 세 개를 끙끙대며 올라갔다. 경비원은 타일이 깔린 로비에 캐리어를 세워두고 프런트 데스크 안쪽으로 민첩하게 들어갔다. 덩치에 비해 동작이 빨랐다.

"프리디 양이 도착하면 밸런타인 부인에게 연락드리기로 약속했습니다. 우리 아파트 입주민 대표회 회장님이시죠. 프리디 양에게 새 집을 구경시켜주고 싶다고 하셨어요."

"아, 네." 케이트는 그렇게 말하고 주위를 둘러봤다. 로비는 길고 폭이 좁았지만 아름다웠다. 천장에는 유리 케이스를 씌운, 램프 네 개짜리 샹들리에가 걸려 있었고 벽은 윤기가 흐르는 크림색이었다.

"프리디 양이 여기 로비에 있습니다." 경비원이 전화기에 대고 말한 뒤 전화를 끊었다. "밸런타인 부인이 곧 내려오실 겁니다. 짐은 엘리베이터로 운반하죠. 프리디 양이 머물 집은 북(北)동 3층입니다. 찰스 강이 내려다보이는 멋진 전망을 자랑하죠. 보스턴에 와본 적이 있습니까?"

케이트가 사실상 미국에 처음 와봤다고 대답하는 동안 키 크고 깡마른 70대 노부인이 측면 계단을 걸어 내려왔다. 타일이 깔린 계단 위에서 그녀의 구두가 또각또각 소리를 냈다. 긴 검은색 드레스를 입고, 목에는 꽃무늬 스카프를 둘렀으며, 은빛 머리카락은 뒤로 모아 정성스럽게 손질해서 틀어 올렸다. 케이트는 노부인의 옷차림이 원래 저런지, 아니면 나중에 약속이 있어서 일부러 차려 입었는지 궁금했다. 노부인은 자신을 캐럴이라고 소개하며 케이트와 악수했다. 캐럴의 손은 얇은 화장지로 싼 나무젓가락 묶음 같았다.

"물론 아가씨 혼자서도 얼마든지 코빈의 아파트를 둘러 볼 수 있지만, 환영해줄 사람이 있어서 나쁠 건 없으니까요." 경비원이 엘리베이터에 케이트의 짐을 싣자 캐럴은 그에게 열쇠를 받아 들고 나선형 계단으로 케이트를 데려갔다. "걸어 가도 되겠어요? 난 운동 삼아 매일 걸어 다니죠."

케이트는 좋다고 대답하며 엘리베이터를 타지 않아도 된다는 사실에 안도했다.

3층에 도착하자 캐럴은 왼쪽으로 꺾었고, 케이트는 그녀를 쫓아 카펫이 깔린 어두운 복도를 걸었다. 오른쪽과 왼쪽 그리고 맨 끝에 문이 하나씩 있었다. 케이트와 비슷한 나이로 보이는 여자가 왼쪽 문을 마구 두드리고 있었다. 아까 안뜰에서 스쳐 지나간 여자일 거라고 케이트는 생각했다.

"무슨 일이시죠?" 캐럴이 큰 소리로 물었다.

여자가 몸을 돌렸다. 청바지에 U 네크라인 스웨터 차림이었다. 짙은 갈색 단발머리는 양옆이 길고 뒤는 짧았다. 제법 예쁜 얼굴이었지만 아래턱이 거의 없었다. 눈에 띌 정도로 심해서 케이트는 잠시 저 여자가 끔찍한 사고로 턱이 부서졌나 하는 생각마저 들었다.

"여기 직원이세요? 혹시 이 집 열쇠를 가지고 계신가요? 제 친구가 걱정돼서요." 여자가 코맹맹이 소리로 말했다. 걱정이 되는지 목소리가 고음이었다.

"왜 걱정이 되죠? 무슨 일 있었나요?" 캐럴이 물었다.

"오늘 함께 점심을 먹기로 했는데 연락이 안 돼요. 직장으로 전화했더니 출근도 안 했다고 하고요. 그러니 걱정이 되죠."

"경비원과 얘기해봤나요?"

"아뇨, 곧장 여기로 올라왔어요. 그 애답지 않은 일이에요. 제가 문자를 수백 통은 보냈을 거예요."

"미안하지만 내겐 열쇠가 없어요. 하지만 경비원 밥과 얘기해보세요. 뭔가 알고 있을 거예요. 친구 이름이 뭐죠?" 캐럴은 다시 걷기 시작했고, 케이트도 그녀를 뒤따랐다.

"오드리 마셜이요. 오드리를 아세요?"

"만난 적이 있긴 한데 잘은 몰라요. 뵵과 얘기해보세요. 도와줄 거예요. 사실 아가씨가 처음 왔을 때부터 뵵이 나섰어야 해요."

케이트는 어느새 복도 가장자리에 바짝 붙어서 걷고 있었다. 나무 패널을 댄 벽에 어깨가 쓸릴 정도였다. 겁에 질리고 흥분해서 날카로운 고음으로 말하는 여자를 보니 케이트는 다시 숨이 가빠졌고, 마음속 두려움이 풍선처럼 부풀어 올랐다. 캐리어 속 세면 도구와 함께 든 약, 지금으로서는 손에 넣을 수 없는 약을 생각했다.

"희한한 일이네요." 캐럴이 복도 맨 끝에 있는 집 문에 열쇠를 밀어 넣으며 말했다. "애초에 외부인은 경비원을 거쳐야만 건물 안으로 들어올 수 있거든요. 분명 별일 아닐 거예요." 마치 이 세상에 나쁜 일은 일어난 적이 없다는 투였다. 케이트의 아빠가 말했을 법한, 어리석지만 선의에서 비롯된 단언이었다. 하지만 케이트는 걱정스러운 표정으로 미친 듯이 문을 두드리는 여자를 본 순간부터 누군가 죽었다고 생각했다. 그녀의 마음은 늘 그런 쪽으로 기울었다. 그리고 자신의 마음이 늘 최악의 결론을 도출한다는 사실을 안다고 해서 그 결론이 틀리다고는 생각하지 않았다. 그날만 해도 아까 공항 출국장에서 이마가 땀으로 번들거리고, 코밑수염을 기른 청년을 봤을 때 그의 배낭에 수제 폭탄이 들었을 거라고 확신했다. 대서양 위에서 비행기가 흔들렸을 때는 난기류가 점점 더 심해져 흉포한 어린아이가 나비 날개를 찢듯이 비행기 날개도 찢어질 거라고 확신했다. 물론 둘 다 사실이 아니었지만, 그렇다고 해서 저 문 뒤에 시신이 혹은 죽어가는 사람이 없다는 뜻은 아니다. 당연히 있을 것이다.

케이트는 캐럴에게 눈을 돌렸다. 그녀는 아직도 열쇠와 씨름하고 있었다. 캐럴의 가냘픈 손가락이 감당하기에는 자물쇠가 너무 뻑뻑하지 않나 생각한 찰나, 매끄러운 찰칵 소리가 나면서 천만다행으로 문이 열렸다. 비록 코빈의 아파트에 와 본 적은 없었지만 마음속으로는 벌써 자기 집처럼 느껴졌다. 어서 빨리 안으로 들어가서 집이 주는 안도감을 느끼고 싶었다. 런던의 아늑한 집을 나서서 현관문이 잘 잠겼는지 두 번이나 확인하고, 인도에서 대기 중인 택시에 올라탄 후로 몇 년은 지난 듯했다. 캐럴이 문을 활짝 밀어 여는 동안 다시 복도에서 말소리가 나자 케이트는 그쪽을 돌아보았다. 밥이 더플백을 나르고 있었고, 무턱인 여자가 그 옆에서 자신의 사정을 하소연했다. "이 아가씨 짐부터 나른 다음에 친구분 일을 알아보도록 하죠." 밥이 말했다.

캐럴은 새로운 집으로 케이트를 안내했고, 그녀는 집에 들어서자마자 화장실이 어디냐고 물었다. "아, 침실에 딸린 화장실이 있어요." 캐럴이 그렇게 말하며 침실을 가리키자 케이트는 화려한 실내를 둘러보지도 않고 재빨리 그쪽으로 걸어 갔다. 흑백 타일이 깔린 널찍한 욕실로 들어가 문을 닫은 뒤 뚜껑이 내려진 변기에 앉았다. 약이 들어 있지 않다는 사실을 알면서도 일단 가방을 열어보았다. 놀랍게도 옆에 달린 안주 머니에 벤조디아제핀이 든 플라스틱 병이 있었다. 그걸 보자 마자 오늘 아침 일찍 캐리어에서 약병을 꺼내 이 가방에 옮겨 둔 기억이 났다. 어떻게 그걸 잊어버릴 수가 있지? 케이트는 덜덜 떨리는 손으로 병 뚜껑을 열고 물 없이 약을 삼켰다. 공 황 상태보다 더 심각한 두려움이 퍼져갔다.

미국에 오지 말았어야 했다.

2

아파트가 넓기는 했지만 그래도 둘러보는데 30분이나 걸리지는 않을 터였다. 하지만 캐럴 밸런타인은 자신의 역할을 즐기고 있었다. 캐럴은 짙은 갈색 참나무를 깔아서 만든 마룻바닥과 격자 천장, 사용 가능한 벽난로, 그리고 그녀의 표현대로 하자면 '줄리엣 발코니'를 가리켰다. 천장부터 바닥까지 난 프랑스식 창문에서 한 발짝만 내디디면 나오는 발코니였는데 난간이 엉덩이까지밖에 올라오지 않았다. 케이트는 절대 저 창문을 열지 않을 작정이었다. 3층이면 아주 높지는 않지만 그래도 높은 편이다.

"마음에 드나요?" 구경하는 동안 케이트가 이미 서른 번쯤 감탄사를 내뱉었는데도 집 안내를 마치고 난 캐럴이 물었다.

"네, 마음에 쏙 들어요. 아늑하기도 하고요."

"가구가 멋지죠? 코빈 같은 젊은 남자가 골랐다기에는…….." 캐럴은 문장을 끝맺지 않은 채 입으로만 웃었다. 그녀의 얼굴을 덮은 얇은 피부가 움직이자 두개골 윤곽이 또렷하게 보이는 듯했다. "런던에 있는 아가씨 아파트는 어떤가요?"

"다 합쳐도 여기 거실 크기밖에 안 돼요. 제가 훨씬 득을 본 것 같네요."

"네, 하지만 런던이니까……."

케이트는 하품을 했다가 얼른 입을 가렸다.

"저런, 피곤하겠군요. 시차가 있다는 걸 깜빡했네요."

"런던에서는 지금 자는 시간이라서 피곤하네요." 케이트가 말했다.

"그래도 여기 시간에 적응해야 하니 평소보다 조금 늦게 자도록 해요. 그리고 짐 정리가 끝나는 대로 우리 집에 와서 술 한잔해요. 우리 집은 정확히 반대편에 있답니다. 이 집과 구조가 똑같죠. 이 아파트에서는 이렇게 맨 끝에 있는 집들이 제일 좋아요. 특히 이 집이 그렇죠. 도심과 강 쪽이 모두 내다보이거든요." 마치 다른 집에서 들을지도 모른다는 듯이 캐럴은 목소리를 낮췄다.

"정말 아름다운 건물이에요." 케이트가 말했다.

"베네치아 궁전을 모델로 했죠."

"이탈리아 건물 같다는 생각은 했어요. 안뜰 때문이에요."

"이 아파트를 지은 건축가는 보스턴 출신이지만 이탈리아에 다녀온 적이 있죠. 물론 오래전 일이에요. 우리 집에 놀러 오면 남편이 기꺼이 그 이야기를 해줄 거예요."

캐럴이 떠나자 케이트는 현관문을 닫고 잠시 우두커니 서 있었다. 아까 욕실에서 있었던 일로 아직 마음이 불편했다. 처음에는 캐리어에 넣은 약을 다시 가방에 옮겨놓은 것을 잊어버려 당황했지만 괜찮다고 스스로를 타일렀더니 마음이 가라앉았다. 아니면 그저 약효가 발휘되어 차분한 기운이 퍼진 것일 수도 있고.

이번에는 혼자서 다시 아파트를 둘러보며 세세한 장식과 붙박이 책장, 벽에 걸린 그림들을 감상했다. 방마다 아름다운 가구가 가득했지만 왠지 모르게 주인의 애착이 느껴지지 않았다. 마치 인테리어 디자이너가 대신 골라준 듯했는데 아마 실제로도 그럴 것이다. 침실에는 머리판에 쿠션이 덧대어진 킹사이즈 침대가 있고, 맞은편에 키가 낮은 장식장이 있는데 그 위에 대략 열다섯 개의 사진 액자가 빼곡히 늘어서 있었다. 대부분이 휴가철에 보트나 해변에서 찍은 흑백 가족사진이었다. 케이트는 사진을 골똘히 들여다보았다. 엄마의 사촌이자 코빈의 아버지를 알아볼 수 있었지만 예전에 다른 사진을 봐서 얼굴을 알고 있을 뿐 실제로 만난 적은 없었다. 대부분이 그가 두 아들인 코빈, 필립과 찍은 사진이었다. 케이트는 왜 코빈의 엄마 사진은 없는지 의아했지만 이내 이 아파트가 코빈의 이혼한 아버지 소유였다는 사실이 떠올랐다. 따라서 이 사진들도 분명 코빈이 아닌, 그의 아버지가 놓아두었으리라.

이 아파트에 코빈 아버지의 취향이 어느 정도 반영되었을까? 아마 대부분일 것이다. 엄마에게 들은 바에 의하면 리처드 델은 1970년대 어느 해에 미국인 부인과 함께 살려고 영국을 떠나 보스턴으로 갔다. 금융업계에서 일했는데 ("거금을 이리저리 굴리는 일을 했지." 루시 프리디는 딸에게 그렇게 말했다.) 1980년대에 떼돈을 벌어들였다. 리처드와 부인 어맨다는 노스쇼어의 뉴에식스 마을에 있는 바닷가에서 살았다. 아이들이 청소년이 되었을 때 이혼한 후로 어맨다는 바닷가 저택에 계속 살았고, 리처드는 보스턴 베리 가 101번지에 있는 이 아파트를 구입했다. 그러다 휴가 차 떠난 버뮤다에서 수영하다가 익사했고, 코빈이 아파트를 물려받았다.

케이트는 두 달 전 일요일, 부모님과 함께 식사하는 자리에서 이 모든 사실을 알게 되었다.

"네 육촌 코빈에게서 연락이 왔다." 루시가 말했다. 모녀는 저녁을 먹은 뒤 유리온실에서 와인을 마시는 중이었다. 케이트의 아빠 패트릭은 반려견 앨리스를 산책시키러 나간 후였다.

"그래?" 케이트가 말했다.

"넌 코빈을 만난 적 없지? 만났던가?"

"엄마 사촌 리처드 아저씨 아들이지? 몇 년 전에 돌아가신 분."

"익사했지, 그래. 그러고 보니 샬럿 결혼식에서 너희 둘이 만났구나. 네가 기억할지 모르겠다만. 난 리처드 장례식에서 코빈을 처음 봤어." 케이트의 부모는 장례식에 참석하기 위해 먼 길을 마다하지 않고 매사추세츠 주까지 갔다. 물론 거기 간 김에 평소 늘 가고 싶었던 메인 주 해변을 따라 자동차로 둘러보는 여행도 빠뜨리지 않았다.

"아주 착한 애 같더구나. 게다가 아주 잘생기기도 했고. 그 저기 누구냐…… 〈스푹스〉에 나온 배우가 누구지? 루퍼트 뭐였는데."

"루퍼트 펜리 존스. 근데 왜 이 얘길 꺼내는 거야? 나하고 이 육촌하고 정략결혼이라도 시킬 거야? 다시 19세기로 돌아간 거야?"

루시는 웃음을 터뜨렸다. 가끔씩 사교 모임에서 보여주는 억지웃음이 아니라 정말로 웃겨서 웃는 웃음이었다. "그래. 너희 둘을 결혼시키기로 했다. 아니, 농담이야. 하지만 다 이유가 있어서 꺼낸 이야기야. 엄마가 아직 노망이 들진 않았거든. 코빈 델이 앞으로 6개월간 런던에서 살 거라더구나. 런던으로 발령이 났다나 그렇대. 그래서 내게 이메일을 보냈더라고. 네가 런던에 산다는 걸 알고 말이야."

"설마 우리 집에서 지내겠다는 말은 아니지?"

"응, 그럼. 당연히 아니지. 근데 혹시 네가 자기와 집을 바꿔서 지낼 생각이 있는지 물어봐달라고 했어. 네가 보스턴에 있는 자기 집에서 살고, 자기가 런던에 있는 네 집에서 살고. 그럼 자기는 돈을 아낄 수 있고, 넌 6개월간 미국에서 살 수 있으니까."

케이트는 와인을 한 모금 마셨다. 화이트 와인이었는데 너무 달았다. "나더러 보스턴에서 뭘 하라고?"

"평소 네가 말하던 공부를 할 수 있지 않겠니? 거기도 분명 그래픽 디자인 학교가 있을 거야. 물론 그림도 계속 그려야지."

"지금 하는 일은?" 케이트는 햄스테드에 있는 화방에서 시간제 근무를 하다가 최근에 정규직으로 채용된 참이었다.

"그건 딱히 직업이라고 할 수 없잖니. 안 그래?"

맞는 말이었지만 케이트는 기분이 나빠서 대꾸하지 않았다. 마음 한편으로는 이 제안이 넝쿨째 굴러온 호박임을 알고 있었다. 다른 나라에서 6개월간 살 수 있는 기회라니. 그녀는 미국에 가본 적이 없었고, 보스턴은 멋진 도시일 것이다. 뉴욕이나 시카고, 그렇게 따지면 런던도 마찬가지지만 이 세 도시와 달리 보스턴은 살 만하다고 들었다. 그런 보스턴에 살 집이 생겼다. 아마도 아름다운 집일 것이다. 하지만 이 제안을 받아들여야 할 이유가 떠오르면 떠오를수록 더 초조해졌다. 아마도 자신이 거절하리라는 것을 깨달았기 때문이리라. 아직 너무 일렀다. 많이 호전되기는 했지만 아직 완쾌되지는 않았다.

"이제 겨우 런던에 자리 잡았고, 모든 게 순조로워. 굳이 일을 만들 필요 없잖아." 케이트가 말했다.

"그렇고말고. 코빈이 부탁하길래 네게 말은 해봐야겠다 싶었어. 충분히 이해한다." 엄마의 말을 들은 케이트는 깨달 았다. 처음부터 엄마는 보스턴에서 6개월간 살 수 있는 이 기회를 그녀가 거절할 거라고 예상한 것이다. 그날 오후 내내 그 생각이 케이트를 괴롭혔다. 앨리스와 산책을 나갔던 아빠가 돌아왔고, 세 사람은 케이트가 기차를 타고 런던에 돌아가기 전에 브레인트리*에 있는 화이트 스완에 가서 한잔 더 하기로 했다. 케이트는 알딸딸한 상태로 기차에 탔고, 머릿속으로 보스턴에서 보내게 될 행복할 시간들을 떠올렸다. 그다음에는 보스턴에서 보내게 될 끔찍할 시간들을 떠올렸다. 그리고 엄마의 말투, 케이트가 절대 이 제안을 수락할 리가 없다는 식으로 했던 말을 계속 생각했다. 무엇보다 엄마의 그 말 때문에 케이트는 런던 집에 도착한 후 엄마에게 전화해 마음이 바뀌었다고 말했다.

"그래?" 엄마가 말했다.

"거절하기에는 너무 아까워. 지금으로서는 내가 딱히 이 나라에 머물러야 할 이유도 없고. 물론 엄마, 아빠랑 헤어지는

* 영국 에식스 주의 도시.

건 슬프지만."

"걱정 마라. 우리가 놀러 가면 되니까."

"코빈에게 그러자고 해. 아니다, 차라리 코빈의 이메일 주소를 알려줘. 그럼 내가 직접 메일을 보낼게."

그날 저녁 케이트는 마음이 약해지기 전에 코빈에게 메일을 보냈다. 코빈은 매우 기뻐했다. 그리하여 두 사람은 4월 말부터 10월 초까지 집을 바꿔서 지내기로 했다. 케이트는 직장에 그만두겠다고 알린 다음, 보스턴에서 인디자인과 일러스트레이터 과정을 수강할 수 있는 그래픽 디자인 학교를 찾아냈다. 이제 그녀는 보스턴에 있고, 월요일 오후에 첫 수업이 시작될 예정이었다. 케이트는 다시 거실로 이어지는 복도로 나갔다. 아까 경비원 봅이 가져다 둔 짐이 있었다. 짐 정리를 해야 했지만 피곤이 밀려왔다. 허기도 함께. 석회석 상판의 조리대가 있고 벽에 스테인리스 스틸 조리 도구들이 걸려 있는 부엌으로 갔다. 한 번도 사용한 적이 없는 듯했다. 냉장고를 열었더니 가운데 선반에 노란 포스트잇이 붙은 샴페인이 한 병 있었다. **환영해요, 케이트. 마음껏 즐겨요!** 포스트잇에는 알아보기 힘든 글씨로 그렇게 적혀 있었다. 케이트는 코빈의 환영 선물을 두고 오지 않은 터라 미안한 마음이 들었다. 비록 환영한다는 인사말과 동네 지리를 상세히 쓴 편지를 남겨두기는 했지만.

샴페인과 여러 가지 소스를 제외하고 냉장고는 사실상

텅 비어 있었다. 냉동실을 열어봤더니 '트레이더 조'라는 회사에서 만든 냉동식품들이 쌓여 있었다. 냉동 뵈프 부르기뇽 뒤에 적힌 조리법을 읽어보니 만들 수 있을 듯했다. 이런 냉동식품은 익숙했지만 영국에서 본 것과 약간 달라서 영양분 정보가 그램 대신 온스로, 에너지 대신 칼로리로 표기되어 있었다. 케이트는 전자레인지 사용법을 알아내 냉동식품을 데웠다. 물컵에 수돗물을 받아서 마신 뒤에야 마셔도 되는 물인지 궁금했다. 맛은 괜찮았지만 평소 마시던 물과 달랐다. 미네랄이 더 많았다. 샴페인을 한 잔 따른 다음, 현관문으로 걸어가 외시경에 눈을 바짝 댔다. 실종된 옆집 여자는 어떻게 됐을까? 경비원은 그 집 문을 열어줬을까? 아마 열어주지 않았으리라. 그렇다면 그 친구는 어떻게 했을까? 경찰도 딱히 도움이 안 됐을 것이다. 케이트는 미국 경찰 드라마를 숱하게 본 터라 실종된 지 하루가 지나야만 신고할 수 있다는 사실을 알고 있었다. 아파트 복도는 텅 비어 있었다. 어쩌면 케이트가 과민 반응했고, 사실은 아무 일도 안 일어났을지 모른다. 옆집 여자는 그저 드세고 무턱인 친구가 피곤해서 피했을지 모른다.

케이트는 다시 부엌으로 돌아가 상판이 화강암으로 된 L자 형태의 아일랜드 식탁에 앉아 저녁을 먹었다. 냉동식품은 놀랄 정도로 맛있었다. 샴페인을 한 잔 더 따라서 마셨더니 다시 피로가 몰려왔다. 머리가 무겁고, 속이 약간 울렁거렸다. 원래는 짐을 풀고, 이메일을 보낼 수 있도록 노트북도 꺼내고,

텔레비전을 보고 싶었으나 그냥 캐리어를 끌고 침실로 갔다. 가방을 뒤져서 세면용품 그리고 잠옷으로 입을 반바지와 티셔츠만 꺼냈다. 간신히 양치와 세수를 마친 후, 서늘하고 빳빳한 침대 시트 사이로 들어갔다. 완전히 녹초였는데도 한동안 잠들지 못한 채 잘 구별할 수 없는 소음에 귀를 기울였다. 멀리서 웅웅거리는 차 소리와 둔탁하게 틱틱거리는 난방 장치 소리 그리고 정체를 알 수 없는, 부드럽게 쉿쉿 하는 소리도 들렸다. 지금까지 누워본 침대 중에서 가장 편안하다는 생각을 마지막으로 케이트는 잠이 들었고, 침대의 품으로 빠져들었다.

* * *

도중에 딱 한 번 잠이 깼다. 높은 천장에 길게 대각선으로 비친 파란 불빛이 깜빡거렸다. **이 사이렌 소리는 어디서 나는 거지? 지금 여기가 어디지?** 케이트는 2초간 어리둥절하다가 마침내 기억해냈다. 입이 말랐고, 미친 듯이 갈증이 났다. 멀리서 기차가 지나가는 듯한 소리가 들렸다. 좌우로 몸을 돌려 지금 몇 시인지 알려줄 환한 숫자를 찾았지만, 창문에 쳐진 커튼 사이로 들어오는 경찰차 불빛을 제외하고는 캄캄했다.

케이트는 일어나 앉았다가 다시 누웠다. 너무 피곤해서 욕실을 찾아 물을 마실 기력도 없었다. 이웃집 여자의 이름이 뭐였더라? 실종된 여자. 오드리 마셜이라고 했다. 케이트는 이름을 잘 외웠다. 그녀의 초능력이라고 조지는 말했다. 한번 들은 이름은 절대 잊지 않는 여자, 라는 별명까지 붙여주었다. 케이트는 눈을 감았다가 잠결에 누군가 속삭이는 소리를 듣고 움찔하며 다시 깨어났다. 하지만 목소리는 사라졌고, 방은 또 칠흑처럼 어두웠다. 아까 본 경찰차 불빛은 꿈이었을까? **내일이면 알게 되겠지.** 케이트는 그렇게 생각하고 다시 잠의 검은 웅덩이 속으로 떨어졌다.

3

자초지종은 이튿날 늦은 오후가 되어서야
알게 되었다.

케이트는 아침 일찍 일어났고, 침실은 아직 어두웠다. 시
차 적응을 위해 좀 더 자야 했지만 잠이 완전히 깬 데다 커피
가 너무나 마시고 싶었다.

시간이 한참 걸리기는 했어도 커피메이커와 커피를 찾아
냈고 작동법도 알아냈다. 커피를 내리는 동안 거대한 아파트
를 다시 둘러보았다. 창문마다 흐릿한 여명이 번져갔다. 집에
서 가장 넓은 공간은 중앙 거실이었는데 잿빛 여명 속에서 고
요히 흘러가는 찰스 강이 내려다보였다. 잔잔한 수면 위로 물
안개가 어슴푸레 피어올랐고, 강과 그 옆의 도로까지 가로지
르는 보행자 전용 다리가 보였다.

이 거실에서는 언제라도 칵테일파티를 열 수 있을 듯했다. 여기저기 흩어진 의자와 서로 마주 보는 두 개의 큼직한 소파가 있고, 그 사이에 상판이 유리로 된 낮은 테이블이 있었다. 케이트는 유리 테이블을 싫어했다. 물건을 올려놓을 때마다 유리가 박살나거나 적어도 금이 갈 것만 같았다. 그녀는 언제나 곧 다가올 비극적인 순간에 살았다. 따라서 낮은 난간 앞에 서거나, 차들로 붐비는 도로를 건너거나, 수북이 쌓인 접시를 들고 가는 웨이터를 보면 질색했다. 짜증 나고 골치 아픈 공포증이었다. 그러다 5년 전, 조지와의 사건이 터지면서 케이트의 삶은 영원히 바뀌었다. 그녀는 일 년 넘게 집 밖으로 나가지 못했다. 아니, 단순히 못 나가는 정도가 아니라 나간다고 상상만 해도 공포와 슬픔으로 몸이 마비되었다. 부모님과 심리치료사가 케이트를 서서히 그 구멍에서 끌어냈고, 삶은 한결 나아졌다. 이렇게 무사히 미국으로 건너와 유리 테이블이 있는 널찍한 아파트에서 사는 것은 케이트로서는 상상도 못 할 일이었다. 유리 테이블을 좋아하지 않지만 함께 살 수는 있었다.

거실에는 텔레비전이 없었다. 혹시 이 집에 텔레비전이 없는 게 아닐까 싶어 케이트는 잠시 겁에 질렸다. 순간 어제 캐럴 밸런타인이 집을 구경시켜줄 때 '서재'*라고 했던 방을 본 기억이 났다. 벽이 짙은 갈색 나무 패널로 마감되고, 부드러운 가죽 소파가 있는 방이었다. 순간적으로 그 방이 어디에 있는지 기억나지 않았지만, 두 개의 손님용 침실로 이어지는 복도 옆에서 찾아냈다. 짐작대로 텔레비전은 그 방에 있었다. 나무 문이 달린 책장 안에 거대한 텔레비전이 숨어 있었다. 소파 앞 테이블에는 (다행히 유리가 아니었다) 적어도 백 개의 채널 정보가 적힌 코팅지와 어느 나라나 모양이 비슷한 리모컨이 놓여 있었다.

그 외에 커다란 나무 책상도 있었는데 사용할 수 있는 와이파이('엔젤 페이스')와 비밀번호가 적힌 포스트잇이 붙어 있었다. 그걸 보니 부모님께, 또 코빈에게 무사히 도착했다는 사실을 알려야겠다는 생각이 들었다.

케이트는 침실로 가서 캐리어에서 노트북과 어댑터를 꺼낸 다음, 부엌에 들러 머그잔에 블랙커피를 따라 다시 서재로 갔다. 다시 한 번 이 집이 얼마나 넓은지 감탄하지 않을 수 없었다. 책상 앞 가죽 의자에 앉았더니 진짜 가죽답게 뽀드득 소리가 났다. 이메일이 많이 와 있었다. 대부분 스팸 메일이었지만 엄마와 코빈에게 온 메일도 있었다. 케이트는 코빈의 메일부터 열었다.

* den, 집 안에서 문이 달려 있지 않은 여분의 공간을 말하는데 주로 서재나 간이 침실, 텔레비전을 보는 등의 개인적 용도로 사용한다. 이 책에서는 편의상 '서재'로 번역한다.

케이트

택시 운전사가 서너 번 길을 잘못 들기는 했지만 마침내
당신의 아름다운 아파트 앞에 날 내려줬습니다. 당신의
배려심 넘치는 편지도 잘 읽었어요. 그런 편지를 남기고
오지 않은 내가 부끄럽더군요. 하지만 일단 시차에
적응되면 우리 집 근처의 맛있는 레스토랑과 바를 하나도
빠짐없이 적어서 보낼게요. 약속해요.

간단한 질문: 세탁기는 있는데 건조기는 없더군요. 내가 못
찾은 걸까요?
나중에 또 연락하죠. 앞으로 런던에서 보낼 6개월이 정말
기대됩니다.

코빈

케이트는 답장을 썼다.

미안하기는 나도 마찬가지예요. 당신 집으로 들어가면서
분명 잘못 찾아왔다고 생각했어요. 이렇게 멋진 집일
줄 상상도 못 했답니다. 손바닥만 한 우리 집이 정말
부끄럽네요. 게다가 그 세탁기는 자기가 건조기인 줄

알아요. 사실 건조기 겸용 세탁기죠. 그래서 당신이 헷갈렸을 거예요. 싱크대 왼쪽 서랍에 사용설명서가 들어 있어요. 하지만 세탁한 뒤에는 하루 동안 건조 기능을 쓰지 않는 게 좋아요. 궁금한 점이 있으면 언제든 연락 주세요. 난 당신 집과 사랑에 빠졌답니다. 잘 지내요. 케이트.

추신. 샴페인 고마워요. 물론 지금은 다 마시고 없지만.

그다음에는 엄마의 이메일—"네가 너무 자랑스럽구나, 애야"—을 읽고 답장을 썼다. 커피를 한 모금 마셨다. 평소 마시던 인스턴트커피와 확연히 달랐다. 멀리서 경찰차 사이렌 소리가 들리자 갑자기 어젯밤 천장에 비쳤던 경찰차 불빛이 기억났다. 그건 꿈이었을까, 아니면 현실이었을까? 순간적으로 모르겠다는 생각이 들면서 다시 두려움이 밀려왔다. 분명 가방에 약이 들어 있지 않을 거라고 생각하며 열었는데 약을 발견했을 때와 같은 기분이었다. **내가 미쳐가고 있나? 아니, 그건 꿈이 아니었다.** 분명 현실이었다. 어쩌면 이웃집 여자에게 정말 무슨 일이 생겼는지도 모른다.

케이트는 가방에 든 세면용품을 꺼내 침실에 딸린 욕실에서 샤워했다. 샤워 부스는 널찍했고, 천장에 달린 대형 샤워기에서는 물이 폭포처럼 쏟아졌다. 이번에도 케이트는 런던의

자기 집을 떠올렸다. 샤워하려면 욕조에 들어가서 해야 했고, 그나마 샤워기는 툭하면 거치대에서 빠졌다. 샤워를 마친 후에는 보덴에서 구입한 아끼는 원피스에 검은 스타킹을 신고, 바깥세상을 용감하게 대면하기로 마음먹었다. 보스턴에 오기 전에 구글 지도로 동네를 둘러보며 제일 가까운 약국과 슈퍼마켓이 어디에 있는지 이미 알아둔 터였다. 밖에 나가 앞으로 사나흘간 먹을 음식을 사 올 계획이었다. 월요일부터는 여기서 지하철로 다섯 정거장 떨어진 케임브리지의 그래픽 학원에서 수업을 들어야 했다. 지하철을 타는 게 걱정됐지만 할 수 있으리라. 런던에 있을 때 심리치료사의 강요에 못 이겨 지하철을 몇 번 탄 적이 있다.

"지하철은 여러 선택지 중 하나일 뿐이에요. 어디든 택시로 갈 수 있다고요." 케이트는 심리치료사에게 그렇게 말했다.

"모든 게 선택이죠, 안 그런가요?" 심리치료사가 말했다. 처음 그녀를 만났을 때는 차분한 영국 북부 억양이 괜히 거슬렸지만 시간이 지나니 익숙해졌다. 후광처럼 동그랗게 자른 곱슬머리와 보라색 스웨터도.

"마찬가지로 전 굳이 스카이다이빙을 하겠다고 선택하지 않아요. 설마 제게 그런 걸 강요하시지는 않겠죠?"

"물론이죠. 당신에게 스카이다이빙을 하라고 하지는 않을 거예요. 하지만 지하철과 엘리베이터와 비행기는 타라고 강요할 거예요. 그 모두가 당신이 원하는 삶의 일부니까요. 안 그래요, 케이트?"

맞는 말이었다. 세상은 좁고 출구가 막힌 공간들 천지였다. 케이트는 그런 공간에서 지내는 법을 배워야 했다.

그녀는 아파트를 나서며 현관문을 잠갔다. 실종됐다는 여자의 집 앞을 지날 때는 걸음을 늦추며 혹시 무슨 소리가 들리는지 귀를 기울였지만 아무 소리도 들리지 않았다. 계단을 내려가 로비로 간 다음, 경비원을 지나쳐 곧장 안뜰로 갔다. 물결무늬 구름이 잿빛 하늘을 수놓았고, 땅거미가 내린 듯 어둑해서 케이트는 순간적으로 자신이 하루 종일 자고 일어났고 실은 지금이 오후가 아닐까 생각했다. 희미한 담배 연기가 코끝을 간지럽혔다. 케이트는 대학을 그만두면서 담배를 끊었지만 아직 담배 냄새는 좋아했다. 냄새의 진원지를 찾아봤더니 안뜰 중앙에 있는 분수 가장자리에 한 남자가 걸터앉아 있었다. 남자는 들고 있던 담배를 분수대 판석에 비벼 끄더니 케이트가 지나가자 자리에서 일어났다.

"미안합니다." 꺼진 담배를 들어 보이며 남자가 말했다.

"괜찮아요." 케이트는 걸음을 멈추고 남자를 바라봤다. 수척하다고 할 수 있을 정도로 말랐지만 어깨는 넓었다. 휘어진 주먹코가 기다란 얼굴에서 가장 두드러졌다. 푹 꺼진 눈은 회녹색이었고, 얼굴에는 오래된 여드름 자국이 희미하게 있었다. 못생겼다는 생각이 들어야 마땅한 얼굴인데 그렇지 않았다. 큼직한 이목구비가 모여 슬프면서 잘생긴 얼굴이 되었다.

"사실 전 담배를 안 피웁니다. 끊었어요. 그런데 서랍에 있는 이 담배를 봤더니 피워보자는 생각이 들더군요. 담배가 얼마나 끔찍한지 내게 일깨우는 차원에서요."

남자의 목소리는 굵고 다정했다. 아직 시차 적응이 안 된 데다 지금이 몇 시인지 계속 헛갈리는 케이트는 그 목소리를 듣자 다리가 풀렸다. "예상대로 끔찍하던가요?" 그녀가 물었다.

"아뇨, 당연히 아니죠. 끝내줬습니다."

"담배가 원래 끝내주죠." 케이트가 말했다. 왜 그들은 막역한 친구처럼 이야기하고 있을까? 원래 미국에서는 모르는 사람과 이렇게 이야기하나?

"당신도 담배를 피우나요?"

"저도 피웠는데 끊었어요. 어렵게요."

"비결이 뭡니까?"

"안 피우는 게 비결이죠."

남자가 웃음을 터뜨리자 놀랄 정도로 하얀 치아가 드러났다. 윗니는 쪽 고르고, 아랫니는 살짝 겹쳐져 있었다.

"앨런 처니라고 합니다."

"케이트예요. 여기 살아요. 잠시 동안이지만." 케이트는 갑자기 부끄러워져서 성을 밝히지 않았다.

"영국인인가요?" 앨런이 물었다.

"네, 여기 사는 친척 집에 머물고 있어요. 친척은 런던에 있는 제 집에서 살고요."

"몇 호죠?" 앨런이 아파트 건물을 훑어보며 물었다.

케이트는 집이 있는 쪽으로 고갯짓을 했다. "음, 코빈 델의 아파트요. 저 위쪽."

"아, 북동이군요. 난 3층 반대편에 삽니다. 코빈을 알죠. 약간."

"아마 저보다 잘 알 거예요. 난 코빈을 만난 적도 없거든요."

"그거 재미있네요. 그런데 어쩌다 집을 바꾸게 됐죠?"

케이트는 사정을 설명했다. 자신이 과거의 트라우마를 극복하고 싶은 마음에서 여기에 오게 됐다는 사실은 빼고.

"횡재했네요. 이 아파트는 꽤 좋거든요." 앨런이 말했다.

"여기 얼마나 살았어요?"

"일 년 좀 넘었죠. 처음에는 여자 친구와 함께 살았습니다. 아주 돈이 많은 여자 친구였죠. 그러다 그 친구가 떠나고, 저 혼자서는 집세를 감당할 수 없어서 다른 집을 알아볼까 생각 중입니다."

"유감이네요."

"뭐가요? 여자 친구랑 헤어져서? 아니면 이사를 가야 해서?"

케이트는 웃었다. "모르겠어요. 둘 다요."

앨런은 씩 웃으며 말했다. "돈 많은 여자 친구와 아름다운 아파트에서 살다가 다음 달에는 허름한 집에서 혼자 살게 될 테니 유감이라는 뜻이겠죠."

"비슷해요."

돌풍이 불자 벽돌이 깔린 바닥에서 흠뻑 젖은 노란 낙엽 하나가 날아올라 케이트의 부츠에 찰싹 달라붙었다. 그녀는 허리를 숙여 낙엽을 떼어냈다. 다시 몸을 일으켰을 때는 잠시 침묵이 흘렀고, 케이트는 이 낯선 남자와 거의 15분이나 이야기했음을 깨달았다.

"저," 케이트는 운을 뗐지만 말을 잇지 않았다. 앨런의 시선을 피하며 뺨이 따끔 달아오르는 것을 느꼈다. 순간적으로 만약 이 남자가 유혹한다면 집까지 따라가 잘 수도 있다는 생각이 들자 덜컥 겁이 났다. 그렇다, 휘어진 주먹코이긴 해도 남자는 잘생겼다. 하지만 그를 따라가리라는 생각이 드는 이유는 오랫동안 알고 지낸 듯한 느낌이 들었기 때문이다.

"이제 그만 가셔야 하는군요." 앨런이 그녀의 생각을 대신 말해주었다.

"네." 케이트는 그렇게 말했고, 두 사람은 함께 웃었다.

"우리 집은 312호예요. 금방 이사하지는 않을 테니 또 만나게 될 겁니다." 그가 말했다.

"그래요."

케이트는 걸음을 옮기다가 멈췄다. "혹시 오드리 마셜이라는 여자를 알아요? 여기 사는 사람인데."

앨런이 미간을 찌푸렸다. "알죠. 음, 누군지는 알지만 개인적으로 아는 사이는 아닙니다."

"어젯밤 여기 도착했을 때 그 여자의 친구라는 사람이 그 집에 찾아왔더라고요. 오드리 마셜이 실종됐다면서요."

케이트는 앨런이 자신의 말을 무시할 줄 알았는데 그는 오히려 이렇게 말했다. "큰일이군요. 실종될 사람 같지는 않던데."

"무슨 말이죠?"

"글쎄요. 아파트에서 자주 봤거든요. 오며 가며 자주 마주쳤죠. 곧 나타날 겁니다."

* * *

케이트는 동네 지도를 출력해서 가져왔지만 지난 몇 주 동안 어찌나 열심히 들여다봤는지 굳이 가방에서 꺼낼 필요가 없었다. 베리 가를 내려가 찰스 가로 간 다음, 사람들로 붐비는 스타벅스에서 아침으로 먹을 샌드위치와 커피를 샀다. 하지만 커피를 또 마신 건 실수였다. 사람들로 붐비는 고급 식료품점의 좁은 통로를 돌아다니며 장을 보는 동안 케이트는 초조했고 안절부절못했다. 평소 즐겨 만드는 훈제 연어 파스타 재료를 살 생각이었으나 가벼운 공황 발작이 일어나 사워도우 빵과 체다 치즈, 우유, 레드 와인 두 병만 샀다. 다시 거리로 나오자 따뜻한 이슬비가 섞인 돌풍이 불었다. 난방이 지나치게 강한 가게에 있다 나와선지 얼굴에 닿는 바람이 상쾌하게 느껴졌다. 찰스 강을 따라 천천히 걸으며 나중을 위해 술집과 카페를 하나씩 눈여겨보았다. 불빛이 환한 술집은 분위기가 좋아 보였고, 카페는 스타벅스보다 훨씬 덜 붐볐다.

케이트는 가로등이 켜지고 베리 가로 곧장 이어지는 오르막 골목길을 일부러 지나쳐 보스턴 퍼블릭 가든 주위를 빙둘러 갔다. 식료품점에서 산 물건이 무거웠지만 유명한 공원을 잠깐이라도 보고 싶었다. 빗줄기가 점점 거세지자 청동으로 만든, 일렬로 행진하는 새끼 오리들 조각상에서 놀던 아이들이 비를 피해 부모를 따라갔다. 호숫가 옆에서 버드나무들이 희미하게 빛났다. 공원에 막 들어가려는 찰나, 케이트는 마음을 바꾸었다. 여기서 6개월이나 머무를 테니 나중에 또 둘러볼 기회가 있으리라.

케이트는 로비로 이어지는 아파트 공동 출입문을 열고 들어가 새너벌이라는 새로운 경비원에게 자신을 소개했다. 마르고 광대뼈가 도드라졌으며 머리카락이 칠흑처럼 검은 남자였다. 경비원은 케이트의 짐을 들어주겠다고 했지만 케이트는 "괜찮다"고 말했다. 그 순간 프런트 데스크에 앉아 있던 하얀 고양이가 아래로 훌쩍 내려와 케이트의 다리에 몸을 비벼댔다.

"이 녀석은 샌더스라고 합니다." 경비원이 말했다.

"당신이 키우는 고양이인가요?"

"아뇨, 아뇨. 햄퍼린 부인의 고양이예요. 3층에 사시죠." 경비원은 케이트의 아파트가 있는 쪽으로 살짝 고갯짓했다. "하지만 샌더스는 돌아다니는 걸 좋아해서 어디든 제멋대로 드나듭니다. 햄퍼린 부인과 정반대예요."

케이트가 계단을 올라가자 샌더스가 뒤따라왔다. 캐럴 밸런타인은 플로렌스 햄퍼린이 케이트와 같은 동, 오드리 마셜의 집 맞은편에 산다고 했다. 그 집 앞을 지날 때 봤더니 현관문이 빼꼼 열려 있었다. 아마도 샌더스가 들어올 수 있도록 열어두었으리라. 하지만 샌더스는 케이트를 따라 열린 문틈으로 들어왔다. 케이트가 발로 막으려고 했지만 소용없었다.

식료품점에서 산 물건들을 정리하고 거실로 갔더니 샌더스가 창틀에 앉아 비 내리는 풍경을 내다보고 있었다. 케이트는 샌더스가 반항할 거라고 예상하며 안아 올렸다. 하지만 샌더스는 순순히 뒷발을 그녀의 팔에, 앞발을 어깨에 올린 채 목에 대고 나직이 갸르릉거렸다. 케이트는 늘 고양이가 좋으면서도 싫었는데 이번만큼은 너무 사랑스럽게 느껴졌다. 그래도 샌더스를 현관으로 데려가 문을 열고 카펫이 깔린 복도에 내려놓으며 말했다. "네 집은 여기가 아냐, 샌더스." 샌더스가 소리 없이 가버리자 케이트는 얼른 문을 닫았다.

그러고는 침실로 가서 런던에서 사 온 스케치북을 꺼냈다. 새로운 나라에서 맞이하는 새 출발을 기념하려고 사 온 것이었다. 역시 새로 산 목탄 연필을 꺼낸 다음, 고급 카펫이 깔린 바닥에 앉아 샌더스를 그려야겠다고 생각했다. 하지만 어느새 앨런 처니의 얼굴을 그리고 있었다. 실물과 거의 똑같았지만 무언가가 약간 달랐다. 두 눈이 너무 몰려 있고, 이마가 너무 좁았다. 그래서 목탄용 지우개로 지우고 수정했다. 처음 그릴 때보다 수정하는 데 더 오래 걸렸지만 마침내 앨런과 똑같은 얼굴이 완성되었다. 그의 이름을 적고 그 아래 오늘 날짜와 '매사추세츠 주, 보스턴'이라고 덧붙였다. 그녀는 초상화만 그린다고 해도 과언이 아니어서 스케치북은 늘 최근 만난 사람들의 얼굴로 채워졌다. 그녀에게는 이런 스케치북이 수두룩했는데 심지어 초등학교 시절에 그린 것도 있었다. 스케치북을 한 장씩 넘겨 보면—특히 집 밖에 나갈 수 없을 때 종종 그랬다—일기를 읽는 기분이었다. 처음 만나고 몇 시간 만에 그린 친한 친구들 얼굴이 있는가 하면, 전혀 기억나지 않는 얼굴도 있었다. 앨런의 초상화를 들여다보며 케이트는 앞으로 십 년 후에도 이 얼굴을 알아볼 수 있을지, 아니면 이 그림이 미래의 남편을 만난 직후의 그림으로 남을지 궁금했다. 아마 전자이리라.

뒷장으로 넘겨 백지가 나오자 이번에는 눈을 감고 캐럴 밸런타인의 얼굴을 떠올리려 했다. 그녀에게 집을 구경시켜준 노부인의 눈과 이마, 머리카락, 목은 기억났지만 코와 입매가 떠오르지 않았다. 그래서 그냥 자화상을 그렸다. 오늘 아침, 욕실 거울에 비친 자신의 모습이 떠올랐기 때문이다. 최근에 자른 머리카락은 한쪽만 귀 뒤로 넘긴 채였고 눈은 건조한 기내에 오래 있었던 탓에 약간 부어 있었다. 그래도 살짝 미소 짓는 얼굴로 그렸으나 마치 하객들 앞에서 축사를 하려고 긴장한 신부 들러리처럼 겁먹은 미소였다. 당시의 심정이 제대로 담긴 그림은 아니었으나 수정하지 않았다. 원래 자화상은 좀처럼 수정하지 않는다.

다음 장에는 조금 전에 만난 경비원 새너벌을 그렸다. 이번에는 그의 얼굴만 그리지 않고 프런트 데스크 옆에 서 있는 모습을 그린 다음, 발 옆에 샌더스를 그려 넣었다. 고양이를 그리는 데 익숙지 않아 샌더스는 실물과 전혀 다르게 무서워 보였다.

케이트는 침대 밑에 스케치북을 밀어 넣고 자리에서 일어났다. 배가 또 고파서 부엌으로 가 빵과 치즈를 먹었다. 와인을 한 병 딸까 하다가 그만두기로 했다. 이제 빗줄기는 창문에 빗금을 그리기 시작했고, 그걸 보니 캔버스에 페인트를 흩뿌리는 화가들이 떠올랐다. 한동안 부엌 창문을 바라보며 이 아파트가 너무나 마음에 든다고 생각했다. 화려해서가 아니라 높은 천장과 큼직한 창문 때문이었다. 이곳에서는 숨이 잘 쉬어졌다. 차를 마시려고 했다가 아까 식료품점에서 미처 못 샀다는 것을 깨달았다. 하지만 키 큰 찬장에서 레드 로즈* 차를 찾아냈다. 주전자에 물을 받아 가스레인지에 올려놓고 거실로 갔다. 한쪽 벽에 붙박이 책장이 설치되어 있어서 거기 꽂힌 책들을 구경했다. 대부분이 하드커버로 된 논픽션이었지만, 선반 하나는 존 D. 맥도널드 문고판으로만 채워져 있었다. 케이트는 한 권을 뽑아보았다. 트래비스 맥기 시리즈 중 하나인《호박색보다 짙은(Darker Than Amber)》이었다. 싸구려 감성이 풍기는 표지는 배꼽티를 입은 섹시한 여자 그림이었고, 종이는 오래되어 누렇게 바랬다. 분명 코빈의 아버지가 소장했던 책일 것이다. 그렇다면 코빈의 책은 어디 있지? 있기나 한가? 트래비스 맥기 시리즈 아래쪽 선반에도 미스터리 소설 문고판 여러 권이 꽂혀 있었다. 아직 읽은 적이 없는 딕 프랜시스의《본크랙(Bonecrack)》을 뽑아 들고 거실에서 제일 큰 창문 아래에 있는 기다란 베이지 소파로 가서 누웠다. 처음 두세 문단을 읽자마자 눈이 감겼고 그대로 잠이 들었다.

꿈에 아까 본 공원이 나왔다. 꿈에서는 장대비가 쏟아졌고, 연못에 파문이 일었다. 케이트는 잎이 노란 버드나무 아래서 있었다. 연못 반대편에 조지 대니얼스가 있었다. 케이트는 보스턴까지 따라온 그를 보고도 놀라지 않았다. 또한 그가 아직 살아 있다는 사실도 놀랍지 않았다. 왜냐하면 꿈에서 조지는 늘 살아 있고, 늘 그녀를 쫓아다니기 때문이다. 조지는 버드나무 아래 숨어 있는 그녀를 발견하고 호수를 가로질러 헤

* 캐나다의 차 브랜드.

엄치기 시작했다. 케이트는 라이플을 들고 있었다. 따라서 조지가 온몸이 흠뻑 젖은 채 미소 띤 얼굴로 호수에서 걸어 나왔을 때 케이트는 그에게 여러 번 총을 쐈지만 셔츠에 작은 구멍이 날 뿐 조지는 끄떡없었다. 총알 하나가 턱에 박혀도 조지는 파리를 쫓아내듯 총알을 털어내고 계속 걸어왔다.

케이트는 잠에서 깼다. 목과 가슴이 살짝 땀에 젖었고, 어디선가 매캐한 냄새가 났다. 가스레인지에 올려놓은 주전자가 생각나 소파에서 벌떡 일어났다. 그 바람에 딕 프랜시스의 책이 바닥에 떨어졌다. 그녀는 부엌으로 달려가 가스레인지 밸브를 잠갔다. 물이 바짝 말라버린 주전자에서 연기가 났다. 창문을 가능한 한 활짝 열고, 시커멓게 그을린 주전자를 핸드 타월로 집어 들어 창틀에 올려놓았다. 주전자에 빗물이 떨어지며 쉭쉭 소리가 났다. 하마터면 큰일 날 뻔했다고 생각하니 눈물이 핑 돌았다. 그제야 아까 꾼 꿈이 떠올랐다. 공원에 나타난 조지, 겨우 셔츠에 구멍만 내는 총알. 조지가 꿈에서도 미국까지 따라왔다고 생각하니 헛웃음이 나올 지경이었다. 어련하실까. 만약 그녀의 꿈이 왕국이라면 조지는 그 왕국의 영원한 왕이다.

주전자가 식자 케이트는 창틀에서 주전자를 집어 들었다. 바닥이 숯검정처럼 변해 있었다. 새 주전자를 사야 했다. 주전자가 아직 뜨끈뜨끈했기에 스테인리스 싱크대 안에 내려놓고 다시 소파로 갔다. 이번에는 책을 절반쯤 읽었을 때 다시 잠이 들었다.

* * *

케이트는 노크 소리에 잠에서 깼다. 눈을 깜빡거리며 지금이 몇 시인지 몰라 잠시 어리둥절했다. 밖은 아직 환했지만 실내는 어둑어둑했다. 다시 노크 소리가 들렸다. 더 크고, 길게. 소파에서 일어나자 무릎에서 우두둑 소리가 났다. 얼마나 잔 걸까?

케이트는 현관으로 가서 외시경으로 밖을 내다보았다. 앨런일 거라고 확신하다시피 했지만 어안렌즈에는 여자의 얼굴이 비쳤다. 쇼트커트에 다갈색 피부, 짙은 갈색 눈동자의 흑인 여자였다. 여자의 무덤덤한 눈빛을 본 케이트는 "경찰이네"라고 중얼거렸다. **오드리 마셜은 죽었어.** 그녀의 머릿속에서 조지 대니얼스가 속삭였다. 케이트는 문을 활짝 열었다.

4

여자는 자신을 제임스 형사라고 소개하며 벨트에 채워진 배지를 꺼내 케이트가 볼 수 있도록 들어 올렸다. 케이트는 형사에게 들어오라고 말했다. 문을 닫으려는데 조금 떨어진 복도에 서 있는 사복형사 두 명이 보였다. 그중 한 명의 무전기가 지지직거렸다.

"오드리 마셜이 죽었나요?" 케이트가 자기도 모르게 물었다.

"왜 그렇게 생각하죠?" 형사가 살짝 놀란 눈으로 물었다.

"아, 음, 그 여자가 실종됐다고 들었거든요."

"언제요?"

케이트는 전날 저녁에 도착한 일과 복도에서 현관문을 두드리던 오드리의 친구를 만난 일을 설명했다.

"그게 정확히 언제였나요?" 형사는 그렇게 물으며 진회색 재킷 안주머니에서 작은 수첩을 꺼냈다.

그때가 언제쯤이었는지 케이트가 열심히 유추해서 말하자 형사가 받아 적었다. 케이트는 받아 적는 형사의 얼굴을 가만히 바라보았다. 길쭉한 얼굴은 광대뼈가 도드라졌으며, 화장은 전혀 하지 않은 듯했다. 형사는 수첩에서 눈을 들더니 콧구멍을 살짝 벌름거렸다.

"가스레인지에 주전자를 올려뒀더니," 케이트가 말했다.

"미안하지만 차는 필요―"

"아뇨, 지금 말고 아까 그랬다가 주전자가 홀랑 타버렸어요. 그래서 이런 냄새가 나는 거예요."

"네, 안 그래도 타는 냄새가 나더군요."

"앉으실래요?"

형사는 실내를 잠깐 둘러보고는 말했다. "아뇨, 괜찮습니다. 지금은 그냥 진술을 받는 중이라서요. 시간대별로 좀 더자세히 말씀해주셨으면 합니다."

"오드리 마셜이 죽은 거 맞죠?" 케이트가 물었다.

"저희는 옆집에서 벌어진 의문사를 조사 중이고, 지금 신원 파악 중입니다."

"그렇군요."

"런던에서 오셨다고 했죠? 그럼 피해자를 모르시나요?"

"네, 이 아파트에 아는 사람은 없어요. 그럼 살인 사건인가요?"

"네, 의문사로 조사 중입니다. 이 아파트 소유주와는 어떤 관계죠?"

"제 육촌이에요. 코빈 델이라고 하는데 사실 전 코빈도 잘 몰라요. 만난 적이 없거든요. 하지만 코빈이 일 때문에 런던으로 오게 돼서 당분간 집을 바꿔서 지내기로 했죠."

형사는 수첩에 다시 무언가를 적으면서 물었다. "그럼 코빈 델이 오드리 마셜과 어떤 관계였는지 모르시겠군요."

"네, 전혀 몰라요."

"런던의 집 전화번호를 알 수 있을까요?"

"집 전화는 없어요. 휴대전화만 쓰거든요. 하지만 코빈의 이메일 주소는 알아요. 원하시면 알려드릴게요."

"네, 알려주세요." 형사가 말했다.

케이트는 서재에 있는 노트북을 열고 자신의 이메일 계정으로 들어갔다. 읽지 않은 메일이 몇 개 있었는데 첫 번째가 코빈에게서 온 답장이었다. 제목이 굵은 글씨로 되어 있었다. 케이트는 메일을 열어보았다.

비프 앤드 푸딩을 추천해줘서 고마워요. 당신이 말해주지 않았다면 아마 그 식당에는 안 갔을 겁니다. 우리 동네에 있는 세인트 스티븐스 태번과 좀 비슷하더군요. 나중에 가보세요. 그리고 당신 이웃이라는 여자를 만났어요.

마사 뭐라고 했는데 날 알아보는 듯하더군요. 아니면 내 시끄러운 미국식 억양을 듣고 그냥 짐작했을 수도 있고요. 그럼 잘 지내요. C

케이트는 메모지를 찾아내 코빈의 이메일 주소를 적었다. 마사 일은 나중에 걱정해도 늦지 않는다.

그녀는 휴대전화를 들여다보고 있는 제임스 형사에게 메모지를 건넸다. "고마워요. 제가 델 씨에게 메일을 보내죠." 제임스 형사는 그렇게 말하며 메모지를 접어 재킷 주머니에 집어넣었다.

"제가 먼저 코빈에게 연락해야 할까요? 방금 메일이 왔거든요. 답장을 쓰려면 아무래도……."

"집에 경찰이 찾아왔고, 우리 쪽에서 곧 연락할 거라고 하세요. 대신 오드리 마셜 얘기는 꺼내지 마세요. 지금 신원 파악 중이니까요. 아셨죠?"

"네, 물론이죠."

"큰 도움이 됐습니다." 제임스 형사는 다시 현관 쪽으로 몸을 돌렸다. 케이트는 그녀를 앞질러 가 문을 열었다. 이제 복도에는 한 무리의 사람이 있었는데 그중 양복을 입은 나이든 남자가 제임스 형사를 단번에 알아보고 외쳤다. "맙소사. 여기 있었구먼."

떠나기 전 제임스 형사가 말했다. "이 집을 수색해야 할지도 모르는데 동의하십니까?"

"왜죠?"케이트가 물었다.

형사는 입을 꽉 다물었다가 대답했다. "혹시 이번 사건에 당신 친척이 관련되어 있다는 증거가 나오면 이 집을 둘러봐야 한다는 뜻입니다."

"그러세요."케이트가 말했다.

"감사합니다. 또 연락드리죠." 형사는 케이트에게 명함을 건네고 갔다. 케이트는 문을 닫은 뒤 명함을 들여다보았다. 로베르타 제임스, 경위. 이름 아래 보스턴 경찰청 문장과 전화번호, 이메일 주소가 적혀 있었다.

케이트는 현관문에 귀를 대고 복도에서 무슨 소리가 들리는지 주의를 기울였다. 무전기가 시끄럽게 떠들어대는 소리, 알아들을 수 없는 흐릿한 말소리가 들렸다. 외시경으로 내다보았더니 방금 전에 나간 형사가 오드리 마셜 맞은편 집 현관문을 두드리고 있었다. 문이 활짝 열리고, 형사는 문을 연 사람에게 배지를 들어서 보여주었다. 집 안은 보이지 않았다. 이웃 사람이 신문당하는 동안, 또 다른 사복형사 두 명이 계단을 올라와 복도에 들어섰다. 둘 다 검은 양복을 입은 건장한 남자로 한 명은 말끔히 면도했고, 다른 한 명은 희끗희끗한 염소수염을 길렀다.

케이트는 갑자기 공황 상태에 빠졌다. 이웃집 여자가 살해돼서가 아니라 형사들이 밖에 진을 치고 있었기 때문이다.

왠지 형사와 감식반원이 우글거리는 복도를 지나갈 엄두가 나지 않았다. 케이트는 코로 숨을 들이쉬고, 입으로 내쉬면서 다시 집 안쪽으로 걸어갔다. 마음을 가라앉히며 아까 형사와 나눈 짧은 대화를 곱씹었다. 살인 사건이 발생한 후에 이웃 사람을 신문하는 게 일상적인 절차인가? 그런 것 같지 않았다. 분명 이유가 있으리라. 노트북 앞으로 가서 '오드리 마셜'을 검색했다. 흔한 이름인 탓에 족보 사이트와 페이스북 계정이 여러 개 떴다. 이름에 '보스턴'을 덧붙여 검색했더니 사용자 사진이 있는 링크드인 비공개 계정이 나왔다. 케이트는 그 계정을 클릭했다. 큰 눈에 소년처럼 머리를 짧게 자른 여자의 작은 흑백 사진이 있었다. 〈네 멋대로 해라〉에 나오는 진 세버그만큼이나 짧은 머리였다. 보스턴에 있는 출판사에서 일했는데 예전 직장은 모두 뉴욕에 있었다. 케이트는 이 여자가 분명하다고 확신하며 모니터 속 눈동자를 들여다보았고, 그 눈동자도 케이트를 빤히 바라보았다. **이제 난 죽었지만 살아 있을 때는 이런 모습이었죠.** 눈동자는 그렇게 말했다. 오드리 마셜은 미인이었다. 코빈과 오드리는 어떤 식으로든 연관이 있을까? 분명 서로 아는 사이였으리라. 적어도 오며 가며 자주 보긴 했을 것이다.

케이트는 무엇을 해야 할지 알고 있었다. 아니, 무엇을 '하고 싶은지' 알고 있었다. 직접 아파트를 뒤질 것이다. 경찰보다 먼저 둘러보면 그들이 무엇을 찾으려는지 알아낼 수 있을 것이다. 그녀에게 할 일이, 목표가 생겼다. 케이트는 자리에서 일어나 침실부터 뒤지기로 하고 서랍마다 열어봤다. 물건을 숨겨둘 만한 장소를 찾고, 매트리스를 들어 올렸다. 처음 이 집을 둘러봤을 때와 마찬가지로 개인 물품이 거의 없었다. 침실에 딸린 옷방 구석에 있는 오래되고 낡은 서랍장에는 사진이 잔뜩 들어 있었는데 대부분이 아직 현상소에서 준 봉투에 보관되어 있었다. 케이트는 사진 몇 장을 휘리릭 넘겨보았다. 코빈의 아버지가 소장했던 사진이 분명했다. 가족 휴가. 크리스마스 파티. 필름 한 통은 전부 빈티지 포르쉐 스피드스터만 찍었다. 코빈이 찍은 사진은 어디 있지? 아마 케이트와 마찬가지로 컴퓨터와 휴대전화에 저장돼 있으리라.

그다음에는 욕실과 거실, 부엌을 뒤졌다. 그나마 관련이 있을지도 모를 물건이 나온 곳은 부엌이었다. 커틀러리가 보관된 서랍 뒤쪽에 열쇠 여러 개가 있었다. 아무런 표시가 없는 열쇠도 있지만, 동그랗고 하얀 꼬리표가 달린 열쇠가 세 개 있었는데 거기에 고딕체로 용도가 적혀 있었다. 하나는 '창고', 또 하나는 'N.E.집', 그리고 또 하나는 'AM'이었다. 이게 오드리 마셜의 집 열쇠일까? 만약 그렇다면 왜 여기 있는 거지? 여러 가지 가능성이 있을 수 있다. 둘이 사귀는 사이라서 집 열쇠를 교환했을 수도 있고, 아니면 그냥 오드리가 없을 때 대신 화분에 물을 주려고 보관했을 수도 있다.

케이트는 다른 곳도 계속 뒤져보았다. 코빈의 물건보다

코빈의 아버지가 쓰던 물건이 더 많았다. 서재 벽장 속에는 비디오테이프가 든 상자가 있었다. 비디오테이프에는 '클라리사 결혼식'이라든가 '95년 8월 채텀 별장' 같은 라벨이 붙어 있었다. 그 외에 낡은 가죽 럭비공도 있었다. 케이트는 먼지가 내려앉은 럭비공 표면을 손끝으로 훑었다. 비디오테이프와 럭비공이 든 상자는 그보다 더 큰 플라스틱 함에 들어 있었는데 최근에 구입한 것인 듯했다. 케이트는 비디오테이프가 든 상자를 먼저 꺼낸 다음, 벽장에서 함 전체를 끌어냈다. 함 속에는 경제학과 관련된 대학 교재가 무더기로 들어 있었다. 표구한 학위증이 두 개 있었는데 하나는 뉴욕 앤드러스 대학교에서 받은 경영학 석사증이고, 다른 하나는 코네티컷 주 마더 대학교에서 받은 학사증으로 둘 다 코빈 해리먼 델의 이름이 적혀 있었다. 케이트는 햇빛이 잘 드는 쪽으로 함을 끌고 갔다. 코빈이 아버지 물건 밑에 자신의 물건을 감춰둔 걸까? 함을 뒤지다 보니 교재들 사이에서 요리용 실로 묶인 종이 무더기가 나왔다. 종이 말고도 사진 서너 장과 작은 수첩 하나가 끼어 있었다. 무슨 내용이 적혀 있는지 보려고 종이와 사진 가장자리를 휘리릭 넘겨보았다. 대학이나 대학원 시절의 성적표가 눈에 띄었다. 케이트는 그 사이에서 사진 한 장을 빼냈다. 20대 초반의 갈색 머리 여자가 바람이 불고 추워 보이는 해변에 앉아 있었다. 청바지에 헐렁한 터틀넥 스웨터를 입고, 무슨 말을 하는 듯이 입을 벌린 채 카메라가 아닌 다른 곳을 바라보고 있었다. 사진을 뒤집었더니 뒷면에 '애니스쾀 해변에서 레이철'이라고 적혀 있었다. 날짜는 없었다. **지금 레이철은 어디 있을까?** 케이트는 비극적인 사건들과 살해된 여자들을 상상하며 몸을 부르르 떨었다. 양손 손끝을 맞댄 채 '내가 생각했다는 이유만으로 그 일이 일어나지는 않아'라고 되뇌었다. 평소 마음속으로 외우는 또 하나의 주문이었다.

사진을 다시 집어넣으려는 찰나, 수첩도 살펴보자는 충동이 들어 묶인 실을 풀고 수첩을 꺼냈다. 앤드러스 대학교 인장이 돋을새김된 가죽 수첩이었다. 미안한 마음으로 펼쳐봤지만 날짜별로 일정을 적을 수 있는 평범한 수첩이었다. 적힌 날짜는 6년 전이었고, 뾰족하고 작은 글씨가 빼곡했다. 대부분 수업 시간과 보고서 제출 마감일이었으나 간간이 'H와 술집' 혹은 '에스터하우스에서 디너파티'와 같은 개인적인 약속도 적혀 있었다. 케이트는 수첩을 덮고 다시 종이 더미와 함께 실로 묶은 다음, 플라스틱 함에 넣었다.

런던에 있는 코빈에게 메일을 보내야 할지 생각하며 다시 거실로 나갔을 때 또 현관문을 두드리는 소리가 들렸다. 로베르타 제임스 형사가 사복형사 두 명을 대동하고 서 있었다.

"괜찮다면 집을 좀 둘러보고 싶은데요." 제임스 형사는 어금니를 꽉 문 채 입을 거의 움직이지 않고서 사무적으로 말했다.

"네, 물론이죠." 케이트는 코빈의 집에 이렇게 경찰을 들

여도 괜찮을지 생각했다. 실수하는 건 아닐까? 영장을 받아
오라고 해야 하나?

"금방 끝날 겁니다." 제임스 형사가 그렇게 말하자 하늘
색 라텍스 장갑을 낀 두 사복형사가 집 안으로 성큼성큼 들
어오더니 침실이 있는 왼쪽으로 향했다. 미국 경찰을 볼 때면
늘 그렇듯이 케이트는 벨트에 달린 권총에서 눈을 뗄 수가 없
었다. 만약 손을 뻗어 권총을 만지면 어떻게 될까? 경찰이 그
녀를 바닥에 쓰러뜨리고 당장 수갑을 채울까? "몇 가지 더 여
쭤볼 게 있어요. 좀 앉아도 될까요?" 제임스 형사가 말을 이
었다.

케이트는 마주 보는 두 소파로 형사를 안내했고, 두 사람
은 자리에 앉았다. "집이 참 아름답네요." 제임스 형사가 말
했다.

"그렇죠? 런던에 있는 저희 집은 전혀 딴판이에요. 그냥
평범한 아파트죠."

"그러니까 두 분이 집을 바꾸기로 이야기하는 과정에서
이웃 사람들 이야기는 전혀 안 나왔나요? 코빈이 오드리 마셜
을 언급한 적 있나요?"

"아뇨, 전혀요. 이웃 사람 얘기는 전혀 안 했어요. 이 집에
서 뭘 찾으시려는지 물어봐도 될까요?"

형사는 입술을 꾹 다물었다가 대답했다. "특별히 찾는 물
건은 없습니다. 코빈이 이번 사건과 연관되었다고 의심할 만

한 이유는 전혀 없어요. 궁금하신 점이 그거라면요."

"네, 네, 당연히 그렇죠."

"코빈이 타고 간 항공편에 대해 아는 게 있으신가요?"

"금요일 아침에 런던에 도착하는 밤 비행기였다는 것만 알아요. 그러니까 여기서 목요일 저녁에 출발했을 거예요."

제임스 형사가 수첩에 받아 적는 동안, 사복형사 하나가 거실을 가로질러 아파트 반대편으로 갔다. 수색이 빨리 끝난 듯했다.

"그리고 런던에서 델 씨를 만나지 않은 상태로 여기 오셨다고 했죠?"

"네, 아까 말씀드렸듯이 사실 전 코빈을 만난 적이 없어요."

"알겠습니다." 형사는 수첩을 재킷 안주머니에 넣고 양손으로 무릎을 짚으며 일어섰다. "수색이 어떻게 돼가는지 살펴봐야겠네요. 거의 끝났을 겁니다. 혹시 잠겨 있는 문이라든가 벽장, 들어가지 말라고 한 방이 있나요?"

"아뇨."

케이트가 앉아 있는 동안 제임스 형사는 서쪽으로 천천히 걸어가 창문 앞에서 걸음을 멈추고 밖을 내다봤다. 비가 그친 뒤 구름이 갈라지고 있었다. 형사는 손가락으로 커튼을 젖히고 밖을 바라보더니 다시 걸음을 옮겼다. 어찌나 키가 크고 자세가 반듯한지 케이트는 자기도 모르게 등을 펴고 어깨를 뒤로 젖혔다. 라텍스 장갑을 낀 사복형사 하나가 다시 거실로 나와 "아무것도 없습니다"라고 말했다. 감기에 걸린 듯한 목소리였다. 또 다른 형사는 부엌에서 나왔다. 서랍 여는 소리는 듣지 못했다. 그렇다면 AM이라고 적힌 열쇠를 봤다고 이야기해야 할까? 이들이 찾는 게 그런 물건일까? 케이트가 마음의 결정을 내리기도 전에 세 형사는 현관 쪽으로 걸어갔다. 제임스 형사는 협조해줘서 고맙다고 인사하며 무슨 일이 생기면 연락달라고 했다. 그러고는 자리에서 일어난 케이트가 미처 대답하기도 전에 다른 두 형사와 함께 나가버렸다. 그녀는 다시 혼자 남게 되었다.

5

케이트는 저녁으로 먹을 빵과 치즈를 준비하고 와인 한 병을 땄다. 서재에서 먹으며 케이블 채널을 이리저리 돌리다가 마침내 알래스카 게잡이 어부들이 나오는 리얼리티 프로그램을 보기로 했다. 그 프로그램이 끝나자 도리스데이와 렉스 해리슨 주연의 스릴러 영화 〈미드나잇 레이스〉가 방영 중인 채널을 찾아냈다. 아주 훌륭한 작품은 아니지만 덕분에 복도에 경찰이 깔려 있다는 사실을 잊을 수 있었다.

영화를 절반쯤 봤을 때 가죽 소파에 달린 레버가 눈에 띄었다. 레버를 움직였더니 소파 맨 끝 의자만 뒤로 비스듬히 기울었다. 의자를 거의 수평으로 눕힌 뒤, 거기 누워 계속 영화를 봤다. 갑자기 피곤이 몰려왔고, 사지를 움직일 수가 없었다. 그러다가 순식간에 방영 중인 영화가 바뀌었다. 흑백 영화였는데 이번에도 주연은 렉스 해리슨이었다. 다만 수염을 길렀고 검은 터틀넥 스웨터를 입었다. 영화가 익숙하게 느껴지는 걸 보니 전에 본 적이 있는 듯했다. 케이트는 자신도 모르게 잠이 들었다. 깜짝 놀라 어리둥절한 상태로 깨어나 케이블 셋톱박스의 시계를 보니 오전 5시 45분이었다. 입안은 끈적거렸고, 어제 마신 와인 때문인지 골치가 살짝 아팠다. 어제 하루가 며칠처럼 느껴졌고, 밤잠처럼 깊은 낮잠을 간간이 잔 듯했다. 이제 겨우 일요일인데 보스턴에 온 지 일주일은 된 것 같았다.

텔레비전을 끄고 의자를 다시 원래대로 세워놓은 뒤 자리에서 일어났다. 콧물이 흘러내려서 휴지를 꺼내려고 주머니에 손을 넣었더니 휴지 대신 열쇠가 만져졌다. 주머니에서 꺼내보니 어제 커틀러리가 든 서랍에서 본, 꼬리표에 고딕체로 AM이라고 적힌 열쇠였다. 케이트는 이 열쇠를 주머니에 넣은 기억이 없었다. 대체 언제 넣었지? 처음 서랍에서 봤을 때? 아니면 그 후에? 그녀는 고개를 마구 흔들며 정신을 차리고 기억해내려 하다가 부엌으로 걸어갔다. 주변 공기가 평소보다 느리게 갈라지는 듯했다. 너무 피곤했다. 시간대가 다른 지역으로 여행을 와서 시차를 겪는 일이 몇 년 만인지 모른다. 열쇠를 조리대에 올려두고 커피 내릴 준비를 했다. 커피를 기다리는 동안 다시 열쇠를 집어 들고 불현듯 이게 오드리 마셜의 집 열쇠가 맞는지 알아봐야 한다는 생각이 들었다. 그냥 열쇠를 넣어서 문이 열리는지 확인만 하고 경찰에 알리자. 아마 그 집 열쇠가 아닐 것이다. AM에는 여러 의미가 있을 수 있다.

케이트는 신발도 신지 않은 채 복도로 나가 오드리 마셜의 집으로 갔다. 현관문에 폴리스 라인이 X자로 붙어 있었다. 열쇠 구멍에 열쇠를 넣고 돌린 다음, 문을 밀었다. 눈앞에서 문이 벙긋 입을 벌렸다. 이러면 안 된다는 생각과 이래야 한다는 생각을 동시에 하면서 케이트는 폴리스 라인 아래로 몸을 숙여 집 안으로 들어갔다. 피곤하고 두려운 탓에 자신이 직접 행동한다기보다 그런 자신을 지켜보고 관찰하는 기분이 들었다. 팔꿈치로 문을 닫은 다음, 팔을 축 늘어뜨리고 가만히 서서 눈이 적응되기를 기다렸다. 현관 앞 짧은 복도에서 거실을 바라보았다. 거실은 그녀의 집보다 훨씬 작았지만 우아하기는 마찬가지였다. 오드리 마셜의 시체가 발견된 지점을 표시해뒀는지 바닥을 훑어보았지만 아무것도 없었다. 제대로 찾아온 건가? 그녀는 집 안쪽으로 조심스럽게 세 발짝을 내디뎠다. 화학약품 냄새가 났다. 실내는 어두웠지만 젖혀진 커튼과 동트는 하늘의 희미한 여명 덕분에 가구 윤곽선이며 책과 와인 병으로 어질러진 탁자가 보였다.

살인은 여기서 일어나지 않았어. 여기에는 혈흔도, 뒤집어진 의자도, 죽음의 냄새도 없어. 케이트는 생각했다. 지금 꿈을 꾸는 걸까? 아니면 살인 사건이 일어났다고 들은 게 꿈이었을까?

하지만 그런 생각이 드는데도 이상하리만치 차분했다. 역설적이게도 이렇게 다소 무모한 일을 할 때면 오히려 자신이 정상이라는 기분이 들었다. 늘 내재하는 불안이 그제야 정당하게 느껴지는 듯했다. 시신이 발견된 다음 날 아침에 살해된 여자의 집에 서 있으면 심장이 두근거리고, 손발이 차가워지는 게 당연하기 때문이다. 케이트는 그대로 돌아가려다가 몇 발짝 더 들어가 큼직한 창문 너머를 바라보았다. 안뜰 쪽으로 난 창문이라서 반대편 동의 편평한 지붕 너머로 연한 오렌지빛 햇살이 보였다. 케이트는 본능적으로 한 발짝 물러나 집 안의 더 짙은 어둠 속으로 몸을 숨겼다.

반대편 집에서 불이 켜지고 누군가가 창문 앞을 지나가더니 걸음을 멈추고 이쪽을 바라보았다. 불빛 덕분에 케이트는 상대가 어제 안뜰에서 만난 남자, 앨런 처니임을 알 수 있었다. 머리카락 색깔 하며 마른 체격, 기울어진 어깨가 똑같았다. 케이트는 조금이라도 움직이면 정체가 탄로 날까 두려워 숨을 죽였다. 그들은 그렇게 1분간 서 있었다. 끔찍하리만치 길게 느껴지는 1분이었다. 앨런은 계속 이쪽을 바라보더니 손을 들어 한쪽 눈을 비볐다. 그러자 동쪽 하늘을 밝히기 시작한 여명이 지붕 위로 올라왔고, 케이트는 불현듯 앨런이 자신을 볼 수도 있음을 깨달았다. 그리하여 눈에 발자국을 남기지 않으려는 사람처럼 왔던 걸음을 되짚어 물러났다.

앨런은 계속 이쪽을 보고 있었고, 케이트는 자신의 정체가 발각될까 두려운 동시에 그에게서 눈을 떼기도 두려워서 현관문에 등을 기댔다.

6

앨런은 창문 너머로 오드리 마셜의 어두컴컴한 아파트를 바라보았다. 한순간 거기 누가 있었다고, 그를 바라보고 있었다고 맹세할 수 있었다. 하지만 지난 24시간 동안 잠을 거의 못 잔 데다 반대편의 회색 그림자들은 흐릿하고 희미하게 일렁거렸다. 피곤으로 다리가 떨리고, 배가 고파 속이 울렁거리는데도 계속 반대편을 지켜보았다. 아주 오래전에 쥐가 딱 한 번 나온 적이 있는, 몰딩과 마루 사이의 틈을 지켜보는 고양이처럼.

오후 내내 거리에는 경찰차가 깔려 있었다. 구급차가 도착하고, 제복을 입은 경관들이 아파트 건물을 들락날락했다.

그는 왜 아직도 오드리의 집을 지켜보고 있는 걸까? 아마 습관일 것이다. 앨런은 집에 혼자 있는 오드리를 아주 오랫동안 지켜봤기 때문에 그녀를 속속들이 알고 있었다. 방을 어떻게 가로지르는지, 잘 때 어떤 옷을 입는지, 양치를 얼마나 오래 하는지. 그가 오드리에 대해 아는 정보는 모두 이렇게 창 너머로 그녀를 지켜보며 알게 되었다.

그 일은 일 년도 더 전, 앨런과 퀸이 이 아파트로 함께 이사한 지 몇 달 후부터 시작됐다. 12월의 그날은 평소 퀸과 함께 보내는 여느 토요일과 다를 바 없었다. 친구들과 함께 브런치를 먹고, 쇼핑을 하고, 헬스장에서 운동한 다음, 크리스마스트리를 샀다. 트리는 너무 커서 집까지 운반하기가 힘들었고, 계단과 복도에는 솔잎이 잔뜩 떨어졌다.

원래는 집에서 크리스마스트리를 장식하고(둘이 함께 맞는 첫 번째 크리스마스였다), 에그노그를 마시고, 영화를 볼 계획이었다. 하지만 퀸의 단짝 비브에게서 다른 친구들과 함께 방금 새로 개장한 호텔 바에 갈 거라는 문자가 왔다.

"우리도 가자." 30분 넘게 홀짝거린 에그노그를 단숨에 비우며 퀸이 말했다.

"정말?"

"재미있을 거야. 바텐더가 예전에 비하이브에 있던 남자야. 그 남자가 만들어준 칵테일 기억하지? 셰리가 들어간 거. 당신 한동안 그것만 마셨잖아."

"애스턴 마틴."

"맞아, 애스턴 마틴. 가서 그거 마시자."

앨런도 그럴 생각으로 에그노그를 단숨에 들이켰다. 그런데 놀랍게도 그의 입에서 다른 말이 나왔다. "난 그냥 집에 있을게."

"진짜?" 퀸이 물었다. 그녀는 집에 돌아온 뒤로 계속 입고 있던 룰루레몬 요가 바지를 벗는 중이었다.

"피곤해." 앨런은 거짓말을 했다. 사실은 그저 혼자만의 시간을 갖고 싶었다. 에그노그에 든 브랜디 탓에 기분 좋게 알딸딸했고, 토요일 밤을 혼자 보낼 생각을 하니 갑자기 꿈만 같았다. 계속 에그노그를 마시며 평소 퀸이 질색하는 피투성이 호러 영화를 볼 수도 있다.

"자기가 싫으면 나도 안 갈게." 퀸이 말했다.

"난 괜찮으니까 당신 혼자 다녀와. 우리 관계에서 획기적인 전환점이 될 거야. 당신은 나가고, 나는 집에 있고, 그 일로 둘 다 마음 상하지 않고."

"왜 내가 마음 상하지 않을 거라고 생각해?" 말은 그렇게 해도 퀸은 미소 짓고 있었다. 결국 그녀는 옷을 갈아입고 에그노그를 한 잔 더 마신 뒤, 화장하고 나갔다.

물론 앨런 혼자 집에 있는 일이 처음은 아니었지만 토요일 밤에, 그것도 퀸이 친구들과 나가고 혼자 있으니 기분이 남달랐다. 케이블 채널을 뒤지며 볼 만한 영화를 고르기 전에 우선 이사할 때마다 빠뜨리지 않고 챙긴 옛 음반 〈쳇 베이커 싱즈〉를 틀고, 에그노그를 한 잔 더 만든 뒤, 집 안을 돌아다니며 곳곳에 놓인 램프의 밝기를 조절했다. 아까 퀸과 함께 크리스마스트리를 들고 돌아올 때 막 눈이 내리기 시작한 터라 거실로 가서 큼직한 창문의 커튼을 젖히고 날씨가 어떤지 살펴봤다. 눈은 그쳤지만 세상은 얇은 순백색 천으로 덮여 있었다. 안뜰에 찍힌 발자국을 유심히 바라보며 어느 것이 퀸의 발자국인지 알아내려 했지만 그러기에는 너무 많았다.

안뜰 건너편 집에도 불이 켜져 있었다. 앨런은 그 집을 바라보며 눈이 빛에 적응되기를 기다렸다. 반쯤 열린 커튼 사이로 거기 사는 여자—전에 이름을 들었는지 몰라도 전혀 기억나지 않았다—가 보였다. 소파의 한쪽 팔걸이에 등을 기댄 채 무릎에 책을 펼치고 앉아 있었다. 머리 위로 키 큰 램프가 따뜻한 노란색 원추형 불빛을 드리웠다. 소파 앞 탁자에는 레드 와인 한 병과 와인이 담긴 잔이 놓여 있었다. 너무 진부하다 싶을 정도로 이상적인 장면이라서 앨런은 큰 소리로 웃었다. 그리고는 열린 커튼 사이 한가운데에 그녀가 자리 잡도록 왼쪽으로 한 발 이동했다.

여자가 움찔하며 책에서 눈을 들자 앨런은 들킨 줄 알고 본능적으로 한 발 물러섰다. 여자는 자리에서 일어났지만 창문 쪽은 전혀 보지 않은 채 앨런의 시야에서 사라졌다. 그녀가 다시 소파로 돌아왔을 때는 샌더스라는 하얀 고양이가 뒤따라왔다. 샌더스는 탁자 위로 폴짝 뛰어올랐다. 여자는 다시 소파에 앉아 책을 읽으며 한가하게 샌더스의 턱을 긁어주었다. 샌더스는 역시 그쪽 동에 사는 여자의 고양이였는데 건물 어디든 마음대로 돌아다닐 수 있었다. 앨런은 로비에서 종종 샌더스를 봤는데 가끔은 프런트 데스크에서 낮잠을 자고 있었다.

앨런은 거실이 더 어두워지도록 옆에 있는 램프를 <u>끄고</u> 여자를 계속 지켜봤다. 여자가 어찌나 평화롭고, 자기만의 작은 세상에 만족하는 듯이 보였는지 앨런은 그녀와 함께 있고 싶은 강렬한 충동을 느꼈다. 가슴이 찌릿하게 아플 정도로. 여자가 앉은 소파 반대쪽에 앉아 다리를 쭉 뻗어 서로의 맨발이 닿는 장면을 상상했다. 이 환상 속에서 그들은 서로에게 완벽히 편안한 존재였다.

턴테이블에서 A면 마지막 곡 'My Buddy(내 친구)'가 흘러나오자 앨런은 자신이 오랫동안 창밖을 보고 있었음을 깨달았다. 커튼을 치고 소파에 앉았더니 휴대전화가 진동했다. 바에 도착했다는 퀸의 문자였다. 앨런은 사람들에게 안부 전해달라는 문자를 보냈다. 30초 뒤에 퀸에게서 답장이 왔다. 마이크가 당신더러 병신이라고 전해달래!

'My Buddy'가 끝나고 앨런은 정적 속에 앉아 있었다. 다른 곡을 틀까, 볼 만한 영화를 찾아볼까 싶었지만 머릿속에는 계속 그 여자를 보고 싶다는 생각뿐이었다. 자리에서 일어나 다시 창가로 다가가 밖을 내다보았다. 그녀는 여전히 소파에 앉아 있었다. 하지만 샌더스는 사라졌고, 여자는 다리를 세운 채 무릎에 책을 펼쳐놓고 있었다. 앨런은 자신에게 쌍안경이 있다는 사실이 생각났다. 대학 친구들과 함께 돈을 나눠서 제일 싼 보스턴 셀틱스* 시즌 티켓을 구입한 적이 있는데 워낙 멀리 떨어진 자리라서 쌍안경이 필요했다. 정확히 어디에 뒀는지 기억나지 않았지만 아마 당시 들고 다니던 캔버스 크로스백에 들었을 것이다. 앨런은 그 가방을 찾아보았고 역시나 짐작대로였다. 그는 손에 쌍안경을 든 채 잠시 머뭇거렸다. 단순히 창문 너머로 이웃집 여자를 바라보는 것과 쌍안경으로 바라보는 것은 엄연히 다름을 알기 때문이다. 잠깐만 볼 거야, 앨런은 그렇게 생각했다. 그냥 여자를 자세히 보려는 것뿐이다. 무슨 책을 읽는지도 알아볼 겸.

그는 창가로 돌아가 쌍안경을 눈으로 가져갔다. 마치 여자가 2미터쯤 앞에 있는 듯했다. 여자의 이목구비며 옷의 질감, 아무 생각 없이 귓불을 만지작거리는 동작까지 또렷하게 보였다. 그녀가 읽는 책 표지는 빨간색이었고 흑백 폰트로 큼직하게 "울프 홀(Wolf Hole)"이라고 적혀 있었다. 여자는 혀로 손끝에 침을 묻히더니 페이지를 넘겼다.

앨런의 호흡은 차츰 느리고 무거워졌다. 이렇게 가까이에서 여자를 바라보니 나쁜 짓을 한다는 사실이 실감 나서 더 죄책감이 들었지만 멈출 수가 없었다. 여자는 무릎 부위가 찢어진 낡은 청바지에 딱 달라붙는 라운드 네크라인 스웨터를

* 보스턴을 연고지로 하는 농구팀.

입었는데 검은색 바탕에 갈색 줄무늬였다. 여자가 하품을 하며 등을 뒤로 젖히자 분홍빛 배가 살짝 드러났다. 바지 안쪽이 뻣뻣해진 앨런은 쌍안경을 내린 다음, 커튼을 치고 뒤로 물러났다. 갑자기 아픈 사람처럼 열이 오르며 부끄러워졌다.

속옷을 보관해두는 서랍에 쌍안경을 넣어두고 옷을 벗은 다음, 사각팬티와 티셔츠로 갈아입고 양치를 하고 잠자리에 들었다. 한동안 존 르 카레의 《팅커, 테일러, 솔저, 스파이》를 읽었다. 예전에 읽기는 했지만 중학교 때 일이다. 눈으로 단어를 훑으며 창 너머의 여자를 생각했다. 그녀는 어떤 삶을 살고 있을까? 남자 친구는 있을까? 어쩌면 퀸처럼 그녀의 남자 친구도 잠시 외출했을지 모른다. 하지만 그럴 것 같지 않았다. 집에 있는 모양새가 어쩐지 혼자 산다는 느낌을 주었다.

앨런은 책을 좀 더 읽으려다 그냥 덮고 불을 껐다. 벽 아래쪽을 따라 설치된 히터가 딸깍거리는 소리를 들으며 누워 있었다. 잠들기는 글렀다고 생각했지만 어느새 잠이 들었다.

한참 자고 있는데 퀸이 이불 속으로 슬그머니 들어왔다. 레드 와인과 말보로 라이트 냄새가 났다. "담배 피웠어?" 앨런이 물었다. 둘 다 최근에 금연을 시작했기 때문이다.

"쉿." 퀸은 알몸이었고, 앨런의 한 손을 자신의 사타구니로 이끌더니 그의 몸에 올라탔다. 어둠 속에서 퀸은 회색빛 그림자였고, 얼굴이 보이지 않았다. 비몽사몽이던 앨런은 자신의 몸 위에서 앞뒤로 움직이는 사람이 이웃집 여자라고, 이름도 모르는 그 여자라고 상상했다.

* * *

　이웃집 여자의 이름은 곧 알아낼 수 있었다. 월요일이 되
어 퀸이 출근한 후, 앨런은 건물 로비를 지나 반대편 동으로
갔다. 그녀가 사는 집의 호수를 알아내기는 쉬웠다. 303호. 다
시 로비로 내려와 경비원 봅에게 방금 온 우편물이 있으면 좀
보여달라고 했다. 우편물 사이에 그녀의 신용카드 청구서가
있었다. 303호, 오드리 마셜.

　겨울이 지나는 동안 앨런은 그녀의 스케줄을, 아침 몇 시
에 일어나고 저녁 몇 시에 퇴근하는지 알게 되었다. 찾아오는
사람은 거의 없었다. 마르고 평범하게 생긴 여자가 한두 번 놀
러와 함께 샴페인을 마신 적은 있었다. 여자는 쉴 새 없이 이
야기했고, 오드리는 상대의 말을 들어주며 간간이 끼어들었
다. 하지만 주로 혼자일 때가 많았고, 그래서 앨런은 그녀를
지켜보는 일이 즐거웠다.

　"뭐 재미난 구경거리라도 있어?" 어느 날 밤, 텔레비전을
보는 줄 알았던 퀸이 앨런에게 물었다.

　"누가 안뜰에서 소리를 지르는 줄 알았는데 안뜰이 아니
라 길거리였나 봐."

　"그래, 그러든지 말든지."

"무슨 뜻이야?"

"당신은 늘 창밖만 내다보잖아. 당신이 1초 이상 날 바라본 게 언제인지 기억도 안 나."

"오늘 낮에 함께 점심 먹었잖아. 벌써 잊었어? 점심 먹는 내내 서로를 바라봤다고. 당신 앞니에 낀 참깨도 내가 빼줬잖아." 앨런은 웃으며 말했다.

하지만 퀸은 휴대전화를 들여다보며 어깨만 으쓱였다. 그때가 3월이었고, 앨런은 퀸이 다른 남자를 만나는 중이라고 확신했다. 브랜든이라는 법률 회사 동료였는데 퀸이 퇴근 후 동료들과 함께하는 술자리에 꼭 끼어 있었다. "아, 그리고 물론 그 자리에 브랜든도 있었지." 이렇게 말할 때면 퀸은 늘 그의 이름을 재빨리 발음했고, 그 때문에 앨런은 두 사람 사이를 의심했다. 하지만 화가 나지는 않았다. 심지어 질투조차 나지 않았다. 그에게는 오드리가 있기 때문이다.

겨울이 봄이 되고, 봄이 여름이 되면서 오드리는 창문을 살짝 열어두었고 앨런도 그랬다. 조용한 여름 저녁에 바람이 그의 집 쪽으로 불 때면 가끔씩 안뜰 너머로 음악 소리가 들렸다. 오드리는 클래식 음악을 들으며 거실 소파에서 책을 읽었다. 주로 그가 처음 훔쳐봤을 때와 같은 자세로. 날이 더울 때는 가끔씩 침실에서 읽기도 했다. 앨런의 집과 마찬가지로 그녀의 집에도 침실 천장에 선풍기가 달렸기 때문이다. 그녀의 알몸은 본 적이 없지만 다양한 단계로 벗은 모습은 여러 번 봤다. 주로 아침에 출근 준비를 하거나 저녁 6시쯤 퇴근한 직후에. 어느 더운 밤, 오드리의 집 커튼이 살짝 젖혀졌고 앨런은 불 꺼진 침실 창문으로 의자를 끌고 가 쌍안경으로 그녀를 지켜봤다. 그녀는 검은색 삼각팬티만 입고서 《리틀 스트레인저》 문고본을 읽고 있었다. 앨런은 잠시 창문을 열고 안뜰을 가로질러 그녀의 침실로 둥둥 떠가는 상상을 했다.

늦여름에 퀸은 그의 곁을 떠났다. 그의 마음이 떠났다는 이유에서였지만 이미 브랜든과 사귄다는 소문이 돌았다. 집 안 가구는 절반 넘게 사라졌고, 그가 감당할 수 없는 월세만 남았지만 덕분에 오드리에게 집중할 수 있는 시간이 늘어났다. 앨런은 계획을 세워두었다. 오드리를 자연스럽게 마주치고, 그 후로도 오랫동안 계속 그녀와 마주칠 수 있는 계획을. 앨런은 집을 나서는 오드리를 가끔씩 따라다녔다. 그래서 그녀의 직장이 어디에 있고—찰스 강 건너 케임브리지에 있는 작은 출판사—주말이면 그녀가 하버드 광장에 있는 천장이 낮은 카페에서 책을 즐겨 읽는다는 사실도 알게 되었다. 앨런은 주말에 오드리보다 먼저 그 카페에 가서 그녀를 기다리다가 얼굴이 눈에 익다며 말을 걸 작정이었다. 마침내 그들은 자기들이 보스턴의 같은 아파트에서 산다는 사실을 알게 되고, 그런데 정작 케임브리지에서 만났다는 사실을 재미있어 할 테고, 언제 보스턴에서도 한번 만나자고 할 것이다.

하지만 앨런은 그 계획을 실행에 옮기지 못했다. 10월이 되면서 모든 게 바뀌었기 때문이다. 오드리의 집에 남자가 드나들기 시작했다. 키가 크고 체격이 건장한 양복쟁이였는데 늘 와인 한 병을 들고 나타났다. 앨런은 그가 누군지 알고 있었다. 오드리와 같은 동, 같은 층에 사는 코빈 델이라는 남자였다.

7

앨런은 이 아파트로 이사한 직후에 코빈 델을 만난 적이 있다. 오드리 마셜을 훔쳐보기 전, 그러니까 퀸과 막 동거를 시작해 아직 뜨거운 사이였을 때의 일이다.

앨런은 아파트 로비에서 코빈을 만났다. 코빈은 경비원 밥과 이야기하는 중이었고, 앨런은 라켓볼을 치러 가는 길에 우편물을 확인하는 중이었다. 테이프가 감긴 라켓 손잡이가 앨런의 운동용 가방 밖으로 삐죽 나와 있었다.

"스쿼시를 치나요? 아니면 라켓볼?" 라켓을 본 코빈이 물었다.

"둘 다요. 하지만 최근에는 라켓볼을 치죠. 라켓볼 치십니까?"

"네. 어디서 치나요?" 코빈이 물었다. 그는 아주 심한 사각턱이었다. 사실 턱뿐 아니라 넓은 어깨, 두툼한 손, 짧게 깎은 금발 때문에 양쪽 모서리가 더욱 두드러진 머리도 전부 사각형이었다. 한눈에 봐도 그가 자기보다 훨씬 잘 치리라는 걸 앨런은 알 수 있었다.

"YMCA에서요."

"어디 YMCA요? 강 근처?"

"네."

"거기에도 라켓볼 코트가 있는 줄 몰랐네요. 언제 한번 칩시다. 내가 다니는 클럽에 와도 되고요."

"전 잘 못 칩니다." 앨런이 말했다.

"상관없어요. 지금 함께 치는 친구는 승부욕이 너무 강해서 재미가 없거든요." 코빈이 말했다.

그들은 통성명을 했고, 앨런은 자신이 일하는 소프트웨어 회사 이름과 이메일 주소가 적힌 명함을 코빈에게 주었다.

"마케팅 쪽 일을 하나요?" 코빈이 물었다.

"네. 그쪽은요?"

"브라이어 크레인에서 재무상담사로 일합니다." 앨런도 들어본 적이 있는 회사였다. 당연히 금융업계에서 일할 것이다. 코빈처럼 생긴 남자들은 환투기와 환율 이야기라면 사족을 못 썼다. 그들은 작별 인사를 했고, 코빈은 연락하겠다고 말했다. 앨런은 안뜰을 가로질러 YMCA로 걸어가며 코빈이 정말로 연락하지는 않을 거라고 생각했다. 하지만 이제는 로비에서 만난 남자들끼리 라켓볼을 치기로 약속을 잡는 건물에서 산다고 생각하니 이상하게 기분이 좋았다. 늘 금수저였고, 앞으로도 금수저일 퀸과 사귄 후로 생긴 변화였다. 이 아파트로 이사 오자고 우긴 사람도 퀸이었다. 그 전까지 보스턴 남쪽에서 앨런이 살던 방 두 개짜리 아파트에 비하면 월세가 네 배나 되는데도.

앨런은 코빈 델과 있었던 일을 까맣게 잊은 터라 일주일 뒤 그에게서 메일이 왔을 때 깜짝 놀랐다.

그때 말한 대로 함께 라켓볼을 칩시다. 당신만 괜찮다면
난 토요일 아침이 좋아요. 10시에 코트를 예약해뒀습니다.
코빈.

두 사람은 함께 라켓볼을 쳤고, 앨런의 짐작대로 코빈은 월등하게 뛰어났다. 실력뿐 아니라 체력도 좋았다. 경기가 끝난 후 코빈은 딱히 샤워가 필요 없을 정도로 보송해 보였다. 반면 앨런은 땀을 비 오듯 흘렸고, 단답형으로만 간신히 대답할 수 있었다. 그래도 함께 샤워하고 화려한 스포츠클럽에서 아파트까지 걸어가며 코빈은 나중에 또 함께 치자고 말했다.

두 사람은 또 라켓볼을 쳤지만 딱 한 번뿐이었다. 크리스마스 주간이 시작되기 직전이었는데 경기 후에는 찰스 가에 있는 세븐스에서 함께 맥주를 마셨다. 바에서 술을 마시는 것

도 라켓볼을 칠 때와 마찬가지여서 코빈은 전혀 취하지 않았고, 앨런은 그와 보조를 맞추느라 힘들었다. 코빈은 보스턴의 훌륭한 레스토랑들 이야기를 했고, 자신의 포트폴리오를 언급했으며, 가게 안을 가로질러 가는 아름다운 갈색 머리 여자를 쳐다보느라 고개를 돌렸다. 앨런은 코빈이 자신의 약점을 보상하려고 지나치게 애를 쓴다고 생각했지만 그게 무엇인지는 알 수 없었다. 어쩌면 평생 짊어지고 살아야 할, 멍청한 부잣집 도련님 같은 이름—코빈—일 수도 있고, 아니면 사실은 게이인데 그 사실을 숨기려고 안간힘을 쓰는 것일 수도 있다. 두 사람은 맥주를 마신 뒤, 함께 찰스 가를 따라 걸었다. 5시밖에 안 되었지만 거리는 이미 어두웠고, 상점 쇼윈도에는 전구와 크리스마스 장식이 반짝거렸다. "난 크리스마스가 딱 질색입니다." 코빈은 혼잣말하듯 말해놓고 얼른 웃었다.

"난 좋으면서도 싫습니다. 크리스마스를 딱히 기념하지는 않아요." 앨런이 말했다.

그게 두 사람의 마지막 만남이었고, 그 후로는 아파트 로비나 안뜰에서 가끔씩 마주쳤다. 그럴 때마다 앨런은 코빈의 얼굴에서 미안한 기색을 볼 수 있었다. 마치 그들이 더는 라켓볼을 함께 치지 않는 이유가 자신이 퇴짜를 놓았기 때문이라는 듯이. 앨런은 그에게 말해주고 싶었다. 퇴짜를 놓기는 자신도 마찬가지라고.

그러다 오드리를 알게 되면서 앨런은 코빈을 까맣게 잊

어버렸다. 사실 코빈뿐 아니라 다른 사람들도 마찬가지였다. 코빈은 그의 기억에서 완전히 사라진 터라 처음 오드리의 아파트에서 그를 봤을 때 곧바로 알아보지 못할 정도였다. 머리가 조금 더 자라기는 했어도 코빈은 예전과 똑같았다. 키가 크고 근육질이었으며 양복이나 운동복을 입고 있었다. 그는 마치 오드리의 집이 자기 집인 듯 소파에 느긋하게 앉아 텔레비전을 봤다. 두 사람은 늘 와인을 마셨다. 앨런은 그들이 함께 침실로 들어가 커튼을 치는 것을 예닐곱 번 보기는 했지만 평소에 두 사람은 신체 접촉이 거의 없었다. 한번은 코빈이 오드리를 들어 올리고, 오드리가 다리로 그의 허리를 감싼 채 키스하는 장면을 본 적이 있다. 코빈의 큼직한 손이 오드리의 스커트 안으로 들어가자 앨런은 눈을 돌렸다. 앨런은 두 사람의 저런 모습을 보며 역겨워하는 것은 잘된 일이라고, 24시간 오드리만 보고 싶은 마음이 사라지는 데 도움이 되리라고 생각했다. 적어도 코빈 같은 남자와 사귄다면 오드리는 그가 생각했던 여자가 아니었다.

생각은 그렇게 했어도 앨런은 전과 다름없이 오드리를 지켜봤고, 그녀 혼자 소파에 앉아 책 읽는 순간이 더욱 소중하게 느껴졌다. 그녀는 길리언 플린의 《나를 찾아줘》를 읽기 시작했고, 앨런은 퇴근하는 길에 반즈 앤드 노블에 들러서 똑같은 책을 샀다. 그녀와 동시에 같은 책을 읽고 싶었다. 며칠간 코빈이 나타나지 않으면 앨런은 그들이 헤어졌을지도 모른다는 희망을 품었지만 금요일 밤이 되면 코빈은 어김없이 와인 한 병을 들고 다시 나타났다. 앨런은 혹시 그들이 그냥 섹스 파트너로 지내기로 한 건지 의아했다. 하지만 그랬다고 해도 거슬리기는 마찬가지였다. 설사 그냥 섹스 파트너라고 해도 오드리는 대체 코빈의 어떤 점에 끌린 걸까?

코빈이 오드리를 만나러 온 어느 밤에 앨런은 맥주를 대여섯 병 마신 후, 코빈에게 이메일을 보내기로 마음먹었다. 그를 마지막으로 만난 지 거의 일 년이 다 된 때였다. 앨런은 오랜만에 연락해서 미안하다고 사과하며 최대한 별생각 없이 쓴 메일처럼 보이게 하려고 애썼다. 그런 다음, 가볍게 라켓볼이나 한판 치고 세븐스에서 맥주를 마시자고 했다. "아니면 라켓볼은 생략하고 그냥 맥주만 마셔도 되고요." 코빈과 대화를 나누는 게 유일한 목적이었으므로 앨런은 그렇게 덧붙였다. 그러고는 마음이 바뀌기 전에 얼른 전송 버튼을 누르고 의자에 등을 기댄 채 한숨을 쉬었다. 만약 코빈이 미끼를 문다면, 오드리에 대해 물어볼 수 있으리라. 어쩌면 둘이 무슨 사이인지도 알아낼 수 있을 것이다. 이번 일로 코빈과 친구가 되면 그가 정식으로 오드리를 소개해줄지도 모른다. 앨런의 마음은 앞서 달리기 시작했고, 오드리가 코빈과 헤어져 자신과 사귀는 시나리오를 써나갔다. 그러다 그 환상에 너무 깊이 빠지지 않기로 하며 자리에서 일어나 창가로 돌아갔다. 코빈은 휴대전화를 들여다보고 있었다. 방금 그가 보낸 이메일을 읽는 중일까? 그랬는지는 몰라도 답장은 이튿날에야 왔다.

> 오랜만이네요. 이렇게 연락 주니 반갑군요. 사실 난
> 라켓볼은 그만뒀습니다. 요즘은 스쿼시만 치죠. 그래도
> 술은 한잔합시다. 다음 주 수요일이 한가해요.

앨런은 수요일에 만나자고 답장했다. 수요일이 가까워지자 혹시 그날 코빈이 오드리도 데리고 나올지 모른다는 생각이 들었다. 그 희박한 가능성 때문에 앨런은 제일 좋은 청바지와 래그 앤드 본에서 산 재킷을 입었다. 하지만 약속 시간에 세븐스에 도착하니 코빈은 보이지 않았다. 20분이나 지나서 마침내 코빈이 나타났을 때는 혼자였다.

그들은 이야기를 나누며 맥주를 반 잔쯤 마셨고, 코빈은 2분 간격으로 휴대전화를 확인했다. 시간이 많지 않음을 깨달은 앨런은 최대한 가벼운 말투로 물었다. "요즘 만나는 사람 있습니까?"

"만나는 사람요? 아뇨, 없습니다. 직장에 여직원이 하나 있기는 한데 불행히도 유부녀라서—"

"우리 아파트에 사는 여자랑 사귄다고 들은 것 같은데. 당신과 같은 층에 사는 여자요. 이름이 뭐였더라……."

"오드리?"

"맞아요. 아마 그럴 겁니다."

코빈이 스머티노즈 맥주를 쭉 들이켜자 윗입술을 따라 길고 가늘게 거품이 묻었다. "그 여자를 잘 알지도 못하는데 왜 그런 소문이 났을까요? 누구에게 들었습니까?"

"내가 잘못 알았나요? 두 사람이 함께 있는 걸 본 것 같기도 하고요."

"아뇨, 잘 모르는 여자예요. 본 적은 있고, 친해지면 좋겠지만 그런 사이는 절대 아닙니다. 당신은 어때요? 여자 친구가 이사 가지 않았나요?"

앨런은 퀸과 헤어지게 된 경위를 간략히 설명하고, 곧 이사를 가거나 아니면 집세를 공동 부담할 하우스메이트를 구할 예정이라고 말했다. 그들이 주문한 맥주를 다 마시자 바쁜 바텐더가 지나가며 더 마시겠냐고 물었다. 아직 코빈의 연애에 대해 다 캐묻지 못한 터라 앨런은 한 병 더 달라고 하려던 참이었지만 코빈은 자리에서 벌떡 일어났다. "난 가봐야겠습니다. 미안한데 들러야 할 데가 있어요. 대신 다음에 꼭 이런 자리를 다시 만들죠." 그가 미덥지 않은 말투로 말했다.

코빈은 떠났지만, 앨런은 계속 남아서 라이 위스키를 넣은 진저에일을 주문했다. 왜 코빈은 오드리를 모른다고 잡아뗐을까? 이해가 가지 않았다. 설사 이유가 있어서 두 사람이 비밀 연애를 한다 쳐도, 앨런에게까지 감출 필요가 있을까?

앨런은 집에 돌아와 곧장 창가로 갔다. 오드리의 아파트는 불이 꺼져 있었다.

하지만 이튿날 밤에 오드리는 다시 소파에 앉아 《허영의 시장》을 읽었다. 가끔씩 휴대전화를 확인하고, 손가락으로 짧은 머리카락을 배배 꼬아대며 안절부절못하는 듯했다.

앨런은 칵테일을 한 잔 만들기로 했다. 어느새 칠흑 같은 어둠 속에서 칵테일을 만드는 데 익숙해졌다. 칵테일을 들고 창가로 돌아왔을 때는 오드리의 집에 코빈이 와 있었다. 두 사람은 현관문 근처에 서서 이야기를 나누고 있었는데 아무래도 예정되지 않은 만남인 듯했다. 와인도 없고, 오드리는 평소 혼자 있을 때 자주 입는 헐렁한 후드티와 검은 레깅스 차림이었기 때문이다. 저들에게는 자신이 절대 보이지 않으리라는 걸 아는데도 앨런은 창문에서 조금 뒤로 물러섰다. 두 사람이 이야기하는 모습을 보니 무슨 일이 터졌음을 알 수 있었다. 코빈은 창문 쪽으로 고갯짓했고, 오드리는 미간에 주름을 잡은 채 그의 시선을 따라갔다.

두 사람 다 앨런이 있는 쪽을 똑바로 바라보았다.

앨런은 가슴이 철렁 내려앉아 뒤로 한 발 더 물러섰다. 소파 끝에 놓인 탁자에 쌍안경이 있었기에 그쪽으로 가서 쌍안경을 집어 들고 창에서 멀리 떨어진 상태로 두 사람을 계속 바라보았다.

코빈과 오드리는 좀 더 이야기를 나누었다. 이윽고 오드리가 미소를 지으며 어깨를 으쓱였고, 코빈은 거실을 가로지르더니 창문의 커튼을 꼭 닫았다.

앨런은 얼굴이 달아오른 채 쌍안경을 내렸다. 들키지는 않았지만 들킨 것이나 마찬가지였다. 저들이 알아냈기 때문이다. 앨런이 코빈과 오드리의 관계를 아는 유일한 이유는 건너편에서 몰래 훔쳐봤기 때문임을 코빈이 깨달은 것이다. 코빈은 술을 마시자마자 그 사실을 알았을까? 그래서 서둘러 집으로 돌아와 앨런이 어디에 사는지 확인하고, 이 아파트가 안뜰을 사이에 두고 서로 마주 보는 구조임을 깨달은 걸까? 앨런은 몸이 쑤셨고, 위장이 뒤틀렸다. 순간적으로 코빈이, 어쩌면 코빈과 오드리가 함께 이 집을 찾아와 그에게 따지는 건 아닐까 하는 끔찍한 생각이 들었다. 그는 본능적으로 소파 쿠션 사이로 쌍안경을 밀어 넣었다. 불은 이미 꺼두었으니 아무도 없는 척하고 문을 안 열어주면 된다.

앨런은 이제 그만 진정하자고 생각하며 심호흡하고 상황을 분석했다. 설사 창문으로 그들을 지켜보는 걸 들켰다고 해도 그가 오드리를 훔쳐보는 데 집착한다는 사실까지 들킨 것은 아니다. 만약 코빈이 따지러 오면 어떻게 할까? 그저 대수롭지 않다는 듯이 말하는 수밖에 없다. **아, 맞아요, 아마 창 너머로 당신 둘이 함께 있는 걸 봤나 보네요. 오드리는 커튼을 늘 조금 열어두더라고요.** 그렇게 생각하니 마음이 놓였다. 그래서 다시 일어나 창가로 걸어가 밖을 내다보았다. 오드리의 집 커튼은 여전히 굳게 닫혀 있었다.

그 후로 서너 달 동안 앨런은 언젠가 오드리를 실제로 만날지 모른다는 기대를 접었다. 이제 그런 일은 절대 일어나지 않을 터였다. 또한 설사 그렇게 된다 해도, 오드리는 그를 자기 집 건너편에 사는 소름 끼치는 남자, 코빈에게서 자신을 훔쳐본다고 들은 남자로 생각할 것이다. 오드리는 그날 밤 코빈의 말을 진지하게 받아들였는지 전보다 훨씬 더 신경 써서 커튼을 처두었다. 특히 밤에는 더욱 그랬다. 가끔씩 커튼이 열려 있기도 했지만 앨런은 창밖으로 그녀를 지켜보는 시간을 줄이기로 했다. 그것은 병든 습관이자 부도덕한 행동이었으며 아마도 불법일 것이다.

그리하여 한동안 소원했던 친구에게 다시 연락하고, 퇴근 후에 동료끼리 술을 마시는 자리에도 참석했다. 한번은 그런 자리에 나갔다가 서퍽 대학교에 다니는 인턴 여직원과 키스하게 되었다. 벨라는 긴 금발에 열성적인 소프트볼 선수로 눈에 보이는 것마다 휴대전화로 사진을 찍었다. 앨런은 아직 20대 후반인데도 벨라와 세대 차이를 느꼈다. 그들은 극장에서 영화를 본 뒤, 앨런의 집으로 갔다. 퀸이 떠난 후 그의 집을 방문한 사람은 벨라가 처음이었다. 의무적으로 치른 섹스는 어색하고 끔찍했으며 민망함을 견디지 못한 벨라는 쉴 새 없이 떠들어댔다. 그녀가 잠든 뒤—"우리가 사귀는 사이가 아니라는 건 잘 아는데 오늘 밤은 여기서 자도 돼요?"—앨런은 도저히 잠이 오지 않아 거실로 갔다. 지난 며칠간은 오드리의 집을 훔쳐보지 않았지만 그날 밤은 커튼을 살짝 젖히고 안뜰 너머를 바라보았다. 그 집 커튼도 살짝 열려 있었다. 그녀는 몸을 웅크린 채 소파에서 잠들었고, 읽던 책은 바닥에 엎어져 있었다. 전에도 소파에서 잠든 그녀의 모습을 본 적이 있었다. 오른손은 손바닥을 위로 한 채 구부러져 가슴 한가운데 놓여 있고, 검지는 턱 밑의 부드러운 살갗과 닿아 있었다.

앨런은 소파에 앉아 베개에 얼굴을 묻은 채 몇 년 만에 처음으로 울었다.

이제 오드리는 안 돼. 앨런은 그렇게 생각했다.

그는 마음에서 오드리를 지워야 했고, 최근에는 그럭저럭 성공했다.

그러던 토요일 아침, 오래되어 바스러질 듯한 담배 한 개비를 찾아내 안뜰에서 피우다가 예쁘장한 영국 여자를 만나 이야기를 나눴다. 이름이 케이트 뭐였던가, 아니면 성은 말해주지 않은 듯했다. 그녀는 오드리가 실종되었다고 했다. 이상하고 불안정한 대화였다. 어떤 면에서 케이트는 오드리를 연상시켰다. 그렇다고 해서 둘이 닮았다는 뜻은 아니다. 둘 다 금발 백인 여자이기는 해도 케이트는—아마 그가 직접 만났기 때문이리라—좀 더 현실적으로 느껴지는 반면, 오드리는 늘 비현실적인 존재처럼 느껴졌다. 이목구비가 조그마하고, 팔다리가 길어서 요정 같았다. 특히나 책장을 넘긴다든가 차를 한 모금 마실 때처럼 꼭 필요한 경우를 제외하고 절대 움직이지 않는 정적인 분위기 때문에 더욱 그랬다. 그것이 둘의 차이점이라고 앨런은 생각했다. 얼굴이 오드리보다 더 둥글고, 좀 더 갈색이 섞인 금발인 케이트는 오드리만큼이나 아름다웠지만 정적인 분위기와는 거리가 멀었다. 이야기를 나누는 동안 계속 한쪽 발에서 다른 쪽 발로 체중을 옮겨 실었고, 귀 뒤로 머리카락을 넘길 때 보니 매니큐어를 바르지 않은 손톱은 심하게 물어뜯겨 속살이 드러나 있었다.

그러더니 아파트에 경찰이 들이닥쳤고, 이웃에 사는 노부인 캐럴에게서 시신이 발견되었다는 소식을 들었다.

그날 저녁 캐런 깁슨이라는 여자 형사가 찾아와 진술을 받아 갔다. 앨런은 사실대로 말했다. 오드리 마셜과 안면은 있지만 아는 사이는 아니라고.

그날 저녁 앨런은 밤새 자다 깨다를 반복했고, 오드리가 나오는 흐릿한 꿈을 연달아 꾸었다. 꿈에서 그는 자신의 집에 오드리와 함께 있었다. 오드리는 그를 만지고, 그와 이야기하고, 그의 귀에 속삭였다. 앨런은 동이 트기 전에 잠에서 깨 창가로 갔다. 오드리의 집 안은 어두웠지만 커튼이 쳐져 있지 않았다. 커튼 사이로 무언가 움직이는 듯해서 앨런은 오랫동안 뚫어지게 바라보았다. 검은 하늘이 오렌지색으로 밝아지기 시작했지만 오드리의 집 내부는 여전히 어두웠다. 그래도 앨런은 눈도 거의 깜빡이지 않은 채 계속 응시했다. 그러더니 무언가 또 다시 움직였고, 누군가 현관문을 열었다가 재빨리 닫으며 나가는 모습이 똑똑히 보였다.

94

8

일요일 정오 무렵, 케이트는 엄마에게 보낼 장문의 메일을 쓰다 말고 넓은 집 안을 서성이기 시작했다. 새벽에 몰래 오드리 마셜의 집에 들어가 창 너머로 앨런 처니를 본 후로 계속 깨어 있었다. 이번에는 자신의 집 창밖을 내다보았다. 하늘은 뽀얀 색이었고, 강의 표면은 유리처럼 맑고 잔잔했다. 서쪽으로 난 창으로 내려다보이는 베리 가는 조용했다. 배가 고팠지만 빵과 치즈만 먹기가 지겨웠다. 부엌으로 가서 거대한 스테인리스 냉장고를 열고 안에 든 빈약한 먹거리를 바라보았다.

밖으로 나가자. 케이트는 생각했다.

그러고는 마음이 바뀌기 전에 청바지 위로 롱부츠를 신고, 검은 바탕에 흰 물방울무늬가 있는 재킷을 집어 들었다.

근처를 잠깐 산책하거나, 점심을 먹을 만한 식당을 발견할 수도 있다. 아니면 장을 보고 집에 돌아와 음식을 해 먹을 수도 있고.

바깥은 예상보다 추워서 공기가 차갑고 축축했다. 안뜰을 가로지르며 케이트는 목까지 단추를 채웠고, 장갑을 가져오지 않은 걸 후회했다.

한 남자가 군청색 피코트를 입고 주머니에 손을 푹 찔러넣은 채 아파트 입구를 서성이고 있었다. 그녀가 아치로 된 정문 밖으로 나가자 남자는 기대에 찬 표정으로 눈을 들었고, 그들의 시선이 마주쳤다. 중간 길이의 붉은 머리 윗부분을 뾰족하게 세운 남자였다. 금테 안경 너머로 보이는 눈은 빨갛게 부어 있었으며, 눈동자는 촉촉하게 젖은 채 반짝거렸다. 케이트가 길을 건너기 위해 잠시 걸음을 멈추고 다가오는 차들을 살피는데 남자가 그녀에게 다가왔다.

"안녕하세요." 남자가 어색하게 인사를 건넸다. "아, 저, 혹시 여기 사십니까?"

"네, 그런데요." 케이트는 자기도 모르게 손을 목으로 가져갔다. 코트의 단추는 이미 목까지 채워져 있었는데도.

"미안합니다. 놀라게 할 생각은 없었습니다. 전 오드리 마셜의 친구…… 아주 친한 친구예요. 경찰도 만났고, 경비원과도 이야기했는데 좀 더 정보를 얻을 수 있을까 해서요."

"죄송하지만 전 아는 게 없어요. 며칠 전에 이사 왔거든요. 오드리는 알지도 못하고요."

남자는 그녀의 말에 아랑곳하지 않는 표정이었다. 빨갛게 튼 남자의 뺨을 보니 아파트에서 누군가 나오기를 오랫동안 기다린 모양이었다. "경찰이 당신도 찾아갔나요?" 그가 물었다.

"진술을 받아 갔어요. 바로 옆집에 사니까요."

"당신이 바로 옆집에 산다고요? 같은 층에요?"

"네, 하지만 아까 말씀드린 대로 며칠 전에 이사 와서 이 건물에 아는 사람이 없어요. 더 말해드릴 게 없네요." 케이트는 남자에게서 도망치려고 가려던 방향으로 한 걸음 내디뎠다.

"잠깐 함께 걸어도 될까요? 저도 커피를 사러 가려던 참이었습니다. 참, 전 잭이라고 합니다." 남자는 장갑을 벗어 한 손을 내밀었고, 케이트는 마르고 따뜻한 그의 손을 잡았다. "잭 루도비코요. 오드리를 알게 된 지…… 그러니까—"

타인에게 언제나 친절하지만 원치 않는 상황을 피하는 데 능숙한 엄마를 떠올리며 케이트가 그의 말을 잘랐다. "잭, 만나서 반가워요. 하지만 제가 지금 좀 바빠요. 어차피 당신에게 전혀 도움도 안 될 거고요."

"설마 당신이 코빈 델의 육촌은 아니죠? 오드리 말로는 코빈이 런던으로 떠나고, 그의 육촌이 와서 살 거라고 했거든요."

"맞아요. 온 지 얼마 안 됐어요. 오드리가 당신에게 그 이야기를 했나요?"

"네, 전 코빈과 오드리에 관해 다 알고 있습니다. 저 때문에 늦으면 안 되니까 걸으면서 얘기하죠. 춥기도 하고요."

두 사람은 함께 걷기 시작했다. 케이트는 '코빈과 오드리'가 무슨 의미인지 궁금했다.

"전 케이트라고 해요."

잭은 다시 자기소개를 했다가 이미 했다는 사실을 깨닫고 황급히 고개를 저으며 민망해했다. "제가 지금 제정신이 아니라서요."

"오드리와 가까운 사이였나요?"

"그렇기도 하고 아니기도 하죠. 우린 대학 때 커플이었는데 잘 안 됐습니다. 그 후로 오드리가 여기로 이사 오면서 다시 연락하고 지냈죠. 그냥 친구 사이로요. 아직도 믿기지가 않습니다……." 잭은 걸음을 멈추더니 얼굴을 장갑 낀 손에 파묻으며 안경을 이마로 밀어 올렸다. 그러고는 어깨를 들썩이며 흐느꼈다.

"괜찮아요." 케이트는 어찌할 바를 모른 채 그의 어깨에 손을 올렸다. 두 사람은 그런 이상한 광경을 연출하며 잠시 서 있었다. 케이트에게는 영원처럼 길게 느껴지는 순간이었다. 잭은 양손을 내리더니 청바지에 장갑을 문질러 닦고는 물었다. "신원 확인은 누가 했는지 아십니까?"

"아뇨, 몰라요. 계속 걸을까요?" 케이트는 그의 팔을 잡고 가던 방향으로 이끌었다.

"그러죠. 이런 모습을 보여서 미안합니다. 당신은 며칠 전에 여기 왔을 뿐인데 옆집에서 살인 사건이 터지질 않나 이젠 나까지 당신을 괴롭히는군요." 잭은 아까 흐느낄 때처럼 다시 어깨를 들썩이며 웃었다. 부자연스러운 웃음소리가 귀에 거슬렸다.

"괜찮아요. 그런데 오드리가 죽었다는 걸 어떻게 알죠?"

"오늘 자 〈글로브〉에 실렸습니다. 안 그래도 걱정하던 참이었죠. 며칠 동안 오드리에게 통 연락이 없어서 이상하다고 생각했거든요. 그러다 비컨힐에서 한 여자가 죽은 채 발견되었다는 헤드라인을 봤습니다. 기사를 읽기도 전에 그게 오드리라는 걸 알았죠."

"기사에 뭐라고 적혀 있던가요?"

"그냥 한 여자가 죽은 채 발견되었고, 경찰은 여자의 죽음이 석연치 않다고 생각해서 수사 중이니 제보할 사항이 있으면 전화하라고요. 그래서 거기 적힌 번호로 전화했습니다. 경찰서에도 가보고요. 경찰은 이런저런 질문을 했지만 아무것도 말해주지 않더군요. 죽은 여자의 신원이 오드리로 밝혀졌다는 사실 외에는요. 누가 그랬는지 아나요? 시신이 오드리라는 걸 누가 확인했다던가요?"

잭은 점점 언성을 높였고, 케이트는 공황 상태에 빠진 타인을 보면 늘 그렇듯 정작 자신은 차분해졌다. "잭, 미안하지만 난 아무것도 몰라요. 여기 온 지 얼마 안 됐다니까요. 아마 수사 중인 사건이니까 경찰이 말해줄 수 없었을 거예요. 달리 연락해볼 사람은 없나요? 오드리의 친구라든가, 가족이라든가."

잭은 고개를 끄덕였다. "연락해볼 생각입니다. 오드리의 가족은 모르지만 제일 친한 친구는 알고 있습니다. 케리라는 친구죠."

"아마 오드리가 실종되었다고 신고한 사람이 그 여자일 거예요. 제가 여기 도착했을 때 어떤 여자가 오드리네 집 문을 두드리고 있었거든요."

"네, 아마 케리일 겁니다." 오드리의 단짝인 케리가 탐탁지 않다는 투로 잭이 말했다.

"그분과 이야기해보세요. 분명 저보다 잘 알 거예요." 케이트가 말했다.

"그러죠." 그들은 계속 걸었다. 케이트는 속도를 약간 올렸고, 잭은 열심히 그녀를 따라왔다. 그들은 브리머 가를 지나 찰스 가로 접어들었다. "그럼 코빈도 이 일을 알고 있습니까?" 잭이 물었다.

"경찰에게 코빈의 이메일 주소를 알려줬으니까 아마 그들이 연락할 거예요. 코빈에게 알아낼 정보가 있다면요. 내가 직접 연락하고 싶지는 않았어요. 코빈이 그 소식을 들었는지 아닌지 모르니까요.”

“경찰이 코빈을 의심하나요?”

“아뇨. 그럴 리가요. 경찰은 코빈을 의심하지 않는다고 했어요. 왜요? 코빈과 오드리 사이에 뭔가 있었나요?”

“둘이 사귀는 사이였으니까요.”

“진지하게요?”

“정확히는 모릅니다. 만났다가 헤어졌다가 그랬죠. 오드리 말로는 둘이 함께 잤는데 밖에서 만난 적은 없다고 했습니다. 코빈이 모든 걸 집 안에서만 해결하려 한다고 하더군요.” 못마땅하다는 투로 잭이 말했다.

“집 안에서만요?”

“밖으로 나가려 하지 않았다고요. 내 생각에 두 사람은 섹스 파트너였고, 오드리는 좀 더 진지한 관계를 원했는데 코빈은 그러지 않았던 모양입니다. 코빈에 대해 딱히 좋은 말을 한 적이 없어요. 미안합니다. 당신에게 이런 말을 하면 안 되는데. 그렇다고 해서 오드리가 코빈을 무서워했다거나 그런 건 아닙니다. 단지 코빈이 나쁜 놈이었다는 거죠.”

“전혀 몰랐네요.” 케이트가 말했다. 두 사람은 베리 가와 찰스 가가 만나는 모퉁이에 다다라 다시 서로를 마주 보았다.

잭은 이를 꽉 물었다가 힘을 빼고 말했다. “아마 코빈은 이 일과 아무 상관없을 겁니다.”

“어차피 이미 런던에―”

"정확히 언제 떠났는지 압니까?" 잭이 그녀의 말을 자르며 물었다.

"목요일 밤 비행기를 탔을 거예요. 금요일 아침 일찍 런던에 도착했으니까요. 난 그날 런던을 떠났고요. 잘하면 만날 수 있었는데 못 만났죠."

잭은 아무 말도 하지 않았다. 코빈이 오드리를 죽일 시간이 있었는지 계산하는 듯했다. "오드리와 마지막으로 연락한 게 언제죠?" 케이트가 물었다.

잭의 눈이 다시 재빨리 그녀에게로 향했다. "아, 지금 생각하는 중이었습니다. 수요일 저녁 같네요."

"그럼 당신은 코빈이⋯⋯."

"아뇨, 난 아무 생각 없습니다. 하지만 코빈은 이번 일과 연관이 있을 수 있죠. 충분히 가능하지 않을까요?" 잭은 그러기를 바라는 듯했다.

"모르겠어요. 목요일에 오드리와 연락한 사람이 있지 않을까요? 경찰에 물어보세요. 전 아무것도 모르니까요."

잭은 귀에 들어간 물을 빼내려는 사람처럼 황급히 고개를 흔들었다. "맙소사, 미안합니다. 당신은 이 일과 아무 상관도 없는데 제가 너무 흥분하는 바람에—"

"아뇨, 이해해요. 단지 도와드릴 수가 없어서 그래요. 전 코빈을 잘 모르고, 코빈에게 이웃 사람들 이야기는 전혀 듣지 못했어요. 오드리에게 무슨 일이 있었는지 아세요?"

"무슨 뜻이죠? 오드리가 어떻게 죽었는지 아냐고요?"

"아, 네."

"경찰에게 아무 말도 못 들었습니다. 그저 의문사로 조사 중이라고만 하더군요. 신문 기사에 나온 대로였습니다."

잭의 부은 눈에 다시 눈물이 그렁그렁한 것을 보고 케이트는 더 이상 오드리에 대해 묻지 말아야겠다고 다짐했다. 어서 자리를 뜨고 싶었지만 잭은 갑자기 부모와 떨어진 아이처럼 불안해 보였다.

"하는 일이 뭔가요, 잭?" 케이트가 물었다.

"무슨 말이죠?"

"직업이 뭐냐고요."

"아, 지금은 컨벤션 센터에서 이벤트 코디네이터로 일하고 있습니다. 생각처럼 재미있는 일은 아니지만 늘 바쁘죠. 지난 2주간은⋯⋯ 오드리를 만날 시간조차 없었습니다."

눈물이 흘러내리자 잭은 장갑을 낀 손등으로 눈물을 훔쳤다. 케이트는 다시 엄마의 직설 화법을 흉내 내 말했다. "잭, 아무래도 당신은 오드리를 아는 사람과 이야기해야 할 거 같아요."

그는 고개를 끄덕였다. 케이트는 말을 이었다. "오드리의 친구나 가족을 찾아가세요. 오드리는 어디 출신이죠?"

"가족들은 뉴저지에 삽니다. 난 한 번도 만난 적이 없지만."

"아마 가족들이 여기 왔을 거예요. 그러니 찾아가서 얘기해보세요."

"네, 그래야겠네요." 잭은 보도에 발이 붙은 듯이 서 있었다. 관광객으로 보이는 한 가족이 그를 피해 지나갔는데 제일 어려 보이는 두 아이는 랍스터 집게발이 달린 모자를 쓰고 있었다.[*]

"전 아직 오드리를 사랑하는 것 같습니다. 오드리는 아니었을 겁니다. 아니, 오드리는 아니었습니다. 왜냐하면 코빈에게 정신이 팔려 있었으니까요. 하지만……." 잭은 말을 멈췄고, 조금 떨어진 한 지점을 멍하니 바라보았다.

"만나서 반가웠어요, 잭." 케이트가 말했다. 두 사람은 다시 악수했고, 이번에는 잭도 장갑을 벗지 않았다. "미안하지만 전 사야 할 물건이 있어서요."

케이트는 남자를 모퉁이에 남겨둔 채 어제 갔던 작은 식료품점 쪽으로 걸어갔다. 너무 쌀쌀맞아 보이지 않도록 약간 천천히. 죄책감이 들었지만 그녀로서는 저 남자를 달래주기 위해 할 수 있는 일이 아무것도 없었다. 그는 오드리를 아는 사람을 찾아가야 했다. 또 한편으로는 어서 저 남자와 헤어져 새롭게 알아낸 사실들을 혼자 생각해보고 싶었다. 그러니까 코빈은 오드리와 사귀었고, 함께 자는 사이였다. 하지만 둘

* 보스턴은 세계적인 랍스터 산지다.

의 관계가 틀어졌다. 적어도 오드리가 생각하기에는 그랬다. 아마 코빈이 생각하기에도 그랬을 것이다. 케이트는 여러 가지 가능성을 생각해보았다. 오드리는 코빈에게 집착하게 되었고, 코빈은 그런 오드리가 무서워서 그녀를 피해 다닌다. 그러다 런던에서 근무하는 제안을 받아들인다. 떠나기 전날, 오드리에게 작별 인사를 해야겠다고 생각하고 그녀를 찾아가 런던으로 떠날 거라고 말한다. 그러자 오드리는 길길이 날뛰며 그를 공격했고, 코빈은 자신을 방어하려다가 그만…….

케이트는 점점 심해지는 망상을 밀어내고 식료품점의 유리문을 열었다. 하지만 사람들로 붐비는 좁은 통로를 보자마자 공황 발작이 일어났다. 마음속에서 극심한 공포가 치솟아 다른 것은 모두 사라져버렸다. 케이트는 가게 안쪽에서 흘러나오는 향긋한 온기로부터 뒷걸음질 치다가 뒤에 있던 조깅복 차림의 커플과 부딪쳤다. 그녀는 얼른 사과한 뒤, 빈티지 그림을 파는 상점 앞의 벤치로 갔다.

거기에 앉아 호흡 연습을 했다.

직면해. 받아들여. 함께 흘러가. 기다려.

머리 위로 비행기 한 대가 날아갔다. 어찌나 낮게 날아가는지 엔진 소리에 머리카락이 쭈뼛 서며 두피에 소름이 돋았다. 케이트는 엄지와 다른 손가락을 차례로 맞부딪치다가 멈추고 자리에서 일어났다. 이제는 배가 고프지 않았지만 뭐든 먹어야 했다. 길 건너에 어퍼 크러스트라는 작은 테이크아웃

전문 피자 가게가 있었다. 거기서 페스토 피자 한 조각과 크림 소다를 산 다음, 다시 벤치에 앉아 먹었다. 날씨는 추워도 실내보다는 바깥에 있는 편이 더 상쾌했다.

집으로 걸어가는 길에 케이트는 오드리를 짝사랑하는 남자가 아까 그 길모퉁이에 아직도 서 있을 거라고 반쯤 예상했지만 그는 거기에 없었다. 아파트 입구에도 없었다. 케이트는 아무도 마주치지 않은 채 다시 집으로 돌아갈 수 있어서 안도했다.

집에 들어와 집 안을 유심히 둘러보았다. 이곳은 살인자의 집일까? 만약 그렇다면 그녀는 그걸 알아차릴 수 있을까? 이 집에는 코빈의 흔적이 거의 없었다. 호화롭고 넓다는 사실을 제외하고는 아무것도 느껴지지 않았다. 아니, 그렇지는 않다. 이곳은 죽은 자의 집 같았다. 코빈 아버지의 집. 가구는 아름답지만 살짝 구식이라서 꽃무늬 천을 씌운 소파도 있었다. 벽에 걸린 유화들은 대부분 진품으로 추상화였다. 관심이 가기는 했으나 역시 구닥다리 같았다. 따라서 이 집에 코빈이 산 것으로 보이는 가구는 거의 없었다. 그는 아버지의 집을 물려받아 그대로 보존했다. 액자에 든 사진까지도.

조금 긴장이 풀린 케이트는 소파에 앉아 그게 무슨 의미일지 생각해보았다. 만약 그녀가 이 집을 물려받았다면 어떻게 했을까? 아마 코빈과 똑같이 했으리라. 멋진 집이니 굳이 바꿀 필요가 없었다. 게다가 코빈은 아버지를 좋아했을 테고,

아버지를 기리는 뜻에서 모든 물건을 그대로 두었으리라. 충분히 그럴듯했다. 하지만 코빈이 숨고 싶어서, 사람들에게 진짜 자신을 드러내고 싶지 않아서 자신의 물건을 놓아두지 않았을 가능성도 있다. 만약 그렇다면 그가 자신을 마음껏 드러내던 공간이 따로 있을까? 진짜 코빈은 어디에 있을까?

케이트는 베리 가가 제일 잘 보이는 창가로 갔다. 거리는 아직 조용했다. 오드리를 짝사랑하는 남자가 또 다그칠 사람이 없는지 아파트를 기웃거리며 정문 앞에 서 있을 거라고 예상했다. 범인은 반드시 현장에 돌아온다고 하지 않던가. 아니다. 잭 루도비코는 이상한 사람이기는 해도 범죄자로 보이지는 않았다. 이번만은 그녀의 마음이 최악의 가능성으로 향하지 않았다. 그 남자는 보이는 그대로였다. 옛 여자 친구의 죽음을 받아들이지 못해 슬퍼하는 남자. 오드리와 미묘한 사이이며 그녀의 집 열쇠까지 가지고 있는 코빈과 달리 읽기 쉬웠다.

열쇠 생각이 나자 제임스 형사에게 연락해야 한다는 사실이 떠올랐다.

케이트는 제임스 형사의 명함이 있는 침실로 갔다가 침대 밑에 넣어둔 스케치북이 생각났다. 그래서 불현듯 카펫에 앉아 스케치북을 펼친 채 잭 루도비코의 얼굴을 그리기 시작했다. 종이 위에서 손이 아무 생각 없이 자동으로 움직였다. 케이트는 살짝 기울어진 그의 머리, 올려다보는 눈을 그렸다. 스케치가 다 끝나자 목탄 연필을 내려놓았다. 한 번만에 그를 완벽히 그려냈다. 날짜를 기록하고 그 아래 그의 이름을 적었다.

잠시 그렇게 앉은 채로 자신이 애초에 왜 침실에 왔는지 기억해내려 했다. 형사의 명함. 제임스 형사에게 전화해야 한다. 케이트는 거실에 있는 전화기로 걸어갔다. 두 번째 신호음이 울리자 형사가 전화를 받았다.

"안녕하세요, 저 케이트 프리디예요. 지난번에 명함을 주셨죠."

짧은 침묵이 흐르더니 대답이 들렸다. "안녕하세요, 케이트. 어쩐 일이죠?"

"오드리 마셜 일로 전화 드렸어요. 집에서 열쇠 하나가 나왔는데 'AM'이라고 적혀 있더라고요."

"그게 오드리의 집 열쇠라고 생각하나요?"

"네, 아무래도 그런 거 같아요."

"확인해봤어요?" 형사가 물었다.

예상치 못한 질문에 케이트는 당황했지만 대수롭지 않다는 듯이 묻는 형사의 말투에 사실대로 털어놓았다. "사실은 해봤어요. 열쇠로 옆집 문을 열어봤더니 열리더군요. 아마 옆집 주인이 자기가 집을 비운 사이에 화초에 물을 달라거나 그러면서 코빈에게 줬을 거예요."

"네, 틀림없이 그럴 겁니다. 당신 친척에게 연락해봤는데 협조적이더군요. 나중에 열쇠에 대해 물어보죠."

"아, 그럼 이제 코빈도 이 사건을 아나요?"

"네. 도움이 되기는 했지만 오드리를 딱히 잘 알지는 못하더군요. 당신을 많이 걱정했어요."

"오드리를 잘 모른다고 했다고요?"

"그렇게 말하던데요. 잠시만요……."

전화기 너머로 한동안 둔탁한 음성이 들렸다. 제임스 형사가 다른 사람과 이야기하는 중이었다.

"미안해요, 케이트. 이제 통화 가능해요. 더 할 말 있나요?"제임스 형사가 말했다.

"아뇨, 그냥 열쇠 때문에 연락드렸어요. 그리고 아까 오드리의 친구라는 사람과 얘기했어요. 잭 루도비코요."

"그래요? 어떻게 만났죠?"제임스 형사가 관심을 보였다.

"아파트 입구에서 서성이고 있더군요. 경찰서에 다녀오는 길이라고 했어요. 형사랑 얘기를 했지만 정보를 더 얻고 싶다고 했죠."

"이름이 뭐라고요?"

"경찰서에 찾아온 남자가 없었나요?"

"아마 찾아왔을 거예요, 케이트. 하지만 지금은 나 혼자 있어서 동료들에게 확인할 수가 없네요."

"잭 루도비코요. 그 사람은 코빈과 오드리에 대해 다르게 말하던데요. 둘이 사귀었다고 했어요."

"당신을 만나서 그 얘기를 좀 더 듣고 싶군요. 다시 연락해도 될까요? 이 번호로 연락하면 되나요?"

"물론이죠. 네, 그게 집 전화번호예요."

"그리고 열쇠에 대해 알려줘서 고마워요. 앞으로도 무슨일이 생기면 망설이지 말고 연락하세요. 아무리 하찮아 보이는 일이라도요."

케이트는 전화를 끊은 채 잠시 앉아 있었다. 건너편 아파트에서 어떤 남자가 오드리의 집을 바라보고 있었다는 얘기도 했어야 하나? 케이트는 얼른 아니라는 결론을 내렸다. 앨런 처니 이야기는 하지 않아도 된다. 그가 오드리의 집을 보고있었던 건 당연하다. 살인 사건 현장이니까. 그도 분명 소문을들었을 테고 궁금했으리라. 궁금하면서 불안했겠지, 아마도.당연하다. 나쁜 일이 터지면 사람들은 늘 지켜보는 법이다. 케이트는 누구보다도 그 사실을 잘 알고 있었다.

9

케이트는 엄마에게 보낼 장문의 이메일을 다 작성했다. 거기에는 보스턴에 도착한 후로 무슨 일이 있었는지 상세히 적혀 있었다. 이 메일을 보내자마자 엄마는 당장 영국으로 돌아오라고 할 터였다. 보스턴이 위험해서가 아니라 ―물론 그런 이유도 있지만― 조지 대니얼스와 있었던 일 때문이었다. 그녀는 대학교 1학년 때 조지를 만났다. 조지는 지구과학을, 케이트는 미술을 전공했지만 함께 그리스어 초급 과정을 들으며 알게 되었다. 진도를 따라잡기 힘들었던 케이트는 결국 조지에게 도움을 청했다. 케이트가 그를 선택한 이유는 성실하고 믿음직해 보였기 때문이다. 조지는 못생기지 않았다. 다만 열여덟 살인데도 이미 정식 면허를 딴 회계사처럼 나이 들어 보였다. 또 마르고 다리가 긴 탓에 키만 껑충했으며 평범한 안경을 쓰고, 늘 코듀로이 바지에 니트 조끼를 입고 다녔다. 머리가 벗겨지기 시작해서 눈에 띄는 M자 이마가 되었지만 케이트의 눈에는 오히려 그게 더 매력적으로 보였다. 예닐곱 번 함께 공부한 뒤에 조지는 잔뜩 긴장하며 데이트를 신청했다. 괜찮다고 소문난 이탈리아 레스토랑에서 저녁을 대접하고 싶다는 것이다.

케이트는 좋다고 했다. 학생회관 펍에서 술이나 한잔하자는 데이트가 아니라 이런 정식 데이트를 하면 어떤 기분일까 궁금했다. 그리고 그건 정말로 정식 데이트였다. 심지어 조지는 니트 조끼 안에 넥타이까지 매고 나왔다. 어색하고 불편해야 마땅했지만 그렇지 않았다. 조지와 케이트는 공통점이 많았다. 둘 다 남몰래 시를 좋아했고, 〈트윈 픽스〉의 열렬한 팬이었다. 그 주 주말에는 토요일 밤부터 일요일 아침까지 조지의 침대에 누워 노트북으로 〈트윈 픽스〉 시즌1을 봤다. 월요일에는 둘 다 첫 경험을 했고, 케이트는 자신이 사랑에 빠졌다고 확신했다. 조지도 마찬가지임을 그녀는 알고 있었다.

그들은 일 년 동안 사귀었고, 둘만의 세상에서 안전했다. 어쨌든 케이트는 안전하다고 느꼈다. 그녀는 평생 언제든 비극적 사건이 일어날 수 있다는 확신 속에서 살았다. 여덟 살 때 부모님이 데려간 상담소에서 심리치료사가 가장 무서운 것을 세 가지만 말해보라고 하자 케이트는 울음을 터뜨렸다. 낯선 사람, 거미, 가스 유출, 학교 일진, 보이지 않는 세균, 험

한 날씨 중에서 세 개만 고르기가 힘들었기 때문이다. 그녀는 모두의 예상대로 불안 장애 진단을 받았고, 또한 공상하는 성향이 강하다는 진단도 받았다. 한마디로 상상력이 지나치게 풍부했다.

다행스럽게도 조지는 매사에, 아주 사소한 부분까지 꼼꼼히 계획을 세우곤 했다. 케이트는 여전히 걱정이 많았지만—그녀의 마음속에는 보건 수업 시간에 틀어주는 끔찍한 시청각 자료들처럼 무서운 장면만 지나갔다—조지는 그녀의 걱정에 아랑곳하지 않았고, 그래서 케이트는 부담이 덜했다. 1학년이 끝나고 맞이하는 여름방학에 조지는 그리스의 섬을 함께 여행하자는 계획을 세워두었다. 런던에서 비행기를 타고 아테네로 간 다음, 페리를 타고 산토리니와 크레타, 로도스를 둘러볼 예정이었다. 케이트는 열세 살 때 딱 한 번 아조레스 제도로 가는 비행기를 탄 적이 있었고, 그 후로 부모님은 다시는 그녀에게 비행기를 타라고 하지 않겠다고 약속했다. 케이트는 그 느낌을 아직도 생생하게 기억했다. 비행기가 이륙하자 죽음이 통째로 그녀를 삼키는 듯했고, 그 느낌은 공황을 넘어서 순수한 공포만 느껴지는 차가운 진공 상태에 가까웠다. 케이트는 조지에게 그때 일을 털어놓으며 아무래도 비행기를 못 탈 것 같다고 했다. 하지만 그는 케이트를 차분히 바라보며 말했다. "이미 결정된 일이야. 예약이 다 끝났다고." 더는 이 일로 얘기하고 싶지 않다는 말투였다.

어떤 면에서는 덕분에 일이 쉬워졌다. 비행기를 타는 날이 다가올수록 그녀는 산소 없이 딱딱하게 굳어버린 공기 속에서 움직이는 기분이었다. 가슴이 욱신거렸고, 다시 볼 안쪽을 씹어대는 버릇이 도지는 바람에 입에서는 늘 비릿한 피 맛이 감돌았다. 하지만 이제 와서 취소할 수는 없었다. 그저 이미 예약이 끝났고, 조지가 예약했으며, 조지는 일단 계획을 세우면 무슨 일이 있어도 지켜야 한다는 이유 때문에. 결국 케이트는 진토닉 네댓 잔의 도움을 받아 비행기를 탔다. 힘들었지만 살아남았고, 일단 비행기가 안전하게 착륙한 후에는 아테네 국제공항의 아수라장 속에 내던져졌다. 케이트는 자신도 할 수 있다는 아찔한 기분을 느꼈고, 그 느낌은 여행 내내 지속되었다. 페리를 싫어했지만 멀쩡히 탈 수 있었다. 탁 트인 하늘과 원거리 경치를 바라보니 저절로 긴장이 풀린 덕분이었다. 처음 며칠은 행복했으나 곧 조지의 질투와 망상이 시작되었다.

조지는 그들이 처음 함께 잔 이후로 계속 심한 소유욕을 보였다. 그래서 케이트에게 동기들 중에 매력적이라고 생각하는 남자가 혹시 있는지 정기적으로 캐물었다. 그녀는 그럴 때마다 없다고 말해야 한다는 사실을 배웠다. 어쩌다 함께 파티라도 가면 케이트는 여자하고만 이야기했다. 안 그랬다가는 조지가 며칠씩 뚱해 있기 때문이다. 심지어 함께 영화를 봐도ㅡ예를 들어 브래드 피트가 나오는 영화ㅡ절대 남자 주인공이 멋있다는 말을 하면 안 되었다. 그녀는 그 사실을 뼈아프게 배웠다. "저 남자는 브래드 피트야. 난 죽었다 깨어나도 저 남자를 만날 일이 없다고."

"만나면 자겠다는 소리네." 조지가 말했다.

"당연히 아니지."

"하지만 브래드 피트가 매력적이라고 생각하잖아. 그러니까 저 새끼가 자자고 하면 당연히 자겠지."

"맙소사, 조지. 난 저 남자하고 자지 않을 거야. 왜냐하면 네가 좋으니까."

"그럼 왜 저 새끼한테 끌리는 거야?"

이런 대화가 며칠씩 계속되었고, 케이트는 유명인이든 아니든 어떤 남자의 이름도 입에 올리면 안 된다는 걸 배웠다.

그리스에서는 상황이 더욱 나빠졌다. 아마도 해변이라 눈앞에 구릿빛 몸들이 즐비했기 때문일 것이다. 케이트는 주로 책만 바라보거나 잘 보이지 않는 먼 곳으로 시선을 돌렸지만 가끔씩 수영복을 입은 남자들과 상반신을 드러낸 여자들에게 눈이 돌아가지 않을 수 없었다. 그럴 때면 자신이 입은 청록색 원피스 수영복과 그을리지 않고 붉게 달아오르기만 하는 창백한 피부가 부끄러웠다. 하루는 바다로 뛰어들었다가 다시 뛰쳐나오는 십 대 소녀를 물끄러미 바라보게 되었다. 비키니 팬티가 연갈색이라서 소녀는 마치 발가벗은 것처럼 보였고, 사춘기가 지난 나이였는데도 아직 어린아이처럼 거품이

이는 파도 속으로 마구 달려갔다가 다시 나오기를 반복했다. 케이트는 자신이 아주 어릴 때라도 저렇게 자유롭고 신나게 놀아본 적이 있는지 생각했다.

그날 저녁 식사 자리에서 조지는 10분간 침묵을 지키더니 케이트에게 레즈비언이냐고 진지하게 물었다. 케이트는 웃어넘기려고 했지만 조지는 계속 물고 늘어졌고, 그녀는 남은 여행 내내 누구도 바라보지 않으려고 했다.

하지만 크레타섬 이라클리온에서 보낸 마지막 날에 최악의 사건이 터졌다. 바닷가 건너편 거리에는 여러 카페와 레스토랑이 길게 늘어서 있었다. 늦은 오후가 되면 레스토랑마다 길가로 웨이터를 보내 호객 행위를 했다. "메뉴를 봐주세요. 이라클리온에서 제일 신선한 생선 요리입니다." 그들은 그렇게 외쳤다. 그날 밤 조지와 케이트는 그런 웨이터의 손에 이끌려 강제로 메뉴를 보게 되었고, 그 식당의 야외 테이블에 앉아 저녁을 먹기로 했다. 잘생긴 웨이터는 그들을 자리에 앉히며 이렇게 말했다. "아름다운 영국 아가씨가 길이 보이는 쪽에 앉아주세요. 그래야 지나가는 남자들마다 우리 식당에 들어오고 싶어 할 테니까요." 케이트는 웃었고, 끔찍하게도 볼을 붉히고 말았다. 조지는 아무 말도 하지 않았다. 그들은 형편없는 그리스 와인 한 병과 해산물 피자를 주문했다. 피자를 반쯤 먹었을 때 케이트가 말했다. "아까 웨이터가 한 말 때문에 화난 거 아니지? 그냥 여자 손님에게 다 하는 소리라고."

"그럼 왜 계속 저놈을 바라보는 거야?" 조지가 대꾸했다.

"우리가 앉은 뒤로는 한 번도 본 적 없어, 조지."

그 후로 그들은 침묵을 지켰지만 세 블록 떨어진 저가 호텔로 돌아왔을 때 다시 실랑이를 벌였다.

"네가 이렇게 변할 줄 알았으면 절대 널 그리스에 데려오지 않았을 거야." 너무 화가 난 나머지 침까지 튀겨가며 조지가 말했다.

"난 변하지 않았어, 조지. 네가 변했지."

"솔직히 오늘밤에 침대에 누워서 아까 그 웨이터랑 떡치는 상상을 하지 않을 거라고 말할 수 있어? 네가 그놈을 쳐다보는 눈빛을 봤어. 지금 당장 그놈에게 가서 함께 있지 그래?"

"그래, 그래야겠네." 케이트는 그렇게 말했다가 금방 후회했다.

조지가 그녀의 어깨를 붙잡고 문 쪽으로 밀쳤기 때문이다. "그럼, 가." 조지는 그렇게 소리를 질렀고, 햇볕에 심하게 탄 그녀의 살에 그의 손톱이 박혔다. 어떻게 해야 할지 몰라서 케이트는 반항을 멈추고 카펫도 깔리지 않은 바닥에 주저앉아 흐느끼기 시작했다. 조지는 주먹으로 계속 벽을 쳤다. 벽에 금이 가고 주먹 쥔 손이 피투성이가 될 때까지.

* * *

"아빠도 질투하고 그래?" 그리스에서 돌아와서 처음으로 엄마를 만났을 때 케이트가 물었다.

"뭘 질투해?"

"엄마가 다른 남자랑 있는 거."

"아니. 왜?"

"처음에 사귀기 시작했을 때는 어땠어?"

"약간 질투했을 수도 있지. 하지만 그때는 내가 로버트 크리스티도 동시에 만나고 있었으니까." 엄마는 와인을 한 모금 마셨다. 비가 유리온실 창문을 때렸다.

"아빠가 화 많이 냈겠다."

"화를 많이 냈는지는 모르겠다만 행동하게 만들었지. 예상보다 훨씬 빨리 청혼했으니까. 로버트 크리스티가 청혼한 것도 아니었는데 말이야."

"그 후에는?"

"그 후에는 결혼했지. 그리고 네 아빠는 원래 질투가 많은 타입이 아냐. 그런데 왜 그런 질문을 하는 거야?"

케이트는 조지의 질투심에 대해 이야기했다. 이라클리온 호텔 방에서 주먹으로 벽을 친 사건만 제외하고 그와 관련된 일을 거의 다 이야기했다.

"좀 심하구나, 케이트."

"응. 난 조지를 사랑하지만 실수로 다른 남자를 언급하지 않으려고 조심하다 보니 늘 살얼음판을 걷는 기분이야."

"말도 안 돼. 남자 친구가 있으면 다른 남자를 매력적이라고 생각해서도 안 된다는 거니?"

"조지는 그렇게 생각해."

"맙소사, 케이트."

"알아, 알아. 끝내야 할 거 같아." 케이트가 이 말을 입 밖에 낸 적은 처음이었고, 그러자 눈물이 쏟아지기 시작했다.

"엄마 생각에도 그래야 할 것 같구나."

* * *

하지만 쉽지 않은 일이었다. 케이트는 조지에게 장문의 편지를 쓰기로 결심하고 헤어질 수밖에 없는 이유를 상세히 설명했다. 아울러 그가 자신에게 얼마나 소중한 존재였는지 열심히 설득했다. 그러고는 여름방학이 시작되어 집으로 떠나기 직전에 그의 기숙사 방문 밑으로 편지를 밀어 넣었다. 일주일 뒤 조지에게 전화했지만 그는 받지 않았다. 걱정이 되기는 했으나 이게 최선임을 알고 있었다. 8월까지도 조지에게서는 연락이 없었고, 그러다 케이트는 실수를 저지르고 말았다. 페이스북에 앞으로 일주일간 윈더미어에 있는 삼촌의 별장에서 지낼 예정이라는 글을 올린 것이다. 그저 이렇게만 썼다. "도보 여행. 레이크 디스트릭트. 행복."

조지는 페이스북 계정이 없었고, 케이트는 계정이 있기

는 해도 글을 거의 올리지 않았다. 따라서 조지가 그걸 읽으리라고는 미처 생각하지 못했다. 돌이켜보면 멍청한 짓이었지만, 케이트가 그런 글을 올린 이유는 그녀처럼 조지도 새로운 삶을 시작하기를 진심으로 바랐기 때문이다. 어쨌든 조지는 그 글을 읽었고, 그 별장이 어디에 있는지 알고 있었다. 짧은 연휴에 케이트의 가족과 함께 거기에 놀러간 적이 있기 때문이다. 훗날 케이트는 그가 자기 앞에 나타나기 전까지 윈더미어에서 얼마나 오랫동안 자신을 지켜보며 따라다녔는지 궁금했다. 그 주 내내 하늘에는 먹구름이 끼고 바람이 몰아쳤으며, 케이트는 잠을 설치며 자신이 죽는 꿈을 꾸기는 했어도 딱히 그의 존재를 느끼지는 못했다. 거기 도착하고 처음 며칠 동안에는 근처 마을에 사는 사촌 동생 세이디와 함께 지냈다. 아마도 조지는 그들을 지켜보며 케이트가 혼자 남을 순간을 기다렸을 것이다. 그는 근처 숲에서 노숙을 했다. 나중에 사건이 터진 뒤에 잡목림에서 텐트와 흠뻑 젖은 침낭이 나왔다.

　주 중반이 되었을 때 세이디가 떠나고 케이트는 혼자 별장에서 자게 되었다. 자정이 막 지났을 무렵, 잠에서 깬 케이트는 침대 옆에 앉아 있는 조지를 보게 되었다. 그의 무릎에는 아무렇지도 않게 라이플이 놓여 있었다. 케이트가 비명을 지르려고 입을 벌리자 조지가 그녀 위로 뛰어올라 양 무릎으로 그녀의 가슴을 누른 채 기름 냄새가 나는 총신을 그녀의 입에 쑤셔 넣었다. 그 바람에 케이트는 입술이 찢어지고 이 하나가 부러졌다.

조지는 한 시간이 넘도록 그렇게 짓누른 채 그녀가 그를 버렸으니 죽어도 싸다고 말했다. 이상하고 단조로운 어조로. 그 말투와 단어는 그녀가 알던 조지가 아니라 전혀 다른 사람이 말하는 것 같았다.

그동안 케이트는 계속 조용히 흐느꼈고 늘 두려워한 죽음이 지금 여기, 가슴 위에 웅크리고 있다고 생각했다. 그녀는 조지와 협상하거나 온정에 호소하지 않았다. 그저 항복했고, 그녀의 몸은 고양이가 입에 문 새처럼 축 늘어졌다. 지린내를 맡기 전에는 자신이 오줌을 싼 줄도 몰랐다. 아마 그런 순종적인 태도 때문에 케이트는 살아남았을 것이다. 맞서 싸우거나 죽이지 말라고 설득했다면 오히려 조지는 방아쇠를 당겼으리라. 대신 그는 케이트를 끌고 가서 좁아터진 벽장에 밀어 넣고 문을 닫은 다음, 문손잡이 아래에 나무 의자를 밀어 넣어 문을 열지 못하게 했다. 아마도 케이트가 죽음보다 어둡고 비좁은 벽장을 더 두려워한다는 사실을 알기 때문이었을 것이다. 케이트를 도저히 죽일 수 없자 그저 눈앞에서 치워버리고 싶어서. 벽장에 갇힌 케이트는 미친 듯이, 죽어라고 비명을 질렀다. 마침내 목이 쉬어서 소리가 안 나오자 울기 시작했다. 그러다 울음을 그치고 몸을 동그랗게 웅크린 채 무감각해졌다.

두 시간인지 열두 시간인지 모를 시간이 흐른 뒤 벽장 밖에서 총성이 들렸다.

이틀 뒤 케이트의 사촌 세이디가 다시 그녀를 만나러 별장에 돌아왔다. 별장 현관문은 잠겨 있지 않았고, 조지는 의자로 손잡이를 받쳐둔 벽장문 앞에 쓰러져 있었다. 머리가 박살 난 채.

벽장에서 케이트를 끌어낸 사람은 경찰이었다. 케이트는 의식이 있었지만 아무 말도 하지 않았다. 눈을 꽉 감고 있었던 터라 별장 밖으로 실려 나갈 때 조지 대니얼스의 시신을 보지 못했다. 재활원에서 3개월을 보낸 뒤—한 달 반 동안은 말도 하지 않았다—부모님이 계시는 집으로 돌아갔다.

그 후로 복학은 영영 하지 않았다.

* * *

엄마에게 오드리 마셜 사건을 알린 메일을 보낸 지 5분 만에 답장이 왔다.

끔찍한 사건이구나. 얘아. 네 아빠와 난 네가 돌아오면 좋겠다. 코빈은 이 일을 알고 있니?

하지만 이 일은 나와 아무 상관이 없어. 케이트는 그렇게 답장을 쓰다가 멈췄다. 노트북 키보드 위에서 손가락이 멈춘 채 움직이지 않았다. 그녀는 글을 지웠다. 답장은 나중에 보내도 된다. 어떻게 해야 할지 결정하는 게 먼저다. 계속 여기 남아 내일부터 시작하는 수업을 듣고 싶었다. 왜냐하면 오드리가 살해된 사건은(살인이 확실하기는 한가?) 정말로 그녀와 아무 상관없는 일이기 때문이다.

사실은 상관이 있다고 믿는 거지? 조지의 목소리였지만 또한 그녀 자신의 목소리이기도 했다.

어쩌면 나와 상관이 있을지도 몰라. 코빈과 연관이 있는 일이고, 난 지금 코빈의 집에 사니까. 경찰이 다녀갔고, 오드리의 친구는 아마 무슨 일이 있었는지 알 거야.

천장이 높은 이 집이 갑자기 좁고 너무 덥게 느껴졌다. 착각인지는 몰라도 주위가 어두워졌다. 케이트는 긴 창문들 쪽으로 몸을 돌려 태양을 가리며 지나가는 먹구름을 바라보았다. 먹구름이 완전히 지나가고 다시 태양이 나올 때까지. 태양은 다시 빛났지만 여전히 너무 낮게 떠 있었다. 휴대전화를 확인해보니 벌써 오후 5시가 다 되었다. 어떻게 벌써 5시가 됐지? 조지를 생각했기 때문이다, 당연히. 가끔씩 조지를 생각하면 시간이 쏜살같이 흘렀다. 마치 벽장에 갇혀 어둠과 시간에 잡아먹힌 그때로 돌아간 듯이. 케이트는 그곳을 벽장이라고 생각하지 않았다. 그녀에게 그곳은 방, 세상에서 제일 작은 방이었고, 그녀는 그 방에서 나온 적이 없었다. 그곳은 어두웠고, 사방의 벽이 그녀와 딱 붙어 있었다.

밖으로 나가, 그녀는 스스로에게 말했다. 나가서 제대로 된 식사를 하자. 요 며칠 제대로 먹지 않아서 머릿속이 몽롱했다. 생각이 많아지기 전에 코트를 집어 들고, 혹시 몰라 우산도 챙긴 다음, 억지로 집을 나섰다.

10

앨런은 집 안에서 앞뒤로 서성이며 케이트를, 코빈의 집에 머무는 그의 친척을 찾아가 이야기를 나누려고 마음의 준비를 했다. 그녀가 오드리와 코빈에 대해 어디까지 아는지 알고 싶었다. 하지만 그걸 물으면 곧 자신이 그 일에 관심이 있음을 밝히는 셈이었다. 이미 오드리를 잘 모른다고 말해놓고 이제 와서 뭐라고 둘러댄단 말인가. 사실대로 전부 말해야 할까? 아니면 일부만?

앨런은 하루 종일 그랬듯이 또 창밖을 내다보았다. 경찰은 다시 오지 않았고, 안뜰은 조용했다.

현관문 옆에 퀸이 걸어둔 거울 앞으로 걸어갔다. 다크 서클이 지워지기라도 한다는 듯이 눈 밑을 비벼보았다. 거울 속 그는 아끼는 빈티지 재킷에 캐시미어 머플러를 둘러매고 있었다. 한참 전부터 나갈 준비를 하며 머플러를 매고 있던 터라 목이 땀으로 끈적거렸다. 그는 머플러를 풀었다. 고작 아파트 건너편 동으로 가는데 머플러가 왜 필요하단 말인가.

다시 창가로 갔더니 안뜰을 가로질러 거리로 나가는 케이트가 보였다. 앨런은 쏜살같이 침실로 달려가 지갑을 들고, 집 밖으로 뛰쳐나가 로비로 이어지는 계단을 한 번에 세 개씩 내려갔다.

안뜰에 도착해보니 케이트는 사라지고 없었다. 하지만 베리 가에 들어서니 한 블록 반 떨어진 곳에 그녀가 보였다. 찰스 가 쪽으로 가고 있었다. 앨런은 그녀를 미행하기 시작했다. 날씨가 생각보다 추워서 머플러를 두고 온 게 후회되었다. 재킷의 단추 세 개를 모두 채우고 칼라를 세웠다. 비가 오려는지 하늘에 다시 먹구름이 끼었다.

찰스 가에 도달한 케이트는 잠시 걸음을 멈췄다. 앨런은 걷는 속도를 늦췄다. 그녀에게서 겨우 반 블록 떨어진 터라 왼손에 든 작은 오렌지색 우산까지 볼 수 있었다. 앨런은 그녀가 식사할 곳을 찾는지 아니면 그냥 산책을 하는지 궁금했다. 어느 쪽이든 그녀를 따라갈 작정이었지만 식당에 들어간다면 접근하기가 더 쉬우리라. 자기도 저녁을 먹으러 온 척하면 되니까. 수상해 보이기는 하겠지만 앨런도 어디까지나 이 동네 주민이었다.

찰스 가는 조용했다. 대부분 개를 데리고 산책하거나 유모차를 끄는 엄마들뿐이었다. 침울한 표정의 남자가 값비싸 보이는 꽃다발을 들고 서둘러 지나갔다. 기념일을 깜빡 잊어버린 남편일 거라고 앨런은 생각했다. 케이트는 걸음을 멈추고 찰스 가에 늘어선 작은 식당들의 쇼윈도를 들여다보며 천천히 걸었다. 분명 식당을 찾고 있었다. 앨런은 그녀의 속도에 맞춰 천천히 걷다가 오래된 마차 차고를 개조한 고급 빌라 앞에서 걸음을 멈추고 허리를 숙여 신발 끈을 묶었다. 벽돌이 깔린 보도는 아까 내린 비로 아직 축축했고 흙냄새, 봄 내음이 났다. 뉴잉글랜드의 겨울은 언제나 길었지만 지난겨울은 유달리 추워서 1월 마지막 2주 내내 120센티미터에 달하는 폭설이 쏟아졌다.

케이트는 도로를 건넜다. 마치 차가 어느 쪽에서 오는지 잊었다는 듯이 처음에는 오른쪽을 보았다가 다시 왼쪽을 보며 머뭇거렸다. 앨런도 그녀를 따라 찰스 가를 건넜다. 그녀는 가로등이 켜진 좁은 골목길을 올라가더니 세인트 스티븐스 태번이라는 레스토랑에 들어갔다. 앨런은 그 앞을 여러 번 지나다녔지만 들어간 적은 한 번도 없었다.

그녀를 따라온 것처럼 보이고 싶지 않았기에 앨런은 그 레스토랑을 지나쳐 계속 걸어갔다. 아마 식사를 할 테니 적어도 한 시간 정도는 머물 것이다. 앨런은 먼저 세븐스에서 술을 한 잔 마시고 세인트 스티븐스에 가기로 했다. 다시 방향을 틀어 심하게 가파른 골목길을 빠르게 내려가 찰스 가로 간 다음,

단골 술집 세븐스의 문을 열어 길고 좁은 실내로 들어섰다. 라이 위스키가 들어간 진저에일을 주문한 뒤, 나무로 된 바 테이블에 한쪽 팔꿈치를 올린 채 서서 마셨다.

앨런은 자신이 잘 알지도 못하는 여자를 미행하느라 긴장하면서도 흥분된 상태임을 깨달았다. 대체 왜 이러는 걸까? 어쩌면 그가 오드리에게 집착한 이유는 오드리 때문이라기보다 그녀를 멀리서 훔쳐볼 수 있다는 사실 때문인지 모른다.

그리고 그런 일이 처음도 아니었다. 불편한 기억 하나가 떠올랐다. 그때 앨런은 열세 살이었고, 누나는 열여섯 살로 여름 캠프에서 조교 아르바이트를 하고 있었다. 어느 주말에 부모님은 누나를 만나고 오라며 앨런을 버스에 태워 캠프로 보냈고, 그는 조교들이 머무는 본관 2층의 기숙사 방 같은 곳에서 지내게 되었다. 거기서 자는 첫날 밤, 앨런은 벽 널빤지에 옹이구멍이 뚫려 있고, 그 구멍으로 옆방이 보인다는 사실을 알게 되었다. 그리하여 자기 방의 불을 끈 채 누나와 비슷한 나이의 여자 조교가 옷 벗는 모습을 지켜보았다. 가슴이 작고 통통한 여자는 캠프 로고가 적힌 헐렁한 티셔츠로 갈아입더니 간이침대에 누워 일기를 쓰기 시작했다. 겨우 3분쯤 썼을까. 여자가 일기장을 가슴에 엎어두더니 불을 켜둔 채 다리 사이를 만졌다. 앨런은 홀린 듯이 바라보았다. 자위가 뭔지 알고 있었고, 부끄럽지만 직접 해본 적도 있었다. 다만 여자들도 하는 줄은 몰랐다. 여자는 점점 더 세게 문지르더니 갑자기 동작을 멈추고 일기장을 덮어 침대 밑에 넣고는 램프를 껐다.

앨런은 어둠 속에 누워 소나무 벽 너머로 무슨 소리가 들리는지 귀를 곤두세웠다. 싸구려 침대 스프링이 리드미컬하게 삐걱거리는 소리가 들리는 듯하더니 이내 멈췄고, 긴 한숨 소리가 들렸다. 마치 오랫동안 숨을 참았다가 내쉬는 듯했다. 그러고는 잠잠해졌다.

이튿날 앨런은 식당에서 그 여자 조교를 발견했다. 어린 캠프 참가자들과 함께 식탁에 앉아 있었다. 어젯밤에 얼굴을 제대로 보지 못한 터라 이번에는 뚫어지게 바라보았다. 모든 게 동그랬다. 통통한 얼굴과 큰 눈, 심지어 구멍을 뚫지 않은 작은 귀도 완벽하게 동그란 모양이었다. 그녀는 캠프 참가자인 빨간 머리 소녀가 한 말에 깔깔대며 웃고 있었다. 소녀가 얼굴을 붉히자 여자 조교는 한 팔로 그 여학생을 끌어당겼다. 예쁜 여자였다, 그 조교는. 특히 미소 짓는 얼굴이 예뻤다. 앨런은 전날 밤 자신이 본 장면이 믿기지 않았다. 저 여자의 지금 모습과 전혀 어울리지 않았다.

"너 괜찮니, 동생아?"

앨런은 방문자용 식탁에서 먹고 있었지만 누나 해너가 그를 보러 왔다. "응." 그가 대답했다.

"넋이 빠진 사람 같아. 오늘 5번 오두막 아이들이랑 블루베리 따러 갈래? 아니면 그냥 호숫가에서 놀래?"

앨런은 호숫가에 가기로 하고, 숙소에 있던 책 《레드 드래곤》을 가져갔다. 밧줄이 쳐진 곳까지는 수심이 얕아서 상관 없었지만, 아직 수심이 깊은 곳에서 수영 시험을 보지 않았기 때문에 그보다 멀리 가는 것은 금지되었다. 앨런은 개의치 않았다. 옆방 여자를 다시 만나길 바라며 책을 펼쳐둔 채 호숫가에 앉아 있는 것으로 충분했다. 하지만 그날 호숫가에서는 그녀를 보지 못했고, 나중에 테니스장에서 보게 되었다. 몇몇 캠프 참가자들에게 테니스를 가르쳐주고 있었다. 저녁에 열린 야외 바비큐 파티에서도 그녀를 보았다. 그녀를 볼 때마다 속이 울렁거리면서 중독성 강한 아드레날린이 치솟았다. 어서 빨리 밤이 되어 다시 벽에 뚫린 구멍으로 그녀를 보고 싶었다. 앨런은 누나에게 배가 아프다고 말한 뒤, 일찌감치 방으로 돌아갔다. 불을 끄고 기다리며 오늘 밤에는 옆방 여자가 무엇을 할지 숨 가쁘게 상상했다.

하지만 방에 돌아온 여자는 가운과 목욕 가방을 집어 들더니 샤워실로 사라졌다. 그러고는 잠옷용 셔츠에 가운을 걸친 채 방으로 돌아와 곧장 간이침대로 들어갔다. 그녀와의 거리가 채 30센티미터도 되지 않아 허벅지에 난 금빛 털까지 볼 수 있었다. 그녀는 입이 찢어지게 하품을 하더니 발작하듯이 기침을 하다가 불을 껐다. 앨런은 침대에 누워 옆방 여자가 또 자위하는지 귀를 기울였지만 아무 소리도 안 들렸다. 퀴퀴한 담배 냄새가 희미하게 나는 듯했다. 여자의 호흡이 깊어졌고, 마침내 앨런은 잠이 들었다.

그뒤로는 그녀를 보지 못했다. 이튿날 아침, 식당에 갔지만 그녀는 없었고 누나는 그를 버스 정류장까지 자동차로 데려다주었다. 앨런은 아직도 버스가 부르릉거리며 정류장을 떠날 때 느낀 처참한 심정을 기억했다. 이름도 모르는 그 조교는 두 번 다시 못 볼 터였다. 그녀는 영원히 사라졌다.

앨런은 진저에일을 다 마시고 돈을 낸 뒤 세븐스에서 나왔다.

밖에 나오니 꽃이 피기 시작한 나무들이 촉촉이 젖어 있었다. 그가 술을 마시는 동안 소나기가 내린 모양이다. 공기는 청량해졌고, 벽돌이 깔린 보도는 비에 젖어 색이 진해졌다.

앨런은 세인트 스티븐스를 향해 오르막길을 올라간 다음, 반투명 유리가 끼워진 문을 밀치고 안으로 들어갔다. 자연스럽게 행동하며 곧장 바 테이블로 가자고 다짐했고 실제로도 그렇게 했다. 몸에 딱 달라붙는 브루인스* 티셔츠를 입은 예쁜 바텐더에게 다시 진저에일을 주문한 뒤 회전 스툴에 등을 살짝 기대고 앉아 주위를 둘러보았다. 세인트 스티븐스는 세븐스보다 약간 커서 기다란 바 테이블과 여섯 개 정도의 칸막이 좌석이 있었다. 바에는 두 남자가 앉아 스타우트를 마시며 각자 휴대전화를 들여다보고 있었다. 앨런은 저들이 일행인지 아니면 그저 나란히 앉은 남남인지 알 수 없었다.

* 보스턴을 연고지로 하는 아이스하키 팀.

131

칸막이 좌석은 대부분 비었는데 한 군데에는 부부가 두 아이와 함께 앉아 있었고, 또 한 군데에는 여자 혼자서 노트북을 보며 앉아 있었다. 여자는 머리를 빨갛게 염색했고, 어찌나 키가 작은지 발이 바닥에 닿지 않았다.

바텐더가 그의 앞에 진저에일을 내려놓자 앨런은 그녀를 돌아보며 고맙다고 말한 뒤, 한 모금 마셨다. 빨대로 마셨더니 알코올 맛만 느껴졌다. 그래서 빨대로 술을 휘저은 다음, 말린 라임 조각을 빼버렸다. 케이트는 어디에도 보이지 않았다. 어쩌면 술만 한 잔 마시고 그냥 가버렸는지 모른다. 아니면 앨런에게는 보이지 않지만 칸막이 좌석 너머로 더 넓은 공간이 있든지. 바텐더에게 막 물어보려는 찰나, 여자 화장실 문이 요란하게 삐걱거리며 활짝 열렸다. 앨런이 뒤를 돌아봤더니 거기에 케이트가 서 있었다.

11

케이트는 지저분한 화장실에서 문을 밀치고 나와 다시 레스토랑으로 들어섰다. 앨런 처니가 바에 앉아 그녀가 있는 쪽을 바라보고 있었다. 둘의 눈이 마주치자 그녀의 머릿속에서 경고음이 울렸다. 혹시 여기까지 그녀를 미행한 걸까? 만약 그렇다면 왜?

앨런은 스툴을 살짝 돌리더니 마치 그녀가 누구인지 기억해내려는 듯 미간을 찌푸렸다. 케이트는 그에게 다가갔다.

"안녕하세요." 그녀가 말했다.

"안녕하세요." 앨런은 멋진 트위드 재킷에 칼라가 해진 셔츠를 입고 있었다.

"케이트 프리디예요. 당신과 같은 건물에 살죠. 코빈 델의 집에요."

"아, 맞아요, 네. 기억납니다. 전 앨런이에요."

"네, 알아요. 술 마시러 오셨어요? 여기 자주 오세요?" 그렇게 물어본 케이트는 왠지 웃음이 났다. 처음 만났을 때 둘 사이에 감돌던 편안함은 사라져버렸다. 아마도 어둑한 조명 아래 보이는 앨런이 마치 관중 앞에서 연설하려고 잔뜩 긴장한 사람처럼 보였기 때문일 것이다.

"아뇨, 아뇨. 전에 한 번쯤 온 적은 있지만 자주 오진 않았습니다. 당신은 여길 어떻게 알죠? 난 이사한 지 일 년 후에나 알게 됐는데." 그가 말했다.

"코빈이 알려줘서 저녁을 먹는 중이었어요." 케이트는 고개를 돌려 제일 멀리 떨어진 칸막이 좌석, 이 식당에 하나뿐인 텔레비전 바로 아래 자리를 가리켰다. 텔레비전에서는 따뜻하고 햇살 좋은 어딘가에서 열린 골프 경기 하이라이트가 소리 없이 방영되었다.

"음, 제가 방해가 된 건 아닌지ㅡ"

"아뇨, 합석하세요." 케이트는 그런 말을 한 자신에게 깜짝 놀랐다. "물론 동행이 있으시면ㅡ"

"아뇨, 없습니다. 합석 좋죠."

앨런은 진저에일을 들고 칸막이 좌석으로 가서 케이트 맞은편에 앉았다. 케이트는 와인을 두 잔째 마시는 중이었다. 화장실에 간 사이에 칠리 치킨이 나와 있었다. 양이 엄청나게 많았고, 옆에 색색의 토르티야 칩이 곁들여졌다. "저녁 먹었어요?" 케이트가 물었다.

"아뇨, 안 먹었습니다. 하지만……."

"제 음식을 쳐다보시길래……."

앨런이 웃었다. "아뇨, 배는 별로 안 고픕니다. 계속 오드리를 생각하고 있었어요. 전에 했던 얘기 기억하죠?"

"네, 끔찍한 일이죠. 경찰이 찾아와서 저와 얘기하고 갔어요."

"네, 저도요. 진술을 받아 가더군요."

"당신 집도 수색했나요?"

"아뇨, 그쪽 집은 수색했나요?"

"네, 간단히요."

"그랬군요." 앨런은 자세를 바꾸었고, 테이블 아래서 다리를 꼬다가 한쪽 무릎을 테이블에 찧었다.

케이트는 거리에서 만난 오드리의 친구, 잭 루도비코에 대해 이야기했다. 앨런은 진저에일을 마시며 열심히 들었다.

"그 남자가 어떻게 생겼나요?" 케이트가 빠르게 식어가는 칠리 치킨을 먹으려고 잠시 말을 멈추자 앨런이 물었다.

케이트는 머뭇거렸다. 앨런의 과도한 관심이 어쩐지 꺼림칙했다. 합석하자고 하지 말았어야 했다. "먼저 그 일에 왜 그렇게 관심이 많은지 말해주세요." 마침내 케이트가 솔직히 말했다. "오드리를 잘 모른다고 하셨는데 이제 보니 아닌 거같네요."

케이트는 앨런이 마음속으로 결단을 내리는 모습을 보았다. 표정이 풍부한 그의 얼굴은 속마음을 고스란히 드러내는 듯했다. 자신이 속이 빤히 보이는 사람이라는 걸 앨런도 알고 있을까? "알겠습니다. 난 오드리 마셜과 아는 사이는 아닙니다. 실제로 만난 적이 없으니까요. 하지만 우리 집 창문 너머로 그녀를 볼 수 있었죠. 우리 집이 오드리의 집 맞은편이라서 안뜰 너머로 볼 수 있습니다. 그래서 난 가끔씩 오드리를 지켜봤어요. 변태처럼 들리겠지만 그렇지는 않습니다. 침실이나 욕실은 보이지 않아요. 그저 가끔씩 오드리가 거실에서 책 읽는 모습을 지켜봤죠. 아주 좋은 사람 같더군요."

"창밖으로만 보고 그걸 알 수 있나요?"

"아뇨, 당연히 알 수 없죠. 그렇다고 생각했다는 겁니다. 그럴 거라고 생각했죠. 징그럽다는 거 압니다. 실제로도 징그러운 짓이고요. 아무래도 내가 오드리에게 좀 집착했던 거 같습니다."

"어떤 식으로요?"

"무슨 말이죠?"

"어떤 식으로 집착했냐고요. 오드리와 어떻게 되기를 바랐죠?"

앨런은 입술이 창백해질 정도로 입을 꾹 다문 채 손가락으로 술잔 가장자리를 훑었다. "언젠가 만나서 사귀게 되기를 바랐습니다. 그뿐이었어요. 실제로 오드리와 우연히 마주치는 계획까지 세워두었죠. 그런데 그때 오드리가 당신 친척을 만나기 시작했습니다."

"네, 들었어요. 그 친구라는 사람한테요."

"그가 알고 있던가요?"

"네, 알고 있었어요. 두 사람이 만남과 헤어짐을 반복했다더군요. 그 남자는 코빈을 의심하는 듯했어요. 코빈이 이번 일과 연관이 있다고요."

"어떻게 생겼습니까?"

"누구요? 잭?"

"네."

케이트는 그의 외모를 묘사했다. 헝클어진 빨간 머리, 금테 안경, 빨갛게 튼 얼굴.

"모르는 사람인데요. 오드리의 집에서 본 적이 없어요." 앨런이 말했다.

케이트는 그렇다고 해서 잭이 오드리의 집에 가지 않았다는 뜻은 아니라고 말하려다 멈칫했다. 앨런이 저렇게 확신하는 이유는 실은 그가 엄청나게 오랜 시간 창 너머로 그녀를 지켜보았기 때문임을 깨달은 것이다. 오드리에게 집착했다는 그의 말은 사실이었다.

"잭이 오드리의 집에 가지 않았을 수도 있죠." 케이트가 말했다.

"네, 그럴 수도 있습니다. 하지만 코빈은 자주 봤습니다."

"오드리의 집에서요?"

"네, 그래서 두 사람이 사귄다는 걸 알게 됐죠. 코빈은 자주 찾아왔으니까요."

"두 사람이 단지 친구가 아니라는 건 어떻게 알았죠?"

"키스하는 걸 몇 번 봤으니까요." 앨런이 민망해하며 말했다.

"당신은 코빈과 아는 사이인가요?"

"조금요. 함께 라켓볼을 친 적이 있습니다. 자주는 아니고 두세 번요. 그러다 한번은 오드리에 대해 물었죠. 그녀와 사귀는 사이냐고. 그랬더니 사귄다는 사실 자체를 부인하더군요. 이상했습니다. 왜냐하면 난 분명 그들이 함께 있는 걸 보았고, 둘 사이가 심상치 않다는 걸 알고 있었으니까요. 코빈이 왜 부인하는지 이해가 안 가더군요."

"이유야 여러 가지가 있을 수 있죠." 넓은 그릇 속에서 차갑게 식어버린 닭고기를 몇 입 먹은 뒤에 케이트가 말했다. "어쩌면 코빈이 양다리를 걸치고 있었는지도 몰라요. 아니면 오드리가 그랬거나. 아니면 코빈은 당신을 그저 오지랖 넓고 재수 없는 이웃사촌으로 생각하고 사실대로 말하기 싫었을 수도 있죠. 누가 알겠어요?"

앨런은 미소를 지었다. 수척한 얼굴과 어울리지 않을 정도로 멋진 미소였다. "그거 같네요." 그가 말했다.

"뭐요? 오지랖 넓고 재수 없는 이웃사촌?"

"네, 그거요. 모르겠습니다. 내가 피해망상에 빠졌나봐요. 코빈이 오드리와 사귄다는 사실을 부인하는 게 어딘지 수상하다고 생각했습니다."

"그래서 당신도 코빈을 의심하나요? 하고 싶은 말이 그거예요?"

"코빈이 정확히 언제 런던으로 떠났죠?"

"잭도 그걸 알고 싶어 하더군요. 코빈은 목요일 밤에 비행기를 탔어요. 정확한 시간은 모르지만 아침 일찍 런던에 도착했죠. 그러니까 이론상으로는……."

"이론상으로는 오드리를 죽일 수 있죠."

"네."

"경찰도 관심이 있는 모양이네요." 앨런은 잔을 기울여 남은 진저에일을 다 마셨다. "경찰이 당신 집, 그러니까 코빈의 집을 수색한 걸 보면요. 그나저나 그 집은 어떻습니까?"

"인테리어 잡지에 나오는 집처럼 멋져요. 좀 구식이긴 하지만요. 원래 코빈의 아버지가 사시던 집이었거든요. 코빈이 물려받았죠."

"그건 몰랐네요."

웨이트리스가 다가와 더 필요한 건 없는지 물었다. 앨런은 진저에일을 한 잔 더 시켰고, 케이트는 물을 달라고 했다. "시차 적응이 안 돼서 힘들어요. 여기 온 후로 시간 감각이 다 사라져버렸어요. 오후 내내 시들시들하다가 새벽이 되기도 전에 잠이 깨죠."

"자, 지금 몇 시인지 맞춰봐요." 앨런이 살짝 미소를 지으며 물었다.

"한밤중 같지만 아마 6시쯤 됐을 것 같네요."

앨런은 주머니에서 휴대전화를 꺼내 액정을 보았다. "6시가 막 지났네요." 그가 홈집이 있는 나무 테이블에 휴대전화를 내려놓자, 바탕화면으로 깔린 보라색과 검정색 〈엑소시스트〉 포스터가 케이트의 눈에 들어왔다. 케이트도 그 영화를 좋아했지만 굳이 말하지 않았다. 과거의 트라우마와 생생한 망상에 시달리면서도 그녀는 늘 공포 영화를 좋아했다. 공포 영화를 보면 마음이 차분해졌다. 자신뿐 아니라 다른 사람도 악몽에 시달린다는 사실이 실감나기 때문이다. 비록 그들이 영화 속 인물이라 할지라도. 앨런의 휴대전화 액정이 꺼지자 케이트는 자신이 그것을 빤히 바라보고 있었음을 깨달았다.

"기운이 없네요. 그만 가봐야겠어요. 당신에게서 도망치려는 건 아니에요." 그녀가 말했다.

"도망치려 한다고 해도 괜찮습니다. 이해해요." 앨런이 씩 웃으며 말했다.

"왜요?"

"방금 전에 내가 창 너머로 이웃집 여자를 훔쳐보고, 그 여자에게 집착하게 되었다고 말했으니까요."

"아뇨. 그래서가 아니라 정말로 피곤해요. 그리고 집착한다는 이유만으로 누군가를 나쁘게 보지는 않아요. 나도 여기 온 후로 계속 오드리 마셜을 생각했는걸요."

"그거야 당신 바로 옆집에서 살해됐으니까요."

"아뇨, 그 전부터요. 오드리가 실종됐다는 말을 들었을 때부터 뭔가 불길한 일이 생길 거라고 생각했죠. 난 늘 그런 식으로 생각해요. 성격이죠. 이번에는 우연히 맞아떨어졌고요."

웨이트리스가 진저에일을 들고 와서 더 필요한 것은 없는지 물었다. 케이트는 계산서를 가져다 달라고 했고, 앨런도 같은 부탁을 했다.

"집까지 함께 걸어가도 될까요?" 앨런이 물었다.

케이트는 레스토랑에서 번화한 찰스 가로 이어진 길고 좁은 길을 떠올렸다. 앨런은 살인자일까? 분명 오드리에게 집착하기는 했지만 어디까지나 멀리서 지켜보기만 했다. 만약 그가 범인이라면 왜 그녀를 찾아와 이 모든 사실을 털어놓았을까? 정보를 얻으려고? 그녀가 뭘 아는지 알아내려고?

"싫다고 해도 괜찮—" 마치 케이트의 마음을 읽은 듯이 앨런이 말했다.

"아뇨, 함께 걸어가요. 미안해요, 멍때리고 있었어요."

각자 계산을 마친 다음, 두 사람은 어두운 거리로 나갔다. 앨런은 진저에일을 반이나 남겼다. 비는 진작 그쳤지만 가로수에서는 아직 물이 뚝뚝 떨어졌고, 인도는 떨어진 목련 꽃잎으로 뒤덮였으며, 허공에는 역겨울 정도로 진한 목련 향이 감돌았다.

만약 이 길 끝까지 가서도 앨런이 내 목을 조르지 않는다면, 그는 앞으로도 절대 날 죽이지 않을 거야. 케이트는 그렇게 생각하고 마음속으로 발걸음을 세기 시작했다. 그러자 앨런이 마치 그녀의 마음을 읽은 듯 이렇게 말했다. "난 오드리가 살해된 일과 아무 상관없습니다."

"알아요." 케이트가 말했다.

"경찰에게 내가 아는 사실을 말해야 할까요?"

"코빈에 대해서요?"

"네."

"말해야죠, 아마도. 코빈이 먼저 말하지 않았다면요. 그게 사건 수사에 결정적인 정보는 아닐 거예요. 경찰이 이미 알고 있을 수도 있고요. 내가 알아볼게요. 오늘 밤에 코빈에게 이메일을 보내려던 참이었거든요. 코빈이 경찰에게 사건 이야기를 들었는지 아닌지 몰라서 아직 연락하지 않았어요."

"내게도 알려줄래요?"

"그럴게요." 케이트가 말했다. 두 사람은 가파른 내리막길을 절반쯤 내려갔고, 케이트는 떨어진 꽃잎과 빗물 때문에 길이 미끄러워서 천천히 걸었다. 문득 길에서 넘어져 찰스까지 미끄러졌다가 대형 SUV에 치이는 상상을 했다. 하지만 두 사람은 무사히 걸어 내려왔고 베리 가까지 함께 걸어갔다.

도중에 이야기를 나누며 케이트는 앨런을 처음 만났을 때와 같은 편안함, 그들이 오랫동안 알고 지낸 듯한 기분을 느꼈다. 하지만 예전에 조지 대니얼스를 처음 만났을 때도 그랬다.

그들은 아파트 로비에서 헤어졌고, 케이트는 코빈에게 연락이 오는 대로 알려주겠다고 말했다.

"언제든 우리 집에 들르세요. 우리 집이 어딘지는 알고 있죠?" 앨런은 한쪽 입꼬리만 올리며 멋쩍은 미소를 지었다.

"그쪽 동도 우리 동과 똑같나요?"

"똑같아요." 두 사람은 작별 인사를 했다.

로비에 있던 샌더스가 케이트를 따라 계단을 올라오더니 집 앞까지 따라왔다. 케이트는 샌더스가 들어가지 못하도록 현관문을 조금만 열고 그 틈을 발로 막았지만, 샌더스는 그녀의 발을 폴짝 뛰어넘어 집 안으로 들어가버렸다. 케이트는 집으로 들어가 문을 닫았다. 샌더스는 어디에도 보이지 않았고, 케이트는 걱정하지 않기로 했다. 저 고양이는 분명 이 아파트 전체를 제 집처럼 여기는 것이다.

곧장 노트북 앞에 앉아 이메일 계정으로 들어갔다. 코빈에게 메일이 와 있었다.

방금 전 경찰에게 소식 들었습니다. 정말 충격이네요.

난 그 여자를 잘 모르지만 당연히 조금은 알고 지냈죠.

혹시 자초지종을 들었나요? 경찰은 여자가 죽었다고만

하더군요. 자살인가요? 당신은 어때요? 미국에
도착하자마자 이런 일이 생겨서 유감입니다. 런던으로
돌아오고 싶다고 해도 이해해요. 낯선 곳에 도착했는데
옆집 사람이 죽었다면 분명 무서울 테니까요. 하지만 날
믿어요. 그 건물은 정말 안전합니다.

별로 중요하진 않지만. 난 런던에서 잘 지내고 있어요.
그리고 당신 집은 관리가 잘되었더군요. 또 소식 전해줘요.
다시 한 번 정말 유감이에요. 코빈.

케이트는 메일을 두 번이나 읽었다. 왜 코빈은 오드리 마
셜과 사귀었다는 사실을 숨길까? 왜 메일에 오드리라는 이름
을 쓰지 않았을까?

코빈에게 답장하기 전에 다른 이메일도 살펴보았다. 대부
분이 스팸 메일이었지만 그녀의 아파트 위층에 사는 마사 램
버트가 보낸 메일도 있었다. 거의 일 년 전 케이트가 처음 런던
으로 이사했을 때 마사는 대뜸 그녀의 단짝 역할을 자처했다.
케이트는 개의치 않았다. 비록 마사의 유일한 목적은 함께 펍
을 다니며 남자를 낚는 것이었지만. 런던에 이사 왔을 때 케이
트는 좀 더 사교적이 되겠다고 마음먹은 터였고, 마사가 끊임
없이 데리고 다닌 덕분에 적어도 그 목표는 쉽게 달성할 수 있
었다. 마사가 보낸 메일은 역시나 코빈에 관한 내용이었다.

보고 싶어. 케이트. 하지만 네 육촌도 마음에 쏙 들더라. 너도 알겠지만 끝내주게 잘생겼어. 푸딩을 한입에 먹는 코빈을 보고 마이클의 입이 쩍 벌어졌지. 너도 봤어야 하는데. 나한테 호감이 있는 것 같던데 자세한 얘기는 나중에 해줄게. 그 동네는 어때? 새 집은? 정말 보고 싶다. 쪽쪽. 마사.

케이트는 답장 창을 열었지만 뭐라고 써야 할지 몰라서 한동안 모니터만 바라보았다. 마사에게 경고해야 할까? 시야 끄트머리로 무언가 획 지나가는 바람에 심장이 방망이질 쳤다. 아파트 구경을 마치고 돌아온 샌더스였다. 샌더스는 바닥에 엉덩이를 붙이고 앉아 어리둥절한 표정으로 그녀를 바라보았다.

"코빈은 여기 없어." 케이트가 큰 소리로 말했다.

놀랍게도 샌더스는 못마땅하다는 듯 야옹 소리를 냈다.

케이트는 자리에서 일어나 현관으로 가 문을 열었다. 샌더스는 한껏 거드름을 피우며 걸어오더니 꼬리를 그녀의 다리에 스치며 밖으로 나갔다. 케이트는 문을 닫고 외시경으로 내다보며 샌더스가 어디로 갔는지 살폈지만 이미 사라져서 보이지 않았다.

다시 노트북 앞으로 돌아왔다. 마사에게 코빈을 경계하라고 알려줘야 할까? 당연히 그래야 했다. 하지만 마사는 절대 그 말을 듣지 않을 것이다. 그래서 대신 이렇게 썼다.

행여나 내 침대에서 우리 친척하고 뒹굴 생각은 하지 마. 내가 바라는 건 그뿐이야. 보스턴은 멋지고. 코빈의 집은 우리 집보다 커. 나중에 또 연락하자. 아직 시차 적응이 안 됐어. 케이트.

그녀는 이 집에 대해 자세히 말하고 싶지 않았다. 코빈이 부자라는 사실을 알게 되면 마사의 사냥 본능은 한층 더 강해질 터였다.

케이트는 코빈의 메일에 답장하려고 입력 창을 열었다가 멈칫했다. 뭐라고 말해야 하지? 앨런에게 들은 사실은 빼고, 앨런에 대한 언급도 하지 않고 기본적인 사실만 말하기로 했다. 그래서 경찰이 집을 수색하러 왔고, 그녀는 동의했으며 열쇠가 나왔다고 말했다. 이렇게 쓰면 적어도 영장 없이 집 안을 수색하는 것을 코빈이 반대하는지 아닌지 말해줄 것이다. 케이트는 전송 버튼을 눌렀다. 지금 런던은 자정이 넘은 시간이니 아마 코빈은 자고 있을 것이다.

노트북을 끄기 전에 오드리 마셜의 죽음과 관련된 새로운 정보가 있는지 찾아보았다. 베리 가 101번지에서 발견된 사체의 신원이 오드리 헬렌 마셜로 확실히 밝혀졌으며, 경찰은 그녀의 죽음을 의문사로 보고 있다는 기사가 나왔다.

똑같은 내용의 기사들 서너 개를 더 클릭한 후에 마침내 노트북을 치웠다. 침실로 가서 다이어리를 꺼냈다. 첫 디자인 수업이 내일 오후 1시임을 알고 있었지만 그래도 한 번 더 확인했다. 포터 역에서 학교가 있는 케임브리지까지 지하철로 어떻게 가는지 알아내기 위해 내일 일찍 출발하자고 마음먹은 터였다. 침대에 걸터앉았더니 갑자기 피곤이 몰려왔다. 하지만 그대로 누워 이불 속으로 들어가 잠드는 대신 얼마 전부터 읽기 시작한 딕 프랜시스의 《본크랙》과 하도 여러 번 읽어서 낡을 대로 낡은 《성 안의 카산드라》를 집어 들었다.

책 두 권과 퀼트 이불을 들고 넓은 거실을 가로질러 서재 가죽 소파로 갔다. 소파에 누워 《본크랙》을 펼쳤다. 한 문단을 읽자 눈이 감겼고, 책은 여전히 그녀의 가슴에 세워져 있었다.

꿈에서 그녀는 오드리의 집에 있었다. 앨런도 함께 있었는데 바닥에 쪼그리고 앉아 고개를 뒤로 젖힌 채 그녀를 바라보았다. **저건 앨런이 아냐. 조지가 틀림없어.** 케이트는 그렇게 생각했지만 그 사람은 앨런이었다. 그는 마치 마룻바닥 밑에 묻힌 무언가를 찾는 사람처럼 손톱으로 바닥을 긁고 있었다. 그가 입을 벌리자 야옹 소리가 나왔다. 그가 좀 더 긁어대자 손톱이 마룻바닥에 틱틱 박히는 소리가 났다. 그러더니 다시 야옹거렸다. 이번에는 더 크고 애절하게. 케이트는 움찔하며 깨어났고, 이불 위에 있던 책들이 미끄러져 바닥에 떨어졌다.

어느 틈에 샌더스가 다시 집에 들어와 소파 팔걸이를 긁어대고 있었다.

12

코빈 델은 택시에서 내려 늦은 아침의 서늘한 공기 속으로 들어섰다. 비가 내리지는 않지만 대기는 축축했고, 희뿌연 하늘이 나직하게 내려앉아 있었다. 대학교 3학년 2학기 때 런던에서 교환 학생으로 지낸 이후로 다시 돌아오기는 처음이었다. 그 때문에 이 유령 도시에 돌아온 기분이 어떤지 스스로도 잘 알 수 없었다. 하지만 나쁘지 않았다. 보스턴에서 더블린까지 비행하는 동안 겨우 한 시간 남짓 잔 탓에 피곤이 몰려왔다. 더블린에서 런던행 비행기로 갈아타려고 오랫동안 대기하며 싸구려 커피를 마셨더니 속이 살짝 울렁거리고 초조하고 입에서 쓴맛이 감돌았다. 히드로 공항에서 잡아탄 택시는 한참 후에야 목적지에 도착했고, 택시에서 내려 바깥 공기를 마시니 기분이 좋았다.

택시 운전사는 코빈의 짐을 인도에 내려주었다. 쉽스카 레인이라는 이름이 붙은 긴 회색빛 거리에는 인도 양쪽에 윗가지를 쳐낸 가로수들이 늘어서 있었다. 인부들이 도로 공사를 하느라 따뜻한 타르 냄새가 코를 찔렀다. 무엇보다 그 냄새를 맡으니 런던에 돌아왔다는 사실이 실감났다. 교환 학생 시절, 노스런던에 있는 캠든 타운에 살았는데 저 끈적끈적하고 달착지근한 타르 냄새가 늘 공기 중에 떠돌았다. 저 냄새를 까맣게 잊고 있었다. 코빈은 다시 스무 살로, 마침내 첫 경험을 한 후에 리젠트 파크 반대편에 있는 클레어의 집에서 나와 차가운 새벽 공기를 마시며 집으로 가던 때로 돌아간 듯했다. 당시 그는 행복했고 날아갈 듯했지만 그 기억은 여러 가지 이유에서 고통스럽게 남았다. 어쩌면 런던에 돌아오지 말았어야 했는지도 모른다.

케이트의 집은 정사각형 석조 건물 안에 있었는데 건물 앞쪽에 중간 크기의 덤불 하나만으로 꽉 차는 정원이 딸려 있었다. 건물 가장자리는 흰색이었고, 짙은 파란색으로 칠해진 공동 출입문은 테두리에 작은 유리가 끼워져 있었다. 코빈은 출입문 옆에 부착된 우편함 세 개 중 2호라고 적힌 함에서 봉투를 꺼냈다. 봉투 안에 든 열쇠가 만져졌다. 열쇠를 꺼내 출입문을 연 다음, 초대형 빅토리녹스 캐리어를 끌고 문지방을 넘어 천장이 높고 길쭉한 로비로 들어섰다. 출입문이 덜컹거리며 닫히자 로비가 캄캄해졌다. 작은 창문이 여러 개 있는데도 빛은 거의 들어오지 않았다. 코빈이 스위치를 찾아서 켜자 천장에 달린 램프가 노란 빛을 던졌다. 바닥에는 흑백 리놀륨이 깔렸고, 벽에는 하늘색 페인트가 두텁게 칠해져 있었다. 코빈은 캐리어를 들고 가파른 계단을 올라 2층으로 가서 케이트의 집으로 들어갔다.

케이트에게 이메일로 집 구조를 듣기는 했지만 실제로 보니 새삼 놀라웠다. 현관문을 열면 바로 침실이었고, 거기서 짧은 계단을 올라가면 중간쯤에 욕실이 있었다. 계단을 끝까지 다 올라가면 나머지 방과 부엌, 퇴창이 달린 거실이 나온다. 거실 창문으로는 거리가 내려다보였고, 계단 아래 있는 침실 창문으로는 바닥에 벽돌이 깔린 뒤뜰이 보였다. 하지만 건물 양옆에 다른 건물이 붙어 있는 터라 전망은 그게 전부였다. 폐소공포증이 생길 정도로 좁은 집이었지만 코빈은 오히려 안락하게 느껴졌다. 게다가 실내는 아기자기하다기보다 아늑하게 꾸며졌다. 곳곳에 작은 원색 러그가 깔려 있고, 침대와 거실 소파에는 큼직한 쿠션들이 쌓여 있었다. 흰색으로 칠한 벽에는 그림들이 걸려 있었다.

코빈은 소변을 보고 나와 짐을 전부 푼 다음, 케이트가 포스트잇을 붙여둔 서랍에 넣었다. 그가 쓸 수 있도록 비워둔 서랍이었다. 샤워를 할까 했지만 너무 피곤했다. 관자놀이가 욱신거리며 골치가 아팠고, 장시간 비행으로 목과 어깨가 굳어 있었다. 그는 진통제 네 알을 삼켰다. 수돗물 맛이 어찌나 끔찍한지 가능한 한 빨리 생수를 사야겠다고 다짐했다. 옷을 다 벗고 사각팬티와 티셔츠만 입은 채 케이트가 손으로 직접 쓴 장문의 편지를 들고 거실 소파에 널브러졌다. 동네 술집과 식당을 세세히 소개한 편지를 읽으니 짜증이 치솟았다. 케이트가 아니라 스스로를 향한 짜증이었다. 그는 이런 편지를 남겨두지 않았기 때문이다. 나중에 이메일로 좋은 가게들을 알려줘야겠다고 생각했다. 다행히 냉장고에 샴페인 한 병을 선물로 두었고, 그건 칭찬할 만한 일이다. 무엇보다 집을 보면 케이트는 깜짝 놀랄 거라고 장담할 수 있었다.

지금쯤 케이트는 비행기를 타고 대서양 상공 어딘가에 있을 것이다. 코빈은 그녀의 얼굴을 떠올리려 했지만 잘되지 않았다. 예전에 사진 두어 장을 봤을 뿐인데 그것도 몇 년 전 일이었다. 그중 하나는 아버지가 돌아가시기 일 년 전, 영국에 다녀와서 찍은 사진이었다. 당시 아버지는 집안 친척들이 대대적으로 모이는 결혼식에 참석하려고 런던을 방문했는데 코빈과 필립도 데려가려고 했다. 필립은 애초에 엄마를 실망시키는 일은 절대 하지 않기 때문에 아버지를 따라가지 않았고, 코빈은 일 때문에 갈 수가 없었다. 영국에서 돌아온 아버지는 디지털 사진을 인쇄해 일반 사진 크기로 잘라 넣어둔 앨범을 코빈에게 보여주었다. 그러고는 수많은 친척들을 한 명씩 가리키며 설명했다. 케이트도 그때 처음 보았다. 그녀는 부모님 사이에 끼어 있었는데 코빈의 아버지는 케이트의 엄마를 가리키며 말했다. "나랑 제일 친한 사촌이다. 우린 친남매나 다름없었지. 그리고 이 아이, 케이트는 그 사람을 꼭 빼닮았어. 그게 누구냐, 그, 그……."

아버지는 말끝을 흐렸다. 아버지는 이혼하고 몇 년 뒤에 은퇴하면서 급격히 노쇠해졌다. 단지 육체만이 아니라 정신도 그랬다. 나약해 보였고, 가끔은 금방이라도 울음을 터뜨릴 듯했다.

"영국을 떠나는 게 아니었어." 사진을 다 보고 난 뒤 아버지가 말했다.

"하지만 그랬다면―"

"그래, 그랬다면 너희같이 훌륭한 아들을 두지 못했겠지. 하지만 네 엄마는……."

코빈은 더 이상 듣지 않았다. 엄마에 대한 비난은 귀에 못이 박히도록 들었다.

그가 본 또 다른 케이트의 사진이라고는 그녀의 이메일 계정에 첨부된 것뿐이었다. 작은 사각형 칼라 사진 속 케이트는 읽고 있는 책으로 얼굴을 거의 다 가린 채 눈만 빼꼼 내놓고 카메라를 응시했다.

분명 이 집에 그녀의 사진이 있을 것이다. 코빈은 그렇게 생각하며 소파에서 일어나려다가 마음을 바꾸었다. 시간은 충분했다. 앞으로 6개월이나 런던에 머물 예정이기 때문이다. 그렇게 생각하니 조금 무서웠다. 연신 하품을 했더니 턱에서 소리가 났다. 위쪽 창문으로 빗방울이 후드득 들이쳤다. 그 소리를 들으며 코빈은 잠이 들었다.

그리고 언제나 그렇듯 갑자기 잠에서 깼다. 눈이 저절로 떠졌고, 정신이 맑았으며, 방금까지 꿨던 꿈은 이미 완전히 삭제되어 날아가버렸다. 다 타버린 성냥개비처럼. 그는 몸을 일으켜 앉았다. 두통은 사라졌지만 대신 엄청난 허기가 느껴졌다. 휴대전화를 확인했더니 오후가 반쯤 지났다.

부엌에서 찾아낸 사과를 연필심처럼 가느다란 속만 남을 때까지 게걸스럽게 먹어치웠다. 서랍을 열고 먹을 만한 것이 있는지 찾아봤지만 거의 없었다. 부엌에 구비된 물건은 모두 자그마했다. 예전 기숙사 방에 있던 것과 비슷한 크기의 냉장고 하며 한쪽 구석에 놓인 자그마한 법랑질 상판 식탁, 식기세척기인 줄 알았는데 알고 보니 세탁기인 기계까지. 하지만 아무리 둘러봐도 건조기를 찾을 수 없었다. 나중에 케이트에게 이메일로 물어봐야겠다. 어차피 이메일을 확인해야 했다. 월요일에 출근하기로 되어 있는 회사에서 아직 아무런 연락도 없었기 때문이다. 다시 거실로 돌아가 케이트가 남긴 편지에서 인터넷 접속과 관련된 부분을 찾아냈다. 노트북을 켜고 이메일을 확인했다. 그럴 리가 없음을 알고 있는데도 혹시 오드리 마셜에게 온 메일이 있는지 재빨리 확인했다. 동생 필립에게서 언제 런던으로 출발하느냐, 엄마가 알고 싶어 한다는 메일이 와 있었다.

코빈은 어제 열린 레드삭스 야구 경기 결과를 확인하고, 케이트에게 장문의 편지를 남겨줘서 고맙고 건조기는 어디 있냐고 묻는 메일을 보냈다. 그러고는 노트북을 닫은 뒤, 다시 옷을 입고 식사하러 나갔다.

* * *

아직 오후 4시 반도 되지 않았는데 집에서 가장 가까우면서 케이트가 추천해준 펍인 비프 앤드 푸딩은 사람들로 가득했다. 코빈은 낮은 테이블과 등받이 없는 긴 의자가 놓인 자리에 앉아 웨이트리스를 기다리다가 영국에서는 바에 가서 직접 주문해야 한다는 사실이 생각났다. 그래서 의자에 재킷을 벗어둔 다음, 사람들을 밀치고 붐비는 바로 가서 기네스 엑스트라 골드를 주문했다. 음식도 주문하고 싶다고 했더니 웨이터는 커다란 칠판을 가리켰고, 거기에 초록색 분필로 메뉴가 적혀 있었다. 코빈은 볼로네즈 스파게티를 시키고 자리로 돌아갔다.

기네스에 손대지 않은 채 음식을 기다리다가 스파게티가 나오자 허겁지겁 먹고 싶은 걸 참으며 최대한 천천히 먹었다. 다 먹은 뒤에는 맥주를 좀 더 주문하러 바에 갔다. 이번에는 지금까지 못 마셔본 캐스크 에일*을 시도해보기로 하고 그린 킹 애봇 에일이라는 맥주를 주문해서 자리로 돌아갔다. 맥주를 반쯤 마셨을 때 딱 달라붙는 청바지에 무늬가 있는 스웨터를 입은 여자가 다가왔다. "안녕하세요. 혹시 케이트 프리디의 친척인가요? 아까 바에서 당신이 미국식 억양으로 말하는 걸 들었거든요. 난 위층에 살아요."

두 사람은 맥주 예닐곱 잔을 함께 마셨고, 여자는 그에게 바텐더와 친구들 서너 명을 소개해주었다. 여자의 이름은 마사였고, 화장실에 다녀올 때마다 입술에 다홍색 립스틱이 덧발라져 있었다. 코빈은 계속 그린 킹 애봇 에일을 마셨고, 마사는 화이트 와인을 마시다가 막판에는 보드카가 들어간 칵테일을 마셨다. 두 사람은 이슬비를 맞으며 함께 집으로 걸어가다 쉽스카 레인 684번지에 있는 대형 쓰레기 수거함에 기대서서 키스하며 서로의 몸을 더듬었다. 마사는 그의 귓불을 깨물며 미국식 억양이 마음에 든다고 말했다. 코빈이 그녀의 엉덩이 쪽으로 손을 가져가 바지 안으로 손가락을 넣자 티팬티가 만져졌고, 그는 그 순간에 정신이 번쩍 들었다. 두려움과 역겨움이 온몸에 퍼졌다. 누군가 그들을 지켜보고 있을 리가 없음을 아는데도 여전히 그런 생각이 들었다. 늘 그랬듯이.

코빈은 술에 취한 여자를 밀쳐내고 싶었지만 꾹 참았다. 대신 키스를 멈췄다.

---

* 영국 전통 방식대로 양조되는 맥주로 여과나 살균을 전혀 거치지 않으며 질소나 탄산가스 등도 전혀 주입되지 않는다.

"너무 피곤하네요." 코빈이 말했다.

"그렇겠죠. 안쓰러워라." 마사가 대답했다. 여자의 입술 가장자리에 립스틱이 번졌고, 눈은 초점이 살짝 풀려 있었다. 빗소리 사이로 멀리서 웃음소리가 들렸다. 밖에서 놀다가 역시 술에 취해 귀가하는 사람들이었다. 차가운 빗방울이 목에 똑 떨어져 등을 타고 흘러내리자 그는 몸을 부르르 떨었다. 순간적으로 아까 먹은 스파게티가 식도를 타고 올라오면서 토할 것 같았다. 다행히 욕지기는 사라졌고, 그는 마사에게 어서 집에 가서 자고 싶다고 말했다. 두 사람은 함께 건물 안으로 들어갔고, 마사는 그의 집 앞 층계참에서 또 그에게 키스했다. 코빈은 그녀의 혀끝이 이에 닿는 것을 느꼈지만 계속 입을 굳게 다물었다.

집에 들어와 부엌에서 미지근한 수돗물을 마시고, 다시 진통제 네 알을 먹었다. 사실 아까 낮에 너무 잔 탓인지 별로 피곤하지 않았다. 지금 런던은 한밤중이었지만 보스턴은 아직 8시도 안 된 시간이었다. 지금쯤 케이트는 집에 도착해서 시차에 적응하려고 깨어 있으리라. 코빈은 자신의 집에 있을 케이트를 떠올리려 해보았지만 잘되지 않았다. 왠지 잘못되었다는 느낌이었다.

침실의 오렌지색 러그 위에서 팔굽혀펴기 100개를 한 뒤에 샤워를 하기로 하고, 턱이 높은 욕조에 조심스럽게 들어가 미지근한 물줄기 아래 섰다. 눈을 감고 수압이 약한 물줄기를 목덜미에 맞으며 눈을 감았다. 어찌나 오래 서 있었는지 마침내 물에서 온기가 다 사라져버렸다. 면으로 된 잠옷 바지를 입고 침대에 들어갈 무렵에는 몸을 부들부들 떨고 있었다. 침대 모서리에 꼭꼭 찔러 넣은 부드러운 플란넬 시트를 발로 차서 빼낸 다음, 시트 밖으로 발을 내놓았다. 아무리 추워도 그래야만 잘 수 있었다. 침대가 조금 더 딱딱했다면 좋았을 텐데. 머리맡 램프를 껐지만 커튼을 열어둔 탓에 방은 비교적 환했다. 눈이 어둠에 적응되자 침대 맞은편에 걸린 액자 속 포스터의 글씨까지 읽을 수 있었다. 〈모퉁이의 얼굴: 동물 초상화, 국립 초상화 미술관, 런던, 1998.〉 포스터 속에는 한 여자가 있고, 전경에는 검은 고양이 한 마리가 어항 속에 앞발을 집어넣고 있었다. 그걸 보니 보스턴 아파트에 사는 고양이 샌더스가 생각났다. 샌더스가 생각나자 보스턴에 두고 온 것들이 전부 생각났지만 그는 생각을 차단했다. 대신 눈을 감고 잠을 청했다. 샤워를 했는데도 온몸에서 아직 그 여자, 펍에서 만난 마사의 냄새가 나는 듯했다. 지금 위층에 있을 마사를 생각하며 그녀도 자신을 생각하고 있을지 궁금했다. 당연히 그럴 것이다. 원한다면 지금 당장 위층으로 올라가 그녀와 잘 수도 있다. 그렇게 생각하자 무엇보다 슬픔이 밀려왔다. 술에 취해 문을 열어줄 그녀의 흥분한 얼굴과 그가 티팬티를 벗길 수 있도록 엉덩이를 들어 올리는 장면과 기대에 가득 찬 그녀의 끔찍한 눈동자를 떠올렸다. 그러고는 그 눈이 공포에 질리는 모습을 상상했다.

코빈은 침대에 배를 대고 엎드리며 생각을 떨쳐냈다. 꽃 향기가 나는 낯선 베개에 얼굴을 파묻었다. 한동안 그 생각을 한 적이 없었다. 아마 런던에 돌아왔기 때문일 것이다. 이곳에 돌아온 것은 큰 실수인지 모른다. 15년이면 충분하다고 생각했지만 막상 와보니 그렇지 않았다. 그녀는 하루 종일 그의 마음속에 있었다. 그래서 코빈은 그냥 그녀를 생각하기로 했다. 그의 삶을 송두리째 바꿔놓은 클레어 브레넌을.

13

코빈 델이 3학년 2학기에 교환 학생으로 온 허친슨 경제 경영 대학은 모닝턴 크레센트 지하철역 바로 남쪽, 조지 왕조 시대의 건물들이 늘어선 흉측한 동네에 자리했다. 학생회관에는 학교에서 운영하는 '스리 램스'라는 펍이 있었는데 코빈이 클레어 브레넌을 처음 만난 곳도 벽이 나무 패널로 된 그 술집이었다. 그날 클레어는 서빙을 하고 있었다.

"여기서 제일 잘나가는 술이 뭐죠?" 스피커에서 쩌렁쩌렁 울리는 콜드플레이 음악보다 더 큰 소리로 코빈이 외쳤다.

그녀는 칠흑처럼 검은 머리카락을 귀 뒤로 넘기며 바 테이블 너머로 몸을 내밀었다. "뭐라고요?"

코빈은 다시 물어보려다가 그녀의 차가운 푸른색 눈동자를 보고 멈칫했다. 그러고는 맥주 펌프를 둘러본 뒤 아무것이나 골랐다.

"파인트요, 아니면 하프요?" 강하고 경쾌한 억양으로 그녀가 물었다.

"하프요." 무슨 뜻인지도 모른 채 코빈이 대답했다.

주문한 맥주가 나오고 그는 작은 잔에 담긴 보리 맛 액체를 홀짝였다. 런던에 온 지 이틀째 되는 밤이었다. 그날 오전에는 다른 미국인 교환 학생들과 함께 오리엔테이션에 참석했다. 오리엔테이션은 런던에서 숙소를 구하는 법에 대한 설명이 주를 이뤘고, 설명이 끝난 후에는 다들 공인중개사 목록을 손에 든 채 함께 숙소를 구하러 다닐 사람들끼리 그룹을 만드느라 열심이었다. 하지만 코빈은 이미 숙소가 정해진 터라 다른 학생들과 어울리지 않고 그냥 나왔다. 그는 아버지의 친구 집에서 지낼 예정이었다. 템스 강 남쪽 주택가의 좁은 건물 3층에 위치한 작은 아파트였다. 그가 지낼 방은 벽장이나 다름없을 정도로 작았고, 집 전체에 가구가 별로 없는 것으로 보아―술병이 즐비한 바, 스테레오 오디오, 새틴 시트가 깔린 침대가 전부였다―아버지의 친구가 사람들 눈을 피해 불륜을 즐기는 공간인 듯했다. "내 친구는 집에 거의 없으니까 너 혼자 쓰는 집이나 마찬가지야." 아버지는 그렇게 말했다.

코빈은 벌써 그 집이 싫었고, 다른 학생들을 만나 어울리고 싶어서 스리 램스에 온 참이었다. 그는 바 테이블에 기대서서 실내를 훑어보았다. 절반쯤 차 있었는데 대부분 서너 명씩 무리 지어 있었다. 그러다 자신처럼 작은 잔으로 마시는 사람은 여학생들뿐이고, 남학생들은 다들 큰 파인트 잔에 마신다는 사실을 알아차렸다. 볼이 화끈거릴 정도로 창피해지면서 갑자기 애초에 파인트냐, 하프냐 물어본 바텐더에게 엄청난 증오를 느꼈다. 당연히 파인트로 마시지 않겠는가.

그는 다시 바를 향해 돌아서서 미지근한 맥주를 두 모금만에 다 마셨다. 이제 바텐더는 세 남학생의 주문을 받고 있었는데 셋 다 포스터스 맥주를 파인트로 주문했다. 코빈은 자신도 그걸 마시리라 결심하고 바텐더가 세 남자의 서빙을 마치기를 참을성 있게 기다렸다. 그녀는 맥주 위에 쌓이는 거품을 계속 버려가며 잔을 채웠다. 마침내 그녀가 세 남자에게 주문한 맥주를 내주고 코빈을 바라보자, 그는 포스터스를 주문하며 자신도 큰 잔에 달라고 덧붙였다. 바텐더는 그 말에 미소를 지었고, 코빈은 그녀의 입에 주먹을 날리고 싶었다.

그는 포스터스를 들고—처음 마신 맥주보다 훨씬 나았다—바 근처, 나무 패널이 덧대어진 벽 앞에 놓인 높은 스툴에 앉아 최대한 무심하고 지루한 표정을 지었다. 주변을 훑어보았지만 미국인은 한 명도 보이지 않았다. 바가 한산해지자 바텐더가 여기저기 테이블에 버려진 빈 병을 치우러 나왔고, 코빈 옆을 지나가다가 걸음을 멈추고 미국인이냐고 물었다.

"교환 학생이야, 응." 그가 말했다.

"혹시 주위에 방 구하는 사람 있어? 내 친구가 방을 하나

세주려고 하거든."

"어딘데?"

"캠든. 여기서 멀지 않아."

코빈은 자신도 관심이 있다고, 숙소를 구하기는 했지만 마음에 들지 않는다고 말했다. 그 집이 아버지 친구의 불륜 현장이며 딜도와 콘돔으로 가득하다는 거짓말까지 했다. 바텐더는 고개를 뒤로 젖힌 채 뽀얀 목을 드러내며 깔깔 웃었다. "그럼 한번 가볼래?" 그녀가 물었다.

코빈은 그러기로 하고 주소를 받았다. 그리고 학기가 시작된 지 이틀째 되는 날, 똑같이 지저분하지만 적어도 학교에서 훨씬 가까운 아파트로 이사했다. 아일랜드 출신의 뚱한 여학생과 함께 살았는데 그녀의 가장 큰 장점은 집에 있는 때가 거의 없다는 것이었다. 그나마 있는 날에는 방에 처박혀서 전화를 붙잡고 훌쩍거렸다. 또 다른 장점은 검은 머리 파란 눈의 바텐더와 친구라는 사실이었다. 바텐더의 이름은 클레어 브레넌이었고, 스리 램스에서 짧은 대화를 나눈 후로 코빈은 처음에 그렇게 미워한 그녀를 짝사랑하게 되었다.

런던에 오기 전에는 거기 있는 동안 절대 여자를 사귀지 않겠노라고 다짐한 터였다. 지난 학기, 그러니까 3학년 1학기에 기숙사 같은 층을 쓰는 사라 샤펜버그라는 1학년 여학생과 사귄 적이 있었다. 중서부 출신의 사라는 오리엔테이션 주간에 동호회에서 만나는 남학생마다 침대로 끌어들이려고 안달

하는 다른 여학생들과 달리 드물게 조신했다. 그녀는 코빈에게 자신이 사실상 처녀나 다름없으며 그와 천천히 가까워지고 싶다고 했다. 코빈은 상관없었다. 심지어 뉴에식스에 있는 엄마의 집이 비는 날을 골라 주말에 차로 사라를 데려가기까지 했다. 사라는 크게 감동받았고, 코빈은 대저택과 바다가 보이는 전망, 엄마가 수집한 그림들을 바라보는 그녀의 표정을 흐뭇하게 지켜보았다.

그날 저녁 그의 기숙사 방으로 돌아오자 사라는 콘돔을 꺼내며 그의 귀에 속삭였다. "너와 사랑을 나누고 싶어. 지금 당장." 미리 연습한 말 같았고, 그녀는 연기하듯이 숨을 거칠게 내쉬었다. 그들은 옷을 모두 벗었지만 이상하게도 코빈은 역겨운 기분만 들었다. 기숙사의 싸구려 조명 아래로 보이는 사라는 갑자기 천박하고 뚱뚱해 보였으며, 전에는 미처 몰랐던 변색된 치아까지 눈에 띄었다. 코빈은 발기가 되지 않았고, 사라에게 지금은 내키지 않는다고 말했다. 끔찍하게도 사라는 괜찮다며 그를 계속 위로했고, 심지어 그의 목덜미를 다독여주기까지 했다.

그 후로 코빈은 더 이상 그녀를 만나지 않았다. 그러다 1학기 마지막 날, 술에 잔뜩 취해 사라의 기숙사 방문을 두드렸다. 그녀가 원하는 대로 자주겠다고 결심한 것이다. 문을 열어준 사라의 룸메이트는 아마 지금쯤 사라가 남자 친구의 기숙사 방에 있을 거라고 말했다. 코빈을 바라보는 눈빛으로 보아 틀림없이 둘의 사연을 알고 있었다. "걸레 같은 년." 코빈은 그렇게 말하고는 자기 방에 들어가 뻗어버렸다.

이제 그는 런던에 있었고, 여자와 사귀지도 않고 섹스도 하지 않겠다고 다짐한 터였으나 이미 클레어 브레넌에게 홀딱 반해버렸다.

클레어는 거의 매일 스리 램스에서 일했기 때문에 쉽게 만날 수 있었다. 코빈은 주로 혼자서 스리 램스에 들르곤 했다. 알고 보니 그와 클레어는 같은 수업—거시 경제학 입문—을 들었고, 가끔씩 그가 교재를 가져가면 둘이 함께 그에 대해 이야기를 나눴다. 코빈은 포스터스를 마시고, 클레어는 바 뒤에서 와인을 마시면서. 비록 클레어는 코빈과 같은 스무 살이었지만 미국 여학생들과 다르게 어른스럽고 지적이었다. 일례로 대학 등록금도 아르바이트를 하며 스스로 벌었고, 매 학기마다 런던에 와서 3개월 내내 술만 마시다 가는 미국인 교환학생들을 한심하게 생각했다. "넌 예외야, 코브." 그녀가 말했다. "넌 그 머저리들보다 한 단계 위야. 아주 약간이기는 하지만." 클레어는 씩 웃으며 엄지와 검지를 1센티 정도 벌려 보였다.

두 사람은 거의 스리 램스에서만 만났고, 같이 듣는 수업은 하나뿐이었다. 하지만 첫 번째 시험이 다가오자 퀸스 공원에 있는 클레어의 집에서 함께 공부했다. 손바닥만 한 원룸이었는데 침대와 책상, 의자만으로 꽉 찼다. 그들은 침대에서 함께 공부했다. "그냥 여기서 자고 가." 마침내 공부가 끝났을 때 클레어가 말했다. 새벽 1시였고, 지하철도 끊긴 터였다.

"택시 타면 돼." 코빈이 말했다.

"바보같이 굴지 마. 그냥 여기서 자."

"난 런던에 있는 동안 아무도 사귀지 않겠다고 맹세했어."

클레어가 웃었다. "맙소사, 사귀자는 뜻으로 한 말이 아냐."

그들은 서로 떨어져서 잠이 들었지만 동이 튼 직후에 말없이 키스하기 시작했다. 코빈이 아까 아무도 사귀지 않기로 맹세했다는 말은 진심이라고 말할 겨를도 없이 두 사람은 섹스를 했다. 눈 깜짝할 사이에 벌어진 일이라서 고민하거나 겁먹을 시간도 없었다. 섹스가 끝난 후에는 좀 더 키스했고, 클레어는 다시 잠들었다. 코빈은 이번이 처음이라는 말은 하지 않았다.

아침 이슬을 머금은 차가운 새벽 공기를 가르며 집으로 돌아가는 그는 단지 행복한 정도가 아니라 어쩐지 떳떳한 기분까지 들었다. 결국 문제는 그가 아니었다. 지금까지 만난 미숙하고 한심한 여자들이 문제였던 것이다. 그에게는 제대로 된 여자가 필요했고, 마침내 그런 여자를 찾아냈다.

코빈은 시험에서 높은 점수를 얻었고—당연한 일이었다—계속 클레어를 만났다. 그녀와의 관계는 지금껏 경험한 관계들과 완전히 달랐다. 첫째로 둘은 자기들이 어떤 사이인지에 관해 거의 이야기하지 않았다. 코빈이 원치 않아서가 아니라 클레어가 원치 않았기 때문이다. 코빈이 그런 이야기를 꺼낼 때마다 그녀는 농담을 하거나, 그에게 바보라고 했다. 코빈은 그녀의 속마음을 암시하는 작은 단서들에 집착하며 그녀가 자신을 어떻게 생각하는지 조금이라도 알아내려 했다. 그런 자신에게 화가 났지만, 동시에 자신이 사랑에 빠졌음을 알고 있었다. 한번은 학교에서 주최한 템스 강 유람선 여행에서 공짜로 제공되는 술을 마시고 돌아오는 길에 술에 취해 사랑을 고백하기도 했다. 막 폭우가 쏟아지던 참이라 두 사람은 문 닫은 빵집 차양 아래로 들어갔고, 거기서 키스했다.

"네 입에서 맥주 냄새나." 클레어가 말했다.

"사랑해." 그가 대꾸했다.

클레어는 웃음을 터뜨렸다. 딱히 비웃는 웃음은 아니었다. 그러더니 그에게 격렬히 키스하며 "넌 내가 제일 좋아하는 미국인이야"라고 말한 뒤, 다시 웃었다.

"고마워." 코빈은 그렇게 대답하고 다시는 자기 감정을 고백하지 않겠노라고 다짐했다.

그리고 실제로도 그랬다. 두 사람의 관계는—적어도 코빈은 마음속으로 둘이 사귀는 사이라고 생각했다—그 학기 마지막 주까지 계속되었다. 그는 여름방학에 클레어를 미국으로 초대해야 할지 말지를 두고 전전긍긍했다. 하지만 그 이야기를 꺼내기도 전에 모든 것이 바뀌어버렸다. 그날은 목요일이었다. 코빈이 집 근처의 별 특징 없는 대형 펍에서 파인트 잔을 앞에 둔 채 교재를 다시 읽고 있을 때 역시 미국인 교환학생인 헨리 우드가 다가왔다.

"공부해?" 헨리가 물었다.

"응." 교재를 들어서 보여주며 코빈이 말했다.

"이 학교 수업 진짜 빡세지?"

"응, 맞아."

코빈은 런던에서 지내는 동안 미국인 학생들을 많이 사귀지 않았지만 헨리는 알고 있었다. 헨리를 모르는 사람은 없었다. 친화력이 뛰어나 다른 학생들의 이름을 모두 기억했고, 언제나 막힘없이 대화를 술술 이어나가는 친구였다. 오리엔테이션 주간이 끝난 직후에는 자기가 사는 햄스테드의 널찍한 1층 아파트에서 파티를 열었다. 몹시 추운 밤이었지만 헨리는 공동 정원에 조명을 달아두고, 나무통에 든 생맥주까지 구해놓았다. 파티에는 미국인뿐 아니라 영국인 이웃까지 참석했는데 헨리가 런던에 잠깐 머무는 사이에 갑자기 그의 죽마고우가 된 사람들이었다.

그날 밤에는 눈이 내리기 시작해 작고 하얀 눈송이가 땅에 닿자마자 녹아버렸다. 하지만 다들 울타리가 둘러진 정원에 옹기종기 둘러앉아 자정이 넘을 때까지 남아 있었다. 코빈은 처음 두 시간은 어색하게 앉아 있었지만, 맥주가 들어가자 새벽 2시까지 리치몬드 대학교에서 온 여학생 그리고 베일러 대학교 출신 남학생과 대학 럭비 이야기를 하게 되었다. 베일러 대학교에서 온 남학생은 문신이 새겨진 팔을 여학생 어깨에 두르고 있었다. 코빈은 실례한다고 말한 뒤 자리를 뜨며 이제 그만 가야겠다고 생각했다. 다시 집 안으로 들어가 화장실을 찾아 복도를 내려갔다. 그때 불이 붙지 않은 담배를 문 채 침실 문틀에 기대서 있는 헨리가 보였다. 코빈은 원래 머리 긴 남자를 싫어했지만 헨리에게는 장발이—어깨 아래로 최소한 5센티미터는 내려왔다—잘 어울렸다. 키는 작아도 어깨와 가슴이 단단해 보였고 이목구비가 작았다. 잘생기고 거만한 여우가 사람으로 변한 듯한 얼굴이라고 코빈은 생각했다.

욕실 문이 활짝 열리더니 짧은 치마를 입고 키가 큰 빨간 머리 여자가 나왔다. 그녀는 코빈을 스치듯 지나 헨리의 침실로 들어가면서 손으로 헨리의 가슴을 쓸어내렸다.

헨리는 여전히 입에 담배를 문 채 씩 웃었고, 한쪽 눈썹을 치켜세운 채 코빈을 보며 침실 안쪽으로 고갯짓했다. 코빈은 잠시 어리둥절했으나 헨리가 자신을 초대한 것임을 깨달았다. 코빈은 대수롭지 않다는 듯 양손을 들어 올리고 고개를 저었다. 얼굴이 화끈거려서 얼른 욕실로 피했다. 욕실에서 나왔을 때는 헨리의 침실 문이 닫혀 있었다.

그날 이후로 코빈은 헨리를 예닐곱 번 만났지만, 헨리는 복도에서의 그 사건을 전혀 기억하지 못하는 듯했다. 코빈은 자신이 제대로 봤는지 의심스럽기까지 했다. 헨리가 정말로 셋이 함께 섹스하자고 초대한 걸까? 그날 밤의 세세한 기억이 흐려진 탓에 이제는 확신할 수 없었다. 하지만 헨리를 만날 때마다 마음이 조마조마하고 말을 더듬게 되었다. 그렇다고 해서 헨리 앞에서 말을 많이 해야 하는 것은 아니었다. 헨리는 말하기를 좋아했고, 늘 자신이 다른 사람에 대해 다 안다고 떠들어댔다. 코빈은 헨리가 천박한 관심병 환자라고 생각하려 했지만, 그와 함께 있을 때면 자기도 모르게 비위를 맞추게 되었다. 재미있는 농담을 하거나, 헨리가 모르는 비밀을 말해주면서. 그럴 때면 코빈은 민망하면서도 뿌듯했고, 다른 사람들도 그러는지 궁금했다.

그날 저녁, 펍에 나타난 헨리는 놀랍게도 혼자였다. 코빈은 게임 이론 시험 때문에 반쯤 공황 상태였지만 그래도 헨리를 보니 반가워서 합석을 권했다.

"내가 그 시험 도와줄 수 있어." 파인트 잔을 손에 든 채 코빈 맞은편에 앉으며 헨리가 말했다.

"넌 이 수업 안 듣잖아."

"응, 하지만 중요한 정보를 알아. 매해 시험 문제가 똑같대. 교수님이 절대 문제를 바꾸지 않는다더라. 문제가 뭔지 알고 싶어?"

"당연하지."

헨리는 작년에 교환 학생으로 와서 이 수업을 수강한 학생에게 들었다는 이야기를 해주었다. "난 문제를 다 외웠는데 인원 초과로 수업을 못 듣게 됐어. 그러니까 네게 도움이 될 거야."

"정말 확실해?"

"90퍼센트, 아니 95퍼센트 장담해. 걱정 마, 친구. 우선 술이나 한 잔 더 마시자."

코빈은 바에 가서 술을 사 왔다. 헨리가 알려준 시험 문제들은 그럴듯했다. 모두 평소 힌클리프 교수─양쪽 볼에 혈관이 거미줄처럼 얽힌 자국이 있는 노교수─가 장황하게 설명한 주제들과 관련이 있었다. 코빈은 헨리의 말을 믿어보기로 했다. 사는 게 훨씬 쉬워질 터였다.

코빈은 책을 치웠고, 두 사람은 예닐곱 잔을 더 마셨다. 둘이서 그렇게 오랜 시간을 함께 보낸 적은 처음이었다.

"넌 이번 학기 내내 어디 숨어 있었던 거야?" 헨리가 물었다.

코빈은 자신이 딱히 숨어 있었다고 생각하지 않았다. "첫 주에 숙소를 구할 필요가 없어서 아이들과 어울릴 기회가 없었어. 나중에는 영국 학생들과 친해졌고."

"이런 배신자. 교환 학생 프로그램에 참가하는 동안에는 영국 학생들을 만나면 안 돼."

"그런 지침은 못 받았는데?"

"못 받았다고? 아주 중요한 필수 조건인데 몰랐구나. 머저리 상태로 유럽에 와서 오로지 미국 학생들하고만 어울리다가 한층 더 머저리가 되어서 돌아가는 게 이 프로그램의 목적이야. 그러다 4학년 1학기가 되면 '내가 작년 여름 유럽에 있었을 때 말이야……' 운운하는 거지. 참, 너도 종강하면 유럽 여행할 거야?"

"아니. 그러고 싶지만 뉴욕에서 인턴으로 일해야 해. 6월 첫 주부터."

"진짜? 나도야. 어디에서 일해?"

그들이 인턴으로 일하게 된 회사는 각자 달랐지만 맨해튼 미드타운의 같은 구역에 있었다.

"잘됐다. 우린 단짝이 될 거야. 난 우리가 어느 바에 가야 할지도 이미 알고 있다고."

그들이 각자 아는 뉴욕의 바와 레스토랑에 대해 이야기하는 동안 '단짝'이라는 말이 코빈의 머릿속에 맴돌았다. 헨리는 별 뜻 없이 한 말이겠지만, 코빈은 자신에게 늘 친구가 있기는 해도 진짜 단짝은 없었다는 생각이 들었다. 그리하여 매일 저녁 미리 약속을 잡지 않고도 자연스럽게 단골 바에서 헨리와 만나는 모습을 그려보았다.

"아주 재미있을 거야." 헨리가 말했다. "물론 런던도 좋지만 이젠 바꿀 때도 됐잖아, 안 그래? 펍 대신 칵테일 라운지에서 칵테일을 마시고, 선탠한 여자도 만나고 말이야."

둘은 함께 웃으며 각자 맥주를 한 모금씩 마셨다. 헨리가

171

몸을 내밀더니 목소리를 살짝 낮췄다.

"있잖아, 코브, 내가 생각하기에 우리에게는 공통점이 있어."

"그래?"

"클레어 브레넌." 헨리는 미소를 지었고, 치아 위로 입술이 얇게 퍼졌다.

"그래, 나도 클레어를 알아." 코빈은 방금 테니스공을 삼킨 기분이었다.

"그래, 잘 알겠지. 그것도 아주 각별하게."

"왜 그렇게 생각하지?" 코빈이 물었다.

"너희 둘이 사귀는 걸 아니까. 클레어가 너와 나 사이에서 양다리를 걸친 것 같더라고."

"무슨 뜻이야?"

"무슨 뜻이긴. 네가 생각하는 그대로야. 맙소사, 너 얼굴이 왜 그래? 그러다 심장마비로 쓰러지겠다."

14

"그래서 여기 온 거야? 나한테 클레어 얘기를 하려고?" 조금 지난 후에 코빈이 물었다.

헨리는 잠시 뜸을 들였다. "아니, 그냥 놀러 왔어. 그래도 네게 사실을 알려줘야겠다고 생각하긴 했어. 그게 옳은 일 같았으니까."

헨리가 클레어에 관한 폭탄 발언을 한 뒤로 코빈은 평정심을 되찾았다. 속이 뒤틀릴 듯한 배신감이 사라지고 대신 분노가 치솟았다. 헨리도 같은 심정이라고 했다.

"그 쌍년이 우리에게 거짓말을 했어." 헨리가 말했다.

그들은 각자 시간을 되짚어보며 클레어가 어떻게 양다리를 걸쳤는지 알아내려 했다. 헨리와 클레어는 한 달 조금 전, 코빈이 대학 동창 둘을 만나려고 암스테르담에 간 주말에 처음 만났다. 헨리도 코빈처럼 스리 램스에서 그녀를 만났고, 데이트를 신청했다. 클레어는 승낙했고, 데이트는 즐거웠으며, 지난 몇 주간 두 사람은 드문드문 만났다.

"얼마나 자주 만났어?" 코빈이 물었다.

"화요일 저녁마다 만났지."

"난 화요일 저녁마다 세미나가 있어."

"또 일요일 오후에는 가끔씩 강가에 있는 펍에 갔고."

"나한테는 일요일에 늘 밀린 공부를 해야 한다고 하더니."

"우리가 완전히 속은 거야, 친구." 헨리는 그렇게 말하며 고개를 저었다. "클레어가 스리 램스에서 남자 친구 행세하지 말라고 그러지 않았어? 손님과 사귄다는 사실을 알리고 싶지 않다면서 말이야."

"응, 그렇게 말했어. 맙소사."

헨리는 남은 맥주를 한 번에 길게 들이켠 다음, 손등으로 입술을 닦았다. 즐겁다는 듯이 한쪽 입꼬리가 위로 올라가 있었다.

"넌 나만큼 속상하지 않은 거 같다?" 코빈이 말했다.

"속상해, 정말로. 다만 난 생각할 시간이 충분했을 뿐이야. 지금은 속상하다기보다 화가 나고."

"어떻게 알아냈어?"

"지난주 토요일 저녁에 우연히 캠든 지하철역에서 나오

는 클레어를 봤어. 내가 손을 흔들었지만 못 본 채 서둘러 어딘가로 가더라고. 재미 삼아 미행했지. 그랬더니 시장 가판대를 지나 인도 식당으로 가더라. 식당 앞에서 네가 기다리고 있었고, 너희 둘이 키스하는 걸 봤어."

"클레어에게는 아무 말도 안 했어?" 코빈이 물었다.

"사실대로 자백할 기회를 줬지. 이튿날 만나서 우리가 정말 진지하게 사귀는 사이냐고 물었어. 그랬더니 그렇다고, 그러길 바란다고 했어. 그 순간에 실망이 분노로 바뀌었지. 그래서 더는 클레어를 만나지 않기로 했어. 클레어가 이유를 몰라서 고민하도록 왜인지 말해주지도 않고 말이야. 그러다 오늘 밤에 여기서 널 본 거야. 처음에는 말하지 않으려고 했어. 내가 말하지 않으면 넌 끝까지 모를 테고, 그런다고 해서 달라질 건 없으니까. 하지만 넌 좋은 친구 같았어. 그래서 너도 알아야 한다고 생각했지."

"말해줘서 고마워. 완전 바보가 된 기분이야."

"넌 바보가 아냐. 여자를 믿었을 뿐이지. 진지하게 말하는데 다시는 그러지 마."

"그럴 거야."

"그럼 이제 어떻게 할 거야?" 헨리가 물었다.

"어떻게 하다니?"

헨리는 빈 술잔을 만지작거리더니 거꾸로 뒤집어서 나무 탁자에 둥근 자국을 찍었다. "클레어에게 어떻게 갚아줄 거냐고. 칼자루는 우리가 쥐고 있잖아. 우리가 안다는 사실을 클레어는 전혀 모르니까."

"그렇지."

헨리가 벌떡 일어났다. "한 잔 더 마시자. 그런 다음에 그년을 엿 먹일 방법을 찾아보자."

* * *

그들은 계획을 세웠다. 헨리는 폐허가 된 공동묘지를 알고 있었는데 햄스테드 히스 북쪽의 보딩턴 공동묘지였다. 런던에 도착한 첫 주 일요일 오후에 산책을 나갔다가 발견했다고 했다. 비석은 대부분 파손되었고, 마구 자란 나무와 덤불로 뒤덮여 있었다. 헨리는 이미 클레어에게 이 묘지 이야기를 한 적이 있었고, 미국에 돌아가기 전에 그녀와 함께 거기서 사진을 찍고 싶다고 했다. 클레어는 좋다고 했고, 그들은 수요일 오후에 함께 가기로 했다. 헨리는 화창한 일요일에도 그 묘지에서 사람을 본 적이 없으니 평일에는 더더욱 없을 거라고 했다. 코빈을 제외하고. 코빈은 묘지 한가운데서 그들을 기다릴 예정이었고, 두 남자는 클레어가 다시는 양다리를 걸치지 못하도록 혹은 아예 남자를 사귀지 못하도록 단단히 겁줄 작정이었다.

헨리는 공동묘지 내부를 자세히 그려주었다. 중앙 부근

에서 땅이 꺼지며 얕은 계곡이 되었다. 한 무덤에 머리가 없고 이끼로 뒤덮인 천사 조각상이 있는데 헨리는 그 자리에 '목이 잘린 천사'라고 적고, 여기가 일을 벌이기에 완벽한 장소라고 말했다.

"만약 거기 누가 있으면?" 코빈이 물었다.

"아무도 없을 거야. 또 있으면 어때? 우린 그냥 클레어를 겁주려는 것뿐이야."

수요일은 전형적인 런던 날씨로 낮게 내려앉은 구름이 하늘을 꽉 채운 채 빠르게 흘러갔고, 차가운 대기에는 간간이 빗방울이 섞여 있었다. 코빈은 묘지 입구를 찾아내 부서진 정문을 통과했다. 헨리 말이 맞았다. 오늘 이 묘지에는 아무도 없을 터였다. 날씨가 화창한 주말이라면 어디선가 사진작가가 나타날 수도 있지만, 비 내리는 평일에는 그럴 리 없었다. 코빈은 이 공동묘지에 자기뿐이라고 확신했다.

헨리가 그려준 지도대로 따라가다 보니 갈림길에 다다랐다. 왼쪽 길로 꺾어서 젖은 나뭇가지를 밀치며 나아갔더니 숨은 공터가 나왔다. 목 잘린 천사가 곧바로 눈에 들어왔다. 천사는 로브를 입고, 손에 잎사귀로 만든 화관을 들고 있었다. 조각상은 이끼로 완전히 뒤덮여 있었는데 천사는 머리만 없는 게 아니라 마치 잘라낸 듯이 날개 맨 위쪽도 부러져 있었다. 코빈은 문득 걱정스러운 마음에 몸서리를 쳤다. 장난이 너무 지나친 건 아닐까? 하지만 그와 헨리의 침대를 번갈아 들어가는 클레어가 떠오르자 다시 분노가 치밀었다. 이 정도 장난으로는 어림도 없다.

코빈은 배낭을 내려놓고 접이식 삽을 꺼내 조각상 옆에 둔 다음, 생수병을 꺼냈다. 그 안에 헨리가 제조한 가짜 피가 들어 있었다. "완전 갈색이네?" 이 병을 처음 봤을 때 코빈은 그렇게 말했다.

"응, 그래야지. 혈액은 공기에 노출되면 갈색으로 변하니까. 네가 20분 전에 죽은 것처럼 보이면 안 되잖아."

"그렇군."

코빈은 손목시계를 보았다. 헨리가 클레어와 나타나기로 한 시간까지 30분이 남았다. 그는 천사상을 받친 좌대에 등을 기댄 채 목과 티셔츠에 가짜 피를 마구 문질렀다. 티셔츠 주름에 피가 고였다. 배낭에서 칼을 꺼내 칼날에도 피를 묻혔다. 헨리가 준 접이식 칼이었는데 엄청나게 예리했다. 손끝으로 칼날을 살짝 쓸었더니 투명한 상피가 베였지만 피는 나지 않았다. 칼은 무릎에 놓아두었다.

배낭 속 갈아입을 옷들 사이에 다시 생수병을 넣고, 배낭이 보이지 않도록 등 뒤에 감췄다. 클레어가 도착하면 조각상 앞에 제물처럼 놓인 그의 시신을 보게 될 터였다. 그걸 생각하자 웃음이 새어 나오기 시작했고 멈출 수가 없었다. 이내 그는 어깨를 마구 들썩이며 큰 소리로 큭큭거렸다. **맙소사, 정신 차려.** 코빈은 그렇게 생각했다가 그냥 속 시원히 웃기로 하고 깔깔거렸다. 이상하게 동물의 웃음소리처럼 들렸다. 누가 들었을까 걱정되어 웃음을 멈췄다. 누군가 이 조각상을 찍으려고 오면 어쩌지? 코빈은 신경질적으로 좀 더 웃고는 그럴 리 없다고 생각했다. 올 사람은 클레어와 헨리뿐이다. 헨리는 그녀에게 재미있는 것을 보여주겠다며 클레어를 데려올 예정이었다. 클레어는 어떻게 나올까? 기절할까? 비명을 지를까? 그 생각을 하자 다시 마음이 들떴다. 오래전 다락방에 숨겨진 사진들을 찾아내 동생에게 보여줬을 때처럼. 가죽 마스크를 쓴 남자들이 벌거벗은 소녀들을 채찍으로 때리거나 손으로 엉덩이를 때리는 사진이었다. 동생은 당연히 어머니에게 일러바쳤고, 어머니는 코빈에게 2주 동안 샤워를 못 하게 하는 벌을 내렸다. 코빈은 깔끔을 떠는 아이라서 지저분한 것이라면 질색했기 때문에 샤워를 못 하는 벌은 고문이나 다름없었다. "네 외면이 내면처럼 더러워지면 그때 샤워하렴." 어머니는 그렇게 말했다. 코빈은 매일 그게 언제냐고 물었고, 어머니는 매일 그가 더러워지려면 아직 멀었다고 말했다. 마침내 코빈이 제대로 씻고 다니지 않는다는 학교 선생님의 쪽지를 받은 후에야 어머니는 샤워해도 좋다고 허락했다. 그동안 코빈의 아버지는 어디에 있었을까? 부모님은 아직 이혼 전이었지만 여러 이유로 별거 중이라서 주로 시내에 있는 아파트에 머물렀다. 코빈은 혹시 두 분의 별거가 그 사진 때문이 아닐까, 아버지도 그 사진을 봐서 벌받는 중일지 모른다고 생각했다. 한참 후에야 어쩌면 그 사진이 어머니 것일지도 모른다는 생각이 들었다.

바람에 나무가 흔들리며 빗방울이 코빈의 몸에 떨어졌다. 헨리와 클레어가 나타날 시간이 다 되었다. 그 사진과 관련된 추억 그리고 어머니를 떠올리자 흥이 한풀 꺾였지만 상관없었다. 이제는 진지해져야 했다. 초조함과 분노를 끌어올리자 무덤덤한 느낌만 남았다. 고등학교 때 야구 시합에 참가해 타석에 섰을 때처럼 자신과 살짝 분리되어 스스로를 바라보는 느낌이었다. 코빈은 정신을 집중했다.

덤불 쪽에서 바스락거리는 소리가 나더니 목둘레 깃털이 검게 물든 통통한 비둘기가 공터로 걸어오다가 이내 날아가 버렸다. 빗방울이 좀 더 떨어졌다. 이번에는 나무가 아니라 하늘에서였다. 코빈은 먹구름이 잔뜩 낀 하늘을 올려다보았다. 한가운데 있는 잉크 색깔의 잔뜩 부푼 구름에서 금방이라도 폭우가 쏟아질 듯했다. 헨리는 왜 안 오지? 어쩌면 비가 올지 모르니 클레어가 묘지에 안 가겠다고 했는지도 모른다. 코빈은 자세를 바꿔서 좀 더 똑바로 기대앉았다. 이제는 두 사람이 걸어 내려올 길을 볼 수 있었다.

그때 소리가 들렸다. 클레어가 놀라서 비명을 지르더니 이내 깔깔 웃었다. 아마도 내리막길을 내려오다가 미끄러졌으리라. 그녀의 웃음소리를 들은 코빈은 살갗이 따끔거렸다. 클레어가 양다리를 걸쳤다는 사실을 안 뒤로는 그녀를 만나지도, 전화 통화를 하지도 않았다. 그저 지독한 독감에 걸려서 만날 수가 없다는 이메일만 보냈다.

헨리가 먼저 나타나 코빈이 있는 쪽을 힐끗 보더니 다시 클레어를 바라봤다. 그녀는 아래를 내려다보며 미끄러운 길을 조심스럽게 내려오고 있었다.

코빈은 눈을 감고 흙냄새가 나는 축축한 공기를 깊이 들이쉰 다음, 최대한 움직이지 않았다. 비가 본격적으로 내려 두 사람의 말소리가 잘 들리지 않았다. 이제 클레어는 분명 그를 바라보고 있을 터였다. 그때 헨리의 말소리가 들렸다. 클레어에게 **네가 날 도와줬으면 한다**고 말하는 듯했다. 잠시 정적이 흐르며 나뭇잎에 빗방울이 떨어지는 소리만 나더니 클레어의 목소리가 들렸다. "대체 무슨 짓을 한 거야?"

"널 위해 그랬어, 클레어." 헨리가 대꾸했다. 이제 두 사람은 그의 곁으로 다가왔다. 코빈은 눈을 뜨고 싶어서, 클레어의 충격받은 얼굴이 보고 싶어서 미칠 지경이었지만 그대로 눈을 감고 있었다. 티셔츠 네크라인 주위로 빗물이 고이면서 가짜 피의 염료 냄새가 났다.

"무슨 짓을 한 거야, 헨리?" 당장이라도 히스테리를 일으킬 듯한 고음으로 클레어가 외쳤다.

"내가 널 여기 데려온 건 두 가지 이유에서야, 클레어. 우선 네 또 다른 남자 친구가 어떻게 됐는지 보여주고 싶었어. 그리고 시신을 매장하는 걸 도와줬으면 해." 헨리의 목소리는 평온할 정도로 차분했고, 코빈은 그의 그런 태도에 감탄했다. 그는 클레어의 표정과 두려움이 가득한 눈동자를 상상할 수밖에 없었다. 그녀의 말소리가 들렸지만 잘 알아들을 수 없었다. 한 단어라는 것만 알 수 있었다.

"아니, 클레어. 넌 아무 데도 못 가." 헨리가 그렇게 말하자 움직이는 소리가 들렸다. 코빈은 실눈을 떴다. 빗줄기가 시야를 가려서 잘 보이지 않았지만 헨리가 클레어의 어깨를 붙들고 있었다. 클레어는 턱이 가슴에 파묻힐 정도로 얼굴을 숙인 채 고개를 끄덕였다. 코빈이 몸을 똑바로 세우자 머리카락에서 빗물이 줄줄 흘러내렸다.

고개를 들어, 클레어. 고개를 들어서 날 보라고. 코빈은 생각했다.

클레어는 고개를 들지 않았다. 하지만 헨리가 양손으로 그녀의 얼굴을 붙잡아 들어 올리며 말했다. "쉬, 진정해, 클레어."

헨리의 손에 이끌려 억지로 고개를 든 클레어는 코빈을 바라보았다. 코빈은 이제 똑바로 앉아 클레어를 바라보고 있었다. 그녀의 눈이 휘둥그레졌고, 얼굴에서 남은 핏기가 모두 사라졌다. 이윽고 새소리 같은 고음의 비명이 들렸다. 헨리는 코빈을 돌아보더니 클레어의 얼굴에서 손을 떼고 허리를 숙여 양손으로 무릎을 짚은 채 박장대소했다. 코빈은 클레어에게서 눈을 떼지 못한 채 그저 바라만 보았다. 그녀는 턱에 강

182

력한 펀치를 맞은 권투 선수처럼 비틀비틀 뒷걸음질 쳤다.

한바탕 웃고 난 헨리가 클레어에게 말했다. "당하니까 기분이 엿 같지?"

클레어는 자리를 뜨려고 돌아서서 한 발짝 내디뎠다가 축축한 땅에 발이 미끄러지는 바람에 한쪽 무릎을 세운 채 주저앉았다.

코빈이 일어서자 무릎에 있던 칼이 떨어졌다. 헨리는 신나 죽겠다는 듯이 씩 웃으며 코빈을 돌아보았고, 코빈은 그를 향해 걸어갔다. 헨리가 손을 내밀자 코빈은 그의 손을 잡고 악수했다. 악수하는 손 위로 둘의 눈이 마주쳤다. 헨리는 트로피라도 받은 듯한 표정이었다. 그러더니 한 글자 한 글자 힘주어 말했다. "잘했어, 친구. 성공이야."

"이런 머저리들!" 클레어가 외쳤다. 그녀는 다시 일어나서 그들을 바라보고 있었다. "머저리 같은 놈들!"

헨리와 코빈은 악수하던 손을 놓았다.

"아니, 클레어, 머저리는 너야." 헨리가 말했다.

"게다가 창녀지!" 코빈이 외쳤다.

클레어는 시선을 그에게 돌리더니 고개를 절레절레 흔들었다. "맙소사, 코빈. 어떻게 너까지 이럴 수가 있어? 넌 착한 애잖아."

그녀가 입은 흰 티셔츠의 네크라인이 비에 젖어 점점 아래로 쳐지면서 베이지색 브래지어 가장자리가 보이기 시작했다. 네크라인 위로 드러난 살갗은 비에 젖어 창백했다. "그래, 난 착한 애지. 넌 빌어먹을 창녀고." 코빈이 카랑카랑한 목소리로 말했다.

클레어는 숨을 들이쉬더니 어깨를 펴고 나직이 "알았어"라고 말했다. 그러고는 젖은 머리카락을 이마 위로 쓸어 넘기고, 티셔츠를 다시 위로 끌어올렸다.

"만나서 반가웠다, 클레어." 헨리가 말했고, 코빈은 평상시와 똑같은 그의 목소리가 부러웠다. 지극히 차분하게 들렸다.

클레어는 헨리를 바라보더니 다시 코빈을 보고는 고개를 저었다. 그녀의 얼굴에 슬픈 미소가 스쳤다. **날 한심하게 생각하는군.** 코빈은 생각했다. **감히 날 한심하다고 생각해.** 클레어가 자리를 뜨려고 몸을 돌리자 코빈은 앞으로 달려가 있는 힘을 다해 그녀의 등 한가운데를 밀쳤다. 클레어는 앞으로 튀어 나갔고 비틀거리다가 넘어져 땅에 머리를 부딪쳤다. 코빈은 그녀에게 달려들어 돌려 눕혔다. 클레어는 넘어지면서 날카로운 바위 가장자리에 머리가 찢겼고, 다홍색 피가 흘러내려 빗물과 섞였다. "기분이 어때?" 코빈은 그렇게 말하며 그녀를 흔들었다. 클레어는 신음하며 손으로 다친 부위를 눌렀다. 손가락에는 클라다 반지를 끼고 있었는데 하트 끝이 몸 쪽을 향했다.* 그녀는 평소 늘 하트 끝이 몸 쪽을 향하게 반지를 꼈고, 지금까지 코빈은 그게 자기 때문이라고 생각했다. 채찍을 내려친 수면에 잔물결이 퍼져나가듯 그의 몸에 분노가 퍼졌다. 그가 클레어를 더 세게 흔들자 그녀의 머리가 계속 바닥에 쿵 쿵 부딪혔다.

　"이봐, 이제 내 차례야." 헨리가 코빈의 어깨를 건드리며 말했다. 그의 손에는 칼이 들려 있었다.

* 클라다 반지는 아일랜드 전통 반지로 하트에 왕관이 씌워진 모양이다. 하트 끝이 몸 쪽을 향하면 반지를 낀 사람이 사랑에 빠졌다는 뜻이고, 바깥쪽을 향하면 사랑하는 사람을 찾는다는 뜻이다.

15

그들은 공터에 구덩이를 팠다. 비 때문에 땅이 부드러워져서 검은 흙을 떠낼 때마다 삽에서 서걱서걱 소리가 났다. 클레어의 시신을 구덩이 속에 떨어뜨리고 막 흙으로 덮으려는데 헨리가 차분하고 신중한 목소리로 말했다. "사진을 찍어야 할 것 같아. 너와 내가 각각 시체 옆에서."

"무슨 말이야?" 코빈이 물었다.

"이 순간을 기억해야 해."

"미쳤어?"

"아니, 들어봐. 그 사진은 우리가 서로 신뢰한다는 상징이 될 거야. 우린 각자 상대의 증거를 가지고 있어. 그러니 영원히 한 팀이 되는 거라고. 생각해봐."

코빈은 아직 충격에서 벗어나지 못한 채 방금 벌어진 일을 받아들이려고 애쓰는 중이었다. 그들은 사실상 클레어를 죽였다. 둘이 함께 그녀의 목숨을 끊었다. 그가 먼저 시작하지 않았던가. 있는 힘껏 클레어를 흔들어 그녀의 머리가 계속 땅에 부딪히게 했다. 당시에는 아드레날린이 솟구치며 분노가 치미는 동시에 그녀에게 고통을 준다는 생각에 기분이 좋았다. 그도 클레어가 죽기를 바라지 않았나. 아니면 그저 고통과 두려움만 느끼기를 바랐을까? 그가 상처를 받았듯이 그녀도 상처받기를 원했을까? 알 수 없었다. 하지만 그때 헨리가 칼을 들고 다가와 클레어의 목을 그어버렸다. 피가 그녀의 몸 위로 호를 그리며 솟구치자 코빈은 갑자기 비현실적인 기분이 들었다. 이 모두를 뒤틀린 렌즈로 바라보는 기분이었다. 이건 꿈이었다. 하지만 꿈이 아니었다. 전부 현실이었다. 비, 피, 이상하게 뒤틀린 채 누워 있는 시신, 아직 뜨고 있는 그녀의 눈, 눈에 고이는 빗물.

헨리는 메고 있던 배낭에서 폴라로이드 카메라를 꺼냈다.

"카메라는 왜 가져왔어?" 코빈이 물었다.

"클레어에게 여기서 사진 찍고 싶다고 했으니까 당연히 가져와야지. 안 그래?"

하지만 하필 폴라로이드 카메라라는 게 왠지 코빈은 마음에 걸렸다. 살인 현장을 찍기에 안성맞춤이기 때문이다. 그래도 그는 구덩이 옆에 서서 포즈를 취했고, 헨리는 사진을 찍었다. 그다음에는 헨리가 포즈를 취했고, 코빈이 사진을 찍었다. 노란색과 검정색으로 된 플라스틱 카메라가 사진을 뱉어냈고 서서히 이미지가 나타났다. 헨리는 어깨를 당당히 편 채이가 모두 보일 정도로 환히 웃고 있었다. 자랑스러워 보였다.

코빈은 사진을 손에 쥔 채 헨리에게 카메라를 돌려주었다. 손이 떨렸고, 새하얗게 질린 손끝은 붉게 변했다. 헨리에게 자신의 사진도 보여달라고 하려다가 보지 않기로 했다. 사진 속 자신의 모습을 기억하고 싶지 않았다.

헨리는 카메라를 접어 다시 배낭에 넣었다. 그들은 시신을 매장하고 흙을 고른 다음, 젖은 나뭇잎을 한 겹 뿌렸다. 마치 아무도 다녀가지 않은 듯 감쪽같았다. 더는 시신이 보이지 않고, 클레어의 흔적도 모두 사라지니 마음이 놓였다.

"아무도 다녀가지 않은 것 같네." 코빈의 속내를 들여다본 듯, 헨리가 말했다. "그만 가자."

그들은 각자 배낭을 멘 채 한 줄로 걸어 나왔다. 걸으며 이제 어떻게 할지 이야기를 나누자 코빈은 기분이 한결 나아졌다. 빗줄기는 가늘어졌고, 흐린 하늘도 한층 더 밝아졌다. 묘지 정문에 다다른 그들은 헤어지기 전에 한동안 서 있었다. "꼭 필요한 일이 아니면 연락하지 말자." 헨리가 말했다.

"그게 좋겠어." 코빈이 말했다.

헨리는 미소를 지으며 말했다. "우리가 해냈다는 게 믿기지 않아, 친구." 헨리의 얼굴은 진정으로 즐거워 보였다. 마치 그들이 큰 경기에서 승리했다는 듯이. 자신도 같은 기분인 척하고 싶어서 코빈 역시 미소를 지었다.

헨리와 헤어져 평범한 사람들—퇴근하고 집으로 혹은 약속 장소로 가는 사람들—속에서 걷다 보니 점점 공황 상태에 빠지면서 도저히 믿기지가 않았다. 클레어가 죽었다. 오늘 아침만 해도 멀쩡히 살아 있었는데 이제는 땅속에 묻혀 있다. 코빈은 걸음을 멈추었고, 그 바람에 뒤에서 우산을 받치고 가던 남자가 그와 부딪쳤다. "미안합니다." 코빈은 사과하고 얼른 골목으로 빠져 허리를 숙인 채 양손으로 무릎을 짚었다. 속이 울렁거렸고, 가슴이 심하게 두근거렸다. 심호흡을 하면서 매연이 가득한 도시의 공기를 폐에 집어넣었다.

1분쯤 지나자 기분이 한결 나아졌다. 클레어가 한 짓을 생각하며 아까 느낀 분노를 다시 끌어내려 했다. 효과가 있었다. 특히 묘지에서 그가 머저리라는 듯 한심하게 바라보던 표정을 떠올렸을 때는. 코빈은 그 감정을 그대로 간직한 채 집으로 걸어갔다. 샤워를 하고 싶었다.

그러다 이틀 뒤에 처음으로 클레어 소식을 듣게 되었다.

"너 클레어 브레넌 알지?" 같은 교환 학생인 UCLA 출신의 여자애가 물었다.

"응, 알지. 왜?"

"걔가 실종됐대."

"정말?" 코빈은 누가 클레어에 대해 물을까 두려웠지만 막상 닥치니 견딜 만했다. 그의 목소리는 무덤덤했다.

"응. 스리 램스에 나오지 않아서 집에 가봤더니 집에도 없더래."

"곧 방학이니까 일찌감치 고향으로 돌아갔겠지."

코빈은 경찰이 찾아올 것을 대비했지만 그런 일은 없었다. 며칠 후에는 미국으로 돌아가는 비행기를 탔고, 일등석에서 연거푸 맥주를 마셔댔다. 그제야 답답한 가슴과 뭉친 배가 풀리는 기분이었다. 그는 지난 며칠간 자신이 그렇게 긴장한 줄 미처 몰랐다. 잠도 거의 못 잤고, 어쩌다 잘 때면 꿈과 기억이 뒤섞인 얕은 잠을 잤다. 그러다 땀으로 범벅이 된 채 죄책감을 느끼며 깨어났고, 묘지에서 있었던 일이 현실인지 상상인지 헷갈렸다. 그게 현실임을 깨달을 때면 어떤 악몽을 꿨을 때보다 끔찍한 두려움이 그를 덮쳤다. 영국을 떠날 수 있어서 천만다행이었다. 이제 그는 자유일까? 그들이 경찰을 따돌린 걸까? 당연히 언젠가는 시신이 발견될 터였고, 그러면 수사가 시작되리라. 경찰이 그와 헨리를 찾아올까? 클레어가 평소 친구들에게 자신의 일상을 얼마나 이야기했는지, 어디까지 공유했는지에 달렸다. 일기를 썼을까? 코빈은 클레어에게 이메일을 보낸 적이 있지만 서너 번뿐이었고, 개인적인 내용도 아니었다. 그들은 주로 펍에서 만나 약속을 정했다. 둘이 사귄다는 걸 아무도 모를 수 있다. 보다시피 클레어는 남몰래 양다리를 걸칠 정도로 비밀이 많은 사람이다. 어쩌면 남자 친구가 또 있을지도 모른다. 아무에게도 자기 이야기를 안 했을지 모른다.

보스턴에 돌아온 코빈은 일주일간 비컨힐에서 아버지와 함께 지냈다. 엄마는 그를 만나러 왔고, 두 사람은 함께 점심을 먹었다. 한동안 엄마를 만나지 않았는데 그동안 얼굴에 더 손을 댄 흔적이 역력했다. 입술은 더 도톰해졌고, 이마의 주름은 사라졌다. 엄마는 늘 그렇듯이 아빠에 관해 캐물었다. 코빈은 아무것도 말해주지 않았고, 다만 아버지가 행복하게 잘 지내는 것 같다고, 엄마가 듣고 싶어 하는 말과 반대되는 소리만 했다.

일주일 뒤에는 뉴욕으로 가 브라이어 크레인에서 인턴 생활을 시작했다. 잠도 더 잘 잤고, 런던 공동묘지의 기억은 살짝 희미해졌다. 헨리 우드 역시 뉴욕에서 인턴으로 일하고 있을 터였기에 코빈은 늘 눈에 불을 켜고 다녔다. 두 사람은 헤어질 때 앞으로 다시는 연락하지 않기로 했다. 만약 경찰의 신문을 받게 된다면 별로 친하지 않은 사이고, 펍에서 한두 번 얘기를 나눴을 뿐이라고 말하기로 했다. 코빈은 헨리가 경찰의 신문을 받았는지 알고 싶었지만 그럴 것 같지 않았다. 그가 신문받지 않았다면 헨리도 그랬을 가능성이 컸다.

단지 헨리가 경찰의 신문을 받았는지 알고 싶어서 그러는 것만은 아니었다. 코빈은 헨리를 꼭 다시 만나고 싶었다. 이유는 정확히 알 수 없었다. 그들은 은밀한 범법 행위를 함께 저질렀고, 그 일이 헨리에게 어떤 영향을 미쳤는지 알고 싶다는 이유도 있을 것이다. 클레어의 죽은 모습이 헨리를 괴롭히는지, 그가 잠은 잘 자는지, 그들이 한 일을 후회하는지 알고 싶었다.

코빈은 세 들어 사는 집에서 인터넷을 사용할 수 있었지만 절대 인터넷에서 '클레어'를 검색하지 않았다. 검색 기록이 증거가 될 거라고 생각했기 때문이다. 대신 매일 집 근처 신문 가판대에서 영국판 〈타임스〉를 사서 클레어에 관한 기사가 실렸는지 훑어봤다. 그러다 6월 15일에 공동묘지를 산책하던 남자의 아이리시 울프하운드가 땅에 묻힌 클레어의 시신을 찾아냈다는 기사가 대서특필되었다. 뺨이 발그레하고 아름다운 클레어의 사진들이 실렸고, 시신을 확인하러 런던에 온 클레어의 부모님 사진도 실렸다. 용의자가 누구인지, 클레어가 미국인 교환 학생과 데이트를 했는지에 대한 이야기는 전혀 언급되지 않았다. 기사를 다 읽고 난 뒤에는 늘 그랬듯이 거리 쓰레기통에 신문을 버렸다.

7월 초 어느 날, 지미스 코너에서 동료들과 술을 마시던 코빈은 정장을 차려 입은 연상의 여자와 칸막이 좌석에 앉아 있는 헨리를 발견했다. 연회색 양복을 입고, 적갈색 넥타이는 느슨하게 풀었으며, 머리는 짧게 자른 모습이었다. 코빈은 동료 인턴인 배리와 한창 이야기하는 중이었는데 헨리를 본 순간 말을 멈췄다.

"괜찮아?" 코빈의 시선을 따라 뒤를 힐끗 돌아보며 배리가 물었다.

"으응. 아는 사람을 본 거 같아서. 내가 무슨 말을 하는 중이었지?"

그 후로 코빈은 이야기하는 내내 계속 헨리를 응시했다. 어떻게 해야 할지 알 수 없었다. 계속 서로 모른 체해야 하나? 동료들이 다른 술집으로 자리를 옮긴 뒤에도 코빈은 계속 남아 헨리에게 말을 걸까 말까 고민했다. 그가 어떻게 지내는지 궁금해서 미칠 지경이었다. 코빈이 올드 패션드를 다 마시고 한 잔 더 시켜서 한 모금 마셨을 때 누군가 그의 어깨를 잡았다.

"언제 마주치려나 궁금하던 참이었어, 친구."

"아, 헨리. 나도 널 봤어. 근데 말을 걸어도 될지ㅡ"

"당연히 걸어야지. 애나에게도 인사하고. 애나는 일이 있어서 먼저 갔고, 나도 막 가려다가 여기 숨어 있는 널 봤지." 헨리는 웃었고 코빈은 미소를 지었다. "여기 앉아도 돼? 술 마시고 있었네? 뭐야? 올드 패션드? 뉴욕에서 살더니 이젠 칵테일을……."

헨리도 올드 패션드를 주문했고, 두 사람은 술잔을 부딪쳤다. "우리를 위해." 헨리는 그렇게 말하더니 목소리를 낮춰 덧붙였다. "그리고 경찰을 무사히 따돌린 것을 위해." 그러고는 손가락 마디로 바 테이블을 톡 두드렸다.

＊ ＊ ＊

두 사람은 퇴근 후 저녁마다 지미스 코너에서 만나 칵테일을 마시며 그해 여름을 함께 보냈다. 가끔은 직장 동료나 대학 동창이 합석하기도 했지만 대개 단둘이서 만났다. 주로 마티니를 마셨고, 완벽한 조합을 찾아낸다는 미명 아래 매일 재료를 조금씩 바꿔보았다. 첫 칵테일을 마신 후에는 장소를 옮겨 다른 칵테일을 마셨다. 헨리에게는 규칙이 있었다. "밤이 깊어질수록 도심으로 가라.", "절대 한 곳에서 두 잔 이상 마시지 마라.", "자정 전에 여자에게 말을 거는 것은 시간 낭비다."

그들은 가끔씩 이 규칙을 깼지만 대개는 지켰다.

그들이 함께 보낸 밤은 매번 비슷해서 하룻밤의 기나긴 파티처럼 느껴졌다. 헨리는 어느 바에 가든 친구를 사귀었지만 절대 코빈을 방치하지 않았다. 밤이 끝나가면 둘은 늘 서로에게 돌아갔다. 물론 가끔은 헨리가 여자와 함께 집으로 돌아가기도 했다. 그러나 늘 하룻밤 섹스에 불과했고, 헨리는 어떤 여자와도 진지하게 사귀지 않았다. 한번은 푹푹 찌는 7월 어느 밤에 발코니라는 술집에서 헨리가 어떤 커플과 함께 자리를 뜬 적이 있었다. 나이 든 남자와 젊은 여자 커플이었는데 그걸 본 코빈은 런던에서 헨리가 침실로 그를 초대했던 일이 기억났다. 언젠가 헨리에게 또 그런 초대를 받아 셋이 함께 침대에 들어가게 될까? 코빈은 클레어 이후로 아무도 사귀지 않았고, 여자와 섹스를 한다는 생각만 해도 불안과 성욕이 동시에 느껴져 위장이 쪼그라들었다. 어쨌거나 헨리에게 그런 초대를 받는 일은 일어나지 않았다. 헨리는 마음만 먹으면 어떤 여자든 유혹할 수 있었지만 섹스를 화제로 삼는 건 별로 좋아하지 않는 듯했다. 오히려 살인에 대해 이야기하기를 좋아했다.

단둘이 있을 때면 두 사람은 종종 클레어를 죽인 일을 이야기했다. 새로 사귄 연인이 자기들이 어떻게 만났고, 어떻게 가까워졌다가 멀어졌고, 자기들 둘 사이에 있었던 사소한 일까지 모두 기억하듯이.

"그때 클레어가 널 바라봤지. 마치 나쁜 친구의 꾐에 빠져 해서는 안 될 짓을 저지른 어린아이를 보는 듯한 눈으로." 헨리는 그렇게 말하곤 했다.

"그 눈빛이 생생히 기억나."

"널 몰라도 한참 몰랐던 거지."

이런 대화를 나누다 보면 코빈은 기분이 한결 나아졌고, 자기들이 저지른 짓을 더 편안하게 받아들일 수 있었다. 공동묘지에서 일어난 일을 생각하면 아직도 겁이 덜컥 났지만 이렇게 이야기하다 보면, 특히나 헨리가 말하는 걸 듣다 보면 조금은 별일 아니라는 생각이 들었다. 그들은 심한 모욕을 당했고 제대로 복수해주었으며 경찰에 잡히지 않았다. 그뿐이다.

"우리 덕분에 얼마나 많은 남자들이 클레어 브레넌에게

서 벗어났는지 생각해봐." 헨리는 그렇게 말하곤 했다.

"평생 공로상 감이지. 그 수가 얼마나 많을지는 하느님만 아실 거야."

여름이 끝나가고, 4학년이 시작되기 직전에 코빈은 뉴에식스에 있는 어머니의 집으로 헨리를 데려갔다. 어머니와 동생은 유럽 여행 중이었다. 그들은 이따금 폭우가 퍼붓고 무더운 사흘 동안 둘이서 그 집을 독차지했다. 함께 영화를 보고—대부분 1960년대와 70년대 스릴러—비 때문에 아무도 없는 해변에서 수영을 했다. 심지어 천둥 치는 황혼 녘의 휴조[*]에 폭우가 내려 수면에서 거품이 일 때도.

마지막 날에는 테라스에 앉아 어머니가 사다놓은 비싼 보르도 와인을 마시고, 마리화나를 나눠 피면서 〈물속의 칼〉을 봤다. "우린 또 해야 해." 헨리가 불쑥 말했다.

"뭘? 여기 또 오자고? 좋지. 언제든 말만 해."

"아니, 클레어 말이야. 우리가 클레어에게 한 짓. 언젠가 다시 해야 한다고."

해가 지고 있었고, 저택이 모래 언덕을 가로질러 평평한 해변에 좁고 길쭉한 그림자를 드리우고 있었다. "벌을 받을 만한 사람에게 해야지, 그래도." 헨리의 말이 무슨 뜻인지 깨닫고 마침내 코빈이 대꾸했다.

* 밀물과 썰물이 바뀔 때 일어나는 조류의 정지 상태.

"그거야 당연하지, 벌을 받을 만한 사람." 헨리는 몸을 앞으로 내밀어 팔리아멘트 담뱃갑에서 담배를 꺼내 불을 붙였다. "클레어 같은 사람. 우리 둘 사이에 양다리를 걸치고, 우리가 모를 거라고 생각하는 여자. 올여름까지는 애나를 염두에 뒀는데 더는 1분도 함께 못 있겠어. 네가 언제 날 잡아서 애나에게 추근대봐. 애나가 어떻게 나올지 보자고. 뭐, 보나 마나지만. 그런 다음에 애나를 벌주는 거야. 클레어에게 한 것처럼."

코빈은 위장이 굳어지는 것을 느꼈지만 헨리의 흥분이 그에게도 전염되었다. 게다가 헨리와 친해지면 친해질수록 그의 비위를 맞추고 싶어졌다. "조심해야 해. 클레어 때는 운이 좋았어."

"알아. 나도 늘 그렇게 생각해. 하지만 잊지 마. 우리는 한편이고, 언제나 서로의 알리바이가 되어줄 수 있어. 서로를 지켜줄 수 있다고."

저 아래 해변에서 한 중년 여자가 바다에 바짝 붙어서 속보로 걷고 있었고, 순간적으로 코빈은 어머니가 돌아온 줄 알고 가슴이 철렁했다. 하지만 가만 보니 어머니와 전혀 닮지 않았다. 재떨이에 있던 담배를 집어 들고 길게 한 모금 빨았다가 그게 헨리의 것임을 깨달았다. "미안. 모르고 네 담배를 빨았어." 코빈이 마리화나 꽁초 옆에 담배를 내려놓으며 말했다.

"괜찮아. 내 담배가 아니라 우리 담배야."

"난 담배도 안 피우는데. 아무래도 취했나 봐."

"그렇겠지." 헨리는 그렇게 말하더니 웃기 시작했다. 코빈도 덩달아 웃었고, 끊임없이 들리는 갈매기의 끼룩끼룩 소리가 그들의 웃음소리와 뒤섞였다.

* * *

열 달 뒤에 그들은 후보자를 찾아냈다. 그녀의 이름은 린다 알케리였고, 헨리는 오렐리어스 대학교를 졸업하고 하트포드로 이사 갔다가 그녀를 만나게 되었다. 코빈은 브라이어 크레인에서 말단직을 제안받아 다시 뉴욕으로 돌아왔다.

"어떤 여자냐 하면 말이야," 헨리가 전화로 말했다. "사귄지 일주일쯤 됐을 때부터 날 사랑한다고 떠들어대더라니까. 개소리지. 내가 모를 줄 알고? 내가 아주 비싼 레스토랑에 데려간 날부터 사랑한다고 하더라니까. 그게 우연이겠어?"

"그렇다고 해서 바람을 피웠다는 뜻은 아니잖아."

"하지만 얻을 게 있다고 생각되는 남자를 만나면 금방 양다리를 걸칠걸. 비싼 브룩스 브라더스 셔츠를 입은 널 한 번만 보면, 나는 뜨거운 감자마냥 내팽개칠 거야."

그리하여 코빈은 주말에 린다 알케리의 집에서 열리는 그녀의 생일 파티에 참석했다. 린다는 웨스트 하트포드의 공동주택에 살았고, 파티는 입주자들이 공동으로 사용하는 옥상

테라스에서 열렸다. 헨리는 일찌감치 떠났지만 코빈은 밤 늦게까지 남아 있었다. 린다와 단둘이 남을 때까지. "행크의 집에는 어떻게 돌아갈 거예요?" 린다가 코빈에게 물었다. 그녀는 어찌나 취했는지 한 손으로 옥상 난간을 잡아야만 똑바로 설 수 있었다.

"방금 그 사람을 행크라고 했나요?"

"네. 왜요?"

"난 헨리라고 알고 있는데."

"헨리나 행크나 그게 그거죠. 어쨌든 그 사람은 어디 있어요?" 마치 그가 아직 옥상에 있을지 모른다는 듯이 린다는 주위를 둘러보았다.

코빈은 린다를 부축해 침실까지 데려다주었다. "고마워요, 코빈." 린다는 그렇게 말하고는 그의 입꼬리에 진하게 키스한 뒤, 침실로 들어가 방문을 닫았다. 코빈은 헨리의 휴대전화로 전화했다.

"어떻게 됐어?" 헨리가 물었다.

"굿나잇 키스를 해주고는 침실로 들어갔어. 아마 지금쯤 뻗었을 거야."

"키스는 어땠어?"

"아무 사심 없는 키스였어."

"침대로 들어가서 어떻게 나오는지 봐."

"지금 취해서 아무 정신도 없다니까."

"그러니까 들어가라는 거야."

"싫어. 와서 나 좀 데려가."

"아침 일찍 갈게. 그 집 소파에서 자."

코빈은 팬티만 입은 채 소파에 누워 플리스 담요를 덮었다. 원래도 잠을 잘 못 잤지만 술을 너무 마신 탓에 더욱 잠이 오지 않았다. 그렇게 뜬눈으로 낡은 아파트 천장을 올려다보았다. 표면이 오돌토돌한 치장벽토 안에 반짝이가 들어 있었다. 그는 다시 살인을 계획하는 헨리가 약간 걱정되었지만, 헨리와의 우정이 깨지는 것이 더 걱정되었다. 그가 이번 일이 내키지 않는다는 내색을 몇 번 했더니 헨리는 무척 실망하는 표정이었다.

"하지만 우리가 그렇게 생겨먹은 걸 어쩌겠어, 코브." 헨리가 말했다. 그들은 겨울 방학을 맞아 주말에 선데이 리버 스키장에서 스키를 타는 중이었다. "게다가 클레어 브레넌을 그렇게 죽인 걸 후회한 적 있어?"

"없어." 코빈은 거짓말을 했다. 전보다는 아니지만 그는 가끔씩 클레어를 생각했고, 그럴 때면 클레어 덕분에 헨리를 알게 되었다는 사실이 떠올랐다. 그녀가 준 유일한 선물이었다. 가장 친한 친구.

"내 말이 그 말이야. 우린 제2의 클레어를 골라야 해. 이 세상에서 사라져도 아쉽지 않을 사람. 그냥 벌레를 밟아 죽이는 거나 마찬가지라고."

창밖의 하늘이 환해지자 코빈의 눈꺼풀이 점점 무거워졌다. 눈을 감고 옆으로 돌아누워 막 잠들려는데 맨발로 마룻바닥을 걷는 소리가 들렸다. 눈을 떴더니 린다가 그를 내려다보고 있었다. 엉덩이 중간까지 내려오는 낡은 웨일러스 아이스하키 팀 티셔츠 말고는 아무것도 입지 않았다. 린다는 코빈의 손을 잡고는 침실로 이끌었다. "세상에, 몸을 떨고 있네." 함께 이불 속으로 들어가면서 그녀가 말했다.

"날 좀 녹여줄래요?" 이제 그녀의 운명은 정해졌다고 생각하며 코빈이 말했다.

2주 후 헨리는 린다에게 친구의 호화 별장에 데려간다는 거짓말을 하고, 버려진 보이스카우트 야영장으로 그녀를 데려갔다. 하트포드에서 서쪽으로 45분간 차를 몰면 나오는 늪 같은 연못 근처였다. 코빈은 지난번처럼 칼에 찔려 죽은 듯한 자세로 그들을 기다렸다. 런던의 공동묘지에서와 똑같았지만 기분은 완전히 달랐다. 땅의 습기가 옷을 뚫고 들어오고, 가짜 피가 쇄골을 따라 말라가는 동안 거기 누워서 앞으로 그들이 할 일, 그리고 이제 곧 린다가 고통스럽고 무서운 죽음을 맞이할 일을 생각하니 공포와 비슷한 감정이 밀려왔다. 차갑고 온몸이 마비되는 듯한 공포였다. 어린 시절에 불을 끈 후에도 곧장 잠들지 못하고, 벽 속에 숨은 괴물들이 속삭이기 시작할 때 느꼈던 공포와 비슷했다. 지난 열여덟 시간 동안 잠을 자지도, 먹지도 못한 터라 머릿속이 몽롱했다. 코빈은 똑바로 일어나 앉아 소나무 냄새가 나는 공기를 깊이 들이마셨다.

헨리와 린다는 10미터 앞에 있었고, 헨리가 린다의 팔을 잡고 있었다.

코빈이 피투성이가 된 몸을 일으켜 앉자 린다는 비명을 지르며 헨리의 팔을 뿌리치고 숲속으로 뛰쳐 들어갔다. 헨리는 그녀를 뒤쫓았다. 코빈은 휘청거리는 다리로 일어나 두 사람을 따라갔다. 어쩌면 아직 늦지 않았을지 모른다. 린다에게 그냥 장난이었다고 말할 수 있을지 모른다. 하지만 두 사람을 따라잡았을 때 헨리는 이미 모서리가 면도날처럼 날카로운 돌로 린다를 죽인 뒤였다. "미안, 친구. 이미 죽은 거 같다." 헨리는 그렇게 말하며 미소 지은 채 움푹 파인 그녀의 머리를 내려다보았다. 코빈은 온몸에서 차가운 땀이 흘렀고, 순간적으로 기절하는 줄 알았다. 헨리가 그의 얼굴 앞에서 손가락을 딱 튕겼다. "괜찮아, 친구?"

"응. 괜찮아." 코빈이 대답했다. 다 끝났다. 린다는 죽었다.

두 사람은 함께 그녀의 시체를 숲에서 끌어냈고, 헨리는 코빈에게 자신의 SUV에서 삽을 가져오라고 했다.

SUV를 세워둔 곳까지 가는 길은 400미터에 달하는 등산이나 다름없었다. 가는 내내 코빈은 이 일로 두 사람의 관계가 좀 더 특별해지고 친밀해질 거라고 되뇌었다. 삽을 들고 캠프장에 돌아왔을 때는 시체를 매장하는 의식을 받아들일 준비가 되어 있었다. 하지만 마치 선물이라도 주듯 두 팔을 뻗어 린다의 시신을 가리키며 씩 웃는 헨리를 보고 멈칫했다. 코빈은 시신을 내려다보았다. 헨리가 린다의 이마 위쪽에서부터 얼굴 중앙, 몸통까지 칼로 깊게 갈라놓아서 옷과 살갗이 벌어져 있었다.

코빈은 몸을 돌린 채 바닥에 털썩 무릎을 꿇고, 잡초가 난 자갈 위에 토했다.

"미안, 친구." 헨리가 말했다. "네가 좋아할 줄 알고. 반은 네 몫, 반은 내 몫이야. 이제부터 항상 반씩 나누자."

"하지만 이건……." 코빈은 입을 열었지만 끝맺을 수가 없었다.

"너무 과한가?" 헨리는 그렇게 말하고 낄낄 웃었다.

코빈은 고개를 들었다. 헨리가 자신이 낀 살색 라텍스 장갑과 똑같은 장갑을 그에게 내밀고 있었다. 이제 보니 아까는 없었던 얇은 스키 모자도 쓰고 있었다.

"시신을 묻고 빨리 여기서 나가자." 코빈이 장갑을 끼며 말했다.

그는 가능한 한 시신을 보지 않으려고 노력하며 헨리와 함께 구덩이를 파고, 그 안으로 시신을 굴렸다. 딱 한 번 힐끗 봤더니 그녀의 얼굴 한가운데서 살갗이 흘러내리고, 7월의 화창한 햇살 속에서 파리들이 그 자리에 몰려들기 시작했다. 헨리와 함께 범죄 현장을 치우고 각자 헤어져 집으로 돌아간 후에도 그 장면은 계속 그를 따라다녔다. 그날 오후 이후로 몇 주 동안, 마치 눈꺼풀 안에 영원히 새겨진 듯했다. 눈을 감을 때마다, 눈을 깜빡거릴 때마다 그녀가 보였다. 불면증과 편집 증은 더욱 심해졌고, 언제라도 경찰이 현관문을 두드릴 것만 같았다. 헨리에게서 린다 알케리에게 본명을 알려준 적이 없 다는 말을 들은 후로 더욱 그랬다. 헨리는 그녀에게 자신이 행 크 보먼이라고 했으며 직장과 고향도 속였다고 했다.

"난 파티에서 린다에게 내 본명을 알려줬단 말이야." 코 빈이 전화에 대고 말했다.

"아무에게도 말 안 했을 거야."

"친구에게 말했거나 어딘가에 써놨을 수 있어. 미치겠 네……."

"미안. 가명을 쓰라고 미리 말해줄걸. 하지만 그냥 '코빈' 이라고만 했지? 성은 말 안 했지? 그럼 걱정하지 마."

"파티에 온 린다 친구 중에서 날 본 사람도 있어."

"나도 그래. 우린 같은 배에 탔고, 그 배는 아주 튼튼해. 절대 가라앉지 않을 거야. 아직 시신도 안 나왔잖아. 지난번처 럼 경찰은 우리와 린다의 관계를 알아내지 못할 거라고."

헨리의 말대로였다.

클레어 브레넌처럼 린다 알케리도 실종 처리되었다. 그 녀의 시신은 한 무리의 십 대 학생들이 일(Eel) 강 보호구역에 서 불을 냈다가 진화하는 과정에서 발견되었다. 하지만 코빈이 읽은 기사나 보도에 헨리 우드 혹은 행크 보먼은 언급되지 않았다. 코빈의 집으로 찾아오는 형사도 없었다. 이번에도 성공한 것이다. 하지만 그는 여전히 배에 주먹만 한 돌이 들어 있는 기분이었다. 린다를 죽인 일은 클레어를 죽였을 때와 완전히 달랐다. 클레어의 경우에는 그녀가 저지른 부정한 행실과 그로 인한 코빈의 분노 때문에 벌어진 일이었다. 클레어는 코빈이 자신을 얼마나 사랑하는지 알았고, 자신도 비슷한 감정인 척하며 그가 착각하게 내버려두었다. 그리고 헨리와 코빈은 애초에 그녀를 죽일 작정이 아니었다. 우연히 벌어진 일이었으며, 그건 순전히 클레어가 그를 비웃었기 때문이었다. 한심하다는 듯한 그 미소는 코빈을 향한 것이었다.

하지만 린다의 경우는 완전히 달랐다. 무엇보다 계획된 살인이었다. 그리고 역겹고 뒤틀린 장난에 가까웠다. 코빈은 애초에 헨리가 정말로 린다와 사귀었는지 의문이 들기 시작했다. 헨리는 그렇다고 했지만 거짓말일 수도 있었다.

파티가 있던 날 밤, 헨리가 떠나기 전에 그를 대하던 린다의 태도를 계속 생각해보았다. 린다는 헨리가 와서 반가운 듯했고, 그가 도착했을 때 다가가 키스했지만 딱히 헨리에게 엉겨 붙거나 더 호감이 있는 듯하지는 않았다. 다른 손님과도 이야기를 나누며 돌아다녔다. 어쩌면 헨리와는 그저 한두 번 잠만 잔 사이인지도 모른다. 그렇다면 그녀가 코빈과 잤다고 해서 꼭 바람을 피웠다고는 할 수 없다. 헨리가 둘의 관계를 과

205

장해서 말한 걸까? 아니면 정말 린다와 진지한 사이였을까?

코빈은 틈만 나면 린다가 죽을 때까지 있었던 일들을 사소한 것까지 강박적으로 기억해내려 했다. 린다가 소파에서 막 잠들려는 그를 깨워 침실로 데려간 후에 무슨 일이 있었는지도.

"난 혼자 자는 게 싫어요. 그런 이유로 당신과 잔다면 헤픈 여자가 될까요?" 그녀는 그렇게 물었다.

코빈은 그녀의 몸에서 나던 강렬한 술 냄새, 그리고 린다가 손을 뻗어 그를 만지며 그냥 껴안고 자기만 해도 된다고 했던 말이 기억났다.

"헨리는 어쩌고요? 아니, 행크요."

"아." 린다는 그런 질문을 받아 놀란 듯했다. "행크는 괜찮을 거예요."

린다 알케리의 시신이 발견된 후로 친구들은 그녀가 분위기 메이커였다고 입을 모아 말했다. 그게 가장 흔한 진술이었다. 사귀는 남자가 있다는 말은 누구도 하지 않았다.

생각하면 할수록 헨리가 얼마나 다시 살인을 하고 싶어 했는지, 런던에서의 일을 얼마나 재현하고 싶어 했는지 떠올랐다. 헨리는 코빈에게 거짓말을 하고, 아마도 아무하고나 쉽게 자는 여자를 코빈과 자게 한 뒤 일을 꾸몄을 것이다. 클레어의 경우와는 완전히 달랐다.

헨리는 모든 것을 미리 계획했다. 린다가 죽은 후에 얼굴을 반으로 가른 것도 처음부터 작정했으리라.

어쩌면 클레어의 살인도 미리 계획했을지 몰라.

공동묘지에 칼과 삽을 가져가자고 했으니까.

하지만 칼과 삽을 가져간 데는 이유가 있었다. 클레어에게 헨리가 코빈을 죽인 것처럼 보이게 하기 위해서였다.

하지만 왜 하필 그렇게 잘 드는 칼을 가져왔을까?

아니다, 헨리는 클레어의 살인을 계획하지 않았다. 먼저 시작한 사람, 클레어를 밀쳐서 그녀가 땅에 머리를 부딪히게 만든 사람은 코빈이기 때문이다.

그렇기는 해도 어느 한여름 밤에 코빈은 술을 마시고 헨리에게 전화했다.

"어이, 친구. 이렇게 반가울 데가." 헨리가 말했다.

"우린 끝났어. 다 끝났어. 더는 하고 싶지 않아." 코빈이 말했다.

"알았어. 진정해. 뭘 하고 싶지 않다는 거야?"

"뭔지 알잖아."

정적이 흘렀다. 침실이 하나 있는 코빈의 집에 설치된 에어컨이 딸깍 켜지며 웅웅 돌아갔다. "이러지 말고 만나서 얘기하자." 헨리가 말했다.

"얘기는 끝났어. 내 말이 무슨 뜻인지 알 거야. 난 더 이상 그 일에 끼고 싶지 않아."

"알았어. 알아들었다고. 앞으로는 여자들에게 그런 장난

안 칠게."

"그리고 우리 그만 만나자. 너무 위험하기도 하고……."

헨리는 말이 없었다.

"여보세요?" 코빈이 물었다.

"응, 듣고 있어. 방금 네가 한 말이 무슨 뜻인지 생각하는 중이야."

"최소한 당분간 우린…… 친구가 아냐. 네 친구가 되고 싶지 않아."

"마음대로 해. 알아들었어. 근데 앞으로 자중해라, 친구. 폴라로이드 사진 잊지 말라고." 헨리의 목소리가 달라졌다. 차분하다고 할 수 있을 정도였다.

코빈은 전화를 끊었다. 땀에 젖은 손바닥을 셔츠에 닦았다.

다시는 헨리에게서 연락이 오지 않기를 바랐다.

그리고 한동안 그렇게 되었다. 그가 레이철 체스와 사귀었다가 헤어지기 전까지는.

16

아버지가 돌아가신 직후, 코빈이 어머니 그리고 남동생과의 관계를 개선해야겠다고 결심하지 않았다면 레이철을 만나지 못했을 것이다. 어머니와 남동생은 7월과 8월을 뉴에식스에서 보낼 계획이었고, 이제 아버지의 아파트를 물려받아 보스턴에 사는 코빈은 그들에게 2주간 뉴에식스에서 함께 지내도 되겠느냐고 물었다.

동생 필립은 이렇게 말했다. "앞쪽 침실은 쓰지 마, 형. 그 방은 내가 쓰니까."

어머니는 이렇게 말했다. "넌 뉴에식스 집을 싫어하는 줄 알았는데. 해변에 물오리들이 있잖아. 기억나니?"

그래도 코빈은 뉴에식스로 갔고, 도착한 날부터 그 결정이 실수였음을 깨달았다. 필립은 요트를 끌고 바다로 나갔고

—코빈을 피하려는 의도가 역력했다—어머니는 친절하게 대해주려고 했지만, 진토닉을 만들며 거울로 그를 바라보는 표정에는 역겨움이 가득했다. 주름진 입술 양쪽 입꼬리가 내려갔고, 새하얀 콧구멍은 살짝 벌름거렸다. 어머니는 그를 사랑한 적이 없었다. 코빈은 아주 어릴 때부터 그 사실을 알았고, 아이들이 우주의 법칙을 받아들이듯 그걸 받아들였다. 나이를 먹으면서 어머니가 그를 미워하고 필립만 예뻐하는 이유를 알게 되었는데 그는 아버지를 닮았고, 필립은 어머니를 닮았기 때문이었다. 코빈이 아버지가 돌아가신 후에 어머니를 찾아온 이유는 어머니가 조금이라도 부드러워졌는지, 그를 대하는 태도가 달라졌는지 알아보기 위해서였는데 이제 그 답을 얻었다. 어머니는 전혀 변하지 않았다. 그는 도착하자마자 그걸 느꼈고, 그 사실이 이상하게 위로가 되었다. 만약 어머니가 필립을 대하듯 자신을 다정하게 대했다면, 음, 생각만 해도 구역질이 났다.

그래도 코빈은 원래 계획대로 2주간 뉴에식스에 머물렀다. 가족들과 가능한 한 떨어져 지내며 대서양이 보이는 그 집에서의 시간을 즐기기로 마음먹었다. 온 지 이틀째 되는 밤, 집에서 걸어갈 수 있는 거리에 위치한 식당 겸 술집인 러스티 스커퍼에 갔다가 레이철 체스를 만났다. 그녀 역시 가족들을 피해 식당에 와 있었고, 마을 남쪽에 있는 바닷가 바로 옆의 부모님 집에서 여느 해처럼 2주간 지내려고 이제 막 도착한

참이었다. 코빈은 레이철을 집까지 바래다주었고, 그들은 그녀의 집 베란다에 앉아 오랜 시간 이야기를 나눴다. 코빈은 최근에 아버지가 돌아가신 일이며, 정 떨어지는 어머니와 남동생에 대해 말했고, 레이철은 자신이 다니는 간호대학의 유부남 강사와 잔 일을 들려주었다.

해가 뜰 무렵에 그들은 키스했고, 여기 머무는 2주간만 화끈하게 사귀고 깨끗이 헤어지기로 했다. 우윳빛 여명 속에서 해변을 따라 집으로 걸어가는 코빈의 마음은 이상하게 차분했다. 마치 세상이 자신에게 유리하게 돌아가는 듯했다.

두 사람은 이튿날 점심을 먹기로 약속했고, 레이철이 나타나지 않자 코빈은 간밤의 일이 꿈인가 싶었다. 하지만 그녀는 약속 장소에 나왔고, 그들은 2주 동안 거의 매 순간 붙어지냈다. 레이철은 비밀이 없어서 복잡한 삶의 은밀한 부분들까지 모두 말해주었다. 코빈은 어릴 때 어머니가 아버지와 자식들 앞에서 자신이 다른 남자와 바람피운 사건들을 자랑스럽게 늘어놓은 일을 말해주었다. 그 일은 부모님이 갈라서기 전까지 몇 년간 지속되었다. 또 대학 때 겪은 섹스 문제까지 털어놓았고, 레이철은 그를 동정하지 않으면서도 충분히 공감해주었다. 코빈은 클레어 그리고 린다 알케리와 있었던 일까지 털어놓고 싶었지만 당연히 그럴 수 없었다. 그래도 누군가에게 그 사건을 이야기하고 싶었던 적은 처음이었다. 그리고 클레어와 린다를 생각했기 때문인지 갑자기 악몽에 시달리기 시작했다. 꿈에서는 그가 저지른 두 살인이 하나로 합쳐졌고, 그가 칼을 쥔 채 해변을 따라 레이철을 뒤쫓는 장면도 등장했다. 2주 후 휴가가 끝나고 일상으로 돌아가게 되자 코빈은 슬펐지만 한편으로 안도했다.

두 달 뒤, 레이철에게 연휴를 맞아 부모님의 집에 갈 예정인데 그도 뉴에식스로 오지 않겠느냐는 문자가 왔다. 코빈은 출장을 다녀와야 한다고 했는데 아주 거짓말은 아니었다. 회사에서 케이먼 제도로 단체 여행을 떠나기로 했기 때문이다. 하지만 설사 여행을 떠나지 않았더라도 레이철을 다시 만나고 싶었을지는 의문이었다. 그 악몽이 떠올랐기 때문이다.

휴가에서 돌아온 코빈은 텔레비전으로 지역 뉴스를 보다가 레이철 체스가 살해되었다는 소식을 들었다. 월요일 아침, 조개를 줍던 사람이 모래 언덕에 자란 풀들 사이에서 그녀의 시신을 발견했다고 했다.

코빈은 일주일간 병가를 내고, 집에서 한 발짝도 나오지 않았다. 그의 상사는 휴가 후유증이라고 농담을 했다. 코빈은 뉴에식스에서 살해된 여자를 알고 있다는 말을 아무에게도 하지 않았지만, 주변인들의 진술을 받던 경찰은 레이철의 친구에게서 그녀가 코빈과 만났다는 사실을 알아내고 그에게 전화했다. 아마 회사에 연락해 그의 알리바이도 확인했을 것이다. 코빈은 그녀와 몇 번 잤을 뿐이고, 헤어진 후로는 거의 연락하지 않았다고 말했다.

누가 레이철 체스를 죽였는지 알고 있다는 말은 하지 않았다. 그녀를 죽인 사람은 당연히 헨리였다. 헨리가 그에게 분명한 메시지를 보낸 것이다. 레이철 체스의 시신에서 사후 상흔이 발견되었다는 경찰의 발표를 듣기도 전에 코빈은 헨리가 저지른 짓임을 확신했다. 경찰은 정확히 어떤 상흔인지 밝히지 않았지만 코빈은 알고 있었다. 레이철의 시신에는 린다 알케리처럼 몸 가운데에 칼로 깊게 베인 자상이 있을 것이다.

헨리는 어떻게 레이철을 찾아냈고, 또 코빈이 그녀와 사귀었다는 사실을 어떻게 알아냈을까? 8월 내내 뉴에식스에서 코빈을 감시했을까? 그렇게 생각하니 소름이 끼쳤다. 구글에서 '헨리 우드'를 검색해봤지만 아무것도 없었다. 그가 찾아낼 수 있는 가장 최근 검색 결과는 헨리가 대학 재학 중에 크로스컨트리 달리기에 참가해서 세운 기록이었다. 헨리가 린다를 사귈 때 쓴 가명인 '행크 보먼'도 검색해봤지만 역시 아무것도 나오지 않았다. 코빈은 처음으로 경찰을 찾아가 모두 자백하고, 헨리가 클레어 브레넌의 시신 옆에 서 있는 폴라로이드 사진을 보여줄까 생각했다. 하지만 그러면 그는 어떻게 될까? 설사 자신은 그저 거들었을 뿐이라고 거짓말을 해도 그 역시 오랫동안 수감될 터였다. 유명 인사가 될 테고, 잔악한 살인자이자 겁쟁이로 알려질 것이다.

안 된다, 자수는 절대 안 된다. 헨리는 레이철 체스를 죽이고, 그게 자신의 짓임을 코빈에게 알렸다. 그로 인해 코빈은 자신이 함정에 빠졌음을 깨달았다. 그는 감시를 당하면서도 감시자를 볼 수 없었다. 헨리에게 지금까지 느껴본 적이 없는 깊은 증오를 느꼈다. 코빈은 자신에게 남은 유일한 대안을 실행하기로 마음먹었다. 남의 시선을 끌지 않도록 조심하면서 다시는 여자를 사귀지 않으리라. 만약 헨리 우드가 다시 그의 앞에 나타나거나, 헨리를 찾아낼 수만 있다면 그의 손으로 직접 죽일 것이다. 전에도 사람을 죽여봤으니 또 할 수 있다.

17

레이철 체스가 죽고 얼마 되지 않아 오드리 마셜이 코빈의 옆집으로 이사를 왔다. 이 아파트에는 주로 노부부들이 살기 때문에 처음 303호로 이삿짐을 나르는 오드리를 보고 코빈은 깜짝 놀랐다. 숱이 적은 금발에 가냘픈 외모, 뽀얀 살결은 그의 이상형과 거리가 멀었지만, 안간힘을 쓰며 상자를 들고 가는 가느다란 팔을 보니 갑자기 그녀에게 관심이 갔다. 코빈은 길에 주차된 이삿짐 차에서 상자를 날라주겠다고 했고, 놀랍게도 그녀는 그 제안을 기꺼이 받아들였다. 이삿짐 차에서는 책이 든 상자가 끊임없이 나왔다. 오드리는 뉴욕의 출판 에이전시에서 일하다가 보스턴의 가장 큰 출판사에서 편집자로 일하려고 이사 왔다고 했다. 이삿짐을 다 나른 후에 그녀가 말했다. "큰 빚을 졌네요. 짐 정리되는 대로 저녁 식사에 초대할게요. 빨리 이 아파트 부엌을 써보고 싶어요."

"제게 빚진 거 없습니다." 코빈은 그렇게 말하고 집으로 돌아갔다. 자신의 냉랭한 태도에 질려 그녀가 더는 연락하지 않기를 바랐다.

한동안은 정말로 그랬다. 복도나 안뜰에서 오드리를 만나도 그들은 늘 예의 바르게 인사할 뿐 친한 척하지 않았다. 그녀는 볼 때마다 혼자였고, 교정지나 책을 들고 있었다. 새로운 도시에서 혼자 지낼 그녀를 상상하니 코빈은 이사한 날 쌀쌀맞게 군 일이 약간 마음에 걸렸다.

오드리가 이사 오고 나서 두 번째로 맞이한 겨울은 보스턴 역사상 최악의 겨울로 손꼽힐 만해서 눈이 몇 센티미터씩 쌓이고, 날이 갈수록 기온이 떨어졌다. 1월 어느 목요일 밤에 시작된 최강의 눈보라로 도시는 주말 내내 그리고 월요일까지 꽁꽁 얼어붙었다. 오드리가 그의 집 현관문을 두드린 때도 바로 그 주말이었다. 아파트 로비에서 코빈에게 인사를 건넨 지 20분 뒤의 일이었다.

"내가 정신이 나가서 칠리 스튜를 너무 많이 만들었지 뭐예요. 아파트 주민들 전부가 먹을 수 있을 정도예요. 그러니까 제발 우리 집에 와서 좀 드세요."

"난……."

"거절하시면 안 돼요. 다른 약속이 있다면 할 수 없지만. 그리고 당신에게 추근거리지도 않을게요. 약속해요. 오래 머물 필요도 없어요."

코빈은 6시까지 가겠다고 했다. 고급 레드 와인을 한 병 챙기고, 운동복을 벗고 청바지와 체크무늬 셔츠로 갈아입은 다음, 6시 5분에 오드리의 집 현관문을 두드렸다. 그녀가 문을 열어주었다. 코빈의 널찍한 집에 비하면 이 집은 상당히 작았다. 오디오 스피커에서 공영 라디오 방송이 흘러나왔다. 일부러 틀어놓았을까? 둘 사이에 아무런 낭만적인 감정 없이 오로지 저녁만 먹기 위해서? 그랬다면 오히려 역효과를 가져온 셈이었다. 뒤에서 오늘의 뉴스가 흘러나오는 가운데 오드리가 칠리 스튜를 준비하고, 코빈이 샐러드를 만들자니 두 사람은 임시 커플이라도 된 듯 함께 있는 게 편안했고, 평소처럼 자연스럽게 행동할 수 있었다. 코빈은 자정까지 머물렀다. 두 사람은 코빈이 가져간 와인을 다 마신 후, 오드리의 집에 있던 와인을 한 병 더 마셨다. 오드리는 보스턴에서 사는 게 외롭지만 불행하지는 않다고 했다. 코빈은 지금처럼 혼자 사는 삶이 매우 만족스럽다고 말했다. 집에 돌아와 양치질을 하던 코빈은 갑자기 가슴에 날카로운 통증을 느꼈다. 역류성 식도염이라 생각하고 손으로 가슴을 눌렀다. 부끄럽게도 눈물이 핑 돌았다. 오드리와 함께 있다 보니 자신이 얼마나 외로운지 새삼 깨달았기 때문이다.

두 사람은 일주일 넘게 마주치지 않았다. 그러던 어느 날 샌더스가 적어도 10분쯤 현관문을 긁어대자 코빈은 샌더스를 들어오게 하려고 문을 열었다. 마침 오드리가 복도를 걸어오며 방금 내린 눈으로 축축해진 패딩 점퍼를 벗고 있었다.

"어머, 얼굴 잊어버리겠어요." 오드리가 말했다.

오드리는 아직 그의 집을 보지 못했기 때문에 코빈은 그녀를 집으로 초대했다. 두 사람은 와인을 마셨고, 피자를 주문해서 먹었다.

"난 당신이 좋아요." 그날 밤이 끝날 무렵, 오드리가 말했다. "당신 속내는 전혀 읽을 수가 없지만. 당신은 수수께끼 같아요."

"그렇지 않아요." 코빈이 말했다.

"아뇨, 맞아요. 나한테 키스할 건가요?"

코빈은 그녀에게 키스했고, 오드리는 그날 밤 그의 집에서 잤다. 오드리가 잠들자 코빈은 침실에서 멀리 떨어진 욕실로 가서 변기 뚜껑을 내리고 그 위에 앉아 또 울었다. 가슴에 칼이 꽂혀 있는 듯했다. 그것도 하나가 아닌 여러 개가.

"잠깐 얘기 좀 할래요?" 이튿날 아침 오드리가 일어나 옷을 입는 동안 코빈이 물었다. 그는 밤새 한숨도 자지 못했다.

"예상보다 빠르네요. 사귀는 여자가 있나요? 아니면 게이?" 그녀가 말했다.

"그런 거 아닙니다. 이상한 부탁 하나 하죠. 내 부탁을 듣고 다시는 나와 만나고 싶지 않다고 해도 충분히 이해합니다." 코빈이 말했다.

"좋아요." 오드리가 경계하는 목소리로 대답했다. 그녀는 청바지를 입고 아직 후크를 채우지 않은 얇은 핑크색 브래지어만 걸친 채 서 있었다. 왼쪽 허리 위에 희미한 맹장 수술 자국이 남아 있었다.

"난 당신을 계속 만나고 싶지만 우린 오로지 이 건물 안에서만 만나야 합니다. 우리 집이나, 당신 집에서요. 밖에서는 절대 안 됩니다. 끔찍하게 들리겠지만 그럴 만한 이유가 있어요. 그 이유는 말해줄 수 없고요."

"뻔하죠. 당신에게는 여자 친구가 있어요." 오드리가 말했다.

"아뇨. 내 말 안 믿겠지만 여자 친구는 정말 없습니다. 당신에게 말할 수 없는 다른 이유가 있어요. 예전에 여자들을 사귀었는데 일이 잘못됐고, 그 뒤로 다시는 연애하지 않기로 결심했다는 정도로만 해두죠. 하지만 당신과는 사귀어도 될 거 같아요. 여기, 이 건물 안에서만 만날 수 있다면요."

오드리는 브래지어 후크를 채우고 숨을 깊이 들이쉬었다. "좋아요. 이 건물 안에서만 만나면 편하기는 하겠네요." 그녀는 그렇게 말하고 웃음을 터뜨렸지만 약간 억지웃음 같다고 코빈은 생각했다.

그 합의는 한동안 지속되었고, 주로 코빈이 오드리의 집으로 갔다. 코빈이 와인을 가져가면 두 사람은 함께 영화를 보거나 요리를 했다. 그는 여러 면에서 오드리에게 끌렸다. 오드리는 이성적이었고, 거짓말을 전혀 하지 않았으며, 늘 자신의 감정을 솔직히 드러냈다. 침대에서는 적극적으로 호응하면서도 지나치게 열심이지는 않았다. 그를 성적으로 흥분시키기 위한 말은 하지 않았고, 코빈처럼 불을 끄고 하는 것을 선호했다. 하지만 주기적으로 그들이 했던 합의에 불만을 표시했다. 때로는 농담 삼아. "우리 둘 중에서 누가 세븐일레븐에 가서 아이스크림을 사 올까? 우리가 함께 걸어갈 순 없잖아." 때로는 진지하게. "언니가 날 만나러 오는데 난 언니에게 당신을 소개할 수도 없어. 이게 말이 된다고 생각해?"

코빈의 대답은 늘 똑같았다. 그들은 절대 공공장소에 함께 있을 수 없으며, 그건 전적으로 자신의 탓이지 그녀와는 상관없다고. 하지만 오드리에게 그렇게 말할 때마다 헨리를 향한 그의 분노는 점점 더 커졌다. 헨리는 그를 살인자로 만들어놓고, 그걸로도 모자란다는 듯이 이제 그의 삶을 파괴하고 행복해질 수 있는 기회를 모조리 빼앗았다. 대체 왜? 둘이 더 이상 친구가 아니라서?

한가할 때면 코빈은 인터넷으로 헨리 우드를 검색했고, 심지어 런던에서 함께 공부한 친구들에게까지 연락해 헨리의 소식을 들었는지 물었다. 그중 한 명이 뉴욕에서 헨리와 우연히 마주쳤다고 했지만 벌써 2년 전 일이었다. 헨리를 찾아내 대가를 치르게 하겠다는 생각은 점점 더 강해졌고, 특히 오드리를 사귄 후로 더욱 그랬다. 헨리만 죽으면, 들킬지도 모른다는 끝없는 두려움에서 해방되어 그녀와 함께할 수 있었다. 그 랬다, 코빈은 끝없는 두려움에 시달렸다. 오드리와 함께 있고 싶은 만큼 언젠가 집에 돌아왔을 때 오드리의 시신을 보게 되지 않을까, 보이지 않는 괴물인 헨리가 그들을 찾아내 오드리를 죽이지 않을까 두려웠다. 이런 피해망상은 좀처럼 누그러들지 않았다.

그러다 같은 아파트에 사는 유일한 젊은 남자와 함께 술을 마시면서 코빈의 피해망상은 극에 달하게 되었다. 앨런 처니라는 남자였는데 전에 몇 번 함께 라켓볼을 친 적이 있었다. 앨런은 단도직입적으로 그에게 오드리와 사귀지 않냐고, 소문을 들었다고 말했다. 비록 어디서 들었는지는 말하지 않았지만. 코빈은 태연한 척했지만 그 후로 24시간 동안 앨런과 나눈 대화가 머릿속에 계속 맴돌았다. 그가 오드리와 만난다는 사실을 앨런이 안다면 다른 사람들도 알 것이다. 그리고 다른 사람이 안다면 헨리도 알 테고, 그러면 헨리는 오드리에게 접근할 것이다. 레이철 체스에게 그랬듯이.

이튿날 저녁, 미리 만나기로 약속하지도 않았는데 코빈은 오드리의 집을 불쑥 방문해 아파트에 사는 다른 주민이 둘의 관계를 알고 있더라며 그녀를 비난했다.

오드리가 믿을 수 없다는 듯이 눈을 크게 뜨며 말했다. "맙소사, 코빈." 그러고는 고개를 절레절레 저었다.

"나 진지해. 어제 반대편 동에 사는 남자와 술을 마셨는데 그 남자가 우리 둘의 관계를 물어봤다고. 우리가 사귀는 걸 알고 있었어.”

“그래서?”

코빈은 어금니를 꽉 문 채 2초간 기다렸다가 입을 열었다. “그래, 당신은 상관없겠지. 우리가 사귀는 걸 남들이 몰라야 하는 이유를 내가 말해주지 않았으니까. 하지만 이 일이 내게 얼마나 중요한지 알잖아. 별일 아닌 것처럼 굴지 마.”

“그런 거 아냐. 큰일이라는 거 알아. 내게 무슨 말이 듣고 싶어? 난 아무에게도 얘기하지 않았어. 그리고 우린 밖에 나가지도 않았고. 그러니까 그 남자가 우리 관계를 어떻게 알았는지 나도 모르겠어.”

“어쨌든 그 사람은 알고 있었어.”

“그게 누군데? 나도 아는 사람이야?”

“앨런 뭐였어. 반대편 동에 사는 사람.”

오드리는 창밖을 내다봤다. “우리 집 맞은편에 사는 남자네. 여기서도 그 집이 보여. 그러니까 아마 그 사람도 우리 집을 보다가 당신을 봤겠지. 그뿐이야.”

코빈은 거실 창밖으로 안뜰 건너편 건물의 불 꺼진 창문을 바라보며 물었다. “정말 그럴까?”

오드리는 미소를 지었다. 코빈이 찾아온 후 처음 짓는 미소였다. 환한 미소는 아니었지만 그래도. “응. 달리 어떻게 알았겠어. 창밖으로 날 지켜보다가 우리 집에 온 당신을 봤을 거야. 별일 아냐."

"그 남자가 당신을 지켜봤는데도 신경 안 쓰여?"

"모르겠어. 오히려 좀 짜릿한데. 당신 말고 그 남자랑 데이트해야겠다." 오드리는 여전히 미소 짓고 있었다. 코빈은 창문으로 걸어가 커튼을 쳤다.

그날 저녁, 그 대화를 시작으로 그들의 관계는 종말을 향해 갔다.

코빈으로서는 놀랄 일도 아니었다. 그녀와 오래 사귀지 못하리라는 건 처음부터 알고 있었다. 그들은 그 후로 며칠 밤을 함께 보냈지만 오드리는 왜 그들의 관계를 비밀로 해야 하는지 알려달라고 자꾸 졸랐다. 코빈은 이렇게밖에 말할 수 없었다. "당신을 지켜주기 위해서야. 내 말을 믿어야 해."

오드리와 정식으로 끝나자 코빈은 한편으로 안도했다. 다시 야근하고, 매일 헬스장에 가는 혼자만의 삶으로 돌아갔지만 적어도 이렇게 사는 한 오드리는 안전했다. 코빈은 가끔씩 신문을 펼쳤다가 헨리 우드의 부고 기사를 발견하는 상상을 했다. 만약 그런 일이 생긴다면, 대낮에 거리에서 오드리를 찾아내 사람들이 보는 앞에서 키스할 것이다. 그가 싫어하는 로맨스 영화의 한 장면 같을 테지만 상관없었다. 그는 그 장면을 마음에서 떨칠 수가 없었다.

런던으로 발령 날 기회가 생기자 코빈은 얼른 신청했다. 6개월간 베리 가에서, 오드리 곁에서 멀어지는 것은 그에게뿐 아니라 오드리에게도 좋은 일이었다. 클레어 브레넌과 사랑에 빠지고, 헨리 우드를 처음 만난 도시로 돌아간다고 생각하니 긴장됐지만 런던은 아버지의 고향이기도 했다. 어쩌면 친가 쪽 친척들과 다시 연락이 닿을 수도 있다. 아버지가 죽기 일 년 전에 영국으로 여행을 다녀왔다가 보여준 사진들이 떠올랐다. 그중 대여섯 장은 아버지의 사촌인 루시 당고모와 당고모부, 그리고 두 분의 딸을 찍은 사진이었다. 그 사진을 찍은 뒤로 딸이 사고를 당했는데 사귀던 남자에게 스토킹을 당하다가 죽을 뻔했다고 했다. 적어도 코빈의 어머니가 말한 바로는 그랬다. 어머니가 어떻게 그 사실을 알게 되었는지는 모르겠지만. 코빈은 루시 당고모에게 메일을 보내 곧 런던으로 발령이 날 것 같으니 한번 만나자고 했다. 그러자 당고모는 케이트와 집을 바꿔서 지내보면 어떻겠냐고 제안했다. 케이트에게도 모험이 필요하다는 것이다. 일은 일사천리로 진행되었다. 코빈은 자기 집에 케이트가 들어와 산다고 생각하니 마음이 놓였다. 어쩌면 케이트가 오드리와 친구가 되어 그녀의 소식을 전해줄지 모른다. 그렇게라도 오드리와 연결될 수 있었다.

케이트의 아늑한 집에서 처음으로 온전히 하루를 보내게 된 날, 코빈은 딱 한 번 밖으로 나갔다. 가장 가까운 슈퍼에서 음식과 생수, 와인을 샀는데 오가는 동안 윗집에 산다는 마사와 마주치지 않아서 천만다행이었다. 전날 술에 취해 그녀와 키스한 것은 실수였다. 그녀를 피해 다니기는 힘들겠지만 불

가능하지는 않을 것이다.

그날은 하루 종일 비가 내리며 굵은 빗줄기가 큼직한 퇴창을 마구 두들겨댔다. 코빈은 텔레비전을 보면서 팔굽혀펴기와 스쿼트를 한 다음, 슈퍼에서 사 온 닭가슴살을 요리했다. 이메일을 확인했지만 아직 오드리에게서는 답장이 없었다. 코빈은 오드리에게 보낸 마지막 메일에서 이제 자신이 미국을 떠나니 그녀도 더 편안해지기를 바라며, 그녀와 사귈 자격이 있는 남자를 만나기 바란다고 썼다. 코빈은 케이트에게 메일을 보내기로 하고, 길 아래쪽에 있는 펍을 추천해줘서 고맙다고 쓰면서 마사를 만났다고 말했다. 혹시 케이트가 마사에 대해 해줄 말이 있는지 궁금해서였다. 마사는 자기가 케이트와 단짝이라고 했지만, 코빈은 그 말이 의심스러웠다.

일요일 오후가 되도록 케이트에게 연락이 없자 코빈은 왠지 신경이 쓰였다. 아직 비가 그치지 않았는데도 오랫동안 조깅을 하다가 프림로즈 힐이라는 공원에 가게 되었다. 저 멀리 안개 낀 런던 중심부가 내려다보였다. 축축한 땅에 러닝화가 푹푹 빠지자 공동묘지에서 헨리와 구덩이를 파던 날이 생각났다. 코빈은 집까지 뛰어가 샤워한 다음, 다시 메일을 확인했다.

케이트에게서는 여전히 답장이 없었지만, 보스턴 경찰청 소속 로베르타 제임스라는 형사가 보낸 메일이 와 있었다. 그의 옆집에 사는 오드리 마셜이 주검으로 발견되었으니 가능한 한 빨리 연락을 달라는 내용이었다.

18

케이트가 벌떡 일어나는 바람에 놀란 샌더스가 쏜살같이 방에서 빠져나갔다.

저 녀석이 어떻게 다시 집에 들어왔지? 아까 분명히 밖으로 내보냈는데. 아닌가? 케이트는 열심히 기억을 뒤졌다. 아까 샌더스가 야옹대자 그녀는 샌더스가 나갈 수 있도록 현관문을 열어주었다. 샌더스가 나가는 모습을 분명히 보지 않았던가. 하지만 외시경으로 내다본 복도에는 샌더스가 보이지 않았다. 그때 이상하다고 생각했지만, 그저 샌더스가 복도 저쪽으로 너무 빨리 달아나서 그녀가 외시경으로 보기도 전에 사라졌나 보다고 짐작했다. 하지만 어쩌면 샌더스는 아예 집에서 안 나갔는지도 모른다. 그래서 외시경에 안 보였는지 모른다. 그렇게 생각하니 숨통이 트여서 케이트는 여러 번 심호흡을 했다.

자리에서 일어나 저릿한 다리로 서재 문간까지 걸어가 방 안의 선반과 캐비닛 안쪽에 설치된 조명을 켰다. "누구 있어요?" 케이트는 최대한 목소리가 차분하게 들리게 애쓰며 외쳤다. 계속 집 안을 둘러보며 혹시 누가 들어왔는지, 누가 있는 건 아닌지 확인했다. 만약을 위해서. 아까 샌더스가 분명 나가지 않은 것이라고 되뇌었다.

아니, 샌더스는 분명 나갔어. 너도 봤잖아. 머릿속에서 조지의 목소리가 들렸다. 그가 킥킥거렸다. 그녀 안에 있는 조지는 가끔씩 그렇게 웃었다. 실제 조지, 죽은 조지는 절대 그렇게 웃지 않았지만.

난 샌더스를 보고 있지 않았어. 케이트는 조지에게 대꾸했다. **그냥 문을 열어줬고, 샌더스가 내 다리를 스치며 밖으로 나갔다고 생각했을 뿐이야. 내 생각이 틀렸어.**

케이트는 서재에서 나와 복도를 따라 거실로 갔다. 가는 도중 조명을 모조리 켰다. 샌더스가 다시 현관문 앞에 서서 문을 바라보고 있었다. 마치 문이 마법처럼 저절로 열릴지 모른다는 듯이.

"이 교활한 녀석." 케이트가 샌더스에게 다가가며 말했다. "난 네가 나간 줄 알았잖아."

샌더스가 야옹 울자 케이트는 문을 빼꼼 열어주었다. 이번에는 샌더스가 꼬리를 획 잡아당기며 밖으로 나가는 모습을 지켜보았다. 현관문을 다시 잠근 다음, 문에 등을 기댄 채 거실을 바라보며 집 안에 사람이 있는지 느껴보려 했다. **아니, 나 혼자야. 틀림없이 아까 샌더스가 나가지 않은 거야.** 그렇게 자신을 타이르기는 했어도 그녀는 거실을 가로질러 벽난로로 갔다. 벽난로 쇠살대에는 장작이 쌓여 있었다. 케이트는 벽난로에 기대어놓은 부지깽이를 집어 들었다. 손에 부지깽이의 무게감이 느껴지자 대번에 기분이 좋아졌다. 민첩하게 움직이며 집 안 곳곳을 뒤졌고, 조명이란 조명은 모조리 켜면서 방마다 살펴보았다. 그녀가 확인한 바로는 아무도 없었다. 현관문은 잠겨 있었고, 지하실로 이어지는 부엌문도 마찬가지였다.

케이트는 부지깽이를 다시 제자리에 내려놓았다. 부지깽이를 쥐었던 손바닥엔 땀이 흥건했고, 희미한 검댕 자국이 남아 있었다.

조명을 모두 켜둔 채 이 집에는 자기뿐이며, 샌더스는 의문의 스토커를 따라 집 안으로 들어온 게 아니라 애초에 집에서 나가지 않았다고 되뇌며 다시 서재로 갔다. 극도로 피곤했다. 잠을 자야 했다. 허리를 숙여 소파 앞에 떨어진 이불을 집어 들었다. 《성 안의 카산드라》가 바닥에 툭 떨어지며 안에서 사진 한 장이 삐져나왔다. 케이트는 사진을 집어 들었다. 오래전에 부모님 그리고 부모님의 친구들과 토키*로 여행을 떠났

* 영국 데본셔 주의 휴양지.

을 때 찍은 사진이었다. 사진 속에는 케이트가 엄마와 함께 당시 숙소인 게스트하우스 앞 계단에서 캐리어를 옆에 두고 나란히 앉아 있었다. 도착했을 때 찍었는지 떠나기 전에 찍었는지는 기억나지 않았다. 뒤로 살짝 보이는 하늘은 어두컴컴하고 불길해 보였다. 거기 머물던 일주일 내내 비가 온 기억이 났다. 또한 당시 열세 살이던 케이트는 그 여행에서 첫 생리를 했다. 엄마는 게스트하우스의 손님들로 붐비는 식당에서 제대로 된 영국식 아침 식사를 앞에 둔 채 그 사실을 발표했고, 아빠는 마치 그녀가 상이라도 탔다는 듯이 환하게 웃었다. 케이트는 일주일 내내 창피해서 쥐구멍에라도 들어가고 싶었다.

하지만 엄마와 함께 찍은 이 사진은 좋아했다. 그들은 나무 계단에 어깨를 나란히 한 채 앉아 있었고, 미소를 지었지만 카메라를 향해 짓는 미소는 아니었다. 틀림없이 무언가 재미있는 이야기를 하고 있었을 것이다. 케이트가 이 사진을 좋아하는 이유는 사진 속 자신이 불안해 보이지 않기 때문이었다 (분명 도착한 직후에 찍었으리라). 아마 그래서 가장 좋아하는 책 속에 넣어 간직했을 것이다. 어떻게 처리해야 좋을지 모르는 사진이 있을 때마다 그녀는 종종 그렇게 했다. 책 속에 넣어두었다가 나중에 발견하는 것이다. 혹은 영영 발견하지 못하거나.

문득 코빈도 그녀처럼 나중에 발견하려고, 혹은 아예 숨기려고 책 속에 비밀 사진을 넣어두었을지도 모른다는 생각이 들었다. 그 생각이 들자마자 집 안의 책을 모두 뒤져보기로 마음먹었다. 그녀는 원래 성격이 그랬다. 한번 무언가에 꽂히면 철저히 파헤쳐야 직성이 풀렸다. 일 년 전, 애거서 크리스티의 책에서 본 구절이 어렴풋이 떠오른 적이 있었다. 살인자는 모두 누군가의 오랜 친구라던가 하는 구절이었는데 어느 책에서 나왔는지 기억나지 않았다. 그래서 크리스마스를 맞아 집에 내려갔을 때 소장하고 있는 애거서 크리스티 책을 모두 뒤져 기어이 찾아냈다.

케이트는 일어나서 텔레비전이 숨겨진 책장으로 갔다. 선반에는 주로 공항 서점에서 파는 스릴러와 비즈니스 서적이 빼곡히 꽂혀 있었다. 커피 테이블에 장식용으로 많이 놓아두는 사진 위주의 큼직한 책들이 좁은 선반 여기저기에 마구 쌓여 있었다. 거실에 있는 책들처럼 이것 역시 코빈의 책이 아니라 코빈 아버지의 책 같았다. 그래도 책을 뒤져보면 무엇이 나올지 궁금했다. 책은 많았지만 그녀에게는 시간이 많았다. 잠을 자야 했지만 별로 피곤하지 않았다. 샌더스 덕분에 잠이 달아나버렸다.

맨 위 선반 제일 왼쪽에 있는 첫 번째 책을 꺼내려면 오토만*에 올라가야만 했다. 첫 번째 책은 존 그리샴의 《그래서 그들은 바다로 갔다》 양장본이었다. 책장을 휘리릭 넘긴 다음, 거꾸로 뒤집어 흔들었다. 아무것도 나오지 않았다. 책을

* 팔걸이가 없는 푹신한 의자.

230

제자리에 꽂고 다음 책을 꺼냈다.

서재의 책을 모두 확인하고 나니 수많은 책갈피와 적어도 십 년 전에 발행된 영수증 다섯 장이 나왔다.《누가 내 치즈를 옮겼을까?》라는 책에서는 잡지에서 오려낸 사진 한 장이 나왔는데 속옷 차림의 여배우 애슐리 저드였다.

케이트는 오토만에 앉았다. 그녀는 대체 뭘 찾고 있었던 걸까? 빨간 글씨로 '죽어라'라고 적힌 오드리 마셜 사진이라도 나올 줄 알았나? 그렇지는 않다. 하지만 코빈이 꽁꽁 감춰둔 사생활과 관련된 물건, 기왕이면 오드리와 관련된 무언가가 나오기를 바랐다. 지금까지 케이트는 두 사람의 관계에 대해 세 가지 진술을 들었다. 코빈은 그들이 서로 잘 모르는 사이라고 했다. 오드리의 친구는 그들이 섹스 파트너라고 했다. 앨런 처니는 코빈이 오드리의 집을 자주 찾아갔다고 주장했다. 앨런은 거짓말할 이유가 없었다. 케이트는 그의 말을 믿었다. 적어도 앨런이 그렇게 믿고 있다고 믿었다. 앨런은 오드리 마셜에게 집착했지만 그래도 케이트는 그를 믿었다. 단지 그가 매력적이고, 이야기가 잘 통해서만은 아니었다.

케이트는 서재에서 나와 거실로 갔다. 이제 거실에는 희뿌연 아침 햇살이 쏟아져 들어왔다. 벌써 새벽이었다. 이메일을 확인해봤더니 마사에게 코빈과 만난 일을 상세히 적은 긴 이메일이 와 있었다. 그들은 비프 앤드 푸딩에서 만났고, 집으로 걸어오는 길에 "약간" 진한 키스를 했지만 코빈은 피곤하다며 혼자 집으로 돌아갔다고 했다. 그 후로는 코빈을 다시 못 본 모양이었다. "미국에 코빈 여자 친구가 있니? 코빈에게 메일로 좀 물어봐. 제발 부탁이야." 마사는 그렇게 썼다.

지금 그걸 알아내려는 중이야, 케이트는 생각했다. 코빈이 마사를 피하는 것 같아서 다행이었다. 마사에게 그 섹시한 미국 남자가 여자 친구를 죽였을 수도 있다고 경고할 필요는 없으리라.

케이트는 커피를 마시고 싶었지만 거실의 책들을 뒤지는 일부터 하기로 했다. 거실에는 서재보다 훨씬 많은 책이 있었고, 책꽂이가 높은 천장까지 쭉 뻗어 있었다. 창가에 튼튼해 보이는 책상이 있기에 그걸 책꽂이 옆으로 끌고 와 그 위로 올라갔다. 책상에 올라서니 맨 위 선반까지 손이 닿았고 그녀는 첫 번째 책, 먼지 쌓인 양장본을 꺼냈다. 책장을 뒤적이는 동안 강렬한 기시감이 몸으로 느껴질 정도였다. 무릎이 휘청거렸다. 전에도 이 선반에 꽂힌 책들을 뒤진 기억이 생생히 떠올랐다. 그때도 이 책상에 올라가 있었고, 맨발에 책상의 나뭇결이 느껴졌다. 가슴속에서 불안이 부글부글 끓어올랐다. 케이트는 주문을 외우며 호흡 연습을 했다. 기시감이 지나가자 그 자리에 전날 꾼 꿈들이 밀려들었다. 꿈속에서도 그녀는 책들을 뒤지고 있었다. 적어도 그녀의 기억으로는 그랬다. 책을 거꾸로 흔들자 책의 낱장들이 떨어져 바닥을 뒤덮었고, 빈 수영장에 쌓인 눈처럼 방마다 종이가 소복이 쌓였다.

정말로 이 책들을 뒤지는 꿈을 꿨고, 이제 그 일을 실행에 옮기는 걸까? 케이트는 생각했다. 순간적으로 지금도 꿈을 꾸나 싶어 가슴이 철렁 내려앉았지만 그런 기분은 곧 사라졌다.

먼저 커피를 내린 다음, 나머지 책들을 뒤졌다. 수백 권쯤 뒤졌을 때 마침내 흥미로운 물건이 나왔다.

책을 한참 뒤지다 아래쪽 선반에 이르자 왠지 거기 꽂힌 책들은 다르게 느껴졌다. 스티븐 킹 소설 여러 권과 로버트 조던의 '시간의 수레바퀴' 시리즈, 척 팔라닉 책 두 권이 있었는데 코빈의 책이라는 느낌이 들었다. 이 책들을 유독 더 꼼꼼히 뒤진 끝에 성과를 거두었다. 올슨 스콧 카드의 《엔더의 게임》이라는 책에서 같은 여자를 찍은 사진이 세 장 나온 것이다. 지난번에 서재 벽장에서 나온 사진 속 여자와 동일인일 수 있었다. 다만 이 사진들은 약간 초점이 맞지 않아서 확신하기 힘들었다. 사진 속 배경은 손바닥만 한 침실의 1인용 침대였는데 하얀색 벽에는 피카소의 그림으로 보이는 포스터를 테이프로 붙여놓았다.

첫 번째 사진 속 여자는 웃으며 핀업 걸 같은 포즈를 과장해서 취하고 있었다. 물 빠진 청바지에 분홍색 캐미솔을 입고 한쪽 팔꿈치로 턱을 괸 채 누워 있었고, 사진을 찍는 사람이 위에서 내려다보며 찍었다. 다음 사진에서 여자는 좀 더 자연스러운 포즈로 침대에 등을 댄 채 누워 있었으며 진지한 표정을 짓고 있었다. 코빈은—분명 그가 찍었을 것이다—이렇게 말했으리라. **아냐, 우스꽝스러운 표정 하지 마. 그냥 자연스럽게 있어. 넌 아름다우니까.** 여자는 정말로 아름다웠다. 특히 마지막 세 번째 사진이 그랬다. 여자의 얼굴을 클로즈업해서 찍은 사진이었는데 얼굴에 주근깨가 있고, 입술은 살짝 벌어져 있었다. 이 사진들은 지극히 사적인 물건 같아서 케이트는 둘만의 성적인 순간을 훔쳐보는 듯한 느낌이 들었다. 사진을 다시 책 속에 넣은 다음, 책을 책장에 꽂고 서둘러 나머지 책들도 뒤졌지만 아무것도 없었다.

책장에 기대서서 잠시 눈을 감았다. 피곤이 몰려왔다. 몇 시간이나 책을 뒤졌는지 알 수 없었다. 찾아낸 물건이라고는 잊힌 책 속에 꽂힌 옛 여자 친구의 사진뿐이었다. 대체 뭘 기대했을까?

케이트는 벽난로 위에 놓인 시계를 보았다. 7시가 조금 넘은 시각이었다. 오후에 수업이 있으니 잠시 눈을 붙여야 할 것이다. 그녀는 가장 가까이에 있는 소파에 누워 몸을 웅크린 채 자수가 놓인 새틴 베개에 머리를 뉘었다. 눈을 감자마자 금방 깊은 잠에 빠졌다.

* * *

현관문을 두드리는 소리가 들렸다. 날카롭게 쾅쾅쾅. 케이트는 몸을 벌떡 일으켜 소파에서 내려왔다. 아직 잠이 덜 깬 상태로 현관문을 향해 걸어갔다. 현관문 옆에 걸린 거울 속 자신을 바라보았다. 이틀 동안 감지 않은 머리카락이 생기 없이 축 늘어져 있었다. 머리카락을 양쪽 귀 뒤로 넘기고 외시경으로 밖을 보았다. 여기 도착했을 때 집 안을 보여준 밸런타인 부인이 서 있었다. 케이트는 문을 활짝 열었다.

"케이트, 내가 자는 걸 깨웠나요?"

"아뇨, 아뇨. 어서 들어오세요."

캐럴 밸런타인은 복잡한 디자인의 하얀색 스웨터로 몸을 감싸고, 허리에 벨트를 둘렀다. "괜찮아요. 오늘 저녁에 당신을 우리 집으로 초대하려고 왔어요. 시간 돼요?"

케이트는 마음속으로 재빨리 여러 가지 핑계를 찾았지만 자기도 모르게 이렇게 말했다. "그럼요. 저도 꼭 가고 싶어요."

그들은 7시에 만나기로 약속했고, 캐럴 밸런타인은 '진 나테' 보디워시 향기를 남기며 복도를 내려갔다. 그 냄새를 맡은 케이트는 오늘은 샤워해야겠다고 생각했고, 불현듯 오후에 첫 수업이 있다는 사실이 떠올랐다. 휴대전화가 있는 곳으로 달려가 시간을 확인했다. 11시였다. 얼마나 잔 거지?

서둘러 샤워를 하고, 가장 좋은 청바지와 평소 아끼는 스웨터로 갈아입었다. 아침 내내 잠을 잔 덕분에 첫 수업과 지하철 탈 일을 걱정할 시간이 없었다. 굽지 않은 빵에 꿀과 버터를 발라 먹고, 마시면 안 된다는 걸 알면서도 커피를 두 잔째 마셨다. 역시나 불안으로 살갗이 따끔거렸고, 첫 수업 생각에 엄지와 검지를 초조하게 맞부딪쳤다.

케이트는 침실로 가서 큰 가방에서 빈 배낭을 꺼냈다. 수업 공지 이메일에는 아무것도 가져올 필요가 없다고, 교실에 컴퓨터가 설치되어 있다고 했지만 그래도 노트북을 가져갈까 고민하다가 안 가져가기로 했다. 대신 침대 밑에서 스케치북을 꺼내 목탄 연필 한 세트와 함께 배낭에 넣었다. 시간이 남으면 스케치를 하리라. 스케치를 하면 늘 마음이 편해졌다.

레드라인을 탈 수 있는 지하철역에 가려면 찰스 가를 몇 블록 내려가야 했다. 하늘은 빠르게 흘러가는 구름으로 반쯤 차 있었는데 구름 사이로 햇살이 내리쬐면 초여름처럼 따뜻했다. 하지만 구름이 태양을 가리고 바람이 거세지면 기온이 뚝 떨어졌다.

찰스 가 지하철역은 붐비는 교차로 건너편에 있었다. 케이트는 신호등이 바뀌기를 기다렸지만 보스턴 시민들은 차량 행렬이 잠깐 끊길 때마다 재빨리 교차로를 건너갔다. 지하철역에 들어가 교통카드를 구입해 20달러를 충전했다. 예상보다 쉬웠다. 야외 승강장으로 가는 에스컬레이터를 타고 있자니 갑자기 행복감이 밀려들었다. 그녀는 보스턴에 있었고, 디자인 수업을 앞두고 있었다. 이렇게 집 밖에 나오니 오드리 마셜의 죽음에 코빈이 연관되었다는 생각도 바보처럼 느껴졌다. 만약 코빈이 진짜 용의자라면 경찰이 집을 수색하러 다시 왔을 테니까.

열차가 다가오더니 요란한 소리를 내며 천천히 멈춰 섰다. 케이트는 지하철에 올라타 출입문에서 제일 가까운 자리에 앉았다. 좌석의 절반 정도가 차 있었는데 대부분 혼자 탄 사람들로 이어폰을 낀 채 휴대전화를 들여다보고 있었다. 헐렁한 하늘색 간호사 유니폼을 입은 여자 둘이 케이트와 같은 칸에 탔다. 열차가 역을 출발하자 간호사가 친구에게 무언가 말했고, 둘은 미친 듯이 웃어댔다. 열차가 다리를 건너자 강과 백베이(Back Bay)가 훤히 보였다. 강에는 항해 중인 요트들이만 입구를 맴돌고 있었다. 열차는 순식간에 터널로 들어갔고, 지하철 안의 조명이 깜빡거렸다. 케이트는 몸을 떨었다.

열차가 켄달 역에 정차했다. 앞으로 세 정거장만 더 가면 그녀가 내려야 할 포터 역이었다. 하지만 켄달 역에서는 내리는 사람이 거의 없고, 타는 사람들이 많았다. 패스트푸드 냄새를 풍기는 남자가 케이트 옆에 앉자 그의 굵은 허벅지가 그녀에게 닿았다. 그녀는 다리를 오므리고, 최대한 좌석 끝 칸막이에 몸을 바짝 붙였다. 머리칼이 희끗희끗하지만 비교적 젊어 보이는 여자가 지저분해 보이는 수직 봉을 잡고 케이트 앞에 섰다. 몇 살이나 됐을까? 케이트는 여자에게 자리를 양보해야 할지, 아니면 그게 무례한 행동이 될지 고민하다가 그냥 앉아 있기로 했다. 쉬익 소리와 함께 문이 닫히고 열차는 다시 앞으로 달려 나갔다. 케이트는 심호흡을 했지만 산소가 부족한 듯했다. 이런 상황에서 늘 외우는 주문을 중얼거리기 시작했다. 공황 발작이 좀 일어나도 괜찮아. 난 다치거나 변하지 않아. 그러자 기분이 조금 나아졌다. 손을 움직이기 위해 무릎에 놓인 배낭을 열고 스케치북을 꺼냈다. 지금까지 그린 그림들을 보고 싶었다. 스케치북을 펼치자 앨런 처니, 그에게서 받은 첫인상이 그대로 재현된 그림이 나왔다. 꽤 잘 그린 그림이었다. 하지만 어제 그와 좀 더 시간을 보낸 터라 이제 보니 광대뼈를 조금 더 두드러지게 그리고, 입술은 좀 더 얇게 그렸어야 했다. 나중에 새로 한 장 그릴 것이다.

다음 장으로 넘겨 자화상을 본 다음, 얼른 다음 장으로 넘겨 잭 루도비코의 초상화를 보았다. 케이트는 그림을 빤히 바라봤다. 전혀 닮지 않았다. 적어도 그녀가 기억하는 잭 루도비코가 아니었다. 비슷하기는 했지만 눈이 틀렸고, 얼굴형은 아예 달랐다. 어떻게 이렇게 딴판으로 그렸을 수가 있지? 아니면 원래 이렇게 생겼는데 그녀의 기억이 왜곡됐을까?

그림을 뚫어져라 바라봤더니 가슴이 빨리 뛰기 시작했다. 분명 그녀가 처음에 그린 그림이 아니었다. 누군가 스케치북을 가져가서 그림을 고쳤다. **아냐, 그건 불가능해.** 케이트는 스스로를 타일렀다. 그렇다면 그녀가 직접 고쳤다는 뜻이다. 다시 그림을 펼치고 이목구비를 조금씩 고친 것이다. 하지만 그럴 이유가 없었다. 그리고 만약 그랬다면 왜 기억이 안 날까?

열차가 귀에 거슬리는 소리를 내며 정차했다. 스피커에

서 알아듣기 힘든 방송이 나왔는데 포터 역이라고 말하는 것 같기도 했다. 케이트는 자리에서 일어나 지저분한 창문 너머를 바라보았다. 포터 역에서 한 정거장 전인 하버드 역이었다. 한층 더 많은 사람들이 안으로 비집고 들어왔다. 왜 아무도 안 내리지?

케이트는 가슴이 두근거렸고, 사람들을 헤치며 열차에서 내렸다. 스케치북을 움켜쥔 채 공기를 들이마시는 동안 문이 닫히고 열차는 떠났다.

19

케이트는 수업 시작 5분 전에 도착했다. 하
버드 역에서 내린 뒤 매사추세츠 가를 따라 잿빛 빅토리아 시
대 건물 안에 있는 그래픽 학원까지 가는 길을 찾아냈다. 1킬
로미터가 채 안 되는 짧은 거리여서 쉽게 걸어갈 수 있었다.
바깥 공기를 마시며 힘차게 걸으니 머릿속이 좀 맑아졌고, 자
신이 잭 루도비코의 그림에 과민 반응했다는 결론을 내렸다.
그를 잠깐 만난 뒤에 얼굴을 약간 잘못 그렸을 뿐이다. 새로운
나라에 온 지 얼마 되지 않았고, 아직 시차도 적응되지 않았으
니 그럴 만하다.

수업은 예상보다 쉬웠다. 강사가 학생들에게 한 명씩 자
기소개를 하라고 할까 봐 걱정했는데 매킨토시 컴퓨터가 설
치된 열두 개의 자리가 있는 2층 교실에 들어서자마자 그냥

앉으라는 지시만 받았다. 미국 남부식 억양을 쓰고, 덥수룩한 붉은색 수염을 기른 강사는 곧장 인디자인 툴을 설명했다. 케이트는 조지가 죽은 후 입원했던 병원의 미술 선생님에게 이 프로그램을 배운 터라 조금은 알고 있었다. 그녀는 어릴 때부터 그림에 소질이 있었다. 태어나서 가장 처음으로 사랑에 빠진 대상이 컬러링북이었고, 가끔씩 노년에도 그렇게 여생을 보내지 않을까 생각했다. 아침부터 밤까지 컬러링북에 적힌 번호대로 색칠하는 할머니가 되어서 말이다. 아주 어릴 때부터 그림을 그리면, 혹은 그냥 공책 여백에 낙서를 하기만 해도 긴장이 풀린다는 것을 깨달았다. 컴퓨터 그래픽도 마찬가지였다. 초반에 프로그램을 이해하지 못하면 어쩌나 하는 두려움을 극복한 후로는 컴퓨터 그래픽도 그림과 똑같은 효과를 발휘했다. 케이트는 포토샵을 능숙하게 다루게 되었고, 프리랜서로 일하며 사우스런던의 그래픽 디자인 에이전시를 통해 일거리도 따냈다. 죽이 되든 밥이 되든 이 일을 직업으로 삼자고 마음먹었다. 그 편이 엄마가 자꾸 밀어붙이는 초상화가가 되는 것보다 나았다. 누군가의 초상화를 그리려면 상대와 친밀해져야만 하는데, 케이트에게 그런 일은 생각만 해도 긴장이 되었다. 게다가 초상화를 그리면 고객을 실망시킬 가능성이 훨씬 높았다.

수업이 끝나자 옆에 앉은 여자가 자기소개를 했다. 어찌나 몸집이 작은지 케이트는 어린아이인 줄 알았다.

"우리 엄마도 영국인이에요. 파키스탄 출신 영국인." 케이트의 억양을 들은 여자가 말했다.

그들은 함께 건물 밖으로 나갔고, 한동안 길에 서서 이야기를 나눴다. 케이트는 '수메라'라는 이름의 그 여자에게 집을 바꿔서 살게 된 경위를 설명하고 앞으로 6개월간 보스턴에서 살 계획이라고 말했다.

"보스턴에 아는 사람 있어요?"

"아뇨." 케이트가 말했다.

"세상에. 정말 용감하다. 나라면 절대 그렇게 못했을 거예요."

케이트는 웃음을 터뜨렸다. "용감하다는 말은 생전 처음 듣네요. 아마 이번이 처음이자 마지막이 될 테지만."

"아뇨, 정말 용감해요. 진심이에요." 수메라가 말했다.

"알았어요. 그렇다고 해두죠."

"집은 어디에요?"

"강 근처 찰스 가에 살아요."

"그 동네에서 일어난 살인 사건 들었어요? 어떤 여자가 아파트에서 살해됐잖아요."

"우리 아파트에서 일어난 사건이에요." 케이트는 죽은 여자가 바로 옆집에 살았다는 말은 하지 않기로 했다.

수메라가 손으로 입을 가렸다. "세상에. 끔찍하네요."

"근데 여자가 살해됐다는 걸 어떻게 알죠? 신문에는 죽은 채 발견됐다고만 나왔을 텐데."

"레딧*에서 봤어요. 확인해보세요. 끔찍하더라고요. 누가 시신을 칼로 갈라놓았대요."

"무슨 말이에요?"

"사실인지는 모르겠는데 시신 가운데가 세로로 갈라져 있었대요. 수술이라도 한 것처럼요. 분명 연쇄 살인마 짓이에요. 물론 레딧에 떠도는 말이니까 진위 여부는ㅡ"

"레딧이 뭐예요?" 케이트가 그녀의 말을 잘랐다.

수메라의 설명을 듣는 동안 케이트는 몸이 갈라진 오드리 마셜의 모습을 떨쳐내려 했다. 지금까지 오드리가 어떻게 죽었는지 구체적으로 생각해본 적이 없었다. 그저 경우의 수가 너무 많다는 이유에서였다.

하지만 이제 어떻게 죽었는지 알게 되니 자꾸 그 장면이 떠올랐다. 그렇다면 지난번 오드리 마셜의 집에 몰래 들어갔을 때 어째서 아무것도, 핏자국조차 없었을까? 그것도 꿈이었을까?

"계속 거기 살아도 될지 잘 생각해봐요." 수메라가 말했다.

"괜찮을 거예요." 갑자기 케이트는 빨리 자리를 뜨고 싶어졌다. 살인 사건 이야기가 나온 후로 수메라는 놀라서 눈을

* 소셜 뉴스를 다루는 웹사이트.

휘둥그렇게 떴고, 그 표정이 케이트를 불안하게 했다. "만나서 반가웠어요, 수메라. 오늘 저녁에 이웃집에 초대를 받아서 그만 가봐야겠어요."

"어쩌면 그분들이 더 잘 알 수도 있겠네요."

"그럴지도 모르죠. 수요일 수업 때 봐요."

"네. 포터 역으로 갈 거예요?"

케이트는 그럴 생각이었지만 거짓말을 했다. "하버드 역으로 갈 거예요. 그쪽에 볼일이……"

마침내 수메라는 케이트가 불편해한다는 걸 눈치채고 그녀를 보내주었다. 케이트는 매사추세츠 가를 따라 걷기 시작했다. 바람은 잦아들었지만 이제 하늘은 구름이 잔뜩 껴서 햇볕이 약해졌다. 그녀는 집까지 걸어갈 수 있을지 생각했다. 지금 걷고 있는 이 넓고 붐비는 도로가 보스턴을 처음부터 끝까지 관통하고 있을 터였다. 하지만 하버드 광장에 다다랐을 때 지하철역이 보이자 다시 지하철을 타기로 마음먹었다. 지금은 지하철 타는 연습을 하는 게 더 중요했고, 몇 정거장밖에 되지 않았다. 아까 일어난 공황 발작은 폐소공포증이라기보다 스케치북 때문이었다. 그리고 이번에는 집으로, 보다 안전한 공간인 아파트로 돌아가는 길이었다.

케이트는 망설임 없이 지하철역으로 들어가, 하차하는 승객들 사이를 요리조리 빠져나가 거의 빈 객차에 올라탔다. 돌아가는 길은 훨씬 쉬웠다. 어서 집에 돌아가 인터넷으로 '오드리 마셜'을 검색해 뭐가 나오는지 보고 싶었다. 수메라가 제대로 알고 한 소리인지도 의심스러웠다. 오드리의 사인에 관한 정보가 정말로 인터넷에 돌고 있다고? 어느새 열차는 찰스가 역에 도착했다. 집으로 걸어가는 길에 슈퍼에 들러 음식을 구입했다. 다음 수업은 수요일에 있으니 적어도 내일 하루는 집에 콕 박혀 있고 싶었다.

집에 돌아온 케이트는 침대에 올라가 앉은 다음, 배낭에서 스케치북을 꺼내 잭 루도비코의 스케치를 한 번 더 보았다. 아까 열차에서 과민 반응했을 수도 있지만 그림을 다시 보니 역시나 단단히 잘못되었다. 집의 환한 조명 아래서 보니 한층 더 그랬다. 눈이 완전히 달라졌다.

누군가 눈을 다시 그렸어. 또 조지의 목소리가 말했다.

케이트는 그 말을 무시하고 뒷장으로 넘겼다. 가방에서 목탄 연필을 꺼내 재빨리 수메라를 그렸다. 둥근 얼굴과 다듬지 않은 굵은 눈썹, 가운데 가르마를 탄 머리카락. 수메라의 철자가 어떻게 되는지 몰라서 그림 아래 이렇게 적었다. '매사추세츠 주, 케임브리지, 그래픽 디자인 수업에서 만난 여자.' 그리고 날짜를 적었다. 다시 뒷장으로 넘겨 이번에는 잭 루도비코를 그리기 시작했지만 잘되지 않았다. 그가 어떻게 생겼는지 확신이 서지 않았다. 케이트는 미술 용품과 함께 가지고 다니는 면도칼을 꺼내 그 페이지를 잘라냈다. 좀처럼 없는 일이었다. 그러고는 종이를 동그랗게 구겨서 바닥에 버렸다.

침대에서 내려와 노트북 앞에 앉아 살인 사건에 관한 새로운 정보를 검색했지만 아무것도 없었다. 레딧에도 들어가 정보를 찾아보려 했지만 검색은 고사하고, 그 사이트를 어떻게 이용하는지도 알 수 없었다.

이메일을 확인해봤지만 코빈에게서는 답장이 없었다. 경찰이 집을 수색했다고 알렸는데도.

7시가 되자 얇은 여름용 원피스와 카디건으로 갈아입고 집을 나섰다. 계단을 내려가 로비로 간 다음, 반대편 동으로 가는 계단을 올라갔다. 캐럴 밸런타인이나 그녀의 남편이 오드리 마셜 사건 수사에 관해 무언가 알고 있을지 모른다. 아마 오늘 저녁 그 이야기가 나올 것이다.

모퉁이를 돌아 밸런타인 부부의 집이 있는 복도—이쪽 벽지는 검은색과 은색으로 되어 있었다—로 들어서자 자기 집에서 나와 현관문을 잠그는 앨런 처니가 보였다. 앨런이 몸을 돌리자 손에 든 와인 병이 케이트의 눈에 들어왔다. 그녀는 잠시 앨런이 어디에 가는 길인지 의아해하다가 그도 밸런타인 부부의 집에 초대받았음을 깨달았다.

"당신 환영 파티에 가서 깽판을 치려고요." 케이트가 다가오자 앨런이 말했다.

"난 아무것도 안 가져왔어요." 그녀가 와인 병을 바라보며 말했다. "뭘 가져와야 한다는 생각조차 못 했어요."

"이거 받아요." 앨런이 케이트에게 와인 병을 건넸다. "난 이미 그분들에게 나쁜 첫인상을 줬어요, 몇 달 전에요. 그러니까 당신이 가져가요."

"아뇨, 괜찮아요." 케이트가 말했다.

"아까 오후에 로비에서 캐럴과 마주치는 바람에 초대받은 겁니다. 내가 당신을 조금 안다고 말했거든요."

"거창한 파티일까요? 그냥 나 혼자 초대받아서 한두 잔 마시다 오는 줄 알았거든요."

"맞아요. 당신하고 아마 아래층에 사는 앤더비 부인뿐일 겁니다. 그리고 나하고요. 이 아파트 전통인 것 같더군요. 새로 온 입주민들은 모두 밸런타인 부부의 집에 초대받죠. 난 그냥 빈손으로 가기 그래서 와인을 가져가는 겁니다. 어차피 밸런타인 씨가 마티니를 줄 거고, 당신은 마티니를 마셔야 해요."

"정말요?"

"지난번에 내가 퀸과 함께 초대받았을 때도 그랬어요."

"이제 그만 들어가야 하지 않을까요?"

"들어가야죠."

앨런이 노크하자 밸런타인 씨가 문을 열어주었다. 키가 작고 은발이 아름다운 노신사였다. 원래 키가 작았는지, 아니면 노화로 인해 키가 줄었는지는 알 수 없었다. 양복바지에 V 네크라인의 하늘색 캐시미어 스웨터를 입었고, 그들에게 어서 들어오라는 뜻으로 손에 든 길고 가느다란 은 스푼을 흔들었다. "올리브 아니면 트위스트?" 그가 물었다.

케이트는 그가 "올리버 트위스트"라고 말한 줄 알고 어리둥절해서 앨런을 바라보았다.

"전 트위스트로 주세요." 앨런은 밸런타인 씨에게 그렇게 말하고는 케이트를 돌아보며 물었다. "마티니에 올리브를 넣을래요, 아니면 레몬 껍질을 넣을래요?"

"아, 전 올리브로 주세요." 케이트가 대답하자 밸런타인 씨는 몸을 돌려 집 안으로 들어갔고, 때맞춰 캐럴이 나타났다. 그녀는 여전히 아침에 본 하얀색 스웨터를 입었지만 늘 틀어 올리던 머리를 풀었고, 뒤로 넘긴 앞머리는 헤어 제품으로 딱딱하게 고정되어 있었다.

"어서 들어와요, 두 사람. 케이트, 원피스가 정말 예쁘네요. 우리 남편은 이해해줘요. 저이는 마티니 한 잔은 들어가야 입을 연답니다. 그다음부터는 도무지 다물지를 않죠."

두 사람은 캐럴을 따라 우아한 거실로 걸어갔다. 가구는 대부분 하얀색이었고, 벽지는 옅은 금색이었다. 캐럴을 따라가는 동안 앨런이 케이트에게 속삭였다. "지난번에 내가 여기 왔을 때도 똑같이 말했어요." 그가 속삭이는 동안 두 사람의 몸이 부딪혔고, 케이트는 앨런이 함께 와서 다행이라고 생각했다.

거실에서는 빌 밸런타인이 바 테이블 앞에 서서 아까 그들을 맞이할 때 들고 있었던 긴 스푼으로 유리 피처 안에 든 마티니를 휘젓고 있었다. 그의 다리 사이를 요리조리 빠져나가던 고양이 샌더스가 걸음을 멈추고 새로 온 손님들을 물끄러미 바라보았다.

"어머, 샌더스." 케이트가 말했다.

"샌더스가 들어왔어요?" 캐럴은 그렇게 말하고는 샌더스를 발견했다. "이 녀석이 당신 집에도 들어가려고 했죠? 내키지 않으면 문을 열어주지 않아도 돼요. 샌더스는 이 건물 전체가 자기 집이고, 입주민이 전부 집사인 줄 안다니까요."

"샌더스의 주인은 본 적이 없어요." 케이트가 말했다.

앨런과 캐럴이 동시에 "플로렌스 핼퍼린"이라고 대답했다.

"그녀를 본 사람은 아무도 없어요." 캐럴이 말을 이었다. "내가 아는 한 집에서 한 발짝도 나오지 않죠. 식료품도 전부 배달시키고요."

"나도 본 적이 없어요." 앨런이 말했다.

현관문을 두드리는 소리가 나자 캐럴이 말했다. "앤더비 부인이에요. 잠깐 실례할게요."

앨런은 빌 밸런타인에게 도움이 필요한지 보려고 바 테이블 쪽으로 걸어갔고, 케이트는 화려한 집 안을 어슬렁거리며 좀 더 안쪽으로 들어갔다. 불쾌할 정도로 강렬한 라일락 냄새가 풍겼다. 뒤를 돌아보니 상판이 대리석으로 된 허리 높이의 테이블에 꽃이 풍성하게 꽂혀 있었다. 테이블 위에는 세로로 긴 유화가 걸려 있었는데 25년 전쯤에 그린 듯한 빌과 캐럴의 초상화였다. 빌은 의자에 앉아 있고, 캐럴은 그 뒤에 서서 그의 어깨에 손을 얹고 있었다. 두 사람 다 머리카락을 제외하고는 지금과 똑같았다. 빌의 검은 머리카락은 막 희끗해지기 시작했고, 캐럴은 완전히 금발이었다. 앨런이 마티니 두 잔을 들고 그녀 옆으로 다가왔다. 하나는 레몬 껍질이, 다른 하나는 올리브가 들어 있었다. 앨런은 케이트에게 올리브가 든 마티니를 건넸다. 케이트가 손을 살짝 떠는 바람에 마티니가 잔 밖으로 흘러넘쳤다. 케이트는 얼른 고개를 숙여 차가운 진을 홀짝 들이마셨고, 몇 방울이 턱을 타고 흘러내렸다.

"맙소사. 본 사람이 당신밖에 없어서 다행이네요."

앨런은 웃음을 터뜨리더니 캐럴이 앤더비 부인과 함께 오자 몸을 돌렸다. 앤더비 부인은 빌이나 캐럴보다 나이가 많았고, 자그마한 키에 거북목이었으며 정수리의 숱이 줄어들어 분홍색 두피가 보였다. 캐럴은 그녀를 케이트에게 소개했다. 케이트는 자신과 악수하는 앤더비 부인의 통통한 손에 힘이 넘쳐서 깜짝 놀랐다.

"그래, 예쁜(pretty) 아가씨로구먼." 앤더비 부인이 말했다.

"아뇨, 제 성이 프리디예요. P-R-I-D-D-Y. 케이트 프리디." 누군가를 처음 만날 때마다 그녀는 늘 설명해야 했다.

"아, 그래. 하지만 아가씨는 정말로 예쁘다오."

"고맙습니다."

시간이 걸리기는 했지만 마침내 손님들은 광택이 나는 하얀색 커피 테이블 주위에 둘러앉았다. 테이블에는 견과류와 올리브가 담긴 작은 그릇들이 여러 개 놓여 있었다. 케이트는 마티니가 또 넘치지 않도록 이미 절반쯤 마신 터라 벌써 취기가 느껴졌다. 전에도 진을 많이 마시기는 했지만 늘 토닉으로 희석해서 마셨는데 이렇게 마시는 것도 나쁘지 않았다. 비록 한 모금 마실 때마다 몸이 살짝 떨리기는 했지만.

역시 마티니를 절반쯤 마신 빌 밸런타인이 케이트에게 그들이 살고 있는 이 건물의 역사를 설명했다. "이 건물이 플랫 오브 더 힐의 다른 비슷한 건물들과 차별화되는 건 바로 이탈리아식 안뜰 때문이지."

"플랫 오브 더 힐이 뭔가요?" 케이트가 물었다.

"이 동네 이름—"

"다들 비컨힐이라고 하죠." 캐럴이 끼어들었다.

"아니, 아니. 사람들은 우리가 비컨힐에 산다고 하지만 여기는 언덕이 아니잖아. 사실 이곳은 집을 더 많이 짓기 위해 강을 밀어내고 만든 매립지라오. 그래서 평평하지."

"뭐라고 부르든 지금까지 제가 살았던 동네 중에서 제일 아름다워요." 케이트가 말했다.

빌은 동네 역사를 말해주면서 여기 살았던 유명 인사들 이름을 줄줄이 읊어댔는데 케이트에게는 다 낯선 이름이었다. 그동안 캐럴은 앨런, 그리고 앤더비 부인과 이야기를 나누었다. 빌의 독백이 계속되는 동안 케이트는 세 사람의 대화를 한 토막씩 들을 수 있었고, 그들이 오드리 마셜에 대해 이야기하고 있음을 깨달았다. 빌의 이야기에 관심을 가지려고 노력했지만 자꾸 캐럴이 하는 말에 귀를 기울이게 되었다. 캐럴은 경찰이 무능하다는 이야기를 하는 듯했다. 케이트의 잔에는 마티니가 한 모금 정도 남아 있었는데 그녀는 그걸 다 마셔버렸다. 마티니는 미지근해졌고 맛은 더 독해졌다. 올리브까지 다 먹은 뒤, 그녀는 빌이 자신의 빈 잔을 눈치채고 다시 채워주기를 바랐다. 역시나 빌은 그녀의 빈 잔을 힐끗 보고는 자신의 잔도 얼른 비웠다. 케이트가 빌에게 한 잔 더 마시겠느냐고 묻고 자리에서 일어나려 하자 그가 재빨리 제지하며 자신이 만들겠다고 나섰다. 빌은 힘겹게 소파에서 일어나 빈 잔 두 개를 들고 바 테이블로 갔다. 케이트는 죄책감이 들었지만 다른 사람들의 대화를 정말로 듣고 싶었다. 그래서 그들이 앉은 쪽으로 더 가까이 다가갔다.

캐럴이 케이트를 돌아보며 말했다. "오드리 마셜 얘기를 하는 중이었어요. 기분 나쁘지 않았으면 좋겠네요. 낯선 나라에 와서 옆집 여자가 살해당하는 것만큼 끔찍한 일은 없죠."

"그럼 공식적으로 살인이라는 결론이 났나요?"

"네, 그런 거 같아요." 캐럴은 확인하듯 이 사람에서 저 사람으로 시선을 옮겼다.

앤더비 부인이 남자처럼 굵은 목소리로 말했다. "그럼, 살인이다마다. 아마 성범죄일 거야. 더는 이 도시도 안전하지 않아. 경비원이 있어도 말이야. 내가 우리 아들에게 그랬어. 이젠 밖에 돌아다니기가 불안하니까 나 대신 개를 대신 산책시켜 줄 사람을 고용해야겠다고. 난 이웃 사람들 얼굴도 잘 모르는걸."

"라일라, 이 동네가 예전보다 더 위험해지진 않았을 거예요." 캐럴이 말했다.

"글쎄, 그거야 모르지."

"오드리 마셜이 어떻게 살해됐는지 아시는 분 있나요?" 케이트가 물었다. 아까 수메라가 한 말이 진짜인지 확인하고 싶었다.

"아뇨, 빌도 잘 모른다고 했어요. 그리고 빌도 잘 모른다면……."

"칼에 찔려 죽었대요. 그리고 시신이 훼손됐다더군요." 앞으로 닷새간 날씨가 화창할 거라고 말하는 기상캐스터처럼 앨런이 아무렇지도 않게 말했다. 다들 그를 돌아보았다.

20

잠시 침묵이 감돌았고, 앤더비 부인은 한 손을 가슴에 올린 채 조그맣게 헉 소리를 내며 숨을 들이쉬었다. 앨런이 말을 이었다. "그렇다는 글을 읽었어요. 인터넷에서요."

"레딧이었나요?" 케이트가 물었다.

"아뇨, 〈글로브〉의 기사 댓글란이었어요. 별로 신뢰가 가지는 않아요. 아마 헛소문일 겁니다. 하지만 어떤 댓글에 자신의 지인이 오드리의 시신을 영안실까지 운반한 앰뷸런스 운전사인데 그렇게 끔찍한 범죄 현장은 처음 봤다고 했다더군요."

"세상에." 캐럴이 말했다.

"저도 오늘 똑같은 말을 들었어요. 인터넷에서가 아니라 함께 수업을 듣는 친구에게서요. 레딧에서 읽었다고 했어요. 그게 뭔지는 모르겠지만."

"그 말이 사실이 아니기를 바라야겠네요." 캐럴이 말했다. "그게 사실로 밝혀지면 이 동네는 구경꾼과 기자들로 북새통이 될 거예요. 찰스타운처럼요. 그 무슨 사건이 있은 뒤로 그랬잖아요. 무슨 사건이었더라……."

"아직 용의자는 체포되지 않았나요?" 앤더비 부인이 케이트와 앨런 중간쯤에 대고 물었다.

"네." 앨런이 대답했다. "신문에서 읽은 바로는 아직 체포된 사람이 없습니다. 저도 잘 모르지만요."

"오드리를 알아요?" 캐럴이 물었다.

"음." 앨런은 케이트 쪽을 슬쩍 바라봤다. "잘 안다고는 못 하죠. 다른 입주민들처럼 이 건물에서 본 적은 있지만 아는 사이는 아닙니다, 네."

"이사 온 직후에 그 아가씨를 우리 집으로 초대한 적이 있어요. 그렇죠, 빌?" 빌 밸런타인은 케이트에게 새로 만든 마티니를 건넨 뒤 다시 자리에 앉는 중이었다. "아주 예쁜 아가씨였죠." 캐럴이 말을 이었다. "하지만 그날 저녁에 대화를 나눴는데도 어떤 사람인지 감을 잡을 수가 없더라고요. 직업이 뭐라고 했죠, 빌? 출판사에 다닌다고 했던가요?"

빌은 어깨를 으쓱이며 고개를 저었다.

"내 느낌에는 그 아가씨가 꼭—"

"근데 시신이 훼손됐다는 게 무슨 뜻이죠?" 앤더비 부인의 굵고 쉰 듯한 목소리가 캐럴의 말을 잘랐다.

"솔직히 말해서 그냥 루머예요. 사실이 아닐 겁니다." 앨런이 말했다.

"경찰은 사건 현장을 떠날 줄 모르더군요." 캐럴이 말했다.

"경찰이 부인도 찾아왔나요?" 케이트가 물었다.

"와서 진술을 받아 갔죠. 아파트 입주민은 전부 진술을 받아 갔어요."

케이트는 경찰이 처음 현장에 도착하자마자 자신의 집을 수색한 일을 말했다.

"영장을 가져왔던가요?" 빌이 물었다.

"아뇨. 전 어찌해야 좋을지 모르겠더라고요. 이제 막 도착한 데다 제 집도 아니어서—"

"걱정 말아요. 코빈은 숨길 게 전혀 없을 테니까." 캐럴이 끼어들었다. "사건이 발생했을 때 미국에 있지도 않았잖아요, 안 그래요? 하지만 왜 다른 집은 안 뒤지고 하필 그 집만 뒤졌는지 이상하긴 하네요."

"아마 바로 옆집에 살아서 그럴 겁니다." 앨런이 말했다.

"그럴 거예요. 둘이 서로 아는 사이였나요, 케이트? 오드리와 당신 친척 말이에요."

케이트는 앨런을 힐끗 보았다. "분명 아는 사이였어요.

하지만 얼마나 잘 아는 사이인지는 모르겠어요. 경찰이 코빈에게 메일을 보내 자초지종을 알렸어요. 그렇다고 귀국 조치를 내리지는 않을 거예요." 케이트는 두 번째 마티니를 한 모금 더 마시고, 천천히 마시라고 스스로를 타일렀다. 비록 첫 번째 마신 것보다 훨씬 더 맛있었지만.

"난 시신이 훼손됐다는 게 무슨 뜻인지 아직도 모르겠어." 앤더비 부인이 말했다.

"우리 다 마찬가지예요, 라일라." 캐럴이 재빨리 대꾸했다. "사실인지 아닌지도 모르잖아요. 이제 그만 화제를 바꾸는 게 좋겠어요. 케이트, 당신 얘기 좀 해봐요."

사람들의 눈이 케이트에게 향하자 그녀는 얼굴이 달아올랐다. 마티니 잔을 테이블에 내려놓고 입을 열었지만 무슨 말을 해야 할지 몰랐다. 캐럴이 영국 어디 출신이냐고 물으며 대답을 유도했다.

"에식스의 브레인트리 출신이에요. 그렇다고 절 나쁘게 보지는 마세요."* 케이트가 말했다.

사람들의 멍한 표정으로 보아 다들 에식스에 아무런 편견도 없는 듯했다. 케이트는 어린 시절에 대해 조금 이야기하고, 한때 초상화를 그렸지만 지금은 그래픽 디자인을 배우고

---

* 영국에서 에식스 출신 여자는 무식하고 성적으로 문란하다는 편견이 있다.

싶다고 말했다. 자기 이야기를 할 때면 늘 그렇듯 케이트는 대학 졸업 후의 공백기가 과도하게 신경 쓰였다. 그때는 조지 대니얼스와의 사건이 터진 후라서 병원에 입원해 있거나 부모님과 함께 살면서 집 밖에는 나갈 수가 없었다.

"미국에는 처음인가요?" 앤더비 부인이 물었다.

"네."

"케이트가 여기 있는 동안 해야 할 일의 목록을 만들어주기로 하죠." 앨런의 말이었다. 케이트는 그 말이 사람들의 관심을 그녀에게서 돌리기 위한 전략임을 곧바로 깨달았다. 그리고 그 전략은 효과가 있었다. 케이트가 보스턴에 있는 동안 반드시 해야 한다고 생각하는 일들을 다들 동시에 떠들어대기 시작했다. 케이트는 앨런을 힐끗 쳐다보며 눈빛으로 고마움을 표시하고 싶었지만, 앨런은 그녀를 바라보지 않았다. 케이트는 잠시 그의 옆모습을 바라보며 아랫입술이 얼마나 도톰한지 처음으로 깨달았다. 앨런이 그녀를 보호해주려 했다고 생각하니 그에게 애정이 솟아났다. 그들은 세 번 만났는데, 케이트는 마치 그를 평생 알고 지낸 듯했다. 불현듯 자신이 앨런을 너무 빤히 바라보고 있음을 의식하고, 시선을 돌려 테이블에 놓인 마티니를 집어 들어 한 모금 마셨다. 그녀는 자신이 취했음을 깨달았다. 아직 차가운 유리잔에 닿는 손끝이 무감각했다. 작은 그릇 속에 든 캐슈너트를 한 줌 집어서 하나씩 먹기 시작했다.

20분쯤 지나자 손님들은 앨런의 지휘 아래 케이트가 보스턴에 머무는 동안 꼭 해야 할 일의 최종 목록을 작성했다. 이사벨라 스튜어트 가드너 박물관 방문하기, 펜웨이 파크에서 레드삭스 야구 경기 관람하기, 넵튠 오이스터에서 랍스터 롤* 먹어보기, 프로빈스타운으로 가는 페리 타기, 커먼 공원 끝자락에 있는 개인 도서관 애시니엄 방문하기. 마지막 항목은 앨런의 제안이었는데 그는 자신이 기꺼이 도서관에 데려가줄 수 있다고 덧붙였다.

빌이 자리에서 일어나며 물었다. "가기 전에 한 잔 더 마시고 싶은 분?"

앤더비 부인이 손을 들자 캐럴이 말했다. "빌, 젊은 사람들은 저녁 약속이 따로 있을 거예요."

앨런은 약속이 있냐고 묻는 듯한 눈빛으로 케이트를 돌아봤다. 케이트는 한동안 대답하지 않다가 허공을 향해 이렇게 말했다. "저한테는 마티니 두 잔이 한계예요." 다들 웃음을 터뜨리자 케이트는 혹시 자기가 혀 풀린 소리를 해서 그러나 했다.

빌이 앤더비 부인에게 줄 마티니를 만드는 동안 캐럴은 앨런과 케이트를 현관까지 배웅했다. "오드리 마셜에 관한 이야기를 중단해서 미안해요. 하지만 그 얘기를 계속하면 라

---

* 핫도그 빵 사이에 랍스터 살을 넣은 샌드위치.

일라가 며칠간 잠을 못 잘 거예요. 그리고 케이트, 내가 경비원들과 얘기했어요. 봅, 새너벌, 그리고 새로 온 경비원하고도……. 그 사람 이름이 뭐였더라?"

"오스카요." 앨런이 말했다.

"맞아요, 오스카. 그 세 사람하고 따로 이야기를 했는데 다들 앞으로 더 각별히 주의를 기울이겠다고 했어요."

앨런과 케이트만 복도에 남자—캐럴은 두 사람에게 조만간 꼭 다시 오라고, 그때는 저녁이라도 함께 먹자고 말했다—그들은 한동안 말없이 서서 서로를 바라보았다. 정적이 흐르니 케이트는 자신이 얼마나 취했는지 더 분명히 느낄 수 있었다. 복도 벽이 물속에 있는 듯 일렁거렸다.

"뭘 좀 먹어야겠어요." 케이트가 말했다.

"마티니 양이 워낙 많았어요." 앨런이 말했다.

"몇 잔이나 마셨어요?"

"두 잔요. 하지만 난 프로거든요."

"네, 난 아마추어 같아요."

"요리는 잘 못하지만 아침에 먹는 음식은 잘 만듭니다. 오믈렛을 만들어줄까요?" 앨런이 말했다.

"좋죠."

앨런 집의 부엌에는 케이트가 사는 곳과 마찬가지로 화강암 상판이 깔린 대형 아일랜드 식탁이 있었다. 그녀는 의자에 앉아 앨런이 오믈렛을 만드는 모습을 지켜봤다. 그는 와인을 권했지만 케이트는 그냥 물을 달라고 했다. 앨런은 벌써 달 걀을 다 휘저은 뒤, 얄스버그 치즈 한 덩어리를 강판에 갈고 있었다. "야채가 하나도 없어서 미안해요." 그가 말했다.

"괜찮아요. 치즈만으로도 충분해요."

"원한다면 토스트도 만들어줄게요."

"네, 좋아요. 빵이 어디 있는지 알려주면 내가 만들게요."

케이트가 통밀 토스트를 만드는 동안 앨런은 거실로 가서 음악을 틀었다. 케이트도 들어본 듯한 재즈 음악이 흘러나왔다. 테너 색소폰과 피아노, 드럼. 앨런은 다시 부엌으로 돌아와 오믈렛을 만들기 위해 달궈진 팬에 큼직한 버터 한 덩어리를 녹였다. 한껏 집중한 그의 표정을 보고 있자니 어릴 때 받아쓰기 시험을 보는 그의 모습을 쉽게 상상할 수 있었다. 그 순간 케이트는 그와 꼭 자야겠다고 마음먹었다.

조지 대니얼스 이후로 5년 넘게 남자를 사귄 적이 없었다. 남자를 다시 사귀어야 한다는 건 알고 있었지만 누군가와 다시 가까워진다고 생각만 해도 겁이 덜컥 났다. 자신을 죽일 뻔한 남자와의 섹스를 마지막으로 이 업계에서 은퇴하고 싶은 생각은 없었다. 하지만 타이밍이 맞아야 했다. 적절치 못한 남자를 골라 적절치 못한 순간에 잤다가 또 상처를 입을까 걱정스러웠다. 하지만 지금 이 순간은 모든 조건이 완벽했다. 그녀는 낯선 나라에서 술에 취해 있었다. 갑자기 도망쳐야 할 상황이 온다면 집이 코앞이었다. 그녀는 앨런에게 끌렸고, 앨런도 그녀에게 끌리는 듯했다. 비록 약간 걸리는 점이 있기는 해도—첫째로 오드리에 대한 집착—앨런은 친절한 사람 같았다. 그리고 이제는 다른 남자와 잘 때가 되기도 했다고 케이트는 스스로를 타일렀다.

곧 일어날 일을 생각하니 입맛이 뚝 떨어졌다. 그래도 버터를 발라 구운 토스트와 오믈렛을 먹으며 캐럴과 빌에 대해 이야기했다. 앨런은 빌이 예전에 대형 항공사를 경영했으며, 겨울은 늘 팜비치에서 보냈고, 하나 있던 아들은 거의 20년 전에 자살했다고 말해줬다.

"그걸 어떻게 다 알아요?" 케이트가 물었다.

"전 여자 친구인 퀸이 알려줬죠. 우리도 밸런타인 부부와 술을 마셨어요. 오늘 저녁과 아주 똑같았죠. 퀸은 테스트를 통과했나 보더라고요. 난 아니고요. 왜냐하면 캐럴과 퀸이 친해져서 빌이 골프 치러 가는 날에 함께 점심도 먹고 그랬거든요. 난 함께 골프를 치자는 초대를 받지 못했죠."

"골프도 쳐요?"

"아뇨."

"근데 왜 그들에게 나쁜 인상을 줬다는 거죠?"

"비컨힐에 사는데 굳이 경비원을 둘 필요가 없다는 식으로 내가 말했거든요. 그랬다가 일장 연설을 들었죠. 그리고 내 코도 마음에 안 들어 하는 것 같았고요."

"정말이에요? 설마." 케이트가 말했다.

"농담입니다. 그냥 내가 유대인이라서 한 말이에요."

"아."

"내가 유대인인 거 알았어요?"

"아뇨, 생각도 못 했어요."

"피해망상인지 몰라도 그날 저녁 거기 앉아 있는 내내 이런 생각만 들더군요. 저 사람들 눈에 우리는 못생긴 유대인 남자와 아름다운 비유대인 여자로 보일 테고, 나 같은 놈이 어쩌다 자기들 아파트에 살게 됐나 궁금해하겠지, 라고요. 아마 오늘 밤에도 밸런타인 부부는 같은 생각을 했을 겁니다."

"정말 피해망상 같은데요."

앨런은 웃음을 터뜨렸다. "맞아요, 난 피해망상증 환자예요. 하지만 그렇다고 해서 내 말이 틀렸다는 뜻은 아닙니다."

"그리고 난 당신이 못생겼다고 생각하지 않아요. 전혀." 케이트가 말했다.

그들은 설거지를 했고, 케이트는 앨런이 권하는 와인을 한 잔 마셨다. 음식을 먹었더니 술이 깼고, 조금 전처럼 술에 취해 있고 싶었기 때문이다. 뒷정리를 다 마친 후 앨런은 거실로 가서 새 음반을 틀었다. 케이트도 그를 따라 거실로 갔다. 이번에도 재즈였지만 여자 가수가 부르는 노래였다. 케이트는 나무로 된 사이드 테이블에 와인 잔을 내려놓았다. 앨런도 그 옆에 자신의 잔을 내려놓더니 약간 망설이다가 그녀를 껴안고 키스했다. 케이트는 몸이 살짝 굳었지만 곧 긴장을 풀고 입술을 벌렸다. 그들의 혀끝이 닿자 케이트는 다리가 휘청거렸고 그에게서 몸을 약간 뗐다.

"괜찮아요?" 앨런이 물었다.

"남자와 잔 지 너무 오래됐어요."

"그렇군요."

"그럴 만한 사건이 있었어요. 아직도 거기서 자유롭지 못하고요."

"알았어요. 원한다면 내게 다 털어봐요."

"아뇨, 그 얘기는 하고 싶지 않아요. 분위기가 이상해질 경우를 대비해서 미리 알려주는 거예요."

앨런은 미소 지었다. "알려줘서 고마워요." 그의 목소리는 약간 쉰 듯했다. "미리 알면 대비할 수 있죠."

그들은 턴테이블 옆에 서서 좀 더 키스했다. 턴테이블에서 케이트가 아는 노래가 흘러나왔다. "Bewitched, Bothered, and Bewildered am I.(넋이 나가고, 신경 쓰이고, 어리둥절한 나.)" 옛날 노래여서 그런지 마치 그들이 다른 시대에, 몇 년 전에 키스하는 듯했다. 덕분에 케이트는 다른 사람인 척할 수 있었다. 늘 겁에 질려 있지 않고, 일주일에 한 번씩 남자를 갈아치우는 여자.

"오늘 밤에……." 앨런이 말문을 열었다.

"자고 가라고요?"

"네."

"좋아요."

그들은 침실로 갔다. 그곳 역시 다른 공간처럼 깔끔했다. 더블 침대는 침구가 단정히 정리되어 있었고, 바닥에 떨어진 옷가지도 없었다. 침대 위쪽 벽에 액자가 걸려 있었는데 샤갈 그림이었다. 앨런의 물건인지, 아니면 실패한 연애의 기념품인지 궁금했다. 앨런이 먼저 샤워하고, 그다음에 케이트가 샤워했다. 그녀가 욕실에서 나오자 앨런은 이미 침대에 누워 있었다. 이제 술이 완전히 깨서 긴장됐지만 공황 발작이 일어나지는 않았다. 마음의 준비가 되어 있었다. 물론 마음 저편에서 조지 대니얼스가 살금살금 돌아다니며 그들을 지켜보았으나 그 정도는 무시할 수 있었다. 조지는 늘 거기 있었고, 케이트는 그에게 익숙해졌다.

침대 발치에 깔끔하게 개켜진 파자마 바지와 티셔츠가 놓여 있었다. "혹시 옷이 필요할까 해서요." 앨런이 말했다. 그녀가 오랜만이라고 고백한 후로 앨런은 각별히 신경 써주었다. 케이트는 드레스를 머리 위로 뒤집어 벗고, 브래지어 후크를 풀어서 벗은 다음, 그의 옆으로 들어갔다. 시트는 빳빳하고 서늘했으며 앨런은 마르고 따뜻한 몸으로 그녀를 끌어당겼다. 그의 손이 케이트의 가슴을 어루만졌고, 그의 입에서는 아직 와인 맛이 났다.

* * *

케이트는 새벽에 잠이 깼다. 침실에 하나뿐인 창은 회백색 빛으로 물들어 있었다. 앨런은 한 손을 그녀의 골반에 올린 채 살짝 코를 골았다. 조지 대니얼스가 그들을 내려다보며 서 있었다. 한 손에는 사냥용 라이플을 들고, 다른 손으로는 바지 지퍼를 내리고 있었다. 케이트를 향해 미소 짓는 그의 입은 이가 없이 그냥 뻥 뚫린 구멍이었다. 케이트는 그의 이가 어디로 갔는지 의아해하다가 자신의 입 속에 있음을 깨달았다. 입 속에 수북이 쌓여, 모서리가 날카로운 대리석처럼 덜그럭거리며 그녀를 숨 막히게 했다.

* * *

케이트는 다시 잠에서 깼다. 창은 아까와 마찬가지로 여명에 희미하게 밝아졌지만 조지는 없었다. 앨런도 그녀의 골반에 손을 올리고 있지 않았다. 가슴이 심하게 두근거렸고, 살갗은 땀으로 축축했다. 그저 또 조지가 나오는 꿈을 꿨을 뿐이다. 조지가 유일하게 그녀를 찾아오는 공간. 케이트는 침대에서 내려와 벌거벗은 채 욕실로 걸어갔다. 스위치를 켜자 화장대 위에 설치된 네 개의 대형 전구에서 강렬한 불빛이 뿜어져 나왔다. 눈을 감았다가 살짝 뜨면서 눈이 적응되기를 기다렸다. 입이 말라서 비릿하고 차가운 수돗물을 받아 마신 뒤, 전신 거울을 바라봤다. 벌거벗은 몸을 보니 방금 전에 일어난 일이 실감 났다. 섹스는 좋았다. 사실 좋은 것 이상이었다. 그들은 키스하며 한동안 이불 아래서 서로의 몸을 수줍게 만졌다. 천천히 하겠다고 작정한 듯한 앨런을 보며 케이트는 아까 부담스럽다고 말한 것이 후회되었다. 하지만 그녀가 팬티를 벗고, 콘돔이 있냐고 물은 뒤로는 앨런이 주도했다. 처음에는 서서히, 그러다 그녀 안으로 들어온 후에는 아주 능숙하게. 늘 서투르고 자신감 없는 조지와 완전히 달랐다. 케이트도 즐거웠다. 비록 한 발짝 뒤에서 이 과정을 지켜보는 기분이 들었지만 이런 일이 일어난다는 사실이 행복했다. 순간에 완전히 몰입하지는 못했어도. 절정에 이른 뒤 앨런은 그녀의 목과 어깨 사이에 얼굴을 묻고, 그녀의 몸에 체중을 모두 실었다. 케이트는 숨을 들이쉬었다 내쉬는 그의 폐와 두 사람 사이의 끈적한 온기를 느낄 수 있었다. 그녀가 가장 좋아하는 순간이었다. 그를 맛보려고 혀끝으로 그의 목 옆을 핥았다. 마침내 조지 대니얼스가 아닌 다른 남자와 잤다는 사실에 여전히 안도했지만 그제야 불안감이 밀려왔다. 앨런이 오랫동안 알고 지낸 듯 친밀하게 느껴지기는 해도 어디까지나 잘 모르는 사람이었다.

조명을 끄자 욕실이 어둠에 잠겼다. 문손잡이를 찾아내 흐릿한 불이 켜진 복도로 나갔다. 침실로 들어갔더니 앨런이 베개에 얼굴을 묻고, 한쪽 다리는 이불 밖으로 내놓은 채 자고 있었다.

케이트는 조용히 옷을 집어 들고 욕실에서 갈아입기 위

해 침실을 나섰다. 침대에 누워 아기처럼 곤히 잠든 앨런을 보니 갑자기 불안해졌다. 조지 대니얼스도 늘 저렇게 잤기 때문이다. 침대에 엎드려 한 손을 턱 밑에 넣은 자세.

그냥 같은 자세로 잘 뿐이야. 앨런은 조지가 아냐. 케이트는 스스로를 타일렀다.

하지만 급변하는 날씨처럼 아까 앨런에게 느낀 호감이 순식간에 증발해버렸다.

케이트는 옷을 입고 그의 집에서 나와 반대편 동으로 걸어갔다. 도중에 아무도 만나지 않았지만 타일 깔린 바닥을 걸어가는 신발 소리가 아파트 주민들에게 그녀가 앨런의 집에서 나왔다고 알리는 듯했다.

집에 돌아와 현관문을 닫으니 머릿속이 걷잡을 수 없이 복잡해졌다. 그녀는 앨런을 잘 몰랐다. 그는 같은 아파트에 사는, 이제는 죽은 여자에게 집착해왔다. 안뜰에서 딱 한 번 만난 뒤로 케이트가 저녁을 먹고 있던 레스토랑에 나타났다. 아마 그녀를 따라왔을 것이다. 그리고 빌과 캐럴 밸런타인의 집에서 열리는 환영 파티에 자기도 초대를 받도록 손썼으리라. 좋게 보면 그녀를 유혹하기로 결심했다가 성공한 셈이었다. 만난 지 세 번 만에. 최악의 경우에는 사이코패스 살인자일 수 있다. 케이트는 자신이 손가락마다 돌아가며 엄지와 세 번씩 맞부딪치고 있음을 깨닫고 멈추었다.

문을 두드리는 소리가 났다. 머뭇거리는 듯 가벼운 소리였다. 외시경으로 내다볼 필요도 없었다. **앨런이야. 저자가 널 따라온 거야.** 조지 대니얼스의 목소리가 들렸다. 그래도 케이트는 외시경을 들여다봤다. 역시나 앨런의 얼굴이 보였다. 심각한 표정이었고 겁에 질린 듯했다. 그뿐일까? 약간 화난 듯도 했다.

케이트는 살며시 신발을 벗고 최대한 조용히 현관에서 물러났다. 조지가 계속 그녀의 귀에 속삭였다.

21

케이트는 좀 더 자려고 했지만 도저히 잠이 오지 않아 샤워하고 옷을 입었다. 비록 오늘은 하루 종일 집에만 있을 작정이었는데도.

이메일 계정을 열었더니 접속 중인 마사가 보이길래 메시지를 보냈다. 안녕.

5분이 지나는 동안 케이트는 아빠가 보낸 메일을 읽었다. 너무 스트레스 받지 말라는 내용이었다. 틀림없이 엄마가 부르는 대로 받아썼거나 아예 엄마가 쓴 메일일 것이다. 구글에서 '앨런 처니'를 검색하려는데 마사에게서 메시지가 왔다. 안녕.

케이트: 잘 지내? 그 후로 또 내 친척하고 키스하지는

않았겠지?

마사: 그랬으면 좋겠다만 그 남자는 꽁무니를 뺐어.

케이트: 무슨 말이야?

마사: 그 후로 코빼기도 못 봤고, 기척도 안 들려. 마주치려고 노력한 건 아니지만(새빨간 거짓말), 그 남자는 여기 없어.

케이트: 언제부터?

마사: 지난번에 본 후로. 모르겠어. 그래도 토요일에는 소리가 나는 것 같았어.

케이트: 이상하네.

마사: 코빈이 나에 대해 물었어? 코빈에게 도망가라고 했니?

케이트: 가능한 한 멀리 도망가라고 충고했지.

마사: 그랬겠지. 이 나쁜 년.

케이트: 아마 우리 집이 마음에 안 들어서 어딘가에 더 멋진 집을 구했을 거야. 그래도 혹시 코빈을 또 보게 되면 알려줘.

마사: 무슨 일 있어?

케이트: 아무 일도 없어. 그냥 내가 오지랖이 넓잖아. 그만 가야겠다.

케이트는 이메일 계정에서 로그아웃했다. 코빈은 어디에 있지? 보스턴으로 돌아오는 중일까? 그렇다면 왜 그녀에게 알리지 않았을까?

케이트는 다시 '앨런 처니'를 검색했지만 결과가 별로 없었다. 한때 펜싱 선수였는지 경기 결과에 그의 이름이 있었고, 터프츠 대학교 대표팀 시절의 사진이 있었다. 그녀는 어젯밤 파티에서 앨런이 한 말을 기억했다. 〈보스턴 글로브〉 기사에서 오드리 마셜의 시신이 훼손되었다는 글을 봤다고 했다. 아니다, 기사가 아니라 기사 밑 댓글란이라고 했다. 케이트는 〈보스턴 글로브〉 웹사이트에 들어가 오드리 마셜에 관한 기사를 찾아냈다. 몇 개의 댓글이 달려 있었지만 어떻게 살해되었는지는 적혀 있지 않았다. 케이트는 오드리 마셜 관련 기사를 모두 확인하고, 댓글도 전부 확인했지만 아무것도 없었다. 삭제되었거나—생각해보면 그럴 가능성이 높았다—앨런이 다른 경위로 알게 되었으리라.

케이트는 무릎에서 노트북을 내려놓고 벌떡 일어났다가 어지러워서 다시 앉았다. 어젯밤에 술을 너무 많이 마신 탓인지 아직도 갈증이 났다. 이번에는 천천히 일어나서 부엌으로 갔다. 오렌지 주스를 꺼내 종이 팩에 든 채로 마셨다. 일단 마시기 시작하자 도저히 멈출 수가 없어서 주스가 턱으로 흘러내릴 때까지 계속 들이켰다. 그다음에는 바닐라 요거트를 먹었다. 먹고 나니 기분이 좀 나아졌다.

거실로 돌아가 창밖을 내다보았다. 구름 한 점 없는 맑고 화창한 날이었다. 보스턴에 온 후로 이런 날은 처음이었다. 하지만 바람이 부는지 창밖으로 보이는 강의 수면에 잔물결이 일었고, 새로 돋아난 이파리가 무성한 나무는 연신 휘청거렸다. 케이트는 손바닥을 창유리에 댔다. 촉감이 시원했고 손 너머로 바람의 진동이 느껴졌다.

오늘은 산책을 하자고 생각했다가 그만두기로 했다. 문이 잠긴 집 안에서는 마음이 편했지만 바깥세상에는, 저기 어딘가에는 오드리를 죽인 범인이 있다. 그리고 어쩌면 그 살인범은 이제 케이트에게 관심이 있을지 모른다.

스스로에게 편집증이라고 타일렀지만 소용없었다. 오드리에게 일어난 일은 그녀와 상관이 있었다. 처음에는 아니었을지 몰라도 지금은 그렇다. 코빈은 오드리와 사귀었는데도 모르는 사이라고 거짓말했다. 그리고 이제 그녀는 코빈의 아파트에 있다. 경찰도 코빈에게 관심을 보였다. 그리고 앨런. 대체 무슨 생각으로 앨런과 잤을까? 설사 앨런이 오드리의 살인과 아무 상관이 없을지라도 그는 몇 달 동안 오드리를 지켜보며 그녀에게 집착했고, 접근할 수 있는 방법을 궁리했다. **정상적인 사람은 그런 짓을 하지 않아.** 케이트는 생각했다. 하지만 어쩌면 그녀는 정상적인 사람에게는 안 끌리는지 모른다. 사이코패스에게만 끌리는지도. 조지 대니얼스에게 그런 일을 당하고도 여전히 그랬다. 낯선 땅으로 와서 또 그런 남자를 찾아내다니. 몇 시간 전, 외시경 너머로 본 앨런의 뒤틀린 얼굴이 떠오르자 겁이 났다. 아마 지금은 출근했을 테지만 저녁에는 다시 그녀를 찾아올 것이다. 틀림없다.

거실 전화기가 울리며 날카로운 따르릉 소리가 났다. 케이트는 전화기 쪽으로 걸어갔고, 심장 박동이 약간 빨라졌다. 앨런이 이 번호를 알고 있을까? 그럴 수 있다. 어쩌면 전화번호부에 등록됐을지도 모른다. 그녀는 전화가 울리도록 내버려두었다. 마침내 벨소리가 멈추더니 몇 분 뒤에 다시 울렸다. 틀림없이 앨런이야. 케이트는 그렇게 생각하며 전화를 받으라고 스스로를 타일렀다. 그와 잠을 잤으니 어차피 한 번은 이야기해야 했고, 그렇다면 직접 만나는 것보다 전화로 이야기하는 편이 더 수월하리라.

케이트는 목청을 가다듬고 전화기를 집어 들었다. "여보세요?"

"케이트 프리디 씨?" 여자 목소리였다.

"네."

"저 제임스 형사예요. 오늘 아침에 찾아가서 집 안을 한 번 더 살펴봐도 될까요?"

"괜찮을 거예요. 그런데, 음, 영장은 있으신가요?"

"없습니다. 하지만 원하시면 받을 수 있어요."

"음, 없어도 괜찮을 거 같네요."

"오드리 마셜의 부모님을 모시고 오드리의 아파트를 방문하려고 해요. 원하는 유품을 가져갈 수 있도록요. 잠시 두 분께 그들만의 시간을 드릴 예정이니 그때 찾아뵙고 이야기를 나누죠. 경관 한 명과 같이 갈 겁니다. 코빈의 집을 더 자세히 살펴보려고요. 물론 지금은 당신 집이지만요."

"아, 알겠어요. 코빈이 용의자인가요? 코빈과 얘기해보셨
어요?"

"만나서 답해드려도 될까요?"

"알겠어요."

케이트는 전화를 끊었다. 라텍스 장갑을 끼고, 증거를 수
집하기 위한 지퍼백을 든 대규모 감식반이 몰려올까? 영장이
없다는 사실로 보아 그럴 것 같지는 않았다. 그래도 코빈이 오
드리와 사귀었다는 사실을 알고 있는 게 틀림없다. 경찰이 온
다고 하니 이번에도 케이트는 자기가 먼저 집 안을 뒤져보고
싶었다. 하지만 물건을 함부로 만져도 될까? 그녀는 전화기
옆에 우두커니 서 있었다. 아마 경찰은 오드리의 아파트 열쇠
를 보고 싶어 할 것이다. 그 열쇠를 어디에 뒀더라? 케이트는
순간적으로 기억이 안 났지만, 원래 들어 있던 서랍에 다시 넣
어둔 기억이 어렴풋이 났다. 부엌으로 가서 서랍을 열어보았
다. 아무 표시도 없는 열쇠들과 꼬리표가 붙은 열쇠 서너 개
가 있었지만, AM이라고 적힌 열쇠는 찾을 수 없었다. 케이트
는 골똘히 생각했다. 어쩌면 오드리의 집에 간 날 입은 청바지
주머니에 들어 있을지 모른다. 침실로 달려가 청바지 주머니
를 뒤졌지만 열쇠는 없었다. 부엌으로 돌아가 다시 한 번 서랍
을 뒤졌다. 혹시 커틀러리가 보관된 트레이 아래로 떨어졌을
지 몰라서 아예 트레이를 들어냈다. 기억을 더듬어봤지만 달
리 생각나는 게 없었다. 마지막으로 열쇠를 본 때는 오드리의

집을 보고 돌아온 뒤였다. 오드리의 집에서 창문 너머로 앨런을 봤다. 케이트는 몸을 부르르 떨며 그 생각을 밀어냈다.

꼬리표가 달린 열쇠들을 다시 한 번 뒤적이다가 '창고'라고 표시된 열쇠를 집어 들었다. 전에도 이 열쇠를 봤는데 그저 코빈이나 코빈의 아버지가 어딘가에 빌린 개인 창고 열쇠일 거라고만 생각했다. 하지만 아니라면? 혹시 이 건물 지하실에 있는 개인 창고라면? 집이 이렇게 크니 건물 지하에 창고를 만들 여분의 공간이 없을 듯했지만, 생각하면 할수록 창고가 있는 게 당연했다. 케이트는 손으로 열쇠를 꼭 쥐었다. 이 집에 코빈의 소지품이 적은 이유도 모두 창고에 있기 때문인지 모른다. 제임스 형사는 한 시간쯤 뒤에 도착할 거라고 했으니 그동안 빨리 지하로 내려가 뭐가 있는지 둘러보자고 마음먹었다. 일단 그런 생각이 들면 반드시 실행에 옮겨야 했다. 그녀에게는 익숙한 강박이었다. 창고를 살펴보지 않으면 거기 무언가 끔찍한 것이 있다고 생각할 터였다. 그러니 그런 생각을 하지 않으려면 가능한 한 빨리 창고를 확인해야 했다. 대체 무슨 끔찍한 것이 있다는 걸까? 반으로 갈라진 여자들이 수북이 쌓인 시체 더미?

케이트는 엄지와 다른 손가락 끝을 차례대로 톡톡 부딪치다가 열쇠를 손에서 놓쳤다. 점판암이 깔린 바닥에 열쇠가 툭 떨어졌다.

열쇠를 집어 들고 부엌의 잠긴 문을 열었다. 밸런타인 부인이 처음 케이트에게 이 집을 보여주었을 때 이 문은 지하실로 연결되어 있다고 했다. 케이트는 문을 활짝 열고, 스위치를 찾아 켰다. 좁고 가파른 계단에 침침한 노란 빛이 쏟아졌다. 일단 문이 저절로 닫히지 않는지 확인한 뒤에 계단을 세 개 내려갔다. 다 내려갔더니 잠기지 않은 문이 나왔다. 문을 밀고 안으로 들어갔다. 조명은 어둠침침하고 벽은 축축한 지하실일 거라고 예상했는데 전혀 그렇지 않았다. 널찍하고 깔끔하고 불이 환히 켜져 있었다. 바닥은 티끌 한 점 없는 콘크리트였고, 마감된 벽에는 평범한 회색 페인트가 칠해졌다. 한쪽 벽에는 온수기가 일렬로 늘어섰고, 반대쪽에는 합판으로 만든 나무 문이 여러 개 있었다. 문마다 스텐실로 숫자가 찍혀 있고, 통자물쇠가 채워져 있었다. 개인 창고였다. 케이트는 304라고 찍힌 문의 자물쇠에 열쇠를 밀어 넣었다. 열쇠가 쑥 들어갔다. 열쇠를 돌렸더니 자물쇠가 딸깍 열렸다.

여기였어, 케이트는 그렇게 생각했다. 그녀의 마음은 눈앞에 펼쳐질 잔인한 장면을 향해 마구 질주했다. 그녀는 마른 혀로 윗입술을 핥았다.

경첩에 기름칠이 잘된 문을 활짝 열었다. 창고 안은 어두웠지만 앞에 있는 물건이 안 보일 정도는 아니었다. 오드리를 숭배하는, 피가 튄 제단은 없었다. 시체도, 피가 고인 웅덩이도 없었다. 운동 용품과 CD가 든 플라스틱 상자, 그리고 마분지 상자가 쌓여 있을 뿐이었다. 케이트는 안으로 들어가 어둠에 눈을 적응시켰다. 둥근 금속 뚜껑이 달린 바비큐용 그릴 때문에 먼지 쌓인 숯불 냄새가 풍겼다. 한쪽 벽에는 플라스틱 액자에 표구된 포스터 여섯 장이 포개져 있었다. 케이트는 포스터를 하나씩 살펴봤다. 그중에는 윈(Ween)이라는 밴드의 앨범 커버 사진도 있었다. 여자 상체를 찍은 야한 사진이었는데 사진 속 여자는 밴드 로고가 박힌 플라스틱 벨트를 찼고, 셔츠가 짧아 가슴 아래쪽 곡선이 훤히 드러나 있었다. 케이트는 그 사진을 뚫어지게 바라보았다. 이유는 모르겠지만 사진에서 눈을 뗄 수가 없었다. 다른 포스터는 이탈리아제 스포츠카를 찍은 사진들로, 대학교 기숙사 벽에 걸어놓기에도 유치해 보일 정도였다. 영화 〈파이트 클럽〉 포스터와 '맥주가 여자보다 좋은 열두 가지 이유'가 적힌 포스터도 있었다.

케이트는 가장 가까이에 있는 상자를 열었다. 비닐 책커버를 씌운 만화책들이 들어 있었다. 그중에서 《판타스틱 포》를 집어 들었다가 다시 넣었다. 나머지 상자에도 만화책이 있었고, 모두 비닐 책커버가 씌워졌다. 한 상자에는 스포츠카 잡지들이 무더기로 들어 있었는데 그 사이에 손때 묻은 〈펜트하우스〉 한 권이 숨겨져 있었다. 케이트는 코빈의 개인 물건을 훔쳐보는 데 잠시 죄책감을 느꼈다. 그녀의 집 벽장에도 예전 스케치북을 넣어둔 상자가 있었다. 그중에는 보이 밴드와 유니콘만 그린 스케치북도 있었는데, 코빈이 그 스케치북을 본다고 생각하면 끔찍했다. 하지만 따지고 보면, 지금 그녀는 바람피운 남자 친구의 물건을 뒤지는 게 아니었다. 증거를 찾는 중이었다. 그 생각을 하니 불현듯 자신이 바보처럼 느껴졌다. 곧 경찰이 증거를 찾으러 올 테고, 그들이 잘 알아서 할 것이다. 게다가 이 창고에는 볼 것도 없었다. 코빈이 미처 버리지 못한 물건뿐이었다. 원래 창고에는 그런 물건을 두는 법이다.

케이트가 창고에서 나와 문을 닫으려는데 싸구려 목재로 만든 문의 가시가 엄지에 박혔다. 즉시 입으로 엄지를 빨고는 자세히 살펴보았다. 투명한 살갗 아래로 갈색 가시가 보였다. 검지로 가시 끝을 밀어서 빼내려고 했지만, 깊이 박혀서 나오지 않았다. 일단 여기서 나가자고 생각하며 창고 문을 잠그려는데 갑자기 포스터를 다시 보고 싶어졌다. 가슴을 다 드러낸 여자의 포스터가 어딘가 이상했다. 케이트는 다시 창고 문을 열고, 벽에 기대진 포스터 더미로 가서 그 포스터를 꺼냈다. 액자는 굉장히 가벼웠고, 포스터 한가운데 거무스름한 선이 그어져 있었다. 케이트가 다시 돌아온 것도 바로 그 선 때문이었다. 얇은 플라스틱 액자라서 맨 위를 뜯어냈더니 양옆 틀도 저절로 떨어졌다. 그 순간 케이트는 포스터 가운데가 갈라졌음을 깨달았다. 선이 그어진 줄 알았는데 사실은 칼로 잘려 있었던 것이다. 포스터 반쪽이 바닥에 펄럭 떨어졌다. 윗면이 위로 가게 떨어진 터라 케이트는 여자의 반쪽 몸뚱이를 바라보게 되었다.

갑자기 머리에 피가 몰렸고, 몸에 한기가 느껴졌다. 본능적으로 포스터 반쪽을 집어 들고 다시 하나로 합쳐서 액자에 넣으려고 쪼그려 앉았다가 그만두기로 했다. 그냥 이 창고에서, 지하실에서 나가고 싶었다.

뒤로 물러서서 창고 문을 닫고 자물쇠를 잠갔다.

돌아서서 나가려는데 온수통 뒤에서 그림자가 휙 움직였다. 케이트는 동작을 멈추고 귀를 기울였다. 무언가를 긁는 소리가 났다. 쪼그리고 앉았더니 온수통 뒤에서 무언가를 입에 문 샌더스가 나왔다. 그녀를 돌아보는 샌더스의 눈동자는 빛이 반사된 노란색 단추 같았다. 케이트는 샌더스가 뭘 잡았는지 보려고 했다. 아무래도 쥐 같았다. 샌더스가 입을 벌려 쥐를 바닥에 떨어뜨리자 쥐가 느릿느릿 도망가려고 했다. 샌더스는 펄쩍 뛰어올라 앞발로 쥐를 꽉 누르더니 케이트를 똑바로 바라보며 크게 하악 소리를 냈다.

케이트는 휘청거리는 다리로 계단을 올라갔다. 저 갈라진 포스터는 무슨 의미일까? 반으로 접혀 있던 포스터가 시간이 흐르며 접힌 자국을 따라 갈라졌을까? 아니다, 그건 불가능하다. 포스터는 찢어진 게 아니라 누군가 고의로 잘랐다. 고의로 잘라서 다시 액자에 넣었다. 코빈이 여자의 몸을 반으로 가르는 데 성적 판타지라도 있는 걸까? 그래서 마침내 오드리 마셜에게 그 판타지를 실현한 걸까? 케이트는 다시 위층으로 올라갔고, 한동안 생각에 잠긴 채 손끝끼리 톡톡 부딪치며 우두커니 서 있었다.

거실로 갔더니 현관 밖 복도가 시끌벅적했다. 외시경으로 밖을 내다봤다. 마침 제임스 형사가 오드리 마셜의 집에 붙은 폴리스 라인을 떼고 있었고, 한 노년 부부가 조용히 기다리고 있었다. 오드리의 부모치고는 나이가 많아 보였다. 노부인은 바퀴가 네 개 달린 지팡이를 짚고 있었다. 늦은 나이에 오드리를 낳았거나 오드리의 조부모이리라. 폴리스 라인을 다 제거한 제임스 형사는 문을 열어 부부를 안으로 데려갔고, 제복 입은 두 경관은 복도에 그대로 남아 있었다. 케이트는 외시경에서 눈을 떼고 물을 마시러 부엌으로 갔다.

예상보다 빨리 현관문을 두드리는 소리가 났다. 케이트는 제임스 형사와 제복 입은 경관 한 명을 집 안으로 들였다.

"드릴 말씀이 있어요." 제임스 형사가 문지방을 넘자마자 케이트가 말했다.

"좋습니다. 우선 자리에 앉죠."

제복 입은 경관은 머리를 빡빡 깎은 흑인이었는데 제임스 형사의 지시가 없어도 뭘 해야 할지 아는 듯이 라텍스 장갑을 끼고, 부엌으로 성큼성큼 걸어갔다. 케이트는 그의 벨트에 달린 권총집 속 총을 보지 않으려고 노력했다.

제임스 형사는 소파 끝에 걸터앉아 검은 정장 바지의 주름을 펴고 물었다. "괜찮으세요? 좀 흥분하신 것 같네요."

"오드리 마셜의 시신이 훼손됐나요?"

제임스 형사의 표정은 바뀌지 않았지만 눈빛이 달라졌

다. 재미있어 하는 동시에 걱정스런 눈빛이었다. "어디서 들으셨나요?"

"디자인 수업을 듣는데 거기서 만난 여자가 그러더군요. 인터넷에서 봤다고 했어요. 또 다른 사람에게서도 들었고요. 그 사람도 인터넷에서 봤는데 신문 기사 댓글란에 적혀 있었대요." 케이트는 두 번째 사람이 앨런 처니라는 말은 하지 않았지만, 만약 형사가 물어보면 말할 생각이었다. 전부 다 말할 작정이었다.

제임스 형사는 천천히 고개를 끄덕였다. 어떻게 할까 생각하는 듯했다. "자세히 말씀드릴 수는 없지만, 맞아요, 케이트. 오드리 마셜은 죽은 뒤 시신 몇 군데에 자상을 입었어요. 하지만 아직 언론에 알리지 않았으니까 그 사실은 비밀로 해주세요. 이미 누군가 발설한 것 같기는 하지만요."

"네, 약속할게요. 그런데 어떻게 베였나요? 그러니까 어디에 자상이 있었죠?"

"그게 왜 알고 싶으시죠?"

"코빈이, 내 육촌 코빈이 오드리의 죽음과 연관이 있는 게 확실하니까요. 지하실에 있는 창고에 갔는데—"

"이 집 지하실에 창고가 있나요?"

"네."

"언제 가셨죠?"

"오늘 아침에요. 형사님이 오시기 직전에."

케이트는 섹시한 여자 포스터에 대해 말하며 그 포스터가 가운데가 갈라진 채 액자에 들어 있었다고 설명했다. 설명하는 동안 자신이 편집증 환자처럼 보일까 걱정했지만 제임스 형사는 등을 똑바로 펴며 그녀의 이야기에 관심을 보였다. 케이트의 이야기가 끝나자 형사는 고맙다고 하더니 잠깐 전화 좀 하겠다며 자리에서 일어나 휴대전화를 꺼내 창가로 걸어갔다. 상대가 누구인지는 몰라도 통화는 채 1분이 걸리지 않았고, 형사는 전화기를 주머니에 넣으며 다시 케이트 쪽으로 다가왔다.

"오드리 마셜의 사인은 목에 난 자상이지만 사후 상흔도 있었어요. 머리부터 몸통까지 칼로 깊게 베여 있었죠." 형사는 손끝으로 자신의 몸 가운데를 훑어내렸다.

"맙소사." 케이트의 머릿속에는 피부를 벗겨내고 두개골이 드러나는 장면이 즉시 떠올랐다. 목구멍 뒤쪽으로 쓴물이 올라왔다.

"애초에 왜 창고에 가셨죠? 코빈을 의심하는 다른 이유가 있나요?" 제임스 형사가 물었다.

케이트는 길게 심호흡하며 공기를 가득 들이마셨다가 내쉬었다. 이 형사에게 모두 말해야 했다. 그래서 우선 앨런 처니에게 들은 사실, 즉 그가 오드리 집을 엿볼 수 있었고, 그래서 코빈이 오드리와 데이트하고, 오드리에게 키스하는 장면을 보게 된 일을 말했다.

왜 앨런 처니가 오드리 마셜을 엿보았는지 제임스 형사가 물어볼 거라는 케이트의 예상과 달리 형사는 이렇게 물었다. "설사 코빈이 오드리와 사귀었다고 해도, 그것만으로 코빈을 의심하지는 않았을 텐데요. 또 다른 이유가 있죠?"

"음, 코빈이 거짓말을 했으니까요. 앨런은 둘이 사귄다고 했고, 오드리의 친구라는 남자도 코빈이 오드리의 죽음과 연관이 있다고 했거든요."

"나중에 그 잭 루도비코라는 남자는 꼭 다시 짚고 넘어가야겠네요. 두 분이 나눈 대화도 좀 더 듣고 싶고요. 하지만 우선 코빈을 의심하게 된 다른 이유가 있나요? 당신은 분명 증거를 찾아 집 안을 둘러보고 있었어요."

"코빈에게 오드리 마셜의 집 열쇠가 있다고 했죠?"

"네."

"그거 때문이에요. 물론 열쇠만으로 코빈이 수상하다고 단정 지을 수는 없죠. 어쨌거나 오드리의 이웃사촌이었으니까요. 그러다가 창고에서 반으로 갈라진 사진도 발견하게 됐고요."

"지금 창고 열쇠를 가지고 있나요?"

"네, 여기요." 케이트는 그렇게 말하며 청바지 주머니를 뒤졌지만 열쇠는 없었다. 일어나서 다른 주머니를 뒤졌지만 역시 없었다.

"다시 서랍에 넣으셨나요?" 제임스 형사가 물었다.

"맙소사, 그랬나봐요." 케이트는 그렇게 말하며 몸을 돌려 부엌으로 걸어갔다.

"괜찮습니다." 제임스 형사가 재빨리 말했다. "우리가 찾도록 하죠."

케이트는 다시 자리에 앉았다. 그래, 그제야 기억났다. 아까 열쇠를 다시 부엌 서랍에 넣어두었다. "죄송해요. 요새 잠을 설친 데다 살인 사건 때문에 제정신이 아니었어요."

"충분히 이해합니다." 제임스 형사는 케이트의 무릎에 손가락 두 개를 살짝 가져다 대며 그녀를 안심시켰다. 케이트는 저 동작, 그리고 반쯤 웃는 형사의 미소가 무슨 뜻인지 알고 있었다. 지금까지 짧은 세월을 살면서 만난 숱한 정신과의사와 심리치료사에게서 익히 본 동작이었다. 그래도 그녀는 미치지 않았다. 지금 이 순간에는. 경찰의 존재가 그 사실을 증명한다. 옆집에서 살인 사건이 일어났고, 코빈은 어떻게든 그 사건과 연관이 있었다. "루도비코라는 남자에 대해 더 말해주세요. 철자가 어떻게 되는지 아시나요?"

"몰라요. 그냥 발음하는 대로 적지 않을까요? 왜 그러시죠?" 케이트가 물었다.

"지난번 저와 통화할 때 그 남자를 만났다고 하셨죠? 그래서 그 남자에 대해 알아봤지만 아무것도 없었어요."

"루도비코가 경찰서를 찾아가지 않았나요?"

"오지 않았습니다. 찾아갔다고 하던가요?"

케이트는 기억을 더듬었다. 아까 열쇠를 어디에 뒀는지 잊어버린 일로 아직 흥분이 가라앉지 않았고, 갑자기 모든 기억이 비현실적으로 느껴졌다. "경찰서에 갔다고 했어요." 마침내 그녀가 말했다. "확실해요. 정보를 얻으러 여기 왔다고 했어요. 경찰서에 찾아갔지만 경찰이 아무것도 알려주지 않았고, 자기도 신문을 당했다고 했어요."

"그 사람과 나눈 이야기 중에 제게 빠뜨린 건 없고요?"

케이트는 그와 나눈 대화를 떠올렸다. "없어요. 오드리의 친구라고 했지만 분명 그녀에게 호감이 있었어요. 이벤트 업계에서 일한다고 했고요."

제임스 형사는 수첩에 신속히 받아 적고는 고개를 들었다. "외모를 설명해줄 수 있나요? 어떻게 생겼죠?" 케이트는 골똘히 생각했다. 이상하게 변해버린 그의 스케치가 계속 떠올랐다. 그 스케치를 가져올까 하다가 이렇게 말했다. "원하시면 그려드릴 수 있어요. 전 말로 설명하는 것보다 그림 그리는 걸 더 잘하거든요."

"좋죠." 제임스 형사는 그렇게 말하며 수첩과 연필을 건넸다.

케이트는 재빨리 잭 루도비코를 그렸다. 남자보다는 소년 같은 인상을 주는 오종종한 이목구비, 뻗친 머리카락. 이상하게 변해버린 잭 루도비코의 초상화가 자꾸 떠오르며 그녀의 기억을 방해했다. 그 때문에 눈을 이상하게 그렸지만 어쨌든 케이트는 수첩을 형사에게 돌려주었다.

"머리카락은 빨간색이에요. 그림에 적어둘 걸 그랬네요."

"기억해두죠. 그림을 잘 그리시네요. 큰 도움이 됐어요." 형사가 말했다.

"완벽하지는 않아요. 딱 한 번 만났거든요."

"이 정도면 충분해요. 감사합니다. 하나만 더 물어봐도 될까요? 언제 코빈과 집을 바꿔서 살기로 결정했죠? 코빈이 언제 처음 연락했는지 아세요?"

케이트는 곰곰이 생각했다. 일요일 저녁 식사 후에 엄마가 그 이야기를 꺼낸 기억이 났다. 낮이 아직 짧았던 2월 말이나 3월 초였다.

"2월 말경이었어요." 케이트가 형사에게 말했다.

"좀 더 정확히 알 수 있을까요?"

"2월 마지막 일요일이거나 3월 첫째 주 일요일이에요. 엄마에게 물어볼게요. 엄마는 기억하실 거예요. 기억 안 난다 해도 어딘가에 적어두셨을 거고요."

"그게 좋겠네요." 제임스 형사는 수첩을 덮은 뒤 자리에서 일어나려고 몸을 뒤로 슬쩍 기울였다. 형사의 완벽한 자세, 곧게 편 허리와 뒤로 젖힌 어깨가 눈에 들어오자 케이트는 등을 살짝 곧추세웠다.

형사가 일어나기 전에 케이트가 물었다. "그러니까 코빈은 오드리 마셜과 보통 사이가 아니었죠? 그래서 여기 오신

거죠?"

"맞습니다. 오드리가 일기를 썼는데 거기 코빈이 언급됐어요. 오드리의 친구도 두 사람이 지난 2개월간 사귀었다고 확인해줬고요."

"어머나." 그럴 거라고 예상했는데도, 아니 확신했는데도 진실을 알게 되니 여전히 놀라웠다. "그러니까 둘이 정말로 사귀었군요. 그렇다면 코빈이 확실히 용의자네요."

제임스 형사는 미소를 지으며 손목을, 두툼한 시곗줄 아래를 긁었다. "저희 쪽에서 각별히 주시하는 인물이기는 해요, 케이트. 코빈과 꼭 이야기를 해보고 싶네요."

"당연히 그렇겠죠."

"이메일을 주고받기는 했어요. 근데 런던 경찰이 코빈을 신문하려고 찾아갔더니 집에 없었다더군요."

"네. 갑자기 사라진 듯해요."

"그걸 어떻게 알죠?"

케이트는 친구 마사에게 코빈을 통 보지 못했다고 전해 들은 일을 말했다.

"다시 마사와 연락할 일이 생기면 그 후로 코빈을 봤는지 물어봐주세요."

"그럴게요. 코빈을 체포하실 건가요?"

"그냥 이야기만 해보고 싶어요. 가능한 한 빨리요."

제임스 형사의 휴대전화가 울리자 그녀는 주머니에서 전

화를 꺼냈다.

"아, 도착했어요? 바로 올라오세요. 오드리 마셜의 옆집이에요. 복도 맨 끝에 있는." 그녀는 통화를 끝냈지만 계속 전화를 손에 쥔 채 케이트에게 말했다. "FBI에서 온 제 동료가 올라올 겁니다."

"FBI요?"

"이번 사건이 이전에 발생한 두 건의 사건과 연관됐을 가능성이 있어요, 케이트. 그중 하나는 코네티컷 주에서 발생한 사건인데 그게 FBI 소관이거든요. 우린 모든 단서를 다 살피는 중이고, 난 당신이 아래층 창고에서 봤다는 물건에 아주 관심이 많아요."

현관문을 두드리는 소리가 나자 제임스 형사가 벌떡 일어나 현관으로 갔다. 하얀색 상의에 검은 가죽 재킷을 입은 동양 여자가 들어왔다. 케이트보다 그다지 나이가 많지 않아 보였다. 제임스 형사는 케이트에게 애비게일 탠을 소개하며 말했다. "케이트, 우리를 창고로 데려가서 당신이 발견한 물건 좀 보여줄래요?"

22

잠에서 깬 앨런은 케이트가 사라진 걸 알고 무언가 잘못되었다고 생각했다. 분명 그녀의 마음이 바뀐 것이다. 그렇지 않다면 인사라도 하고 떠났으리라. 앨런은 문자를 보내려고 휴대전화를 집어 들었다가 케이트의 번호를 모른다는 걸 깨달았다. 침대에서 나와 청바지에 티셔츠를 입고, 조용한 아파트 복도를 따라 케이트의 집이 있는 동으로 가서 현관문을 두드렸다. 케이트는 분명 문 너머에 있었다. 인기척은 없어도 느낄 수 있었다. 검은 외시경이 그를 응시했고, 앨런은 갑자기 이렇게 그녀를 쫓아온 자신에게 화가 났다. 다시 집으로 돌아가 신발을 벗고, 이제 어떻게 할까 생각했다. 평소 기상 시간보다 훨씬 일렀지만 너무 흥분한 상태라서 다시 잠들 것 같지 않았다. 약간 구역질이 났고, 골치가 지끈거렸다.

물을 두 잔 마신 뒤 아스피린을 삼켰다.

만약 이게 숙취 때문이라면 케이트도 숙취가 있을 테고, 아마 그보다 훨씬 심할 것이다. 어쩌면 잠에서 깼다가 속이 울렁거려 자기 집으로 돌아갔을지도 모른다. 아니면 그와 잤다는 사실이 부끄러웠을 수도 있고. 그녀는 예전에 무슨 사건이 있었다고 했고, 그 때문에 오랫동안 남자와 자지 않았다고 했다. 앨런은 그 사실을 배려해 그녀를 천천히 이끌었다. 비록 육체뿐 아니라 정신으로도 강렬한 욕망을 느껴서 참기 힘들었지만. 절정에 이른 뒤 두 사람은 가슴을 맞댄 채 함께 호흡했고, 앨런은 있는 줄도 몰랐던 상처가 치유되는 기분이었다.

그런데 이제 그녀가 사라져버렸다.

뭐라도 하려고 먼저 커피를 내린 다음, 배가 고프지도 않은데 인스턴트 오트밀을 전자레인지에 돌렸다. 컴퓨터 앞에 앉아 회사 이메일 계정을 열고, 상사에게 배가 아파서 오늘은 집에서 쉬겠다는 메일을 보냈다. 커피를 마시며 안뜰이 내려다보이는 창가에 앉았다. 거기 앉아 오드리 마셜의 창문을 바라보지 않으니 기분이 이상했다. 오드리가 죽은 지 채 일주일도 안 됐는데 앨런의 삶에서 그녀의 존재는 이미 희미해지고 있었다.

날씨는 화창했지만 바람이 심하게 불었다. 안뜰 주위로 비닐봉지 하나가 빙글빙글 날아다녔다. 7시가 막 넘었을 때 로비 문이 활짝 열리더니 양복을 입고 겨드랑이에 신문을 낀 남자가 나타났다. 앨런은 그의 얼굴을 알아보았지만 이름은 기억나지 않았다. 금융 전문가라고 들었는데 도통 보이지 않는 아내와 1층에 살았다. 안뜰을 가로지르는 그의 오른쪽 구두에 비닐봉지가 걸렸다. 남자는 허리를 숙여 비닐봉지를 줍더니 마치 그게 독성 물질이라도 되는 듯 몸에서 멀찌감치 떨어뜨렸다. 그러고는 잠시 그 자세로 망설였다. 아마 어떻게 할지 생각하는 중이리라. 다른 사람이 대신 치우도록 안뜰에 다시 버리고 갈까? 아니면 자신이 직접 버릴까? 남자는 봉지를 바닥에 버리고, 양복바지에 손을 문지른 뒤 다시 걸어갔다.

앨런은 계속 안뜰을 주시했다. 만약 케이트가 이 건물에서 나온다면—안 나올 확률이 높았으므로 어디까지나 '만약'이었다—재빨리 달려가 그녀를 붙잡을 수 있다. 케이트와 꼭 이야기해야 했다. 그렇게 훌쩍 떠난 이유가 무엇인지 알아야 했다. 케이트를 쫓아가는 자신의 꼴이 우스워 보일 테지만 상관없었다. 게다가 그편이 다시 그녀의 집을 찾아가 문을 두드리며, 그녀가 안에 있는데도 열어주지 않는다는 사실을 확인하는 것보다 나았다. 케이트가 그를 피하는 이유는 단지 부끄러워서일까? 아니면 그가 무언가를 잘못했기 때문에? 앨런은 어젯밤의 기억을 뒤지며 단서를 찾았지만 아무것도 없었다.

아침 내내 딱 한 번 창가를 떠나 재빨리 욕실로 달려갔다. 대충 세수하고 양치한 다음, 깨끗한 옷으로 갈아입었다. 다시 창가로 가는 길에 부엌에 들러 입도 대지 않은 오트밀을 힐끗 보았더니 그릇 안에 잔뜩 엉겨 붙어 있었다. 칠면조 햄과 스위스 치즈를 함께 말아서 창가로 가져갔다. 우체부가 안뜰을 느릿느릿 가로지르며 가방에서 대형 소포를 꺼냈다. 몇몇 입주민도 안뜰을 지나 화창한 날씨 속으로 나갔다. 앤더비 부인이 반려견과 함께 안뜰로 나와 목줄을 풀어주자 강아지가 오줌 눌 곳을 찾아 관목 주위를 킁킁거렸다. 돌풍이 몰아쳤고 앤더비 부인은 넘어지지 않으려고 잔걸음을 쳤다.

11시쯤 되자 회색 세단 두 대가 아파트 앞에 멈추더니 둘 다 도로로 차체를 내민 채 비스듬하게 나란히 주차했다. 차에서 내리는 검은 정장 차림의 여자와 제복 입은 두 경관을 보기도 전에 앨런은 경찰이 왔음을 알았다. 세 사람은 짧게 이야기를 나누고는 안뜰을 가로질러 로비로 들어갔다. 정장 입은 여자는 전에 앨런이 만난 형사였다. 무슨 이유인지는 몰라도 오드리 마셜의 집에 가려고 온 모양이었다. 앨런은 오드리의 집 창문을 바라보았다. 집 안은 어두웠지만 얼핏 뭔가가 펄럭거렸다. 마치 누가 침실 창문의 커튼을 젖히고 몰래 바깥을 바라보다가 가버린 듯이. 그는 허리를 곧추세우고 커튼이 움직인 듯한 창문을 뚫어지게 바라보았다. 아파트 뒤편에 우뚝 솟은 아름드리 단풍나무가 창문에 희미하게 비쳤다. 나무가 바람에 흔들리며 바스락거렸다. 아까 그가 본 것도 저 나무였을까? 창에 비친 나무가 바람에 흔들린 걸까?

앨런은 다시 맞은편에 있는 거실 창문을 바라보았다. 커튼이 반쯤 젖혀져 있었다. 그는 저 집에 경찰이 들이닥치기를 기다렸다. 만약 오드리의 집에 누군가 있다면 경찰이 찾아낼 것이다. 그보다 정말로 누군가 저기 있다면 아마 다른 경찰일 것이다. 앨런은 스스로에게 이성적으로 생각하라고 타일렀지만 잘되지 않았다.

몇 분이 지나도 경찰은 오드리의 아파트에 나타나지 않았다. 그럼 대체 어디에 있는 거지? 다시 케이트의 집에 갔을까? 그 집을 또 뒤지려고?

오드리의 집 창문을 뚫어지게 보느라 하마터면 로비에서 나와 안뜰을 성큼성큼 가로지르는 남자를 못 볼 뻔했다. 아파트 입주민은 아니었다. 빨간 머리카락에 말랐지만 탄탄한 체구였고, 키가 작았다. 지난번에 케이트가 설명한 잭이라는 남자의 외모와 맞아떨어졌다. 오드리의 전 남자 친구라고 주장한 사람. 저 남자가 오드리의 집에 있었던 걸까? 남자는 걸음이 어찌나 빠른지 설사 앨런이 쫓아가고 싶다고 해도 놓쳤을 것이다. 그는 다시 오드리의 집 창문을 바라봤다. 여전히 인기척이 없었다. 이번에는 거리를 내다봤다. 아파트 앞에 주차된 두 대의 경찰 차량은 가운데로 딱 차 한 대가 지나갈 공간만 남겨두었고, 차량들 옆에 방금 아파트에서 나간 남자가 서 있었다. 그는 인도에 서서 아파트를 올려다보고 있었다. 정확히는 케이트의 집 창문을.

앨런은 신발을 신고, 열쇠를 집어 든 다음, 가죽 가방을 메고 현관으로 달려갔다. 저 남자에게 뭐라고 해야 할지도 몰랐지만, 창가에 앉아 무슨 일이 벌어지기를 기다리는 것보다 나으리라. 앨런은 계단을 쏜살같이 내려간 후 미친 사람처럼 보이고 싶지 않아서 로비와 안뜰에서는 천천히 걸었다. 베리 가로 나가 오른쪽으로 돌았지만 잭은 이미 사라진 뒤였다. 찰스 가 쪽을 봤더니 인도를 따라 성큼성큼 걸어가는 잭이 보였다. 앨런은 뒤따라갔다.

잭—정말 잭이 맞다면—은 찰스 가를 걸어가다가 왼쪽으로 돌아 브리머 가로 갔다. 앨런은 놓치지 않으려고 조금 더 속도를 냈지만 브리머 가로 접어들었을 때는 아무도 없었다. 혹시 잭이 건물 사이로 들어갔을지 몰라 좌우를 살피며 걸었지만, 브리머 가는 적벽돌 아파트들이 한 치의 틈도 없다시피 빽빽이 늘어선 터라 숨을 곳이 없었다.

"날 찾는 겁니까?"

앨런은 목소리가 들리는 쪽으로 몸을 돌렸다. 잭은 그의 뒤에 서 있었다. 앨런은 거리를 훑으며 그가 숨어 있었을 만한 곳을 살폈다. 큰 은행나무가 한 그루 있는데 아마 저 뒤에 숨었을 것이다.

"네." 앨런은 자신의 목소리가 약간 떨리는 것을 듣고 부끄러웠다. "당신 이름이 뭔지 물어도 될까요?"

"물어볼 수는 있지만 대답하는 건 내 맘이죠." 남자는 날카로운 송곳니를 드러내며 미소 지었다. 짧고 헝클어진 머리가 바람에 휘날렸다.

"오드리 마셜의 친구 잭, 맞죠?" 앨런이 물었다.

"그걸 어떻게 알죠?" 잭은 여전히 빙글빙글 웃고 있었지만, 눈에는 약간 당황한 기색이 스쳤다.

"그럴 줄 알았습니다. 당신이 우리 아파트에서 나오는 걸 봤어요. 나도 거기 사는데 당신 얘기를 들었습니다. 전에도 우리 아파트에 왔었죠?"

잭은 약간 머뭇거렸다. "네. 두어 번 갔습니다."

"역시. 난 앨런입니다."

잭이 손을 내밀자 앨런은 그와 악수했다.

"그럼 오드리를 알겠군요? 오드리에게 당신 이름은 들은 적이 없는데." 잭이 말했다.

"아뇨, 오드리와는 모르는 사이입니다. 코빈을 좀 알고, 지금 코빈의 집에 사는 케이트와 친구죠. 케이트에게 당신을 만났다고 들었습니다. 오드리와 언제부터 알고 지냈나요?"

"대학 때부터요. 하지만 중간에 연락이 끊겼죠. 그러다 오드리가 여기 보스턴으로 이사 오면서 다시 연락하게 됐고요." 잭은 바람 때문에 눈에 뭔가 들어간 사람처럼 눈을 깜빡거렸다. 차 한 대가 어딘가를 찾는 듯 천천히 모퉁이를 돌았다. 잭은 멀어지는 차를 지켜보다가 미심쩍은 기색의 검은 눈동자를 다시 앨런에게 돌렸다. "그래서 나한테 원하는 게 뭡니까? 아파트에서부터 날 따라왔죠?"

"거기는 왜 간 겁니까?"

"어딜요? 오드리의 집? 그건 당신이 알 바 아니죠."

"오드리의 집에 들어갔단 말입니까?"

"다시 한 번 말하지만 그건 당신이 알 바 아닙니다." 잭의 말투는 공격적이었지만 태도는 그렇지 않았다. 얼굴은 여전히 송곳니를 드러낸 채 늑대 같은 미소를 짓고 있었다. 앨런은 자신이 잭을 따라온 이유가 무엇이었는지 기억해내려고 안간힘을 썼다.

"알겠습니다." 마침내 앨런이 말했다. "그럼 경찰에게 당신을 봤다고 신고해도 괜찮겠죠?"

"네, 어서 신고하세요. 원하면 내가 경찰에게 직접 말하죠. 난 숨길 게 없으니까."

앨런은 한층 더 민망해졌다. "저, 당신을 비난하는 건 아닙니다. 하지만 우리 아파트에서 살인 사건이 있었고, 난 당신이 숨어 있는 걸 봤으니……."

"그럼요, 이해합니다. 곤란하게 해서 미안해요. 경찰에게 얼마든지 날 봤다고 말하세요. 내가 거기 간 이유는 그저……." 잭은 말끝을 흐리더니 눈에 눈물을 글썽였다.

"미안합니다." 앨런이 말했다.

잭은 반대쪽으로, 바람을 향해 고개를 돌리고는 손가락 마디로 한쪽 눈을 문질렀다. 그들은 잠시 말없이 서 있었고, 앨런은 대화를 어떻게 끝내야 할지 고민했다.

마침내 잭이 말했다. "경찰에게 뭐 들은 거 있습니까? 코빈을 런던에서 데려온다고 하던가요?"

"아뇨, 아무 소식도 못 들었습니다. 코빈이 이 일과 연관이 있을까요?"

잭이 다시 어리둥절한 표정을 지었다. 마치 앨런의 질문이 너무 뻔하고 바보 같다는 듯이. "네, 당연하죠. 오드리에게 코빈과의 관계에 대해 전부 들었습니다. 코빈은 절대 둘이서 밖에 나가려 하지 않았고, 늘 거짓말했죠."

"경찰에게 그 얘기를 했습니까?"

"하다마다요. 경찰에게도 하고, 지금 코빈의 집에 사는 여자에게도 했죠. 그 여자는 코빈이 돌아오기 전에 그 집에서 나가는 게 좋을 겁니다. 그자가 돌아오면……."

"코빈이 돌아올까요?"

"아닐 겁니다. 그러니까, 네, 돌아오긴 할 거예요. 경찰이 소환할 테니까요. 하지만 제 발로 돌아오진 않을 겁니다. 나라면 안 돌아오죠. 만약 그자가 돌아온다면, 내가 기다리고 있을 겁니다. 누가 알든 말든 상관없어요. 코빈이 돌아오면 내 손으로 직접 죽일 겁니다. 농담 아니에요."

잭은 다시 웃음기 없는 기묘한 미소를 지었다. 앨런은 잭이 누군가를 죽이고 싶을 정도의 분노에 사로잡힌 사람이라기보다 주택가에서 열린 바비큐 파티에서 야한 농담을 하는 젊은 아빠 같아 보인다고 생각했다.

23

경찰은 늦은 오후가 되어서야 떠났고, 케이트는 다시 혼자가 되었다. 아까 그녀는 제임스 형사와 FBI 요원을 창고로 안내해 반으로 갈라진 포스터를 보여주었고, 그들은 그녀에게 위에서 기다리라고 했다. 케이트가 거실에서 인터넷을 하는 동안 두 경관은 방마다 뒤지고 다녔다.

"제가 계속 여기 살아도 될까요?" 제임스 형사가 떠나기 전, 케이트는 그녀에게 물었다.

형사는 케이트를 똑바로 바라보며 말했다. "전에도 말했듯이 코빈은 우리가 각별히 주시하는 인물이에요. 오드리의 일기장에 둘이 사귀었지만 안 좋게 끝났다고 적혀 있더군요. 지난번에 코빈하고 얘기했을 때 코빈은 오드리를 잘 모른다고 했어요. 확실히 수상하죠. 게다가 다른 용의자도 없으니 현재로서는 그가 제일 유력한 용의자예요. 하지만, 케이트, 그걸 제외하고 당신 친척이 옆집 사건과 연관이 있다는 증거는 없어요. 만약 코빈이 미국으로 돌아온다면, 내가 제일 먼저 알게 될 거예요. 그가 여권을 사용하면 우리가 모를 수 없으니까요. 그러니까 살인 용의자의 집에서 사는 게 꺼림칙하지만 않다면, 얼마든지 살아도 돼요." 제임스 형사는 새하얀 이가 살짝 드러날 정도로 미소 지었다.

"왜 코빈이 오드리를 모른다고 했을까요?"

"우리도 그걸 알아내려는 중이에요."

"이해가 안 돼요. 그거 때문에 더 범인처럼 보이잖아요. 그러니까 만약 정말 범인이라면 왜 그런 거짓말을 했을까요? 어차피 금방 들통날 텐데."

"제가 늘 하는 고민이랍니다. 저기, 무슨 일이 생기면 알려줄게요. 코빈에게 일이 생기면 당신이 제일 먼저 알게 될 거예요. 약속해요."

"고마워요."

"당신과 같은 아파트에 산다는 여자의 전화번호를 알 수 있을까요? 마사……."

"마사 램버트요, 네."

케이트는 휴대전화를 가져와 형사에게 마사의 번호를 알려주었다.

형사가 떠난 후 케이트는 집 안을 서성이며 어질러진 곳이 있는지 살폈다. 서재 벽장에 있던 물건들이 사라진 걸 제외하고 전과 똑같았다. 창밖으로 베리 가를 내다봤더니 찰스 강 쪽으로 가는 제임스 형사의 차가 보였다. 날은 더 어두워졌고, 바람은 더 세져 창문이 덜컹덜컹 흔들렸다. 케이트는 이제 뭘 해야 할지 몰라서 5분 정도 우두커니 서 있었다. 오래 서 있으면 있을수록 마음이 불안해졌다. 무엇이든 해야 했는데도 여전히 움직이지 않았다. 점심을 준비하거나 어제 학원에서 내준 숙제를 하거나 한동안 스케치를 할 수도 있다. 기억이 생생할 때 그 여자 형사—이름이 뭐였더라? 로베르타 제임스?—의 초상화를 그릴 수도 있다. 그리고 앨런은 어쩌지? 그가 퇴근해서 다시 만나려고 하면 어떻게 해야 할까? 앨런은 분명 다시 만나려고 할 것이다. 영원히 집에 숨어 있을 수는 없다.

마침내 바닥에서 발을 떼고 노트북이 있는 곳으로 갔다. 만약 마사가 인터넷에 접속 중이라면 코빈을 다시 봤는지 물어볼 수 있다.

케이트는 노트북을 들고 침실로 갔다. 추워서 이불 속에 들어갔다.

이메일 계정을 열고 접속자 목록에서 마사의 이름을 찾았지만 없었다. 그래서 메일을 보냈다. 코빈 봤어? 아니면 완전히 증발해버린 거야? 대부분 스팸인 다른 메일을 살펴보다가 코빈에게도 메일을 보내야겠다고 생각했다. 그때 접속자 목록 아래쪽에 코빈의 이름이 보였고, 옆에 초록색 점이 떠 있었다. 코빈이 같은 이메일 계정을 사용하며, 현재 접속 중이라는 뜻이었다. 케이트는 채팅 창을 열고 메시지를 보냈다. 안녕하세요.

그러고는 기다렸다. 몇 분이 지났다.

인터넷 창을 하나 더 열고, 구글에서 '가운데가 갈라진 여자'를 검색했다. 무슨 이유에서인지 가운데 가르마를 탄 중년 여자들 사진이 주로 나왔다. 그다음에는 '반으로 갈라진 여자'를 검색했더니 열차와 엘리베이터 사고를 찍은 동영상 링크가 몇 개 떴다. 케이트는 클릭하지 않았다. 마술사와 관련된 링크도 서너 개 있었다. 이번에는 '사체 훼손'으로 검색하고 신문 기사를 뒤져봤다. 관련 기사가 너무 많았지만 계속 스크롤을 내렸더니 마침내 '훼손된 시신의 신원은 메인 주 포틀랜드에서 간호대학에 재학 중인 레이철 체스로 밝혀졌다'라는 제목의 3년 전 기사가 나왔다. 케이트는 링크를 클릭했다. 글로스터 지역 신문에 실린 기사였다. 시신은 이른 아침, 뉴에식스 해변에서 조개를 줍던 사람이 발견했다. 경찰은 세부 사항을 밝히지 않고, 사후 상흔이 있다는 말만 했다. 그러자 케이트는 처음 이 집을 뒤질 때 코빈의 상자에서 본 사진이 떠올랐다. 해변에 앉아 있는 갈색 머리 여자. 사진 뒤쪽에 적힌 여자 이름도 레이철이었다.

케이트는 이불 속에서 기어 나와 침대에서 내려갔다. 집 안을 가로질러 서재 벽장으로 달려가 문을 열었다. 사진이 있던 상자를 포함해 상자가 모두 사라졌다. 예상대로였다. 아까 경찰이 증거로 상자를 줄줄이 가져갔기 때문이다. 코빈의 사진 속 여자가 정말로 살해된 레이철 체스라면 경찰도 그 사실을 알아낼 것이다. 케이트는 다시 거실로 갔다가 책《엔더의 게임》에 들어 있던 다른 사진이 기억났다. 다시 책에서 사진 세 장을 꺼내 손바닥에 쫙 펼쳤다. 주근깨 난 예쁜 여자가 카메라를 바라보고 있었고, 카메라는 점차 여자를 클로즈업해서 찍었다. 케이트가 사진을 들고 부엌을 지나가는데 어디선가 긁는 소리가 났다. 지하실로 이어지는 문 앞에 서서 귀를 기울였더니 다시 긁는 소리가 나면서 야옹 소리가 또렷이 들렸다. 문을 5센티미터쯤 열자 샌더스가 그 사이로 비집고 들어와 거실로 직진했다. 케이트는 문을 닫고 잠갔다. 샌더스가 죽어가는 쥐를 물고 있지 않아서 다행이었다.

다시 침실로 돌아가 레이철 체스와 관련된 기사를 좀 더 읽었다. 레이철은 간호대학의 유부남 강사 그레고리 채플과 불륜 관계였으나, 그는 레이철이 살해된 날 밤에 완벽한 알리바이가 있었다. 어디에도 코빈 델은 언급되지 않았다. 또한 피해자가 제대로 나온 사진이 현저하게 적었다. 대부분의 기사에는 똑같은 사진이 실렸는데 사각모에 졸업 가운을 입고 카메라를 향해 환하게 미소 짓는 소녀의 희뿌연 흑백 사진이었다. 아마 레이철 부모님이 준 사진이리라. 케이트는 사진을 골똘히 바라보며 책에 꽂혀 있던 사진과 비교했다. 같은 여자가 아닌 듯했다. 머리카락은 둘 다 갈색이지만 얼굴이 달랐다. 그녀는 해변에서 찍은 사진 속 여자의 얼굴을 떠올리려 했으나 바람에 흩날리는 머리칼과 청바지에 스웨터를 입었다는 사실만 기억났다. 사진 뒤에 해변 이름도 적혀 있었던 것 같은데 역시 기억나지 않았다. 하지만 사진 속 여자는 분명 레이철 체스였다. 레이철의 철자가 특이했기 때문에 똑똑히 기억했다.[*] 그리고 사진 속에 해변, 추운 뉴잉글랜드 해변이 등장한다는 사실도 두 사람이 동일인일 가능성을 높였다.

노트북에서 삐 소리가 나자 케이트는 다시 이메일 계정이 있는 창으로 들어갔다. 채팅 창에 코빈의 메시지가 떠 있었다. 안녕하세요. 그가 케이트의 인사에 답했다. 마치 코빈이 컴퓨터 모니터가 아니라 갑자기 문 앞에라도 나타난 듯 케이트는 가슴이 두근거렸다. 그녀는 잠시 생각하다가 이렇게 쳤다. 당신이 오드리 마셜을 죽였나요?

그러고는 지웠다.

그러다가 다시 치고 전송 버튼을 눌렀다. 한동안 대화가 중단된 채 코빈의 이름 옆에서 말줄임표가 깜빡거렸다. 그가 답을 타이핑하고 있다는 표시였다.

코빈: 난 죽이지 않았어요. 약속해요. 경찰도 내가 죽였다고

[*] 레이철의 철자는 보통 Rachel인 반면, 레이철 체스의 경우에는 Rachael이다.

생각하나요?

케이트: 경찰이 다시 찾아왔어요. 당신이 오드리와 사귀는 사이였다고 하더군요. 사실인가요?

코빈: 맞아요.

케이트: 그런데 왜 거짓말했죠?

다시 정적이 흐르더니 메시지가 왔다. 습관적으로 그랬던 거 같아요. 우리는 비밀 연애를 했기 때문에 부인하는 데 익숙해졌어요. 하지만 난 정말 오드리를 죽이지 않았습니다.

케이트: 그럼 누가 죽였는지 알아요?

코빈: 아뇨. 알았으면 좋겠네요.

케이트: 지금 어디예요?

코빈: 집에 있습니다. 런던에 있는 당신 집. 여긴 비가 와요. 거기는 어때요?

케이트: 화창해요. 바람이 불기는 하지만요. 경찰이 당신과 이야기하려고 누굴 보낼 거예요.

코빈: 괜찮습니다. 사실대로 말해주죠.

갑자기 다른 채팅 창이 나타났다. 마사였다. 너 거기 있니?

케이트는 마사에게 답했다. 응. 너한테 부탁할 게 있는데 지금 집이야?

마사: 응.

케이트: 지금 우리 집으로 가서 코빈이 안에 있는지 확인해줄래? 내가 시켰다는 말은 하지 말고.

마사: 알았어. 하지만 아마 없을 거야. 며칠간 네 집에서 아무 소리도 안 났으니까.

케이트: 부탁이니까 확인해봐.

케이트는 다시 코빈과의 채팅창으로 돌아갔다. 그가 보낸 메시지가 있었다. 당신은 별일 없고요?

케이트: 별일 없어요. 샌더스가 안부 전해달래요.

코빈: 하!

케이트는 레이철 체스에 대해 물으려다가 그만두기로 했다. 그 질문을 하면 코빈이 살인자인지 알아내려고 그녀가 집 안을 기웃거렸다는 사실이 들통날 것이다.

그래서 대신 이렇게 썼다. 오드리 마셜은 어떤 사람이었나요?

코빈: 좋은 사람이었죠. 그런 일을 당했다니 정말 마음이 아파요. 자꾸 그 일이 생각나요.

케이트: 오드리의 친구 잭이라는 사람을 아나요?

코빈: 아뇨. 모르는데. 누구죠?

케이트: 대학 시절 친구래요. 그 사람은 당신을 알더라고요.

코빈: 성이 뭔데요?

케이트: 루도비코요.

코빈: 어떻게 생겼죠?

케이트: 평범해요. 키가 작고, 빨간 머리에 안경을 썼죠.

코빈: 그 사람과 얘기했어요?

케이트: 무슨 일이 있었는지 알아보려고 우리 아파트에
왔더라고요. 거리에서 날 붙잡고 온갖 질문을 퍼부었어요.

코빈: 경찰에게 그 남자 얘기를 했어요?

케이트: 네. 근데 경찰에서는 아직 그 남자를 못 만난
듯했어요.

마사가 다시 다른 채팅창에 나타나 메시지를 보냈다. 집
에 없어.

케이트는 마사에게 메시지를 보냈다. 확실해?

마사: 현관문을 막 두드렸어. 집에 숨어 있을 수도 있지만,
아냐. 없어. 요즘 집에 드나드는 소리를 통 못 들었다니까.

케이트: 고마워. 거기 날씨는 어때?

마사: 네가 떠나고 처음으로 아침에 해가 났어.

케이트: 마사. 나 가봐야겠다. 쪽쪽.

코빈에게 메시지가 와 있었다. 그만 가봐야겠어요.

케이트: 마사에게 안부 전해줘요.

코빈: 마사와 연락했어요?

케이트: 잠깐요. 당신이 나보다 훨씬 낫다고 하더라고요.

코빈: 좋은 사람 같더군요.

케이트는 아무 말도 쓰지 않았다. 곧바로는. 코빈도 답이 없었고, 어색한 침묵이 흐르는 듯했다. 채팅을 하다가도 어색한 침묵이 흐를 수 있다면.

마침내 케이트는 메시지를 보냈다. 무슨 일이 생기면 알려줄게요.

코빈: 그래요. 잘 있어요.

케이트는 이메일 계정에서 로그아웃했다. 이불 속에 있어도 여전히 추웠다. 그래서 노트북을 닫고 그 따뜻한 기계를 가슴에 끌어안았다. 왜 코빈은 런던의 아파트에 있다고 거짓말했을까? 아니면 창마다 커튼을 치고, 문도 열어주지 않은 채 집에 숨어 있는 걸까? 물론 그럴 가능성도 있다. 마사가 좀 공격적으로 행동했을지도 모른다.

샌더스가 침실로 들어오더니 침대로 뛰어올라 야옹거렸

다. 케이트가 몸을 일으키자 샌더스가 다시 바닥으로 뛰어내려 현관을 향해 쏜살같이 달려갔다. 케이트는 샌더스를 따라가 현관문을 열어서 내보내고, 부엌에 가서 물을 한 잔 마셨다. 전자레인지의 디지털시계는 6시 25분이었다. 생각보다 늦은 시간이다. 침대에서 깜빡 잠든 걸까?

물을 두 잔 마신 뒤 허기가 져서 오래된 사워 도우 빵을 잘라 토스터기에 굽고, 꿀과 버터를 발랐다. 토스트를 들고 다니면서 집 안의 조명을 모두 켜고, 커튼을 반쯤 쳤다. 손님용 침실의 문이 지난번에 봤을 때보다 많이 열려 있었다. 그녀는 침실 안으로 들어갔다. 바깥 햇살이 희미해지는 탓에 집 안이 더 어두워 보이는 시간이었다. 머리맡 램프를 켜고, 손가락에 묻은 꿀을 빨아가며 토스트를 다 먹었다. 꽃무늬 벽지와 크림색 이불 때문인지 이 침실은 약간 여성스러운 분위기를 풍겼다. 이불에 살짝 파인 자국이 있어 자세히 들여다봤다. 샌더스의 하얀 털이 떨어져 있었다. 그 자리에 손을 댔더니 아직 온기가 조금 남아 있었다. 샌더스가 여기서 낮잠을 잔 모양이다. 그래서 문도 더 활짝 열려 있었고. 케이트는 심호흡을 하고 불을 켜둔 채 방에서 나갔다.

창문이 없어 동굴처럼 컴컴한 서재를 들여다보며 텔레비전이나 봐야겠다고 생각했지만 마음이 너무 불안했다. 그래서 그림을 그리기로 하고, 침실에서 스케치북과 연필을 가져와 거실로 갔다. 소파에 누워 스케치북을 펼쳤다. 보스턴에 도착한 다음 날에 그린 앨런의 얼굴을 볼 준비가 되어 있었다. 채 일주일도 안 되었는데 일 년 전 일처럼 느껴졌다. 케이트는 그림을 유심히 바라보았다. 얼굴의 특징을 잘 잡아냈지만 눈은 제외였다. 강렬하게 그렸어야 할 눈이 희미하고 약간 멍해 보였다. 눈동자를 가만히 보고 있자니 머리카락이 쭈뼛 섰다. 누가 눈을 살짝 고쳤나? 아니다, 그럴 리 없다. 하지만 약간 번져 있었다. 어쩌면 저절로 그렇게 됐는지 모른다.

과연 그럴까? 눈은 번졌지만 나머지는 그대로잖아. 조지가 말했다.

내가 고쳤나? 케이트는 생각했다. **그럴 리 없잖아.** 그녀는 조지의 말을 무시했다. 보스턴에 도착한 이후의 날들은 머릿속에 너무 흐릿하게 저장되어 있어 잘 기억나지 않았다. 이미 완성된 그림을 살짝 고치는 일이 없지는 않다. 주로 손끝으로 선을 지우고 질감을 더하는 정도였다. 이러다가 정신이 이상해지겠다고 생각하며 케이트는 그림을 넘기고 새 종이를 폈다. 재빨리 앨런을 다시 그리며 이번에는 눈을 제대로 그리려고 노력했다. 다 그린 뒤에는 스케치북을 멀찍이 떨어뜨린 상태에서 그림을 바라봤다. 앨런이었다. 하지만 강렬한 눈빛을 제대로 담아내려고 너무 노력한 탓에 화난 사람처럼 보여서 약간 무서웠다. 순간 오늘 새벽, 현관문을 열어주지 않은 채 외시경으로 본 그의 얼굴이 딱 저랬음을 깨달았다. 그때 문을 열어줬어야 했을까? 아마 앨런은 인사도 하지 않고 떠난 그녀가 걱정돼서 그랬을 것이다. 하지만 아니다. 저 그림이 정확하다. 앨런은 화가 나 있었다. 그녀는 큰 실수를 저질렀다. 단지 모르는 남자와 잤기 때문이 아니라 최소한 관음증, 아마 훨씬 더 이상한 기벽이 있을 남자와 잤기 때문이다. 케이트는 다음 장으로 넘기고 재빨리 로베르타 제임스 형사의 얼굴을 그렸다. 꽤 잘 그린 그림이었다. 도드라진 광대뼈와 검은 눈동자를 잘 잡아냈지만 입이 이상했다. 너무 엄격해 보였고, 입술도 더 도톰해야 했다. 손끝으로 입꼬리를 지우고 슬쩍 미소를 그려 넣었더니 그제야 만족스러웠다. 그림 밑에 이름과 날짜를 적고, 다시 다음 장으로 넘겨 다른 사람을 그리기 시작했다.

밸런타인 부부와 환영 파티에서 본 또 다른 노부인(이름을 잊어버렸다), 그리고 마지막으로 조지 대니얼스까지 그리고 나자 바깥은 완전히 어두워졌다. 그녀는 늘 조지를 그렸다. 여러 심리치료사가 그의 그림을 그리는 건 정신 건강에 좋지 않다고 충고했지만 도저히 그만둘 수가 없었다. 조지는 늘 그녀의 머릿속에 있기 때문에 그를 끄집어내서 도화지에 옮겨놓으면 기분이 좋았다. 오늘은 어제 꿈에서 본 조지, 이가 몽땅 빠진 채 씩 웃는 그를 그렸다.

그림은 훌륭했다. 오늘 그린 그림 중에서 제일 잘 그렸을 정도였다. 엄지로 이마 선을 지웠더니 손끝이 찌릿했다. 창고 문을 닫다가 가시가 박힌 자리였다. 그 일을 까맣게 잊고 있었다. 손끝을 들여다봤더니 가시 주변의 부은 살갗이 이제는 불그스름하게 물들어 있었다. 케이트는 부엌으로 가서 목탄이 묻은 손을 씻은 다음, 서랍을 뒤져 안전핀과 성냥갑을 꺼냈다. 뾰족한 핀 끝을 성냥불로 달구고, 조명이 더 밝은 거실로 가서 핀으로 가시가 박힌 자리를 찔렀다. 찢어진 살갗을 벌리고 핀으로 가시를 건드렸다. 가시는 꽤 깊이 박혀 있었다. 그 자리를 빨았더니 비릿한 피 맛이 날 뿐 가시는 꼼짝하지 않았다. 족집게를 찾아야 했지만 찾을 생각을 하니 피곤했다. 가시를 그대로 두면 어떻게 될까? 결국 저절로 빠질까? 아니면 영원히 남아 살이 될까?

부엌에서 무언가를 긁는 소리가 나는 바람에 케이트는 깜짝 놀랐다. 아까 샌더스를 내보내지 않았던가? 안전핀을 스케치북에 내려놓고 자리에서 일어나 다시 부엌으로 갔다. 또 그 소리가 들렸다. 지하실로 내려가는 문에서 나는 소리였다. 샌더스가 아파트를 한 바퀴 돌아 지하실로 들어간 모양이었다. 케이트가 문을 열자, 앨런이 서 있었다. 앨런은 그녀를 향해 양손을 든 채 진정하라는 몸짓을 취하고 있었다. 눈은 게슴츠레하면서 사나워 보였다. "나 좀 들여보내줘요." 앨런은 혀 꼬부라진 소리로 그렇게 말했고, 케이트가 미처 문을 닫기도 전에 부엌으로 한 발짝 들어왔다.

24

앨런은 자신이 어쩌다 이렇게 취하게 됐는지 잘 몰랐지만 어쨌든 뜻하지 않게 그리되었고, 이제 어둠 속을 걸어가며 무슨 일이 있어도 케이트를 만나야겠다고 다짐했다. 설사 그녀가 원치 않는다고 해도.

아까 브리머 가에서 마주친 잭은 코빈 델이 오드리 마셜을 죽였다면서 말이 많아지더니 급기야 어디 가서 좀 더 이야기를 나누자고 했다. 앨런은 어서 집으로 돌아가 케이트가 지나가는지 안뜰을 감시하고 싶었지만, 잠시 잭의 이야기를 들어주기로 했다. 그리하여 세인트 스티븐스에 가자고 했고, 두 사람은 등받이가 높은 칸막이 좌석에 앉았다. 앨런은 라지 사이즈 콜라를, 잭은 하이네켄 한 병을 주문했다. 웨이트리스가 몸을 돌리자마자 잭은 레이철 체스라는 여자 이야기를 하기 시작했다. 몇 년 전 뉴에식스에서 변사체로 발견되었다고 했다.

"오드리처럼 사체가 훼손됐죠." 잭이 말했다. 오드리의 이름을 꺼낼 때마다 그의 목소리가 갈라졌다.

"오드리의 시신이 훼손되었다는 걸 어떻게 알죠?" 앨런이 물었다.

"인터넷에 소문이 파다합니다. 그래서 비슷한 사건이 있는지 찾아봤죠. 몸통이 반으로 갈라져 죽은 여자가 또 있는지. 그러다 레이철 체스를 알게 된 겁니다."

"그 여자가 코빈 델과 무슨 상관이죠?" 앨런은 잭의 이야기에 흥미를 느꼈지만 경계하는 마음도 없지는 않았다. 잭의 말투는 점점 더 기운이 넘치다 못해 광기가 느껴졌다. 웨이트리스가 그들이 주문한 음료를 가지고 왔다. 잭은 맥주병을 들고 한참을 들이켰다.

"잘 들어봐요." 맥주병을 탁자에 쾅 내려놓으며 잭이 말했다. 어찌나 세게 내려놓았는지 병 입구에서 거품이 넘쳐 옆으로 흘러내렸다.

"코빈 델은 예전에 뉴에식스에 살았어요. 그의 어머니는 아직도 거기 살고요. 해변 바로 옆에 집이 있는데—"

"그걸 어떻게 알죠?"

"오드리에게 듣기도 했고, 인터넷을 검색해서 알아내기도 했어요. 하지만 요점은 그게 아니에요. 요점은 레이철 체스의 부모님도 뉴에식스에 산다는 겁니다. 해변은 아니지만 근처에 살아요. 그래서 코빈과 레이철이 만나게 된 겁니다. 코빈은 사이코패스예요. 오드리가 내게 그러더군요. 코빈은 둘이 함께 있을 때면 누가 그들을 볼까 봐 절대 밖에 나가지 않았고, 늘 집 안에만 있었다고요. 그녀와 사귄다는 사실을 알리고 싶지 않았던 겁니다. 그녀를 죽일 생각이었으니까요. 그러다 오드리가 날 만나기 시작했고, 코빈과 끝내려고 하니까 코빈이 그녀를 죽인 겁니다. 그자가 범인입니다. 확실해요." 잭은 팔의 붉게 부푼 자리를 긁적거렸다.

"괜찮아요?" 앨런이 물었다.

"두드러기예요. 봄마다 이러죠."

"경찰에게 이 사실을 다 말했습니까?" 앨런이 물었다.

"말할 겁니다. 꼭. 하지만 그전에 만반의 준비를 해두고 싶어요. 코빈이 그냥 빠져나가게 두지 않을 겁니다."

앨런은 잭이 경찰을 찾아가지 않은 이유를 알고 있었다. 그는 명탐정 놀이에 푹 빠졌고, 아마 자기가 직접 복수하고 싶을 것이다.

"경찰에 가서 말하세요. 코빈과 그 레이철이라는 여자가 연관되어 있다면 아마 경찰도 알 겁니다."

"코빈이 오드리에게 늘 하던 말이 있었는데 자기는 그녀에게 적합한 상대가 아니라는 거였죠. 마치 자기가 무슨 짓을 할지 알고 있었던 것 같습니다. 뭐 좀 먹을래요? 지금 점심시간이잖아요."

이미 콜라를 다 마신 앨런은 점심을 먹기로 했다. 잭이 웨이트리스에게 손짓했고, 둘 다 치즈버거를 주문했다. 잭은 맥주를 한 병 더 주문했고, 앨런도 한 병 마시기로 했다.

"잭, 오드리를 얼마나 자주 만났죠?"주문을 마친 후 앨런이 물었다. 왜 오드리의 집에서 그를 본 적이 없는지 알고 싶었다.

"일주일에 한 번 정도요. 만나서 커피나 술을 마셨죠. 오드리는 처음에 내가 다시 그녀와 사귀려고 그러는 줄 알았을 겁니다."

"당신은 그럴 생각이 없었고요?"앨런이 물었다.

"모르겠어요. 그렇기도 하고, 아니기도 하죠."

"오드리가 살아 있을 때 당신을 우리 아파트에서 본 적이 없어요. 오드리 집에 온 적이……?"

"두어 번 갔죠."

앨런은 잭이 거짓말한다고 생각했다. 아마 잭에게는 오드리와의 우정—한두 번 커피를 마시거나 문자 메시지를 서너 번 주고받는 일—이 훨씬 더 각별했으리라. 새로 주문한 맥주가 나오자 앨런은 한 모금 마셨다. 너무 차서 이가 시릴 정도였다.

"이것만 마시고 사무실로 가야 합니다. 오늘은 화요일이니까요."앨런이 말했다.

"시간 내줘서 고마워요."잭이 말했다. "날 미쳤다고 생각하지 않는 사람과 이야기하니 기분이 좋네요. 코빈에 대한 내 추측이 억지라고 생각하지 않죠?"

"네."

"그럼 내 의견에 동의하는 겁니까?"

"코빈에게 동기가 있다는 데 동의합니다. 아마 코빈은 오드리의 집 열쇠도 가지고 있었을 겁니다. 오드리가 살해된 직후에 보스턴을 떠난 점도 수상하고요."

"왜 코빈에게 오드리의 집 열쇠가 있을 거라고 생각하죠?" 잭이 물었다.

"그냥 그럴 거 같아서요. 둘이 사귀었고, 바로 옆집에 사니까요." 앨런은 케이트에게 들었다는 말은 하고 싶지 않았다. 이유는 정확히 알 수 없지만 이 대화에 케이트를 끌어들이고 싶지 않았다.

"그러네요." 잭이 말했다.

주문한 음식이 나왔고, 앨런은 잭의 설명을 들었다. 아까와 똑같은 이야기였다. 코빈이 예전에도 여자를 죽였다고 확신하는 이유들이었는데 모두 일리 있었다.

앨런과 잭은 각각 맥주를 대여섯 병씩 마시며 늦은 오후까지 이야기를 나눴다. 이상한 일이었다. 앨런은 어느새 퀸과의 관계를 모두 털어놓고 있었다. 하마터면 어젯밤에 케이트와 잔 일까지 말할 뻔했지만 다행히 늦기 전에 입을 다물었다. 자신이 왜 이렇게 말을 많이 하는지 앨런도 알 수 없었다. 화장실에 가서 거울 속 자신을 바라보았다. 마음에 들지 않았다. 어쩌다 평일 오후에 낯선 사람과 술집에서 낮술을 퍼마시게 됐을까? 그는 이제 그만 가기로 했다.

두 사람이 술집 앞에서 작별 인사를 나누는 동안, 잭은 눈물을 글썽였다. "고맙습니다. 내 얘기를 들어줘서 정말 고마워요. 당신에게 그다지…… 즐거운 만남은 아니었겠지만……."

"즐거웠어요." 앨런은 그렇게 말하며 잭의 어깨에 한 손을 올렸다.

잭은 장갑을 벗어 두 눈의 눈물을 닦더니 손을 내밀어 악수를 청했다. 앨런은 잭이 포옹하려고 하지 않아서 다행이라고 생각했다. 오랫동안 격렬하게 악수하는 것만으로 충분했다. "어느 쪽으로 갑니까?" 잭이 묻자 앨런은 갑자기 한시바삐 달아나고 싶어서 동쪽으로 고갯짓했다. 잭이 이미 찰스 가를 향해 한 발 내디뎠기 때문이다. 두 사람은 헤어졌고, 앨런은 처음 와본 동네를 거닐었다. 바람은 조금 잦아들었지만 우듬지는 여전히 바람에 바스락거렸고, 정처 없이 걷는 동안 그가 입은 티셔츠가 몸에 찰싹 달라붙었다. 다시 배가 고프고 오줌이 마려웠다. 주 의사당이 눈에 띄자 그쪽으로 걸어갔다. 그 근처에 술집들이 있기 때문이다. 첫 번째로 눈에 띈 술집은 아일랜드 펍을 흉내 낸 로지 매클레인이라는 곳이었다. 이른 저녁을 먹는 일본인 관광객들만 있을 뿐 실내는 텅 비어 있었다.

앨런은 바에 앉아 피시 앤드 칩스와 라지 사이즈 콜라를 주문했다. 콜라를 다 마신 뒤에는 한 잔 더 주문했다. 이번에는 올드 오버홀트 위스키를 넣어서. 낮술을 마셨다가 이대로 끝내면 밤새 머리가 쪼개질 듯한 두통에 시달릴 터였다. 피시 앤드 칩스가 나왔고, 음식을 먹으니 기분이 나아지고 술도 깼다. 이번에는 다른 위스키를 넣은 콜라를 주문하고 잭과 나눈 대화를 생각했다.

그때 휴대전화가 울렸다. 가방에서 전화를 꺼내 액정을 봤더니 누나였다. 거절 버튼을 누르려다가 그냥 받기로 했다. 단순히 그가 잘 지내는지 확인하려는 전화가 아니라 정말 무슨 일이 생겼을 수도 있다.

"그냥 잘 지내는지 확인하려고 전화했어." 서로 인사를 나눈 후 해너가 말했다.

"잘 지내니까 걱정 마."

"목소리가 이상하다. 취했어?"

"약간. 지금 뭐 먹는 중이라서 그래. 입안이 꽉 찼어."

"엄마 생일에 잊지 말고 전화 드려."

"알았어. 그래서 전화한 거야?" 누나가 말해주지 않았으면 필시 잊어버렸을 텐데도 앨런은 짜증이 났다.

"아니, 걱정돼서. 이상한 꿈을 꿨거든."

해너는 꿈을 자세히 설명했다. 몇 년 동안 앨런과 연락이 두절된 후, 그의 아파트에서 썩어가는 그의 시체를 발견했다는 것이다. 누나의 말을 듣는 동안 콜라를 다 마신 앨런은 바텐더와 눈을 마주치며 자신의 빈 잔을 가리켰다.

"누나." 해녀의 꿈 이야기가 끝나자 앨런이 말했다. "예전에 누나가 캠프 조교로 아르바이트할 때 내가 주말에 찾아갔던 일 기억해?"

잠시 정적이 흘렀고, 뒤에서 조카 하나가—이지 같았다—까르르 웃는 소리가 들렸다. "응. 어렴풋이. 그래, 맞아. 부모님이 둘이서 케이프에 다녀오려고 널 내게 보냈어."

앨런은 그런 전후 사정은 기억나지 않았다. "내가 벌거벗은 여자를 본 게 그때가 처음이었어. 벽에 뚫린 구멍으로 그 여자를 몰래 지켜봤지."

"누구? 다른 조교?"

"응."

"누구였는지 기억나?"

"그때도 이름은 몰랐던 거 같아. 좀 통통한 편이었어."

"혹시 앨리?"

"이름은 모르지만 그 여자 때문에 난 변태가 됐다고."

"무슨 말이야?"

"내가 그 여자를 훔쳐봤으니까. 그 여자 몰래."

"맙소사. 너뿐 아니라 그 변태 캠프에 있던 사람들 다 그랬어. 거긴 구멍 안 뚫린 벽이 없었다고. 아마 그 여자도 네가 자길 훔쳐보는 거 알았을걸. 우리 취한 동생에게 소름 끼치는 얘기를 좀 더 듣고 싶지만, 이제 끊어야겠다. 엄마한테 전화해. 아들 노릇 좀 하라고."

마침내 앨런이 펍을 나섰을 때는 실내가 퇴근한 직장인들로 가득 차 있었다. 그는 밖이 어두컴컴한 것을 보고 왠지 깜짝 놀랐다. 게다가 아까보다 더 추웠다. 티셔츠만 입은 앨런이 아파트에 도착했을 때는 거의 부들부들 떨고 있었다.

술에 취한 탓인지, 그날 저녁의 달빛 탓인지 정문 뒤로 우뚝 솟은 아파트 건물은 평상시보다 더 커 보였다. 달빛이 옆 건물 슬레이트 지붕에 반사되었고, 길 건너에서는 노숙자가 문간에서 그날 밤을 따뜻하게 나려 했다. 케이트의 집에는 희미하게 불이 켜져 있었다. 걸어오는 동안, 앨런은 무슨 일이 있어도 케이트를 만나겠다고 마음먹었다. 왜 그녀가 작별 인사도 없이 떠났는지 알아야 했다. 잭에게 들은 사실을 말해줘야 했다. 또 누나와 통화한 일, 마침내 그가 여름 캠프에서 자신이 한 짓을 고백했고, 누나는 별로 개의치 않았다는 일까지 말하고 싶었다. 안뜰을 가로질러 로비로 들어간 다음, 새너벌에게 목례했다. 자신이 남쪽 동이 아닌 북쪽 동 계단을 올라간다는 걸 새너벌이 눈치챘을지 궁금했다. 앨런은 케이트의 집으로 이어지는 복도를 걸어갔다. 오드리의 집 현관문과 그 집에서 살인이 벌어졌다는 사실이 어렴풋이 의식됐지만 그래도 케이트의 집 현관문에 집중했다. 그는 현관문을 두드리려다 멈칫했다. 만약 케이트가 문을 열어주지 않는다면? 사실 아침에도 열어주지 않았는데 지금이라고 열어줄 리가 없다. 그녀는 분명 문 반대편에 있었고, 아마 외시경으로 그를 바라보고 있었을 것이다. 앨런은 작전을 바꿨다.

다시 계단으로 가서 지하까지 내려갔다. 다행히 지하에는 아무도 없었다. 형광등이 켜진 복도를 쭉 따라갔더니 계단이 나왔다. 그가 짐작하기로는 이 계단이 케이트의 부엌문과 연결되어 있었다. 그는 늘 지하실 문을 잠가두지 않으니 어쩌면 케이트도 그럴지 모른다. 적어도 여기에서라면 복도에서처럼 남의 시선을 의식할 필요 없이 문 너머로 이야기할 수 있다. 그녀에게 해야 할 말을 할 수 있다.

앨런은 좁고 가파른 계단을 올라가 살그머니 문손잡이를 돌려보았다. 잠겨 있었다. 문을 두드리려다가 좋은 생각이 떠올랐다. 고양이 샌더스는 늘 그의 집에 들어오려고 이 뒷문을 할퀴었다. 그러니 샌더스 흉내를 내보면 어떨까. 한심한 짓이었지만 그냥 해보기로 하고, 문을 긁으며 두드렸다. 그리고 기다렸다.

부엌에서 희미한 발소리가 나더니 문이 열렸고, 케이트가 겁에 질린 얼굴로 그를 바라보았다. 앨런은 양손을 얼른 가슴 높이로 들어 올린 채 한 발을 문지방 너머로 내디뎠다. "나 좀 들여보내줘요." 그는 최대한 악의 없는 목소리로 말하려 했다.

케이트는 한 손을 가슴에 댔다. 얼굴의 피가 모두 빠져나간 듯 안색이 창백했다.

"당신에게 할 말이 있어요. 여기서 해도 되지만 어쨌거나
얘기 좀 해요. 당신은 이 집에 있으면 안 됩니다. 우리 집에 있
어야 해요." 의도와 달리 말이 두서없이 나왔다.

"완전히 취했네요." 케이트가 말했다.

"압니다. 알아요. 잭을 만났는데 그가 코빈 이야기를 해
주더군요. 함께 술을 마시는 바람에 이렇게 취해버렸어요."

"잭이 누구예요?"

"잭을 몰라요? **잭**. 당신이 길에서 만난 남자요. 오드리의
친구라고 했다면서요."

앨런이 부엌 안쪽으로 더 들어가려 하자 케이트가 그를
가로막았다. "아뇨, 아뇨. 거기서 말하세요."

앨런은 한 발짝 물러났다. "내가 무서워요? 맙소사. 내
가 무섭군요." 그는 비참한 기분이었고, 계속 미안하다고 사과
했다.

"괜찮아요. 당신이 미안해하는 거 알아요. 그래서 잭이
어쨌는데요?"

"오늘 아침에 잭이 나가는 걸 보고—"

"어디서 나가요? 우리 아파트에서요?"

"네, 경찰이 도착한 직후에요. 처음에는 누군지 몰랐지
만 그가 당신 집 창문을 올려다보더군요. 그래서 뒤따라갔는
데 잭에게 들켰고, 그래서 이야기를 나눴죠. 함께 술집에 갔어

요. 그때 당신과 내가…… 세인트 스티븐스요. 거기서 잭이 자기가 세운 가설을 이야기해줬죠. 코빈이 연쇄살인범이라는 가설요."

"연쇄살인범이라뇨?"

"잭 말로는 코빈이 죽인 여자가 또 있다는 거예요. 그 여자도 사체가 심하게 훼손됐고, 잭은 오드리도 코빈이 죽였다고 확신했어요. 당신 혼자 이 집에 있는 건 안전하지 않아요."

"코빈이 오드리를 죽였다면 다시 여기로 돌아오지 않을 거예요. 안 그래요? 말이 안 되잖아요."

"그래서 여기 있겠다고요? 오늘 밤에?"

"앨런, 미안해요. 어젯밤에는 우리가 너무 성급했던 거 같아요. 그 일은…… 내겐 실수였어요. 아뇨, 아직 말 안 끝났어요. 우리 내일 만나요. 아침에 커피나 한잔 마시면서 전부 얘기해요. 지금 말고요. 이렇게 취한 당신하고는 얘기하고 싶지 않아요. 알겠죠?"

"알겠죠?"라고 말할 때 케이트의 표정을 보며 앨런은 그만 떠나야 한다는 것을 깨달았다. 금방이라도 울음을 터뜨릴 듯한 표정이었다. 앨런은 아무 말 없이 몸을 돌려 계단을 내려갔다. 떨어지지 않도록 양손으로 계속 벽을 짚으면서.

집에 돌아와 청바지와 티셔츠를 입은 채 침대에 누워 신발을 벗어던졌다. 눈을 감으니 방이 기울어졌다. 눈을 떴더니 세상이 그대로 있었다. 앨런은 가능한 한 눈을 뜬 채 오늘 있었던 일, 최근 있었던 일을 전부 다시 조립하려 했다. 눈을 감자 다시 방이 기울었다. 이번에는 뒤로. 앨런은 깊고 어지러운 잠으로 빠져들었다.

25

이제 그만 집으로 돌아가자. 마침내 앨런이 떠난 후, 케이트는 그렇게 생각했다. 영국으로 돌아가자고. 부엌 조리대를 손으로 짚으며 몸을 가눴다.

머릿속에서 조지의 목소리가 올라오며 무언가 말하려고 했다. 그녀는 조지가 말을 걸지 못하도록 부엌을 빠르게 서성였다.

영국을 떠나지 말았어야 했다. 부모님 집을 떠나지 말았어야 했다. 대학에도 가지 말고, 방학에 레이크 디스트릭트도 가지 말고, 런던에도 가지 말고, 하물며 보스턴에는 절대 오지 말았어야 했다. 내겐 나쁜 일이 생겨.

나쁜 사람이 꼬여.

케이트는 잔에 와인을 따른 다음, 잔을 들고 방마다 돌아다니며 창문이 잠겼는지 확인하고 벽장 속을 들여다봤다. 아드레날린이 분비된 탓에 손이 떨렸고, 가슴이 두근거렸지만 괜찮았다. 그림자가 우글거리는 이 흉한 집에서 하룻밤만 자면 집으로, 부모님 집으로 돌아갈 수 있고 다시는 그곳을 떠나지 않을 것이다. 현관문이 잠겼는지 확인하고 외시경으로 조용한 복도를 내다보았다. 범인은 오드리 마셜을 죽일 생각으로 그녀의 집 앞에 서 있었으리라. 그러고는 집으로 들어가 칼로 그녀를 죽이고, 시신을 훼손했다.

케이트는 외시경 렌즈 때문에 벽이 구부러진 터널처럼 보이는 복도를 오랫동안 내다보았다. 누군가 모퉁이를 돌아 금방이라도 나타날 듯했다. 고양이 샌더스나 부활한 조지 대니얼스. 혹은 영국에서 돌아온 코빈 델. 뒷문이 아니라 현관문을 두드리며 열어달라고 애원할 앨런. 하지만 아무도 나타나지 않았다. 불이 환히 켜지고, 카펫이 깔린 복도는 텅 비어 있었다.

인터넷에서 런던행 항공권 가격을 알아보았다. 부모님께 집으로 간다는 내용의 이메일을 쓰다가 말았다. 내일, 그러니까 항공권을 예약하고 모든 일이 결정된 후에 보내도 늦지 않으리라.

다시 한 번 레이철 체스의 기사를 검색했다. 앨런이 말한 여자, 살해당한 또 다른 여자는 아마도 레이철 체스일 것이다. 그러니까 잭도 혼자서 조사한 것이다.

와인을 더 가져오려고 부엌으로 갔지만, 병이 비어 있어서 대신 우유를 따랐다. 그걸 들고 서재로 가서 텔레비전을 틀었다. 고전 영화 채널에서 그녀도 잘 아는 영화가 방영 중이었다. 아빠가 좋아하는 영화였다. 웬디 힐러와 로저 리버시 주연의 〈내가 가는 곳은 어디인가〉. 케이트는 소파에 몸을 웅크린 채 큼직한 베개 두 개를 베고, 흑백 화면으로 마음을 달래려 했다. 하지만 계속 부엌문 뒤에 서 있던 앨런이 생각났다. 잔뜩 취한 채 거기 서 있는 그를 본 순간, 케이트는 이제 죽었다고 생각했다. 조지 대니얼스 사건의 반복이었다. 그녀를 죽이러 온 또 다른 남자. 비록 조지는 화를 내고 미쳐 날뛰기는 했어도 절대 술은 마시지 않았지만. 사실 케이트가 와인을 두 잔 이상 마실 때마다 그는 화를 내며 왜 그렇게 술을 많이 마시냐고 타박했다.

영화에서 웬디 힐러가 연기하는 여주인공은 약혼자가 있는 스코틀랜드 섬으로 가려고 필사적으로 노력하지만, 폭풍이 부는 바람에 인근 섬에 갇혀버리고 그곳에서 다른 남자와 사랑에 빠진다. 그래도 약혼자에게 가려고 작은 배를 구해 길을 나섰다가 엄청난 소용돌이에 휘말려 죽을 고비를 겪는다. 케이트는 이불을 끌어당겨 덮었다. 영화가 끝나자마자 바로 다른 영화가 시작되었다. 〈피그말리온〉. 이번에도 웬디 힐러 주연이었다. 아버지가 봤으면 고전 영화만 해주는 이 채널을 아주 좋아했으리라. 막 영화를 보기 시작했는데 오줌이 마려웠고, 청바지가 너무 꼭 껴서 불편했다. 억지로 몸을 일으켜 거실을 가로지르고 부엌을 지나 침실로 갔다. 거기서 잠옷으로 갈아입고, 그 안에 있는 욕실에서 오줌을 싼 뒤, 이를 닦았다. 다시 침실에서 나가려는데 창문으로 들어오는 강렬한 달빛이 헝클어진 침대 시트 위에 이상한 그림자를 드리웠다. 귀신 들린 집이야. 그녀는 그렇게 생각하고 대형 텔레비전의 흑백 불빛이 깜빡거리는 서재로 재빨리 걸어갔다.

레슬리 하워드가 빗속에 서서, 꽃 파는 웬디 힐러의 런던 사투리를 듣고 있었다.

케이트는 자기가 잠든 줄도 몰랐다. 방금 전까지만 해도 텔레비전을 보면서 저기 출연한 배우 중에 살아 있는 사람이 한 명이라도 있을까 생각했는데 그러다 잠이 들었는지 갑자기 그녀는 영화 속 세상에 있었고, 배우들 목소리는 꿈의 일부가 되었다. 소파가 케이트를 삼키고, 그녀가 막 시커먼 잠 속으로 미끄러지려는 찰나, 꿈이 바뀌어 손 하나가 그녀의 얼굴을 눌렀다. 그녀는 심연에서 다시 끌어올려졌고, 움찔하며 잠에서 깼다. 하지만 손은 여전히 그녀의 입을 세게 눌렀고, 또 다른 손은 그녀의 어깨를 움켜잡았다.

꿈이 아냐. 잠이 완전히 깬 케이트는 그렇게 생각하며 몸부림쳤다.

방은 어둡고, 텔레비전은 아직 켜져 있었다. 그녀를 붙잡은 남자는 조용히 하라는 소리를 냈다. 앨런이 아니었다. 빡빡 민 금발과 각진 턱선이 보였고, 퀴퀴하면서 아기 분내 같은 땀 냄새가 났다. 심장이 어찌나 빨리 뛰는지 가슴이 뻐근했고, 눈물이 핑 돌았다. 그녀를 죽이려는 남자는 낯선 사람이었다. 비록 길에서 지나치거나 꿈에서 본 듯 얼굴이 약간 눈에 익기는 했지만.

남자가 나직이 속삭였다. "케이트, 내 말 들어요. 나 코빈이에요. 당신 육촌. 해치지 않을 거니까 조용히 하세요. 이 집에 침입자가 있는데 아주 나쁜 사람이에요. 쉬이이이. 비명을 지르거나 소리를 내면 놈이 이리로 올 겁니다. 내가 놈을 상대할 테니까 당신은 숨어 있어요. 알아들었으면 고개를 끄덕여요."

케이트는 고개를 저었다. 도무지 이해가 가지 않았다. 이남자가 정말 코빈일까? 아니면 거짓말하는 걸까? 어떻게 이집에 들어왔지? 케이트는 그의 손을 물어버릴까 생각했지만, 손이 입을 어찌나 세게 누르는지 입술이 이 위에서 납작 짜부라질 정도였다. 남자의 눈동자는 소파 너머로 어두운 집 안을 이리저리 살폈다. 겁에 질린 듯했다. 케이트는 이 남자가 코빈이 맞다고 생각했다. 사진 속에서 본 얼굴과 같았다.

"쉬이이이." 코빈이 다시 말했다. "날 믿어야 합니다. 아니면 우리 둘 다 죽을 거예요. 알았어요?" 그의 목소리는 더 다급해져서 갈라질 지경이었다. 케이트는 그의 말을 따르기로 하고 고개를 끄덕였다. 그가 자신을 죽이거나 살리거나 둘 중

하나다. 또 다시 이런 상황에 빠졌지만, 그녀의 예상과 달리 상대는 앨런이 아니라 한 번도 만난 적 없는 남자였다.

케이트가 고개를 끄덕이자 코빈은 그녀의 눈을 바라보았다. 그녀의 입을 누르는 손에서 힘이 빠지기는 했어도 손을 떼지는 않았다. "날 믿죠? 날 믿어야 합니다."

케이트는 다시 고개를 끄덕이고 심호흡을 했다.

"다 잘될 겁니다." 코빈이 말했지만 그의 눈은 여전히 복도 쪽을 힐끔거렸다. "이 방에 있는 벽장의 비밀을 알아요?"

"아뇨." 케이트가 그의 손 아래에서 갈라지는 목소리로 속삭였다.

"벽장 안에 비밀 문이 있습니다. 아버지가 그 안에 귀중품을 보관하셨죠. 오른쪽을 누르면서 미세요. 그럼 딸깍 소리가 나면서 문이 열릴 겁니다. 당신이 숨기에 충분한 공간이에요."

케이트는 자기도 모르게 다시 고개를 저으며 코빈의 손에 대고 "싫어요"라고 말했다. 코빈이 말을 이었다.

"내가 데리러 올 때까지 그 안에 있어요. 내가 돌아오지 않아도 그냥 거기서 계속 기다려요. 놈은 당신을 찾지 못하고 결국 포기할 겁니다. 날 믿어야 해요, 알았죠?"

"난 못해요." 케이트가 말했다. 눈물이 흘러내렸다. 코로 숨을 깊이 들이쉬자 가슴이 부풀었다. 순간적으로 그녀는 웃음이 터지는 줄 알았다.

"해야 합니다. 당신은 무사할 거예요. 내가 약속하죠." 코빈이 말했다.

케이트는 그를 바라보았고, 처음으로 두 사람의 눈이 마주쳤다. 깎아지른 절벽에서 무언가 붙잡을 만한 것을 발견한 기분이었다. 그녀는 마음의 결정을 내린 후, 차분하게 고개를 끄덕였다. 그러자 코빈이 그녀의 얼굴에서 손을 뗐다.

"누구예요? 여기 누가 있다는 거죠?" 케이트가 물었다.

"그건 중요치 않아요. 시간이 없습니다."

케이트는 그를 따라 벽장으로 갔다. 무감각한 다리가 몸의 나머지 부분과 별개로 움직였다. 코빈은 드라이클리닝을 마치고 비닐을 씌워둔 양복이 가득 걸린 벽장 속으로 그녀를 부드럽게 밀쳤다. "오른쪽으로 계속 밀어요. 딸깍 소리가 날 겁니다." 그가 다시 한 번 말했다.

"알았어요." 케이트가 말했다. 자신의 목소리가 멀리서 들리는 듯했다.

벽장문을 닫기 전에 그가 속삭였다. "내가 당신을 구해줄 겁니다." 이윽고 그녀는 어둠에 휩싸였다. 코빈이 말해준 대로 벽을 밀었더니 조그맣게 딸깍 소리가 나며 문이 휙 열렸다. 케이트는 안으로 들어가 주위를 더듬었다. 문에 금속으로 만든 작은 손잡이가 달려 있어서 문을 잡아당겼지만 완전히 닫지는 않았다. 이 작은 공간에서는 방부 처리를 하지 않은 나무와 퀴퀴한 책 냄새가 났다. 마치 시간을 거슬러 다른 나라의 다른 벽장에 갇혀 있고, 문 너머로 다른 미친 남자가 있는 듯했다. 다만 이번에는 그녀가 더 차분할 뿐이었다. 아니, 차분하다기보다 체념한 거였다. 이제 다 끝났다. 세상은 늘 최악의 방법으로 그녀를 죽이려고 했고, 마침내 그 일이 벌어지려 했다. 케이트는 항복했다. 그러자 온몸에 차분함이 퍼졌다. 비밀 문을 더 잡아당겨 완전히 닫았더니 손잡이가 돌아갔다. 그녀는 다시 밖으로 나갈 수 있었지만 그 사실은 중요치 않을지 모른다. 손으로 벽을 훑어보니 이 공간은 벽장과 같은 너비여서 양팔을 쭉 폈을 때보다 넓었다. 하지만 깊이는 30센티미터를 넘지 않았다. 등을 뒤쪽 벽에 딱 붙이면 가슴이 비밀 문을 살짝 스쳤다. 비현실적인 느낌이 들었고, 그녀는 그런 느낌이 반가웠다. 그리고 기다렸다.

귀를 기울였지만 자신의 숨소리와 심장 박동 소리만 들릴 뿐이었다.

코빈이 어떻게 미국으로 돌아왔을까? 애초에 런던에 안 갔을까? 아니다, 그는 보스턴을 떠나 런던에 갔다. 마사가 그를 만났으니까.

그는 오드리를 죽였기 때문에 다시 여기로 돌아왔고, 이제는 그녀를 죽이려고 한다. 이 벽장 안에 숨어 있으라는 말도, 침입자가 있다는 말도 모두 그가 하는 복잡한 게임의 일부다.

아니면 정말 이 집에 다른 사람이 있는 걸까?

여전히 술에 취한 앨런이 다른 방법으로 이 집에 몰래 숨어들었을까?

아니면 마침내 조지 대니얼스가 나타난 걸까? 다시 허파에서 웃음이 올라오려고 했지만 케이트는 목 근육이 경직될 정도로 어금니를 꽉 물고 참았다. 죽은 자의 나라에서 부활한 조지 대니얼스가 영국이 아닌 다른 나라에 나타나다니. 웬일인지 놀랍지 않았다. 늘 되뇌었듯이 조지는 언제나 그녀 안에 있고, 어디를 가든 따라오기 때문이다.

머릿속에서 조지의 목소리가 들렸다. **넌 벽장 안에서 죽게 될 거야, 케이트. 큭큭큭.**

눈을 감았지만 아무것도 변하지 않았다. 세상은 여전히 암흑이었다.

자신이 살해되었다는 사실을 알면 부모님이 얼마나 가슴 아파할까 하는 생각은 하지 않으려 했다.

케이트는 앨런을 생각했다. 24시간 전만 해도 그녀는 스스로에게 기쁨을 느끼도록 허락하며 그의 침대에 있었다. 마침내 다른 남자와 함께 있다는 사실이 행복했고, 축하하고 싶을 지경이었다. 어쩌면 조지 대니얼스는 그걸 기다렸는지 모른다. 그녀가 다른 남자와 바람을 피우기를 기다렸다가 마침내 그녀를 제대로 벌줄 수 있도록 말이다. 어쩌면 조지는 아직 살아 있고, 경찰과 부모님, 다른 사람들이 모두 거짓말을 했는지도 모른다. 그리고 멍청하게도 그녀는 그 거짓말을 믿어버렸다.

그러자 소리가 들렸다. 끙, 하는 듯한 신음 소리였다. 아니면 갑자기 제지당한 비명일 수도 있고. 케이트는 숨을 죽인 채 기다렸지만 더는 아무 소리도 들리지 않았다. 그저 건물이 웅웅거리며 한숨을 내쉬는 소리뿐이었다. 불현듯 아까 그 소리를 정말로 들었는지 의심스러워졌다. 그녀는 벽장 속, 산소가 희박한 공기를 들이마셨다. 비밀 문을 살짝 열어보았다. 문이 열리는 걸 보니 마음이 놓였다. 손끝끼리 톡톡 부딪치다가 아직 가시가 깊이 박혀 부어오른 부위에 닿는 순간, 찌릿한 통증을 느꼈다. 엄지를 입에 넣어 이로 살갗을 찢고, 몇 번 빨아낸 끝에 마침내 가시를 빼냈다. 셔츠에 피를 닦았다. 가시를 빼내니 잠시 제정신으로 돌아오는 듯했지만 이번에는 이 벽장에 얼마나 더 오래 있을 수 있을지 의문이 들었다. 밖에서 무슨 일이 벌어지는 걸까?

케이트는 머릿속으로 계획을 짜보았다. 일단 벽장에서 나가 최대한 민첩하고 조용하게 서재에서 나간 다음, 복도를 따라 거실로 가고, 거기서 다시 현관으로 간다. 그런 다음 문을 열고 죽을힘을 다해 1층 로비로 달려간다. 이 집은 매우 넓다. 코빈, 혹은 그 외에 누가 또 있든지 간에 그의 눈에 띄지 않을 수 있다. 자유의 몸이 될 수 있다. 만약 실패한다면? 적어도 이 벽장 속에 계속 웅크리고 있지는 않을 것이다.

엄지에서는 계속 피가 뚝뚝 떨어졌다. 피를 좀 더 빨았더니 입에서 비릿한 피 맛이 느껴졌다.

그녀는 종종 조지 대니얼스가 레이크 디스트릭트까지 그녀를 찾아와 벽장 안에 가둔 날을 생각했다. 만약 벽장문이 의자로 막혀 있지 않았다면, 그녀는 거기서 도망칠 수 있었을까? 조지가 아직 살아 있을 때 말고, 총성을 들은 후에 말이다. 당시 그녀는 벽장 안에 갇혔고 기다리는 것 외에는 달리할 수 있는 일이 없었다. 하지만 가끔씩 설령 벽장문을 열 수있었다고 해도, 그 안에 영원히 남아 있었을 거라는 생각이 들었다. 그녀는 상처 입은 짐승처럼 몸을 웅크린 채 꼼짝하지 않았다. 심지어 겁에 질린 경관이 벽장문을 열고, 그녀를 끌어내려고 손을 내밀었을 때도. 하지만 지금은 도망칠 기회가 있었고, 죽든 살든 그 기회를 잡아야 했다.

케이트는 비밀 문을 활짝 열고 벽장 속으로 나가 벽장문에 귀를 댔다. 1분 동안 귀를 기울였지만 아무 소리도 들리지 않았다. 손잡이를 잡았다. 코로 숨을 들이쉬고 입으로 내쉬었다.

어릴 때 배운 기도를 기억해내려 했지만 잠들기 전에 할머니가 들려주던 시만 생각났다. 케이트는 눈을 감은 채 그 시를 중얼거렸다.

악귀와 유령
그리고 다리 긴 짐승들

그리고 밤에 마주치는 다른 이상한 것들로부터,

자비로우신 하느님, 우리를 구해주소서

머릿속에서 들리는 할머니의 목소리와 시 덕분에 마음이 차분해진 케이트는 벽장문을 활짝 열고, 여전히 텔레비전 불빛이 깜빡거리는 벽장 밖으로 발을 내디뎠다.

26

월요일 아침에 코빈 델은 런던 사무실로 전화해 아파서 죽을 지경이니 다음 주부터 출근해도 되냐고 물은 뒤, 로열 뱅크 오브 스코틀랜드 지점에서 현찰로 1만5천 파운드를 인출했다. 그는 출금 수수료를 내지 않으려고 영국에 오기 전에 미리 인터넷으로 계좌를 만들어둔 터였다. 머리에 히잡을 쓴 인도인 여직원은 그의 출금 요구에 아무런 반응도 보이지 않았지만 여기저기 전화하고 컴퓨터에 무언가를 입력하더니 15분이 지난 후에야 100파운드짜리 지폐로 돈을 건네주었다.

두툼한 돈다발을 레인코트 안주머니에 넣은 채 코빈은 택시를 타고 캠든 마켓으로 갔고, 가판대 사이를 어슬렁거리며 후보자를 물색했다. 서두르지 않을 작정이었다. 시간은 충분했다. 펍이 영업을 시작한 후에는 적임자를 찾아낼 확률이 더 높을 터다. 그에게는 계획이 있었다. 헨리 우드를 찾아내서 죽이는 계획. 그것이 그에게는 최선의 선택이었다.

오후 2시가 다 되었을 때 코빈은 첫 번째 적임자를 찾아냈다. 마켓이 있는 곳에서 예닐곱 블록 떨어진 동네에 있는 우중충한 펍이었다. 남자는 수염을 길렀고 장발은 떡이 졌지만 그 외에는 코빈과 많이 닮았다. 눈동자와 머리 색깔도 같았고, 이목구비도 비슷했으며, 두드러진 턱선도 닮았다. 게다가 비 오는 월요일 오후에 얼음을 넣은 사과주를 마시는 것으로 보아 빈털터리 같았다.

코빈은 스텔라 파인트와 사과주를 한 잔씩 주문했다. 그렇게 두 잔을 들고, 때가 긴 창문 옆 테이블에 앉아 있는 남자에게 다가갔다. 창문으로 희미한 햇빛이 들어와 그가 읽고 있는 책이 찰스 부코스키 소설임을 알 수 있었다.

코빈은 맞은편에 앉아 남자 쪽으로 사과주를 밀었다. 남자는 손때 묻은 책을 내리며 놀란 표정으로 그를 바라보았다. 정말로 그와 닮은 얼굴이었다. 어쨌든 이 정도면 충분했다.

"하나만 물어봐도 될까요? 여권 있습니까?" 코빈이 물었다.

"그게 씨발 너랑 무슨 상관이야?" 남자가 말했다. 발음은 또렷했지만 어디 억양인지 알 수 없었다.

"당신에게 제안할 게 있습니다. 하지만 먼저 당신에게 여권이 있는지 알아야 해요."

"그래, 있어." 독일 억양인지도 모른다.

"당신 여권을 좀 빌리고 싶습니다. 다른 신분증도요. 일주일이면 됩니다. 약속해요. 이 자리에서 현찰로 8천 파운드를 드리죠. 나중에 내가 돌아오면 2천 파운드를 더 주고요. 당신은 전혀 위험할 거 없습니다."

남자가 웃었다. "꺼져."

"정말입니다. 1만 파운드에 아무런 위험도 없습니다."

"위험이 없다고? 네가 내 여권을 쓰는데?"

코빈은 맥주를 한 모금 마셨다. 지난 몇 년간 고객들에게 금융 상품을 팔아온 터라 이 남자가 이미 낚였음을 알고 있었다. 남자는 여권을 빌려줄 터였다. "키가 얼마나 되죠? 잠깐 일어나볼래요?" 코빈이 물었다.

남자는 대답 대신 이렇게 말했다. "만약 당신이 안 돌아오면?"

"그럼 여권을 도난당했다고 신고하세요. 늘 있는 일이니까. 그나저나 어디 출신이죠? 전혀 못 들어본 억양이네요."

"로테르담에서 왔어. 난 네덜란드인이야."

"이름은요?"

"브람. 아직 한다고 말하지 않았어."

"잘 들어봐요, 브람. 1만 파운드예요. 그것도 현찰로. 당신은 내게 여권을 넘기고, 당신 신용카드로 내가 항공권을 살 수 있게 도와주기만 하면 돼요. 물론 항공권 값도 내가 현찰로 줄 거고요. 누구 모르게 여행을 다녀와야 해서 그럽니다. 그뿐이에요. 일주일 후에 다 돌려줄게요. 일이 잘못되면 여권하고 신용카드를 도난당했다고 신고하세요. 그걸 뒤늦게 알았다고 하면서요. 당신에게는 불리할 게 하나도 없습니다."

브람은 잠시 생각하더니 입을 열었다. "1만5천 파운드에 하지."

코빈은 자리에서 일어났다. "다른 사람을 찾아보죠. 날 닮은 사람이 또 있을 겁니다."

코빈은 빈 파인트 잔을 바 테이블에 올려놓은 뒤 펍에서 나갔다. 브람이 그를 쫓아 나왔다. "좋아, 좋아. 하자고."

브람 헤이만스는 근처에 공사 중인 대형 아파트에서 무단으로 살고 있었다. 잠은 요가 매트에서 자고, 짐은 배낭에 든 물건이 전부였지만 그래도 애플 노트북에 휴대용 무선 라우터를 가지고 있었다. 코빈은 브람의 적갈색 여권을 뚫어지게 바라보았다. 사진 속 브람은 면도를 말끔히 했고, 머리는 전부 뒤로 빗어 넘겼다. 기왕이면 수염을 기른 사진이기를 바랐지만 이걸로도 충분했다. 사람들의 주의를 끌지만 않는다면 브람 행세를 할 수 있을 것이다. 그날 저녁에는 보스턴으로 가는 비행기가 없어서 코빈은 브람의 신용카드로 다음 날 아침 일찍 출발하는 비행기를 예약했다. 그런 다음, 약속한 8천 파운드에 항공권 비용 800파운드를 주고 여권을 받았다.

"일주일 뒤에도 여기 있을 거죠?" 코빈이 물었다. 브람은 니코틴 얼룩이 있는 엄지로 지폐를 넘기고 있었다.

"뭐라고? 이 아파트에 있을 거냐고?"

"네."

"응. 아무 데도 안 갈 거야."

"그럼 오늘부터 일주일 후에 당신 여권과 신용카드를 가지고 여기로 오겠습니다. 정오에요. 여기 있을 거죠?"

"그래." 돈에서 눈을 떼지 않은 채 브람이 말했다.

* * *

개트윅 공항 보안 검색대 앞에 늘어선 여행객은 적어도 100명은 되어 보였지만 코빈은 일찍 도착한 터였다. 사람이 많은 걸 보니 오히려 다행스러웠다. 아마 직원들은 여권 속 사진을 자세히 들여다보지 않고 서둘러 사람들을 통과시킬 것이다. 코빈은 밤새 그리고 아침까지 그 작은 사진을 초조하게 뜯어보며 이걸로 통과할 수 있을지 심사숙고했다. 가능할 듯했다. 더구나 7년 전에 만들어진 여권이었기 때문이다. 머리 모양을 지금 이대로 두는 게 나을지 아니면 사진 속 머리와 비슷하게 하는 게 나을지 고민하다가 그냥 이대로 두기로 했다. 머리 모양이 너무 똑같으면 보안 검색대 직원이나 보스턴의 세관 직원이 이목구비를 더 자세히 들여다볼 테고 그럼 눈

342

모양이 약간 다르고, 귀는 완전히 다르다는 사실을 알게 될 터였다.

검색대 맨 끝에 앉아 숙취에 시달리는 듯한 직원은 코빈이 내민 여권을 보지도 않고 스캐너에 읽힌 뒤, 기계적으로 여권 사진과 코빈의 얼굴을 한 번씩 힐끗 보고는 그를 통과시켰다.

최근에 자동 입국 심사 시스템이 설치된 보스턴 로건 공항에서는 좀 더 아슬아슬했다. 코빈은 모니터 앞에 서서 스캐너에 여권을 읽힌 다음, 움직이지 않고 카메라를 응시하며 사진이 찍히기를 기다렸다. 예상치 못한 전개에 가슴이 두근거렸지만 얌전히 카메라 플래시가 터지기를 기다렸다. 하지만 플래시는 터지지 않고, 모니터에 '얼굴을 인식할 수 없습니다'라는 메시지만 떴다. 코빈은 이제 끝났다고 생각했다. 컴퓨터 프로그램이 앞에 선 남자의 얼굴이 여권 속 사진과 일치하지 않음을 알아낸 것이다. 코빈은 다시 시도했지만 같은 메시지만 떴다. 그때 직원 한 명이 다가와 기계의 높이를 조정했다. 그러자 이번에는 플래시가 터졌고, 놀란 코빈의 얼굴이 흑백으로 찍힌 종이가 도르르 말려 나왔다. 코빈은 종이와 여권을 다른 직원에게 가져갔다. 여드름투성이에 콧수염을 기른 젊은 직원은 코빈에게 어디에 묵을 예정이고, 얼마나 머무를 거냐고 따지듯 묻더니 여권을 뚫어지게 바라보았다. 비록 사진에는 비교적 주의를 덜 기울였지만. 마침내 직원은 브람 헤이

만스의 여권에 도장을 찍어주었고, 코빈은 겨드랑이가 축축해진 것 말고는 멀쩡하게 이중 유리문을 통과해 입국장에 들어섰다. 대형 자동문 너머로 인도 옆에서 공회전 중인 택시들이 보였다. 이제 어디에도 매여 있지 않은 자유의 몸이었다. 그는 미국에 있었고, 아무도 그 사실을 증명하지 못하리라. 경찰에 잡히지 않는 한 그에게는 완벽한 알리바이가 있었다. 헨리를 찾아내기만 하면 엄청난 힘을 갖게 될 것이다.

갑자기 누가 자기를 알아볼까 걱정되었다. 변장해야 할까? 어디에 머물러야 하지? 브람의 여권으로 미국에 돌아올 수 있을지만 걱정한 터라 그 후의 일은 전혀 생각해두지 않았다. 이제 미국에 돌아왔으니 어떻게 해야 하지?

코빈은 택시를 타고 비컨 가에 있는 부티크 호텔로 갔다. 브람의 여권을 보여주고, 형편없는 네덜란드 억양으로 얼마 전에 신용카드를 도둑맞았다면서 현금으로 숙박비를 지불했다. 직원은 추가 비용 청구를 대비해 신용카드가 있어야 한다고 했지만, 코빈은 보증금으로 현찰 2천 달러를(로건 공항에서 브람의 여권을 이용해 5천 파운드를 달러로 환전한 터였다) 내겠다고 했고 마침내 직원도 동의했다. 방에 들어온 코빈은 옷을 모두 벗고 욕실에 들어가 뜨거운 물줄기 아래 거의 30분간 서서 몸의 긴장을 풀려고 했다. 경찰에게 이메일을 받은 후로 코빈은 홀린 듯했고, 마침내 무엇을 해야 할지 알게 되었다. 그는 아직 오드리의 사건으로 인한 고통과 그녀가 영원히 사라졌다는 슬품을 실감하지 못한 터였다. 그런데 이제야 그 감정이 밀려와 코빈은 걷잡을 수 없이 흐느껴 울었다. 이를 어찌나 꽉 물었는지 그러다 부서질까 걱정될 정도였다. 헨리를 찾아내 그가 저지른 죄의 대가를 치르도록 죽여버리겠다고 결심하자 마음이 가라앉았다. 헨리는 며칠 전까지만 해도 보스턴에 있었다. **난 헨리를 찾아낼 수 있어.** 코빈은 속으로 생각했다. 어두워지는 대로 베리 가의 아파트로 가서 덤불 속에 숨어 무슨 일이 벌어지는지, 혹시 헨리가 나타나지 않는지 지켜볼 것이다.

거의 정오가 다 되었다. 오드리 소식을 들은 뒤로 제대로 자지도, 먹지도 못했는데 이제 배가 요란하게 꾸르륵거렸고, 통 먹지 않아서 약간 어지러웠다. 청바지에 티셔츠, 개트윅 공항에서 구입한 잭 윌스 맨투맨 티셔츠를 입었다. 티셔츠에 달린 후드를 뒤집어쓰고, 줄을 꽉 조여서 후드가 벗겨지지 않도록 한 다음, 호텔을 나섰다. 오른쪽으로 돌아 병원들이 있는 쪽으로 걸어가다가 전에 한 번도 본 적이 없는 이발소 앞을 지나쳤다. 다시 되돌아가 문을 밀치고 이발소 안으로 들어갔다. 이발사가 둘이었는데 나이가 든 대머리와 그의 아들로 보이는 젊은 대머리였다. 어둑한 실내는 객차만큼이나 넓었고, 포마드 냄새가 풍겼다. 젊은 이발사가 손님이 없었기에 그에게 머리를 맡기기로 하고 자리에 앉았다. 코빈은 머리를 밀어달라고 했다.

"어느 정도로 밀까요?" 이발사가 물었다.

"최대한 빡빡 밀어주세요."

이발사는 클리퍼를 머리 아래쪽에 대고 코빈의 머리카락을 거의 전부 밀기 시작했다. 높은 선반에 놓인 낡은 대형 라디오에서 스포츠 채널 방송이 흘러나왔다. 이번 시즌 레드삭스의 구원 투수들이 형편없다고 투덜대는 청취자와의 전화통화를 들으며 코빈은 잠시 헨리 생각에서 벗어날 수 있었다.

"면도도 해드릴까요?" 이발이 끝나자 이발사가 물었다.

코빈은 턱을 쓰다듬었다. 일주일 넘게 면도를 안 한 터라 수염이 어느 때보다 덥수룩했다. "그러죠. 코밑만 남기고 면도해주세요." 남자가 외모를 바꾸고 싶다면 머리를 밀고 콧수염을 기르라는 글을 어디선가 읽었거나 들은 적이 있었다. 그 말은 오랫동안 그의 뇌리에 남아 있었지만 사실인지는 늘 의문이었다. 하지만 면도를 마치고, 거울 속 빡빡 민 머리와 이제막 기르기 시작한 불그스레한 콧수염을 본 코빈은 우연히 그를 본 사람도 못 알아볼 정도로 자신이 달라 보인다고 생각했다. 이 정도면 충분했다.

이발소에서 나온 뒤에는 매사추세츠 주 종합병원 쪽으로 걸어가다 한 번도 가본 적이 없는 그리스 피자 가게를 발견했다. 거기서 라지 사이즈의 미트볼 샌드위치를 먹고, 콜라 두 캔을 마셨다. 다 먹은 뒤에는 터키 샌드위치를 포장해 호텔로 갔다. 언제 또 먹을 기회가 생길지 모를 일이다. 방에 돌아와 커먼 공원 쪽 슬레이트 지붕이 내려다보이는 창문을 살짝 열었다. 바람이 많이 부는 날이었고, 공기가 탁한 방 안에 서늘한 강풍이 들어오니 기분이 좋았다. 코빈은 노트북을 열고 무선 인터넷 암호를 입력한 다음, 이메일을 확인했다. 휴대전화는 런던에 두고 왔다. GPS를 꺼두기는 했어도 영 불안해서 아예 가져오지 않았다. 대신 노트북은 사용해도 위치가 드러나지 않을 것이다. 케이트에게서는 아무런 연락도 없었다. 경찰이 집을 수색하게 해달라고 요청했다는 내용의 이메일이 마지막이었다. 코빈은 왜 경찰이 그의 집을 수색하고 싶어 했는지 아직 의문이었다. 잘은 몰라도 그가 오드리와 연관이 있다는 사실을 알아낸 모양이었다. 어쩌면 다른 입주민을 모두 신문하는 과정에서 앨런이 무슨 말을 했는지 모른다. 상관없다. 그의 집에서는 아무것도 나오지 않을 테니까.

코빈은 인터넷 창을 열고, 이번에도 '헨리 우드'나 '행크 보먼' 혹은 '행크 우드'를 검색했다. 역시 아무것도 나오지 않았다. 침대에 누워 높은 천장과 화려하게 장식된 몰딩을 바라보았다. 창틈으로 들어오는 바람이 휘파람 소리를 냈고, 커튼이 펄럭거렸다. 코빈은 눈을 감고 다시 어린 시절로 돌아갔다고 상상했다. 지금 애니스쾀 해변에 누워 있고, 공기에서 짭조름한 냄새가 감돌고 있다고. 어느새 잠이 들었고 자신이 결백한 꿈, 살인자들이 그를 쫓아오고 자신은 살인자가 아닌 꿈을 꿨다.

27

컴퓨터에서 삐 소리가 나는 바람에 코빈은 잠에서 깼다. 방 안은 싸늘했고, 그는 몸을 덜덜 떨고 있었다. 몸을 일으켜 컴퓨터 모니터를 봤더니 이메일 계정 채팅창에 케이트 프리디가 보낸 메시지가 있었다. 안녕하세요. 그는 오랫동안 그걸 바라보았다. 이제 추워서 이가 딱딱 부딪히기 시작했다. 마치 케이트가 모니터 너머로 그를 바라보는 듯, 그가 어디 있는지 아는 듯했다. 코빈은 일어나서 창문을 닫고 후드를 뒤집어썼다. 안녕하세요. 그가 답신을 보냈다.

당신이 오드리 마설을 죽였나요?

코빈은 숨을 죽인 채 키보드에 손가락을 올렸다. 누가 오드리를 죽였는지 안다고 쓰고 싶었지만 용기가 나지 않았다. 그래서 대신 자신은 오드리를 죽이지 않았고, 경찰이 자신을 범인으로 생각하는지 물었다. 경찰은 당신이 오드리와 사귀었다고 했어요. 케이트가 그렇게 메시지를 보내자, 코빈은 맞다고 인정했다. 다만 둘이 비밀 연애를 했기 때문에 사실대로 말할 수 없었다고 했다. 얼마나 형편없는 변명인지는 당연히 그도 알고 있었다. 왜 오드리가 죽었다는 사실을 알았을 때 곧바로 둘이 사귀었다고 털어놓지 않았을까? 더는 오드리를 보호할 수도 없었는데.

그는 케이트에게 자신은 오드리를 죽이지 않았다고 맹세했다. 케이트는 그 말을 믿는 듯했고, 두 사람은 날씨며 고양이 샌더스 이야기를 나눴다. 케이트는 오드리가 어떤 사람이냐고 물으며 최근에 만난 오드리의 친구 이야기를 꺼냈다.

코빈은 소름이 돋았다. 친구 누구인지 물었다.

잭 루도비코요.

코빈은 그가 어떻게 생겼는지 물었고, 케이트는 잭이 빨간 머리에 안경을 썼다고 했다. 헨리와 인상이 달랐지만 머리카락은 얼마든지 염색할 수 있다.

코빈은 재빨리 그 이름을 검색해보았다. 아무것도 나오지 않았다. 그다음에는 '헨리 우드'를 검색해보았다. 역시 아무엇도 없었다. 그들은 좀 더 이야기를 나누다가 대화를 끝냈다. 헨리가 케이트를 만났을지도 모른다고 생각하니 속이 울렁거렸다. 어서 헨리를 찾아내야 했다.

왜 하필 루도비코지? 이름이 왠지 귀에 익어서 검색해보았더니 제일 먼저 '루도비코 요법'이 나왔다. 이는 스탠리 큐브릭 감독의 영화 〈시계태엽 오렌지〉에 나오는 혐오 요법으로, 범죄자에게 구토를 일으키는 약물을 투여한 상태에서 강제로 선정적이거나 잔인한 영화를 보게 하는 것이다. 헨리는 이 영화를 좋아했다. 이것 말고도 스탠리 큐브릭의 작품을 다 좋아해서 코빈과 뉴욕에서 어울려 다니던 여름날에 둘이 함께 큐브릭의 영화를 많이 봤다. 그때가 수십 년 전만 같았다. 헨리는 분명 그 영화에서 가명을 따왔다. 그렇다면 그가 하트포드에 살던 시절에 쓴 또 다른 가명인 행크 보먼은? 코빈이 '큐브릭'과 '보먼'을 함께 검색했더니 곧바로 〈2001 스페이스 오디세이〉가 나왔다. 코빈은 가슴이 두근거렸고, 흥분으로 얼굴이 달아올랐다. 큐브릭의 필모그래피를 살펴봤다. 두 사람은 〈샤이닝〉도 예닐곱 번 함께 봤다. 거기서 잭 니콜슨이 맡은 배역의 이름이 뭐였더라? 검색해봤더니 잭 토런스였다. 코빈은 '헨리 토런스'를 검색해보았다. 결과가 서너 개 나왔는데 B급 영화에 잔뜩 출연한 배우였다. 이번에는 '보스턴'을 추가해서 검색했더니 중재 컨설턴트라는 사람이 나왔다. 개인 웹사이트까지 있었고, 비록 사진은 없었지만 왠지 코빈은 마침내 찾아냈다는 느낌이 왔다. 그 오랜 시간이 흐른 후에 헨리를 찾아낸 것이다. 헨리 토런스의 약력에는 오렐리어스 대학교를 졸업하고, 컬럼비아 대학교에서 분쟁 해결 분야로 석사 학위를 받았다고 적혀 있었다. 헨리가 틀림없다. 뉴턴에 있는 사무실 주소와 전화번호도 있었다.

드디어 찾았다.

거의 5시가 다 된 시간이어서 헨리가 아직 사무실에 있을 가능성은 매우 낮았지만, 그래도 코빈은 찰스 가에서 택시를 잡아타고 기사에게 뉴턴에 있는 헨리의 사무실 주소를 일러주었다. 퇴근길의 붐비는 차량 사이에서 가다 서다를 반복하며 45분이 걸린 끝에 목적지에 도착했다. 뉴턴빌이라는 마을에 있는 사무실은 양쪽으로 가로수가 있고 유료 고속도로와 평행을 이루며 뻗어 있는 거리의 빵집 위층이었다.

길 건너편에 벤치가 있어서 코빈은 거기 앉아 사무실이 있는 건물을 지켜보았다. 생각할 시간이 필요했다. 마침내 헨리와 대면하기 직전이라는 사실이 믿기지 않았다. 지금 이 순간에 헨리가 사무실에 있을지도 모를 일이다. 그 생각을 하니 희망과 두려움이 똑같은 강도로 느껴졌다. 만약 헨리가 저기 있다면 얼마든지 맨손으로 그를 죽일 자신이 있었다. 그를 목 졸라 죽일 수 있다. 하지만 만약 사무실에 다른 사람이 있다면? 혹은 같은 층에 있는 누군가가 소리를 듣는다면? 만약 헨리에게 총이 있다면?

코빈은 일어섰다. 청바지의 엉덩이 부분이 벤치에서 올라온 습기로 약간 축축해졌다. 상점가를 좌우로 훑어보았다. 술집과 샌드위치 가게, 은행 두 군데, 보석상 그리고 저쪽 모퉁이 너머로 조그만 철물점이 보였다. 그가 찾던 곳이 바로 저기였다. 코빈은 재빨리 철물점으로 걸어갔다. 문을 밀치고 들어갔다가 손님이 왔음을 알리는 벨이 울리는 바람에 살짝 놀랐다. 실내는 좁고 어두웠으며, 진열대 사이의 통로는 딱 한 사람만 오갈 수 있을 정도였다.

"뭐 찾으세요?"

어디서 들리는 목소리인지 알 수 없어 주위를 두리번거리던 코빈은 금전등록기 뒤로 희끗하고 구불거리는 머리카락을 단단하게 틀어 올린 노부인을 발견했다. 순간적으로 그는 노부인이 바닥에 무릎을 딛고 서 있는 줄 알았다. 카운터 위로 노부인의 머리가 거의 올라오지 않았기 때문이다. 이내 노부인은 높은 의자를 가져와 그 위에 앉았다. 난쟁이라고 해도 될 정도로 작은 키였다.

"아닙니다. 그냥 둘러보는 중이에요." 코빈이 말했다. 그가 듣기에도 긴장한 데다 뭔가 숨기는 듯한 목소리였다.

"찾는 물건이 없으면 불러요."

코빈은 아무 통로나 들어갔다. 그곳은 배관 용품 코너로 선반마다 플라스틱 파이프와 부속품이 있었다. **내가 뭘 찾는 거지?** 코빈은 생각했다. 또 다른 통로에는 망치, 드라이버, 스패

너 같은 수공구가 진열되어 있었다. 고무로 된 손잡이의 길이가 10센티미터 정도밖에 안 되는 작은 망치도 있었다. 그의 손에 딱 맞는 크기였다. 이걸로 헨리를 쉽게 기절시킨 후, 목을 조르거나 죽을 때까지 때릴 수 있다. 하지만 아무리 망치치고 작다고 해도 들고 다니기에는 곤란했고, 재킷 주머니에 넣으면 너무 불룩 튀어나올 터였다. 코빈은 계속 둘러보았다. 날이 별로 예리하지 않은 끌도 눈여겨봤지만 마침내 원하는 물건을 찾아냈다. 고무 손잡이가 달린 튼튼한 커터칼. 칼날을 집어넣으면 주머니에 넣을 수 있을 정도로 작았다. 심지어 보이지 않게 주먹 안에 감춰서 가지고 다닐 수도 있었다.

코빈은 칼을 들고 계산대로 가려다 멈칫했다. 만약 헨리가 사무실에 있고, 그래서 코빈이 커터칼로 그를 죽인다면, 근처 철물점에서 일하는 노부인은 살인 사건이 일어나기 직전에 커터칼을 사 간 수상한 남자를 기억하지 않을까? CCTV가 설치되었는지 확인하려고 천장을 힐끗 봤지만 카메라는 없었다. 그는 커터칼을 맨투맨 셔츠 앞주머니에 넣고, 다음 통로로 가서 싸구려 고무풀 한 병을 집어 들고 계산대로 갔다.

노부인은 읽고 있던 딘 쿤츠 책을 내려놓고는 자기만큼이나 오래된 듯한 금전등록기에 고무풀의 가격을 입력했다.

"꼭 필요한 물건을 사셨구려." 할머니가 말하며 미소 지었다.

"아무리 많이 사도 늘 부족하죠." 코빈은 할머니와 눈을 마주치지 않으며 말했다. 그냥 커터칼을 훔쳐서 나갈 걸 그랬다. 이제 할머니는 분명 그의 얼굴을 기억하리라.

다시 밖으로 나온 코빈은 고무풀이 든 작은 비닐봉지를 들고, 단호하게 샌드위치 가게 쪽으로 걸어갔다. 모퉁이에 있는 대형 쓰레기통에 고무풀을 버린 다음, 커터칼의 얇은 종이 포장지도 벗겨내서 버렸다. 주위 사람들은 대부분 퇴근한 직장인이었고, 스케이트보드를 타는 초등학생도 서너 명 있었지만 아무도 코빈에게 주의를 기울이지 않았다. 만약 헨리가 사무실에 있다면─그럴 가능성은 매우 낮았지만─코빈은 기회를 잡아야 했다. 철물점 노부인이 그를 기억하든 말든 상관없었다. 오로지 헨리를 죽이는 것만이 중요했다.

코빈은 횡단보도를 건너 유리문을 밀고 좁아터진 로비에 들어섰다. 바닥에는 리놀륨이 깔렸고, 벽에는 물이 흘러내린 얼룩이 있었다. 신선한 빵과 청소용 세제 냄새가 풍겼다. 가장 넓은 벽에는 초인종 세 개와 사무실 세 곳의 이름이 적혀 있었다. 코빈은 '헨리 토런스, 중재 컨설턴트' 옆에 있는 초인종을 누르고 기다렸다. 만약 벽에 달린 스피커에서 헨리의 목소리가 나오면 뭐라고 하지? 코빈은 아드레날린이 분출되는 것을 느끼며 아무 말도 하지 않기로 했다. 만약 헨리가 사무실에 있다면, 그냥 계단을 쏜살같이 올라간 다음 필요하다면 사무실 문이라도 부수고 들어가 커터칼로 그의 목을 그어버릴 것이다. 생각만 해도 손가락이 꿈틀거렸다.

하지만 스피커에서는 아무 대답도 나오지 않았다. 그는 다시 눌렀다. 이번에는 더 오래. 여전히 아무 대답이 없었다.

코빈은 좁은 계단을 올라갔다. 계단을 다 올라가니 어두 침침하고 짧은 복도가 나왔는데 세 개의 문이 닫혀 있었다. 각 각의 문에는 '심리치료사, 멜러니 갤러', '공인회계사, 조지프 한' 그리고 그냥 '헨리 토런스'라고 적혀 있었다. 헨리의 사무 실 문은 잠겨 있었지만 코빈의 손에 잡히는 손잡이는 매우 부 실하게 느껴졌다. 쉽게 쭈그러뜨릴 수 있는 빈 깡통 같았다. 헨리가 어디 사는지 단서를 얻기 위해 문을 부수고 들어갈까 생각했지만, 다른 사무실에서 전화벨이 울리더니 전화를 받는 남자 목소리가 들렸다. 코빈은 문손잡이에서 손을 뗐다. 아니 다. 이제야 헨리의 직장이 어디인지 알아냈다. 그런데 만일 지 금 사무실에 침입하면 헨리는 경계할 것이다. 지금은 그냥 갔 다가 내일 아침 일찍 길 건너편에 잠복하면서 헨리가 나타나 기를 기다리는 게 낫다.

다시 밖으로 나온 코빈은 호텔로 돌아갈 방법이 없음을 깨달았다. 뉴턴은 보스턴 외곽의 주택가이기는 해도 쉽게 택 시를 잡을 수 있는 곳이 아니었다. 건너편에 에드먼즈 태번이 라는 술집이 눈에 들어왔다. 안으로 들어갔더니 편자 모양의 바 테이블 주위에 근무를 마친 직장인들이 바글거렸다. 코빈 은 바에 기댄 채 라구니타스 필스를 주문하고, 여자 바텐더에 게 택시를 불러줄 수 있는지 물었다. 바텐더는 마치 코빈에게 오늘 밤 그의 말을 밖에 묶어둬도 되겠느냐는 질문이라도 받은 듯한 표정으로 그를 바라보았다. 기껏해야 대학생으로 보일 정도로 어렸고, 목덜미에는 의미를 알 수 없는 타투가 새겨져 있었다.

"휴대전화를 잃어버려서요." 코빈이 설명했다.

바텐더는 자신의 휴대전화를 꺼내더니 양 엄지를 재빨리 움직여 콜택시 회사의 전화번호를 찾아내 전화한 다음, 코빈에게 전화기를 건넸다. 코빈은 술집 이름을 알려주었고, 10분 뒤에 도착한다는 대답을 들었다.

"우버 택시 앱을 이용하세요." 코빈이 전화기를 돌려주자 바텐더가 말했다.

"이용합니다. 그런데 그것도 휴대전화에 있어서요."

"아, 맞네요." 바텐더는 미소를 짓더니, 수염을 기르고 폴로셔츠를 입은 두 남자 손님에게 다가갔다. 그들은 방금 전에 들어와 맥주 목록을 골똘히 바라보고 있었다.

10분 뒤에 도착한 택시 운전사에게 코빈은 호텔 대신 집 근처인 베리 가 75번지로 가자고 했다. 그러고는 낡은 비닐이 씌인 뒷좌석에 기댄 채 잠시 눈을 감고 긴장을 풀려고 했다. 우선 얼굴부터 시작해서 억지로 턱의 힘을 뺀 다음, 점점 몸 아래로 내려갔다. 헨리를 잡을 뻔했다는 사실 때문인지 아주 짧은 공상에 빠져들었다. 전에도 서너 번 생각한 적이 있었다. 만약 그가 헨리를 죽이고 경찰의 수사망을 무사히 빠져나온다면, 잃어버린 삶을 되찾게 될 것이다. 적어도 겉으로나마 그렇게 될 것이다. 어쩌면 시간이 흘러 클레어와 린다를 죽이고, 레이철과 오드리의 죽음에 일조한 자신을 용서하는 법도 배우게 될지 모른다. 아니, 그는 절대 자기 자신을 용서할 수 없을 것이다. 하지만 속죄할 수는 있으리라. 정확히 어떻게 속죄해야 할지는 몰랐지만 가끔씩 어떤 장면이 떠올랐다. 훗날 그가 가정을 이루고, 지켜줘야 할 딸들과 함께 있는 장면이었다. 그 장면이 떠오르자마자 코빈은 생각을 멈췄다. 너무 낙천적인 생각이었기 때문이다. 아니다, 만약 헨리를 죽이게 된다면 남은 생은 그저 아무도 해치지 않고 무탈하게 사는 것이 가장 큰 복이리라. 그 이상을 원한다면 욕심이다.

* * *

택시는 코빈의 아파트에서 한 블록 떨어진 곳에 그를 내려주었다. 이제 주위는 캄캄했고, 바람은 약해졌지만 기온은 뚝 떨어졌다. 코빈은 후드를 뒤집어쓰고 후드에 달린 줄을 꽉 조였다. 양손을 청바지 주머니에 밀어 넣은 채 101번지로 걸어갔다. 하지만 입주민과 우연히 마주치고 싶지 않아 정문에 다다르기 전에 길을 건넜다. 천천히 걸으며 아파트를 감시할 만한 곳을 물색했다. 만약 헨리가 이미 케이트를 찾아갔다면, 또 찾아갈 가능성이 있다. 호텔 방에서 아침이 되기를 기다리

느니 차라리 여기서 아파트를 감시하는 편이 나았다.

베리 가는 적벽돌로 지은 주택들이 많아 현관마다 불이 환히 밝혀졌지만 106번지는 여전히 예전 네덜란드 식 문*이었고, 안으로 살짝 들어가 있어서 코빈은 야트막한 계단에 앉을 수 있었다. 몸을 숨길 수는 없었지만 가로수 사이라서 비교적 어두웠다. 무엇보다 아파트 정문과 그의 집 거실 창문을 볼 수 있었다. 램프 불빛이 보이는 거실 창문에는 커튼이 반쯤 쳐져 있었다. 코빈은 무릎을 세워 두 다리를 바짝 끌어당기고, 나무 문에 기댄 채 최대한 사람들 눈에 띄지 않으려고 했다.

그 후로 두 시간 동안 코빈은 아파트를 드나드는 몇몇 사람을 지켜보았다. 대부분 그가 아는 사람이었다. 밸런타인 부부의 친구인 노부인이 천식을 앓는 퍼그를 데리고 산책을 나왔다. 그녀는 정문을 통과해 이웃집과 경계를 이루는 짧은 산울타리 쪽으로 퍼그를 데려갔다. 퍼그는 킁킁거리며 냄새를 맡다가 마침내 인도에 오줌을 쌌다. 노부인은 코빈이 있는 쪽을 슬쩍 바라보았다. 코빈은 자신이 백인임을 볼 수 있도록 고개를 살짝 들었다. 그가 백인이라는 걸 알면 아마 노부인은 경찰에 신고하지 않을 것이다. 잠시 후 아파트 앞에 멈춰 선 택시에서 히스컷 부인이 내렸고, 운전사가 식료품이 담긴 종이 봉지 두 개를 그녀 대신 들고 안뜰을 가로질렀다. 코빈이 모르

* 상하 2단으로 나뉘어져 위와 아래를 각각 열고 닫을 수 있는 문.

는 서너 명도 아파트를 드나들었지만 육촌 케이트나 헨리 우드는 없었다.

밤이 깊어지자 가로등 불빛은 더 환해지고 커지는 듯했다. 코빈은 이러다가 피해망상에 시달리는 주민이 경찰에 낯선 사람이 어슬렁거린다고 신고하는 건 아닐까 생각했다. 만약 경찰이 오면 그냥 쉬는 중이었다고 말할 것이다. 네덜란드 억양을 구사하며 브람의 여권을 보여주면 된다. 경찰은 그에게 자리를 뜨라고 하겠지만 체포하지는 않을 것이다. 코빈은 그러기를 바랐다.

그때 불규칙하고 요란한 발소리가 들리더니 그와 비슷한 또래로 보이는 남자가 아파트 앞에 멈춰 섰다. 남자는 취한 듯 몸이 좌우로 살짝 흔들리더니 코빈의 집—이제는 케이트의 집—창문을 똑바로 올려다보았다. 헨리인가? 키가 크고 건장한 뒷모습은 헨리와 달랐지만 혹시 또 모를 일이다. 그러자 남자가 고개를 돌렸고, 달빛과 가로등 불빛 속에서 남자의 얼굴이 보였다. 앨런이었다. 맞은편 동에 살면서 코빈에게 오드리 마셜과 사귀냐고 물어본 남자. 왜 앨런이 케이트가 있는 집의 창문을 올려다보는 걸까? 어쩌면 습관인지도 모른다. 창문 너머를 보기 좋아하는 괴짜. 코빈과 오드리가 사귄다는 사실도 그렇게 알아냈을 것이다. 코빈은 춥다는 듯 다리를 더욱 꼭 끌어당기고 고개를 숙였다. 앨런은 휘청거리며 정문을 통과해 안뜰로 들어갔다. 한 발씩 내디딜 때마다 금방이라도 쓰러질 듯했으나 쓰러지기 전에 다른 쪽 발을 내디뎠다.

거리는 다시 조용해졌다. 코빈이 다리를 펴고 싶어서 막 일어나려는 순간, 또 다른 형체가 브리머 가에서 모퉁이를 돌아 베리 가로 걸어왔다. 그는 얼른 다시 자리에 앉아 문에 등을 딱 붙이고 어둠 속으로 몸을 숨겼다.

헨리였다.

거의 확실했다. 코빈의 심장이 뛸 때마다 몸도 함께 고동쳤다. 남자의 얼굴은 볼 수 없었지만 어깨를 젖히고 날쌔게 걷는 걸음걸이가 눈에 아주 익었다. 헨리라고 굳게 믿은 탓에 남자가 고개 한번 돌리지 않고 아파트 정문을 곧장 지나쳐 강쪽으로 계속 걸어가자 코빈은 어리둥절했다. 자리에서 일어나 계속 지켜보았다. 남자는—이젠 헨리인지 아닌지 알 수 없었다—옆 건물도 지나치더니 갑자기 오른쪽으로 꺾어 시야에서 사라졌다. 코빈은 아직 맨투맨 셔츠 주머니 속에 든 커터칼을 꼭 쥔 채 길을 건넜다가 달리기 시작했다. 남자가 사라진 지점에 이르자 걸음을 늦췄다. 두 건물 사이에 지나가기 힘들 정도로 좁은 골목이 있었다. 달빛이 잘 비치지는 않았지만 인적이 없다는 건 알 수 있었다. 코빈이 그 골목으로 들어서자 양 어깨가 벽에 닿았다. 발아래는 미끈거렸고, 우유 썩은 내가 코를 찔렀다. 코빈은 자동으로 몸을 살짝 튼 채 건물들 뒤쪽을 따라 빠르게 걸었다. 그러자 베리 가의 주택들 뒤쪽으로 난 또 다른 골목, 훨씬 넓은 길이 나왔다. 그가 쫓는 남자의 흔적은 없었지만 왼쪽 길은 막혔으니 분명 이리로 내려갔으리라. 코빈은 자신의 아파트 건물 뒤쪽을 향해 천천히 조심스럽게 걸었다. 베리 가 101번지 뒤쪽은 한 번도 본 적이 없는 터라 벽돌로 된 벽에 큼직한 금속 문이 있는 것을 보고 적잖이 놀랐다. 아파트 지하실로 이어지는 문 같았다. 문 위쪽 벽에 감시 카메라가 설치되어 있었지만 골목 입구 쪽을 보고 있었다.

이제 의심의 여지가 없었다. 그가 쫓아온 남자는 헨리였고, 헨리는 다시 아파트에 들어가려고 여기 온 것이다. 하지만 왜? 그리고 어떻게 들어갔지?

코빈의 아파트 열쇠는 호텔 방에 있었다. 지금이 기회였다. 만약 헨리가 아직 지하실에 있다면 거기서 그를 죽일 수 있다. 만약 지하실에 없다면 어디 있을까? 어디 있든지 간에 코빈은 그를 찾아낼 것이다.

호텔까지 빠르게 걸어가느라 코빈은 숨을 약간 헐떡이며 호텔 방에 들어섰다. 캐리어 바깥쪽에 달린 주머니 지퍼를 열고 아파트 열쇠를 꺼냈다. 열쇠고리에는 열쇠 세 개가 달려 있었는데 하나는 그의 집 현관문, 하나는 창고, 하나는 아파트 공동 출입문 열쇠였다. 하지만 마지막 열쇠는 한 번도 쓴 적이 없었다. 경비원이 늘 상주하면서 출입문을 열어뒀기 때문이다. 하지만 이 열쇠로 아까 건물 뒤쪽에서 본 문을 열 수 있을 듯했다. 확인해볼 만했다.

떠나기 전, 코빈은 욕실에서 유리잔으로 물을 세 번이나 받아 단숨에 들이켰다. 거울을 바라보았다. 빡빡 민 머리와 반쯤 자란 콧수염 덕분에 정말로 딴사람 같았지만 겉으로만 그렇게 보일 뿐이었다. 그는 자신의 눈을 응시했다. 무서웠지만 확신이 있었다. 헨리는 죽어야 하며, 자신이 그를 죽일 거라는 확신.

28

다시 베리 가 101번지 뒤쪽으로 돌아온 코 빈은 아파트 뒷문 자물쇠에 열쇠를 넣어보았다. 처음에는 꼼짝도 하지 않았지만 한동안 좌우로 흔들어주었더니 열쇠가 돌아갔다. 코빈은 육중한 쇠문을 활짝 열었다. 짐작대로였다. 콘크리트로 된 계단 아래쪽에 개인 창고가 늘어선 구역이 나왔다. 그는 계단 위에서 머뭇거리며 지하실에서 인기척이 들리는지 귀를 기울였다. 헨리를 잡기도 전에 다른 입주민과 마주치는 최악의 상황은 피하고 싶었다. 1분이 지나자 후드를 뒤집어쓰고 줄을 조인 다음, 강렬한 백색 형광 불빛 속으로 걸어 내려갔다. 지하실에는 숨을 만한 공간이 거의 없었다. 한쪽 벽에는 자물쇠로 잠긴 개인 창고가 늘어서 있었고, 다른 쪽 벽에는 보일러와 온수기가 있었다. 코빈은 벽에 바짝 붙어 온수기 뒤쪽으로 살금살금 다가갔다. 거기에는 아무도 없었다.

이번에는 지하실을 가로질러 복도 쪽으로 갔다. 복도 끝에는 각 집의 부엌으로 이어지는 계단이 있을 터였다. 콘크리트 바닥 위에서 그의 신발이 탁탁 소리를 내자 코빈은 운동화로 갈아 신지 않은 것을 후회했다. 문을 열고 텅 빈 복도를 유심히 바라보았다. 만약 헨리가 이 건물에 들어왔다면 분명 저계단 중 하나를 올라가 누군가의 집으로 들어갔을 것이다. 범죄 현장을 다시 가고 싶어서 오드리의 집에 갔을 수도 있다. 아니면 이유는 몰라도 케이트를 스토킹하느라 코빈의 집에 갔을 수도 있다.

그는 복도 끝까지 가서 그의 아파트로 이어지는 계단을 올라갔다. 전에도 이 계단을 여러 번 오르락내리락했지만 층계참마다 달린 전구의 불빛이 이렇게 약한 줄 미처 몰랐다. 눈앞이 잘 보이지 않아서 손으로 양쪽 난간을 잡았다. 그의 집 부엌문 앞에 이르자 문에 한쪽 귀를 바짝 대고 무슨 소리라도 들어보려고 했지만 아무 소리도 들리지 않았다. 솔직히 이제 어떻게 해야 할지 몰랐다. 헨리는 사라져버렸다. 아까 아파트 열쇠만 있었더라도 헨리를 미행할 수 있었을 텐데 이제는 그가 어디에 있는지 알 수 없다.

코빈은 지하실로 돌아가 온수기 뒤에 숨어 헨리가 다시 나타나기를 기다리는 것이 최선의 방책이라는 결론을 내렸다.

막 계단을 내려가는데 아래쪽에서 소리가 들렸다. 코빈

은 죽은 듯이 가만히 있었다. 나직하지만 규칙적인 발자국 소리였다. 누군가 계단을 올라오고 있었다.

겁에 질린 코빈은 열쇠를 더듬거려 부엌문 열쇠를 찾아냈다. 열쇠를 문손잡이에 밀어 넣고 최대한 조용히 돌려 문을 열고 어두운 부엌으로 들어가 문을 닫았다.

그는 꼼짝하지 않고서 계단뿐 아니라 집 안에서도 무슨 소리가 나는지 귀를 기울였다. 어둠에 눈이 적응되자 창문으로 흘러 들어오는 달빛에 잠긴 부엌이 보였다. 잠시 완벽한 정적이 감돌더니 부엌문 반대편에서 발소리가 들렸다. 느리지만 조심스러운 발소리가 점점 더 가까워졌다. 코빈은 커터칼을 쥐고 엄지로 칼날을 밀어 올렸다. 불현듯 이 칼로는 부족하다는 생각이 들었다. 칼날이 예리하기는 해도 너무 작았다. 헨리를 조금이라도 다치게 하려면 한 치의 오차도 없이 겨눠야 했다. 달빛에 반짝이는 문손잡이에서 눈을 떼지 않은 채 코빈은 천천히 가장 가까이에 있는 조리대로 물러나 몸을 바짝 기댔다. 조리대의 석회석 상판을 왼손으로 훑어내리다 보니 칼이 보관된 칼꽂이가 만져졌다. 손으로 더듬어 가장 큰 손잡이를 찾아 칼꽂이에서 뺐다. 커터칼은 다시 맨투맨 셔츠 주머니에 넣고 오른손으로 칼을 잡았다.

문 반대편에서 무슨 일이 벌어지는 거지?

무슨 이유에서인지 헨리가 집 안으로 들어오려고 기회를 엿보는 중이라면 코빈도 기다려야 했다. 칼을 잡지 않은 왼손으로 조리대 가장자리를 잡은 채 천천히, 조용히 뒤로 물러서서 냉장고 옆 벽감 속에 반쯤 숨었다. 호흡에 집중하며 규칙적이고 조용하게 호흡하려 했다.

그때 무슨 소리가 났다. 부엌문 뒤에서가 아니라 집 안에서 나는 소리였다. 옷이 스치는 소리, 마룻바닥을 맨발로 걷는 소리. 그러더니 느닷없이 부엌을 지나 침실로 걸어가는 케이트가 보였다. 만약 그녀가 부엌에 들어왔더라면, 아니 그냥 부엌 쪽으로 고개만 돌렸더라면 코빈을 봤을 것이다. 그는 꼼짝하지 않은 채 귀를 기울였다. 변기 물 내려가는 소리가 나더니 배수관에서 익숙한 쾅 소리가 났다. 수돗물을 튼 모양이다. 코빈은 재빨리 부엌에서 나와 램프 하나만 켜진 널찍한 거실로 갔다. 거실에서 가장 어두운 부분을 가로질러 커튼 뒤에 숨었다. 몇 분이 지나자 케이트가 다시 거실을 가로질렀다. 발소리만 들릴 뿐 청바지가 스치는 소리는 나지 않았다. 옷을 갈아입은 모양이었다.

5분 뒤, 코빈은 커튼 뒤에서 반쯤 나왔다. 서재에서 희미하게 텔레비전 소리가 흘러나왔다. 적어도 이제 케이트가 어디 있는지 알고 있으니 헨리가 나타나기를 기다리기만 하면 된다. 그는 우두커니 서서 귀를 쫑긋 세웠다. 한 시간, 혹은 한 시간처럼 느껴지는 시간이 흘렀다. 코빈은 지금 자기가 여기서 뭐하는 짓인지, 무슨 일이 벌어지기를 바라는 것인지 회의가 들었다. 아까 정말로 계단에서 소리를 들었는지조차 의심스러웠다. 어쩌면 잘못 들었는지도 모른다. 그런 생각들을 하고 있을 때 헨리 우드가 마치 이 집에 사는 사람처럼 태평하게 거실을 지나갔다. 코빈은 몸이 얼어붙은 채 그를 지켜봤다. 칼을 잡은 손가락에는 아무런 감각도 없었다. 틀림없이 헨리였다. 짧게 자른 머리는 염색했고, 칼라를 세운 중간 길이의 짙은색 코트를 입은 채 헨리가 서재 쪽으로 걸어가고 있었다.

코빈은 한쪽 무릎을 꿇고 앉아 신발을 하나씩 벗었다. 왜 진작 벗지 않았을까?

양말을 신은 발이 미끄러지지 않도록 조심하며 복도를 지나 서재에 들어갔다. 텔레비전에서는 흑백 영화가 방영 중이었다. 담요를 덮고 소파에 누워 있는 케이트는 분명 잠들어 있었다. 헨리는 보이지 않았다. 코빈은 몸을 돌려 거실로 이어지는 복도를 바라보았다. 헨리는 두 손님용 침실 중 하나, 혹은 세탁실에 있을 것이다. 케이트가 소파에서 몸을 뒤척이며 코로 살짝 킁킁 소리를 냈다. 서재 벽장 속 은신처, 아버지가 이 집을 처음 샀을 때 만든 비밀 장소가 생각났다. 케이트를 깨워 거기 숨어 있으라고 해야 한다. 그러면 설사 그가 헨리를 죽이지 못한다 해도, 설사 헨리가 그를 죽인다 해도 케이트는 안전할 것이다. 어찌 되든 그의 인생은 끝장날 테지만 그건 받아들일 수 있다.

지금은 케이트를 살리는 것만이 중요하다.

코빈은 소파 옆에 무릎을 꿇고, 칼을 바닥에 내려놓은 뒤

후드를 벗고 손으로 케이트의 입을 막았다. 케이트가 잠에서 깨 꿈틀거렸지만 코빈은 다른 손으로 그녀의 어깨를 잡아 움직이지 못하게 했다. 그러고는—믿음직하게 들리기를 바라는 목소리로—자신이 누구인지 말했다.

"날 믿어야 합니다. 아니면 우리 둘 다 죽을 거예요. 알았어요?" 그가 속삭였다.

마침내 케이트는 고개를 끄덕였고, 코빈은 그녀가 자신의 말을 따르기로 했음을 느낄 수 있었다. 그는 벽장 속 비밀 공간—아버지는 IT 버블 경제가 몰락한 이후에 이곳에 금을 숨겨두었다—에 대해 말해주며 자신이 데리러 올 때까지 거기 숨어 있어야 한다고 했다. 케이트는 다시 겁에 질린 듯했지만 점차 온순해졌다. 그가 계속 그렇게 해야 한다고 우기자 마침내 케이트의 몸에서 긴장이 풀렸다. 그녀는 고개를 끄덕였고, 코빈은 그녀의 입에서 손을 뗐다. 눈물과 침으로 축축해진 머리카락이 그녀의 한쪽 뺨에 펼쳐져 있었다.

"누구예요? 여기 누가 있다는 거죠?" 케이트가 물었다.

코빈은 그건 중요치 않다고, 어서 벽장 속으로 들어가라고 말했다. 그녀는 순순히 코빈의 말을 따랐지만 아무런 의지도 없는 사람 같았다. 코빈은 그녀를 끌어당겨서 안아주고 싶었다. 설사 서로를 잘 모른다 해도 그들은 어쨌든 가족이었다. 하지만 꾹 참고, 대신 그녀가 벽장 뒤로 들어가기 전에 "내가 당신을 구해줄 겁니다"라고 말했다. 그 말은 진심이었다.

코빈은 벽장문을 닫고 다시 소파로 가서 바닥에 놓아둔 칼을 집어 들었다. 뒤쪽 텔레비전에서는 아직 영국식 억양이 들리는 흑백 영화가 방영 중이었다. 가장 무도회에 참석한 남녀가 나왔다. 텔레비전 소리가 나서 다행이었다. 어쩌면 헨리는 아직 이 집에 자신과 케이트뿐이라고 생각할지도 모른다.

코빈은 복도를 살폈다. 욕실과 세탁실 문은 닫혀 있었지만, 두 손님용 침실의 문은 살짝 열려 있었다. 특히 한 침실의 문이 조금 더 열려 있었다. 헨리는 틀림없이 두 침실 중 하나에 있었다. 코빈이 복도에 깔린 페르시아 카펫을 살금살금 걸어 첫 번째 손님용 침실을 막 들여다보려는 순간, 거실에서 인기척이 느껴졌다. 고개를 돌려보니 헨리가 그를 마주 보며 서 있었다. 거실 조명 덕분에 헨리의 표정까지 볼 수 있었다. 놀란 듯했지만 약간 즐거워 보이기도 했다.

코빈은 칼날을 청바지에 딱 붙여 칼을 숨긴 채 헨리에게 다가갔다.

"왔구나." 헨리가 말하며 미소 지었다. 윗입술이 올라가며 큼직하고 하얀 송곳니가 드러났다.

"네가 왜 여기 있지, 헨리?" 코빈이 물었다. 그의 목소리는 평소보다 더 차분했다.

"너 때문이지, 친구. 설마 내가……."

헨리와 이야기할 때가 아니라 행동해야 할 때임을 깨달은 코빈은 크게 두 걸음을 내디디며 칼을 휘둘렀다. 하지만 한 발 늦었다. 헨리는 엉덩이를 뒤로 쑥 빼고 어깨를 웅크렸다. 마치 술래에게 잡히지 않으려는 어린아이처럼. 그러자 코빈은 균형을 잃었고, 헨리가 그에게 달려들면서 둘 다 마룻바닥으로 쓰러졌다. 코빈은 헉 하며 숨을 토해냈다. 헨리는 아직 칼을 쥔 코빈의 손을 마룻바닥에 고정시킨 채 다른 손으로 칼을 비틀어 빼내려다 칼날에 손바닥을 베였다. 헨리는 고통으로 신음했고, 다시 폐가 정상으로 돌아온 코빈은 여전히 칼 손잡이를 쥔 채 헨리를 몸에서 떼어냈다. 헨리가 바닥에 벌렁 쓰러지자 코빈은 헨리의 머리를 향해 칼을 내리꽂았지만 칼끝은 헨리의 볼 옆 마룻바닥에 꽂혔다. 아드레날린과 공포로 헨리의 눈동자가 휘둥그레졌다. 코빈은 단단한 마룻바닥에 꽂힌 칼을 뽑으려 했지만 손이 땀으로 미끈거려서 손잡이를 놓치고 말았다. 그 바람에 뒤로 약간 기우뚱하면서 왼 손바닥으로 바닥을 짚었고, 칼은 소리굽쇠처럼 부르르 진동했다. 그러자 헨리가 재빨리 일어나 칼 손잡이를 쥐더니 칼을 비틀어 바닥에서 뽑아내 코빈에게 달려들었다. 코빈이 할 수 있는 일은 그저 오른쪽 팔을 들어 목을 보호하고, 양다리를 차는 것뿐이었다. 하지만 그것으로는 부족했다. 칼날은 그의 목을 찾아냈다.

코빈은 뒤로 쓰러지며 본능적으로 양손을 들어 상처를 막았다. 따뜻한 피가 손가락 사이로 새어 나왔다. 헨리가 바닥을 더듬으며 일어나는 소리가 들렸지만 코빈은 헨리를 보려고 고개를 들 수가 없었다. 대신 격자 천장을 올려다보며 몸에서 모든 감각이 녹아내리는 것을 느꼈다. 이제 그만 눈을 감으려는데 갑자기 케이트가 나타나 그를 굽어보았다. **당신은 우리 아버지와 약간 닮았네요.** 코빈은 그렇게 말했지만 목에서 피가 꿀럭꿀럭 나오는 소리만 들릴 뿐이었다. **우리 아버지와 눈이 똑같아요.**

29

앨런은 요란한 알람 소리에 잠에서 깼다. 조심스럽게 고개를 돌려 시계에 적힌 숫자를 보았다. 10시 30분이었다. 순간적으로 낮인지 밤인지 헷갈렸으나 바깥이 어두웠다. 시계를 탁 쳐서 알람을 끄고 다시 눈을 감았다. 머리를 바이스에 넣고 꽉 조이기라도 하는 듯이 양쪽 관자놀이가 지끈거렸다.

알람이 다시 울렸다. 앨런은 일어나 앉아 시계를 보았다가 주위를 둘러보았다. 시계에서 나는 소리가 아니었다. 인터폰이었다. 그는 침대에서 내려와 자신이 옷을 그대로 입고 있다는 사실에 놀라며 느릿느릿 거실을 가로질러 인터폰으로 갔다. 케이트일 거라고 생각했다. 기억의 파편이 밀려들었다. 잭을 만났고, 그는 코빈이 전에도 여자를 죽였다며 오랫동안 혼자 횡설수설했다. 그러다 다시 혼자 걸었고, 아일랜드 펍에 들어간 일까지 기억났지만 그 이후는 기억이 흐릿했다. 그래도 케이트를 만난 일은 기억했다. 그들은 실랑이를 벌였고, 그녀는 겁에 질린 표정이었다. 그 집 부엌에서 그랬던 것 같은데 어떻게 거기까지 갔는지, 또 어떻게 다시 집으로 돌아왔는지는 기억나지 않았다.

앨런은 인터폰 버튼을 눌렀다.

"방금 올라갔습니다." 경비원이 말했다.

"누가요?"

"경찰 말입니다. 영장을 보여줬어요."

그러자 현관문을 요란하게 두드리는 소리가 들렸다. 앨런은 속이 울렁거렸지만 현관으로 가서 문을 열었다.

"앨런 처니?" 그가 전에 만났던 여자 형사였다. 그녀 뒤로 제복을 입은 경찰 둘과 사복을 입은 여자 하나가 서 있었다. 경찰은 둘 다 남자였고, 둘 다 여자 형사보다 키가 작았으며 사복 차림의 여자는 재미 삼아 따라온 인턴 같았다.

"네."

"난 로베르타 제임스고, 이쪽은 FBI에서 나온 애비게일 탠 요원입니다. 당신 집을 뒤져도 된다는 수색 영장을 가져왔습니다." 그녀는 여러 번 접었다 편 것처럼 보이는 종이 한 장을 건넸다.

"알겠습니다." 앨런은 그렇게 말하며 네 사람이 들어올 수 있도록 한 발짝 물러섰다. "오드리 마셜과 관계있는 일인 가요?"

"맞아요." 얼굴만큼이나 어린 목소리로 FBI 요원이 말했다. 그러더니 재킷 주머니에서 라텍스 장갑 두 쌍을 꺼내 제복을 입은 경찰에게 건넸다. "고인과의 관계에 대해 하고 싶은 말이 있나요?"

앨런은 재빨리 고개를 저었다. 그녀의 눈을 마주 보기가 힘들었다. 다시 강렬한 욕지기가 올라왔다. "실례합니다." 그는 그렇게 말하고 욕실로 달려갔다.

욕실 문을 닫고 딱딱한 타일 바닥에 무릎을 꿇은 뒤 쓴물만 올라올 때까지 다 토해냈다. 그런 다음, 찬물로 세수하고 이를 닦았다. 거울 속 자신을 바라보았다. 눈이 충혈되었고, 토하느라 아래쪽 눈꺼풀이 눈물로 축축했다. 얼굴은 백랍처럼 창백했다.

눈물을 닦아내는데 끔찍한 두려움이 밀려왔다. 단지 경찰이 집을 수색하고 있어서가 아니라 무언가 단단히 잘못되었다는 확신이 들었기 때문이다.

거실에서 경찰이 무전을 보내는 소리가 들렸다. 대체 뭘 찾는 거지? 욕실에서 나가기 전에 약장 문을 열고 소염진통제를 꺼내려다 실수로 알레르기 약을 꺼내는 바람에 다시 선반에 올려놓았다. 그러자 불현듯 아까 잭이 술집에서 팔을 긁던 일이 떠올랐다. 봄에 나는 두드러기 같은 것이라고 했다. 하지만 전혀 알레르기성 두드러기로 보이지 않았고, 갑자기 앨런은 그게 무엇인지, 어떤 의미인지 깨달았다. 그 생각을 하니 현기증이 났고, 케이트가 위험에 처했다는 느낌이 들었다. 정확한 이유는 알 수 없었다. 그냥 느낌일 뿐이었지만 그 어떤 느낌보다도 강렬했다.

그가 욕실에서 나와 거실로 들어서는데 젊은 FBI 요원이 거실을 가로질러 그에게 다가오며 라텍스 장갑을 벗었다. 그녀 뒤로 보이는 부엌에서는 여자 형사가 부엌칼을 봉지에 담고 있었다. 정확히 무슨 말을 해야 할지 몰랐지만 앨런은 말을 하려고 입을 열었다. 하지만 그때 FBI 요원이 재킷 안쪽 허리춤에서 수갑을 꺼내들었다. "앨런 처니." 그녀가 무표정한 눈으로 말했다. "당신을 오드리 마셜 살인 혐의로 체포한다……." 그의 양손을 등 뒤로 돌리며 FBI 요원은 그의 권리를 말해주었다.

2부

공평하게 반반

30

코빈 델과의 우정—혹은 무엇이든 간에—
은 특별했다. 헨리 우드는 생애 처음으로 일반인들이 사랑에
빠지거나 부모를 바라보거나 앞으로 함께 살게 될 새 강아지
를 집에 데려왔을 때 어떤 심정이 되는지 깨달았다. 린다 알케
리라는 하찮은 여자를 함께 죽인 후 코빈이 전화로 절교를 통
보하면서 그 우정은 끝나버렸고, 헨리는 큰 상처를 입었다. 그
역시 처음 겪는 일이었다. 상처를 입은 정도가 아니라 충격을
받았다. 누가 뭐라고 해도 그는 코빈을 신세계로 안내해줬기
때문이다. 캔자스 주에서 오즈로 데려가줬더니 이제 와서 코빈
은 무슨 이유에서인지 다시 캔자스 주로 돌아가고 싶어 했다.

코빈은 보딩턴 묘지에서 일어난 일이 얼마나 아름다운지
모른단 말인가? 일 강 보호구역에서 일어난 일은 한층 더 아

름답다는 사실을?

헨리에게는 그 모두가 아름다운 추억이었다. 특히 클레어 브레넌 일로 런던에서 코빈과 함께 다닌 순간들은. 아마 대학 시절에 대한 향수 때문에 더 아름답게 느껴지기도 하겠지만, 아니다, 헨리는 그 시절이 정말로 아름답다고 느꼈다. 살인 사건 직후 런던에 잠깐 더 머무는 동안, 그리고 뉴욕에서 코빈과 함께 보낸 여름 내내 세상은 새로운 색으로 칠해졌다. 헨리는 매일 밤 잠들기 전, 비 오는 수요일 오후 보딩턴 묘지에서 있었던 일을 세세히 곱씹었다. 그것은 마치 세 참가자가 연습한 적도 없는데 각자의 스텝을 정확히 알고 즉흥적으로 추는 춤과 같았다. 적어도 그는 그렇게 기억했다. 클레어가 죽으면서 춤은 절정에 이르렀고, 그녀가 흘린 피는 코빈과 그가 똑같이 나눠 가졌다. 심지어 비까지 내려 피를 씻어내고 공기를 맑게 해 그 순간은 더욱 아름다워졌다.

가끔씩 헨리는 실제 일어난 일을 살짝 바꿔 좀 더 훌륭하게 각색했다. 예를 들어, 그가 빗물 젖은 땅에서 미끄러져 한쪽 무릎을 꿇은 일이라든가 칼을 놓친 어색한 장면은 늘 빼버렸다. 또한 그들이 구덩이를 파는 데 걸린 시간은 늘 실제보다 줄이고, 누가 올까 두려워 코빈이 전전긍긍하던 일도 빼버렸다. 또 가끔은 새로운 장면을 추가하기도 했는데 두 사람이 클레어를 묻기 전에 그녀의 시신을 반으로 가르는 장면이었다. **반은 코빈의 몫, 반은 내 몫. 둘이 공평하게 반반,** 이라고 헨리는

380

생각했다. 클레어가 왜 죽었는지 보여주는 비유가 되었으리라. 그녀는 어리석게도 사랑을 반으로 나누었고, 그 대가를 치른 것이다. 하지만 또한 헨리와 코빈에게 일어난 일에 대한 비유도 되고 말았다.

물론 린다 알케리가 죽은 후에야 헨리는 깨달았다. 코빈이 그런 사실을 이해하지 못하며 앞으로도 영영 그러리라는 것을. 헨리는 린다를 반으로 잘라 코빈에게 선물로 주었지만 그는 전혀 고마워하지 않았다.

그렇기는 해도 코빈에게 절교하자는 전화가 왔을 때 헨리는 충격을 받았다.

그리고 화가 났다.

코빈은 대체 무슨 생각으로 그랬을까? 함께 그런 짓을 해놓고 이제 와서 그만둘 수 있다고 생각했을까? 다시 정상적인 삶으로 돌아갈 거라고? 결혼해서 아이를 낳아 가정을 꾸리고 싶었을까? 다시 캔자스 주로 돌아가 무채색 세상에서 살아도 행복할 거라고 생각했을까? 그래서 헨리는 절대 그런 일이 일어나지 못하도록 해주겠다고 결심했다. 세상은 그렇게 돌아가지 않는다. 코빈은 그와 같은 종족이었다. 아닌 척할 수는 있지만, 그렇다고 해서 그 사실이 바뀌지는 않으며 헨리는 코빈에게 그걸 절대 잊지 못하도록 해줄 작정이었다.

헨리 우드는 헨리 '행크' 토런스가 되어 미주리 주 세인트루이스에서 기업 분쟁을 담당하는 중재 컨설턴트가 되었다.

일은 쉬웠다. 사람들, 특히 불만으로 눈이 멀거나 멍청한 사람들은 여러 가지 간단한 방법으로 쉽게 조종할 수 있었다.

그러다 케일리 뷰커라는 여자를 만나게 되었다. 생김새나 몸동작, 비열해 보이는 눈동자가 클레어를 연상시켰다. 코빈은 저녁을 함께 먹으며 촌스러운 중서부 억양으로 말하는 그녀의 이야기를 들어주었다. 자기 집안에서 대학을 간 사람은 그녀가 처음이고, 부모님은 그녀의 진가를 모른 채 그저 언제 결혼할 건지 다그치기만 한다고 했다. 헨리는 케일리의 전화에 다시 답하지 않았지만 반 년 동안 그녀를 미행했다. 케일리는 웹스터 그로브스에 있는 집에서 월세를 내며 혼자 살았다. 헨리는 그녀를 따라다니며 스케줄을 파악했다. 자물쇠 여는 도구를 사서 혼자 연습한 다음, 내킬 때마다 그녀의 집에 몰래 들어갔다. 그녀의 물건을 다시 정렬하고, 먹다 남긴 음식에 침을 뱉고, 한심한 일기를("미래의 나야, 안녕!") 읽는 게 재미있었다. 어느 오후에는 케일리가 회사 동료 남자와 함께 일찍 귀가했다. 헨리는 침실 벽장에 숨어 그들이 섹스하는 소리를 들었다. 나중에 남자는 울면서 자기는 유부남이고 지금까지 한 번도 바람을 피운 적이 없다고 투덜거렸다. 정확하지는 않지만 그런 식으로 말했다. 남자가 떠난 뒤 케일리는 회사에 전화해 머리가 아파서 조퇴하겠다고 말했다. 헨리는 그날 저녁 내내 그리고 새벽까지 그 집에 머물다가 새벽 3시에 케일리의 침대로 가서 잠든 그녀를 바라본 후에 떠났다.

케일리의 집에 몰래 숨어 있는 것은 코빈과 절교한 후로 가장 즐거운 일이었다.

헨리는 가능한 한 자주 그녀의 집을 찾아갔다. 맞배지붕으로 된 그 이층집에서 숨어 있을 만한 곳을 모조리 알아내고, 마룻바닥이나 경첩이 삐걱거리는 곳은 어디인지 모두 외워두었다. 덕분에 케일리가 있을 때에도 아무 문제없이 집 안을 돌아다닐 수 있었다. 그러다 한 번은 거의 들킬 뻔했다. 평소 케일리는 1층 화장실을 절대 사용하지 않는데 마침 헨리가 거기 있을 때 외출했다가 돌아온 그녀가 오줌을 싸러 화장실로 부리나케 들어온 것이다. 헨리는 간신히 샤워 부스 안으로 들어갔지만 미처 커튼을 치지 못했다. 케일리는 변기에 앉아 정신없이 오줌을 쌌다. 만약 그녀가 고개를 들어 거울을 봤다면, 샤워 커튼 뒤에 숨어 있는 헨리를 보았을 것이다. 하지만 그녀는 휴대전화를 보느라 정신이 팔려 고개를 들지 않았다. 케일리가 웃었다 울었다 하면서 본 문자가 그녀의 목숨을 구해주었다.

부동산 값이 오르자 마침내 케일리의 집주인은 그 집을 팔기로 했고, 그녀는 도시로 돌아가 친구와 함께 살기로 했다. 그 집에서 케일리와 함께 보내는 마지막 밤에 그녀가 위층에서 자는 동안 헨리는 거실에서 카드를 섞었다. 빨간색 카드가 나오면 케일리를 죽이고, 검은색 카드가 나오면 살려둘 작정이었다. 그가 뽑은 카드는 클로버 7이었다. 떠나기 전에 헨리는 가위를 들고 다니며 집 안의 사진을 모조리 반으로 자른 다음, 원래대로 다시 액자에 넣어두거나 테이프로 이어서 냉장고에 붙여두었다. 그러고는 앤디 워홀이 실크 스크린 기법을 사용한, 거기다 친필 사인까지 있는 마오쩌둥 초상화를 훔쳐 가지고 나왔다. 아마 수만 달러의 값어치가 있을 것이다.

케일리와 함께 있으면 즐거웠지만 어딘가 외로웠다. 비록 훨씬 더 근사해진 사진을 남겨두기는 했어도, 그렇게 한 사람이 그라는 사실을 케일리는 죽었다 깨어나도 모를 것이다. 그저 인생의 미스터리로 남을 것이다.

헨리는 코빈을 찾기로 마음먹었다. 이제 복수할 때였다.

코빈을 찾아내기는 어렵지 않았다. 링크드인을 보니 코빈은 뉴욕에서 몇 년 더 살다가 보스턴으로 돌아가 브라이어 크레인 본사에서 일했다. 여름휴가에 헨리는 비행기를 타고 보스턴으로 가서 코빈을 찾아 나섰다. 사우스엔드에 있는 브라이어 크레인 사무실을 감시했지만 코빈은 보이지 않았다. 브라이어 크레인의 수다스런 안내 데스크 직원에게 가짜 명함을 주고 코빈이 8월에는 뉴에식스에서 가족들과 함께 지낸다는 사실을 알아냈다. 헨리는 차를 렌트해 뉴에식스로 갔고, 여름 성수기에 유일하게 방이 남은 뉴에식스 모터 코트 호텔에 투숙했다. 그러고는 일주일간 코빈과 그의 아름다운 갈색 머리 여자 친구를 미행했다. 코빈은 구릿빛의 근육질 몸매였고, 매일 아침마다 해변을 따라 달렸다. 그리고 자기가 유혹한 도시 아가씨와 함께 있는 게 진정으로 행복한 듯했다. 헨리는 여자의 이름을 알아냈다. 레이철 체스. 클레어 브레넌처럼 긴 갈색 머리였고, 코빈 앞에서 늘 웃거나 그의 어깨에 팔을 두르거나 해변에 함께 있을 때면 양다리로 그를 감쌌다. 매일 밤마다 저렇게 다리로 코빈을 감쌀 거라고 헨리는 생각했다. 그리고 자신이 신처럼 떠받드는 남자가 한때 여자가 땅바닥에 머리를 부딪혀 의식을 잃을 때까지 계속 흔들어댔다는 사실은 꿈에도 모를 것이다. 헨리는 너무 분노한 나머지 코빈을 그냥 죽여버리고 싶었다. 밤에 그의 침실에 몰래 들어가 칼로 목을 그어버리고, 피 흘리며 죽어가는 그의 눈을 바라보고 싶었다. 하지만 안 된다. 코빈을 그렇게 순순히 죽일 수는 없다. 헨리는 먼저 좀 즐기기로 했다.

레이철 체스는 페이스북 활동을 열심히 했고, 헨리는 주말이 낀 연휴에 그녀가 뉴에식스로 돌아간다는 사실을 알고 자기도 뉴에식스로 갔다. 놀랍게도 코빈은 오지 않았지만 덕분에 일이 쉬워졌다. 헨리는 러스티 스커퍼라는 해변 술집에서 레이철을 만났지만, 그 건방진 년은 술을 사주겠다는 그의 제안을 거절했다. 헨리는 술집에서 나와 차에서 기다렸다. 레이철은 폐점 시간이 되어서야 술집에서 나왔다. 어떤 남자가 주차장에서 계속 그녀에게 키스하려고 했고, 레이철은 그를 계속 밀어냈다. 마침내 남자는 소음기가 낡았는지 소리가 요란한 픽업트럭을 몰고 떠났다. 레이철은 해변 쪽으로 걸어갔다. 헨리는 렌트한 자동차 트렁크에서 배낭을 꺼냈다. 배낭에는 전날 월마트에서 구입한 필렛 나이프[*]가 들어 있었다. 이 칼은 아주 예리해서 여자를 죽일 수 있을 뿐 아니라 누가 그녀를 죽였는지 코빈이 확실히 깨달을 수 있도록 시신을 마음껏 갈라놓을 수 있었다.

일 년 뒤 헨리는 지루한 생활을 참지 못하고 보스턴으로 이사했다. 뉴턴빌에서 엘리베이터도 없는 건물에 사무실을 빌리고, 시내에 가구가 구비된 아파트를 얻었다. 코빈의 회사 건너편에 카페가 있었는데 헨리는 가끔씩 거기서 코빈이 나타나기를 기다렸다. 코빈은 거의 늘 아침 6시 반이면 출근했다. 퇴근 후에는 주로 근처 헬스장에 갔고, 가끔은 곧장 집으로 갔다. 하지만 만나는 사람은 없었다. 특히나 여자는 절대 만나지 않았다. 이제는 코빈도 알게 된 것이다. 레이철 체스에게 무슨 일이 있었는지.

헨리는 코빈이 자신을 어떻게 생각할지 궁금했다. 순전히 분노와 공포심만 느낄까? 아니면 감탄하는 마음도 있을까? 질투가 나기도 하고, 후회가 되기도 할까?

코빈이 근무 중일 때 헨리는 가끔씩 코빈의 아파트 뒷문을 따고 들어가 지하실을 지나 부엌문을 통해 코빈의 넓은 집에 들어가곤 했다. 자주 하지는 않았다. 뒷문을 들락거리다가

* 살코기를 발라낼 때 쓰는 칼.

386

다른 사람에게 들킬까 두려웠기 때문이다. 비록 지하실에서 사람을 만난 적은 한 번도 없었지만. 지하실에는 개인 창고 말고 별다른 게 없었다. 가끔씩 고양이 한 마리가 애처롭게 야옹거리며 헨리를 따라 좁고 어두운 계단을 올라가기도 했다. 처음에는 코빈의 고양이인가 싶었지만 아닌 듯했다. 코빈의 집에는 고양이가 사는 듯한 흔적이 하나도―고양이용 화장실도, 사료 그릇도―없었기 때문이다. 가끔씩 고양이 목을 뚝 부러뜨린 다음, 페르시아 카펫 위에 내장을 펼쳐놓을까 하는 생각도 했지만 실행에 옮기지는 않았다. 아직 자신이 그의 곁에 있다는 사실을 알릴 준비가 되지 않았고, 코빈의 집에서 보내는 시간이 너무 즐거웠기 때문이다.

그러던 어느 날 헨리는 코빈에게 숨겨둔 여자 친구가 있음을 알게 되었다. 그날은 목요일 오후였고, 느긋하게 소파에 앉아 코빈의 벨베데레 보드카를 마시고 있는데 현관문을 두드리는 소리가 났다. 헨리는 재빨리, 그러면서도 조용히 현관문으로 다가가 외시경에 눈을 댔다. 어딘가 눈에 익은 금발 여자가 서 있었다. 잠금장치에 열쇠 들어가는 소리가 나자 그는 재빨리 침실 쪽으로 달아났지만 미처 침실에 들어가기도 전에 현관문이 활짝 열렸다. 그는 겁먹지 않았다. 예전에 케일리가 집에 있을 때도 그녀 몰래 집 안을 돌아다닌 적이 많았기 때문이다. 그는 부엌으로 들어가 냉장고 옆의 벽감에 몸을 숨긴 채 귀를 기울였다. 아무 소리도 나지 않더니 다시 현관문이 열렸다 닫히는 소리가 났다. 천천히 복도로 나가 다시 거실로 가보았다. 커피 테이블에 그가 마시던 보드카 잔이 있었는데 잔 밑에 쪽지가 찔러져 있었다. 쪽지에는 자신감 넘치고 동글동글한 필체로 이렇게 적혀 있었다.

코르에게

내 열쇠로 당신 아파트에 들어왔어. 두통에는 당신
약이 제일 잘 듣더라고. 하지만 집 안을 엿보지는
않았어. 정말이야. 오늘 저녁에는 오지 마. 아마
귀마개를 하고 자고 있을 거야. 만약 두통이 사라지면
내가 들를게. 못 본 지 너무 오래됐다.

오드리

코빈에게 여자 친구가 있었다니. 섹스 파트너인지는 몰라도 아무튼. 그제야 헨리는 그 여자를 어디서 봤는지 기억났다. 이 아파트에 사는 여자였다. 남자처럼 짧게 자른 금발에 차가워 보이는 인상으로 늘 책이 가득 든 듯한 가방을 들고 다녔고, 수시로 아파트를 들락날락거렸다. 코빈이 좋아하는 타입은 아니었다. 클레어와 레이철 둘 다 갈색 머리에 부드럽고 풍만한 몸매였다. 반면 이 여자는 골반도 작고, 다리만 긴 데다 바람이 불면 넘어질 것 같았다. 그런데도 두 사람은 사귀고 있었다. 여자의 이름과 아파트 호수, 코빈과 어느 정도 심각한 사이인지 알아내기는 식은 죽 먹기일 것이다.

헨리는 앞으로 벌어질 일이 기대되며 마음속 응어리가 풀어지는 기분이었다. 코빈은 더 이상 그와 나누고 싶은 마음이 없을지 몰라도 헨리는 아니었다.

31

여자의 이름은 오드리 마셜이었고, 출판사
에서 일했다. 뉴욕에서 살다가 보스턴으로 이사 왔고, 코빈 델
의 바로 옆집에 살았다.

헨리는 간단한 구글 검색만으로 이 정보를 알아냈다. 물
론 그 전에 집수리 홍보 전단지를 들고 경비원을 찾아가기는
했다. 전단지를 받아 든 경비원은 입주민 우편함에 넣어주겠
다고 했지만 그럴 것 같지 않았다. "그 여자분 우편함에는 넣
을 필요 없습니다. 그 오드리…… 오드리……." 헨리는 기억해
내려는 듯이 손가락을 계속 튕기며 딱딱 소리를 냈다.

"오드리 마셜." 졸린 눈으로 경비원이 말했다.

"맞아요. 그분은 제 연락처를 압니다. 얼마 전에 벽에 페
인트칠을 해드렸거든요."

경비원은 약간 혼란스러운 표정이었다. "언제요?"

"몇 달 전이었을 겁니다." 얼른 출입문을 빠져나가며 헨리가 둘러댔다.

그는 가끔씩 오드리를 미행하기도 했다. 그녀는 근무 시간이 요지경이라서 정오가 돼서야 출근할 때도 있고, 종종 자정까지 일했다. 또 가끔은 평일에 집에 있기도 했다. 그렇게 불규칙한 일정 탓에 헨리는 그녀의 집에 몰래 들어갈 수가 없었다. 어느 날 아침, 오드리가 큼직한 캐리어를 끌고 인도 옆에 대기 중인 택시에 타는 것을 보고서야 헨리는 마침내 기회가 왔다고 생각했다. 그날 저녁 그는 다시 아파트 뒷문을 따고 지하실을 지나 이번에는 다른 계단을 올라갔다. 오드리의 부엌문은 다섯 개의 핀을 맞춰야 열렸기 때문에 시간이 걸렸지만 결국에는 성공했다. 헨리는 불을 켜지 않고 어둠에 눈을 적응시킨 다음, 가구가 적은 집 안으로 들어갔다. 코빈의 집보다 훨씬 작았지만 그래도 도시에서 이 정도면 큰 편이었다. 거실 사방에 책이 있었는데 바닥에 쌓인 책더미가 스카이라인을 이루었다. 거실은 커튼이 쳐져 있지 않았기 때문에 헨리는 커튼이 쳐진 침실로 들어갔다. 펜라이트를 꺼내 물건을 뒤지다 침대 옆 서랍장에서 그가 찾던 물건을 발견했다. 가운데 고무 밴드가 감긴 빨간 가죽 다이어리. 밴드를 벗기고 다이어리를 펼쳤다. 전에 코빈에게 남긴 쪽지에서 본 둥글둥글한 필체로 일기가 적혀 있었다. 헨리는 침대 가장자리에 걸터앉아 읽기 시작했다. 날짜별로 기록되었는데 두세 문장을 넘어가지 않았다. 자기가 읽은 책이나 애정 결핍인 여동생과의 통화 등 지루한 내용이 대부분이었다. 그러다가 코빈이 언급되기 시작하면서 조금 재미있어졌다. 석 달쯤 전인 1월에 처음으로 코빈이 등장했다.

> 섹시한 옆집 남자가 저녁을 먹으러 왔다. 도무지 속을 알 수 없는 남자다. 마치 백지를 바라보는 기분이다. 아주 섹시한 백지. 우리는 와인 두 병을 마셨다. 진도를 나갈 줄 알았는데 마치 내가 소몰이 막대로 때리기라도 한 듯이 남자가 나가버렸다.

그날 이후로 코빈은 이삼일에 한 번꼴로 좀 더 자주 등장했다.

> 이웃집 남자의 운동장처럼 넓은 집에서 잤다. 약간 어색했지만 좋았다. 그가 진지한 관계는 싫다는 연설을 했다.

> 마침내 케리에게 이웃집 남자 얘기를 했다. 케리는 당연히 꼬치꼬치 캐물었지만 나는 해줄 말이 없었다. 연애는 하고 싶지만 진지한 관계는 원치 않는

남자라고 말해줬더니 케리가 분명 여자 친구가 있을
거란다. 나는 웃어넘겼지만 나 역시 그런 생각을 백
번쯤 했다. 그런데 아무리 봐도 다른 여자가 있는 것
같진 않다. 그보다 복잡한 이유가 있는 듯하다.

좋든 싫든 이웃집 남자와 나는 이제 분명 어떤 사이가
되었다. 다만 어떤 사이인지는 모르겠다. 그와 하는
섹스가 좋고, 난 그를 좋아하며 그도 나를 좋아한다.
아니면 좋아하는 척하고 있거나. 하지만 왜 동네
산책조차 함께 하면 안 되는지 아무리 생각해도
모르겠다.

가능한 한 빨리 이웃집 남자와 헤어져야겠다. 우리가
단순히 섹스 파트너라면 몰라도 분명 그 이상의
관계인데 그는 여전히 그 크고 단단한 두개골 안에서
무슨 생각을 하는지 도통 말해주질 않는다. 상처받기
전에 헤어져야겠다. 며칠 전에 서로의 집 열쇠를
교환했다. 그냥 이웃끼리 열쇠를 교환하는 수준에
가까웠지만 그래도 특별한 느낌이었다. 코빈, 만약
우리 집에 들어와서 이걸 읽고 있다면 엿 먹어.
그리고 혀로 내 귀 핥지 마. 역겨워.

이웃집 남자는 비정상이다. 무언가 단단히
잘못되었다. 내게 진실을 말해주지 않을 거라면 이
관계를 끝내야 한다.

끝났다. 그가 우리 집에 와서 날 마구 나무랐는데
대체 그럴 만한 일인지 모르겠다. 나더러 우리
관계를 다른 사람에게 말했다는 것이다. 그것도 다른
입주민에게! 점점 이 남자가 제정신이 아니라는
생각이 든다. 이제 그만 끝내고 싶다.

코르는 앞으로 6개월간 런던에서 살고, 그의 육촌이
그의 집으로 이사 올 예정이라고 했다. 잘된 일이다.
그렇지 않을 이유가 없다. 그 소식을 전해주는 코르의
슬픈 표정만 아니었다면.

　이것이 마지막 일기였는데 날짜는 일주일 전이었다. 헨
리는 충격을 받았다. 코빈이 런던으로 이사를 간다고? 언제?
헨리는 왠지 모르게 화가 났다. 런던은 그들의 도시였다. 그런
데 코빈은 마치 거기서 아무 일도 없었다는 듯이, 런던이 다른
도시와 다르지 않다는 듯이 거기로 돌아가려 했다.
　이튿날 헨리는 코빈의 아파트에 들어가 그의 책상에서
여행 관련 서류와 런던에 머무르는 동안에 필요한 워킹 비자

복사본이 담긴 파일을 찾아냈다. 코빈은 일주일 후, 목요일 밤 비행기로 떠날 예정이었다. 헨리는 목요일 저녁에 오드리의 아파트에 침입해 만약 그녀가 집에 있으면 죽이기로 선뜻 결정했다.

코빈을 제대로 엿 먹이고, 누가 이런 짓을 했는지 똑똑히 보여줄 차례였다.

그 후로 일주일 동안 헨리는 비컨힐과 베리 가 근처에 얼씬도 하지 않았다. 운을 과신하고 그 동네에서 너무 많은 시간을 보냈다가 누군가의 눈에 띨 수도 있다. 대신 케임브리지에 있는 비영리단체와의 일을 마무리 지었다. 그 단체에 속하는 내부 그룹이 자체적으로 독립하려고 해서 문제를 일으키던 차였다. 또 인사 문제로 골치를 썩는 소형 법률회사와 계약도 맺고, 주말에는 비영리단체에서 알게 된 여비서와 저녁에 데이트도 했다. 레스토랑은 형편없었고, 데이트는 어찌나 지루한지 헨리는 유명한 텔레비전 여배우와 잤다고 즉석에서 거짓말을 지어냈다. 그가 여배우의 한심한 행동을 줄줄이 지어내는 동안 눈을 반짝이는 여자를 지켜볼 수 있어 그나마 재미있었다.

목요일 밤이 되자 애용하는 도구들을 배낭에 넣고, 합성섬유로 만든 쫀쫀한 스키 모자를 쓰고, 장갑을 낀 다음, 베리 가까지 걸어갔다. 아름다운 봄밤이었다. 비로 씻긴 공기에서는 짓이겨진 꽃 냄새가 났고, 몸의 근육이 일제히 노래하는 듯했다. 맨손으로 오드리를 죽여 반으로 가를 수 있을 것만 같았다.

물론 현실은 그렇지 못했지만.

그는 부엌을 통해 오드리의 집으로 들어갔는데 오드리가 그 소리를 듣고 부엌으로 다가왔다.

"코빈?" 그녀가 긴장한 목소리로 물었다. 헨리는 뒤에서 오드리를 끌어안은 채 그녀가 더 말하기 전에 칼로 목을 찔렀다. 그녀가 바닥으로 쓰러지는 동안 동맥에서 뿜어 나온 피가 조리대에서 싱크대 찬장을 가로질러 천장까지 튀었다.

이튿날 이른 아침에 헨리는 들어왔을 때와 같은 방법으로 그 집에서 나왔다. 그는 시신을 원하는 대로 손질했다. 가운데를 반으로 갈라서. **반은 코빈의 몫, 반은 내 몫이야.** 하지만 힘들고 지저분한 작업이었고, 한참 시신을 가르던 도중에 어찌나 강렬한 외로움이 밀려드는지 숨이 탁 막혔다.

일을 마치고 집으로 걸어가는 길에는 기분이 한결 나아졌다. 코빈은 틀림없이 용의자가 될 터였고, 설사 범인으로 체포된다 해도 딱히 누명을 썼다고는 할 수 없었다. 코빈은 헨리만큼이나 오드리 마셜의 죽음에 죄가 있었다. 레이철 체스의 죽음에 죄가 있듯이. 죄도 반반이었다. 언제나 그리고 영원히.

태양이 떠오르며 하늘이 밝아질 무렵 헨리는 집에 도착했다. 도로와 인도에 아직 안개의 흔적이 남아 있었다. 지금쯤 런던은 환한 한낮이리라. 코빈은 언제쯤 오드리에게 일어난 일을 알게 될까? 헨리가 아직 코빈 삶의 일부이며 영원히 그럴 것임을 언제쯤 알게 될까?

* * *

토요일 오후에야 〈보스턴 글로브〉 웹사이트에 처음으로 살인 사건 기사가 떴다.

그 후로 헨리는 곰곰이 생각해보았다. 코빈은 분명 용의자가 될 터였지만—경찰은 오드리의 일기를 읽을 테니까—기왕이면 확실히 해두고 싶었다. 코빈을 이 일에 끌어들여 범인으로 체포되게 하고 싶었다. 코빈의 예쁘장한 얼굴이 인터넷에 쫙 깔릴 것이다. 아무 잘못 없는 아가씨들을 죽인 금발 도련님.

문제는 일기만으로 코빈이 곧바로 용의자 명단에 오르겠느냐는 것이다. 물론 그럴 테지만 무언가 더 필요했다. 기왕 꾸민 일이니 헨리는 제대로 하고 싶었다. 코빈 델이 어딘가 수상쩍다는 생각을 심어줘야 했다. 그래서 그럴 만한 방법이 뭐가 있을지 생각했다.

이튿날 정오에 헨리는 베리 가 101번지로 가서 아파트 앞을 서성이며 누군가 건물에서 나오기를 기다렸다. 오드리를 죽이고도 이렇게 멀쩡히 아파트 앞을 서성이니 기분이 좋았다. 그는 오드리의 죽음을 슬퍼하는 친구 행세를 하기로 했다.

스스로는 인정하지 않지만 남몰래 오드리를 짝사랑하는 친구. 플리스 재킷과 폼 안 나는 청바지를 입은 남자가 아파트에서 나왔다. 남자는 안뜰에 잠시 멈춰서 헤드폰으로 듣고 싶은 노래를 찾느라 휴대전화를 만지작거리더니 신발 끈을 두 번씩 묶은 다음, 길을 나섰다. 늘 하는 산책으로 보였다. 헨리 쪽은 쳐다보지도 않았다.

그다음에는 검은 바탕에 흰 물방울무늬가 있는 재킷을 입은 여자가 나오더니 마치 누군가에게서 도망치려는 듯 불안하게 걸었다. 여자가 가까이 오자 헨리는 무릎을 탁 치고 싶은 기분이었다. 여자는 코빈을 닮았다. 많이는 아니지만 충분히 친척이라고 생각될 정도로. 여자는 길을 건너며 본능적으로 영국에서처럼 오른쪽을 봤다가 자신이 틀린 것을 알고 다시 왼쪽을 봤다. 코빈의 영국인 육촌이 틀림없다. 헨리는 그녀를 막아 세우고 자신이 오드리의 친구라 소개하며 정보를 캐내기 시작했다. 여자는 서둘러 대화를 끝내려 했지만, 헨리는 순순히 물러나지 않았다. 무엇보다 그녀의 눈동자는 초조하고 겁에 질려 보였다. 과거에 안 좋은 일을 겪은 듯했다. 그녀는 불량품이었고, 헨리에게 그 사실은 그녀의 사랑스러운 얼굴 윤곽과 통통한 입술보다 훨씬 더 아름다웠다.

헨리는 계속 거짓말을 하며 그녀와 함께 찰스 가로 걸어갔다. 슬픔에 빠진 친구 역할은 즐거웠다. 그는 독서용 안경을 썼는데 이걸 쓰면 예민하고 연약해 보였다. 눈물도 한두 방울

짜냈다. 헤어지기 전에 오드리에게 코빈이 이상한 성격이라는 말을 들었다는 이야기도 빠뜨리지 않았다. 그런 다음, 코빈의 런던행 비행기가 정확히 몇 시였는지 물었다. 그 정도면 충분했다. 케이트는 검지부터 차례로 엄지와 톡톡 맞부딪쳤다가 다시 거꾸로 맞부딪쳤다. 아마 경찰에 연락해 그에게 들은 이야기를 전하거나, 코빈에게 연락해 잭이라는 남자를 만났다고 알릴 것이다. 어느 쪽이든 헨리는 그녀에게 무언가 잘못됐다고 경고한 셈이다. 케이트는 그저 평범한 희생양이었고, 초조해할 것이다.

헨리는 집으로 돌아와 계속 케이트를 생각했다. 그녀와 이야기를 나누는 것은 너무 즐거웠고, 한 집에서 살면 재미있을 것이다. 특히나 그가 집에 있다는 사실을 케이트가 모른다면. 헨리는 침실 책꽂이에서《미국의 통화 역사》책을 꺼내 펼쳤다. 파인 책 안쪽에는 그의 출생신고서와 그가 법적으로 '헨리 토런스'로 개명했음을 보여주는 증명서, 고등학교 시절 그를 처음으로 실망시킨 여자 제니 걸리의 머리카락, 클레어 브레넌의 시체 옆에 선 코빈의 폴라로이드 사진이 들어 있었다. 물론 코빈도 헨리가 찍힌 사진을 가지고 있었으므로 이는 그들에게 일종의 보험이었지만 헨리는 그 이상의 의미가 있다고 생각했다. 협약, 혹은 약속이라고. 코빈은 사진을 어디에 보관해두었을까? 아마 어디 금고에 넣어두었으리라. 헨리도 그래야 했지만 그는 이 사진을 보는 게 너무 좋아서 늘 곁에 두고 싶었다.

헨리는 손에 그 사진을 든 채 집 안을 서성였다. 집에 혼자 있는 게 싫었다. 오드리 마셜의 집을 방문해 짜릿함을 맛본 후로 계속 그랬다. 불현듯 어떻게 해야 할지 깨달았다. 그는 회사 이메일 계정으로 들어가 내일 법률 회사와 잡힌 약속을 취소하고, 필요한 물건을 모두 배낭에 챙겼다. 이제부터 케이트의 집에서 그녀와 함께 살 작정이었다.

32

헨리는 황혼 속에서 공원을 가로질렀다. 아까 비가 내린 터라 보도에 물웅덩이가 생겼고, 나무에서 빗방울이 떨어졌다. 비컨 가를 건너 찰스 가를 한 블록 걸어갔더니 베리 가가 나왔다. 모퉁이를 돌자 케이트가 반대편에서 곧장 걸어오고 있었다. 헨리는 고개를 숙이고 계속 걸었다. 다행히 케이트는 그를 보지 않았다. 골똘히 생각에 잠긴 사람처럼 눈이 멍했다. 호기심에 그녀를 미행할까 하다가 자신에게 주어진 완벽한 기회를 잡기로 했다. 아파트 쪽으로 계속 걸어가다가 하마터면 어떤 남자와 부딪힐 뻔했다. 그의 또래로 보이는 남자였는데 약속 시간에 늦은 사람처럼 서둘러 가고 있었다. 두 사람은 동시에 미안하다고 사과했고, 헨리는 그의 마른 얼굴과 갈색 눈동자를 힐끗 보았다.

아파트 건물을 지나 골목 두 개를 거쳐 아파트 뒷문으로 갔다. 늘 그렇듯이 지하실에는 아무도 없었다. 헨리의 발은 축축하고 진흙투성이어서 바닥에 발자국이 찍혔다. 온수기 뒤에서 낡고 뻣뻣한 천 하나를 찾아내 그걸로 신발을 닦고, 발자국도 지웠다. 이 시간에 개인 창고로 내려오는 입주민은 거의 없을 터였기에 헨리는 서두르지 않았다. 그렇게 넓은 집에 사는데 이런 창고가 왜 필요하겠는가? 자물쇠가 채워지지 않은 창고도 있었는데 아마 사용하지 않기 때문이리라. 엉성한 문에 스텐실로 304라고 찍힌 코빈의 창고에는 스테인리스 통자물쇠가 채워져 있었다. 헨리가 클레어의 시신 옆에서 찍은 사진도 여기에 보관돼 있을까? 나중에 기회가 있을 때 한번 들어가보리라. 자물쇠는 따기 쉬워 보였다.

헨리는 코빈의, 아니 이제는 케이트가 살고 있는 캄캄한 아파트로 들어갔다. 부엌에서 신발을 벗어 미리 가져온 비닐봉지로 싸서 배낭에 넣었다. 이 집의 구조를 잘 알았으므로 숨어 있기에 최적의 장소는 북쪽으로 난 손님용 침실이라고 결정한 터였다. 두 개의 손님용 침실 중에 더 큰 방이었다. 그 방에는 비교적 깊은 벽장이 있었는데 한쪽에는 침대 시트와 수건을 넣어두는 선반이 있고, 살짝 우묵하게 들어간 다른 쪽은 비어 있었다. 옷걸이 봉에 비닐이 씌워진 양복 두 벌이 걸려 있었는데 양복의 위치를 잘 조정해서 걸어두면 그 뒤에 숨을 수 있었다. 누군가 양복을 움직이지 않는 한 들키지 않을 것이다.

손님용 침실에는 백합 문장이 수놓아진 폭신한 베이지색 러그가 깔려 있었다. 기둥이 네 개 달린 침대 밑에 높이 60센티미터 정도의 빈 공간이 있어서 헨리는 저기서 편안히 잘 수 있겠다고 생각했다. 벽장에 배낭을 숨겨두고, 집 안을 돌아다니며 급할 때 재빨리 숨을 곳—커튼 뒤나 식료품 저장실—을 봐두었다. 별로 걱정되지는 않았지만.

터무니없을 정도로 넓은 코빈의 침실로 들어갔다. 낮은 서랍장 위에 진열된 사진들을 곰곰이 바라보았다. 예전에 이미 본 사진들이었다. 대부분 코빈이 어릴 때 찍은 사진이었고, 대학생 때 또는 헨리가 코빈을 처음 만난 시절에 찍은 사진도 있었다. 사진에서는 우스울 정도로 상류층 냄새가 풍겼다. 대부분 요트에서 찍었고, 구릿빛으로 몸을 태운 금발 백인들이 하나같이 진토닉을 들고 있었다. 사는 데 부족함이 없어서 사진 찍을 때도 굳이 활짝 웃지 않고 적당히 즐거운 표정만 짓는 사람들이었다.

사진을 본 뒤에는 침실에서 케이트의 흔적을 찾아보았다. 그녀는 짐도 거의 풀지 않았다. 욕실에 세면도구들이 널려 있기는 했지만 침실 바닥에 놓인 커다란 더플백에는 여전히 옷이 가득 들었고, 몇 개는 가방에서 빠져나와 있었다. 침대에는 잔 흔적이 있었다. 다시 이불과 시트를 덮어두기는 했지만 매끄럽게 다듬거나 침대 가장자리에 시트 자락을 찔러 넣지는 않았다. 헨리는 시트에 얼굴을 묻고 코로 숨을 깊이 들이마셨다. 주로 세제 냄새만 났다. 바닥에 무릎을 꿇고 침대 밑을 살펴봤다. 높이가 45센티미터 정도밖에 안 됐지만 급할 때는 숨을 수 있었다. 그다지 편안하지는 않겠지만.

침대 밑에 인조 가죽 커버로 된 스케치북이 있었다. 펼쳐보니 한 남자의 얼굴을 목탄으로 그린 스케치가 있었다. 아까 베리 가에서 헨리가 하마터면 부딪칠 뻔한 남자와 똑같았다. 이 남자는 누구지? 그리고 왜 케이트는ㅡ이건 분명 그녀의 스케치북일 테니ㅡ이 남자를 그렸을까? 다음 장으로 넘겼더니 헨리의 얼굴이 있었고, 그 아래 이름ㅡ잭 루도비코(철자도 맞았다)ㅡ과 오늘 날짜가 적혀 있었다. 잘 그린 그림이었고, 헨리는 넋이 빠진 듯이 그림을 바라보았다. 마치 다른 사람의 눈으로 자신을 보는 듯했다. 그림 속 그는 고개를 살짝 숙였고, 안경 뒤로 보이는 눈에는 슬픔이 감돌았다. 그가 케이트에게 주려고 한 인상이 바로 이것이었고, 케이트는 이를 완벽히 포착했다. 자신이 쓴 가면에 남들이 속아 넘어갈 때면 늘 그렇듯 헨리는 스스로가 자랑스러웠다.

케이트가 만나는 사람마다 다 그리는지 아니면 관심이 있는 사람, 어떤 식으로든 자신에게 영향을 준 사람만 그리는지 궁금했다. 만약 후자라면 맨 앞장에 그린 이웃집 남자ㅡ이름이 앨런 처너라고 적혀 있었다ㅡ는 누구고, 왜 그는 케이트를 뒤따라갔을까? 미행이라도 하는 걸까?

무의식적으로 헨리는 집게손가락 끝에 침을 묻혀 그림에 바짝 갖다 댔다. 남자의 눈을 문질러 인상을 바꿔버리고 싶었다. 케이트가 다시 스케치북을 열어봤을 때 깜짝 놀랄 정도로만. 사실은 눈을 완전히 뭉개버리고 싶었다. 어릴 때 누나가 보는 〈타이거 비트〉 잡지를 가져다가 누나가 좋아하는 보이 밴드 남자들의 눈을 모조리 파낸 일이 기억났다. 그 때문에 핸슨 형제들은 눈 없는 좀비 같았다. 가끔은 빨간 펜으로 눈과 입에 흐르는 피를 그려 넣기도 했다. 그가 누나의 중학교 연감에 그렇게 그려놓은 후로 엄마는 동네에—뉴욕 주 스타크— 하나뿐인 심리치료사에게 그를 데려갔다. 심리치료사는 뚱뚱한 중년 여자였는데 어찌나 멍청한지 먼저 괴롭힌 사람은 누나고 자신은 그저 스스로를 방어했을 뿐이라는 헨리의 말을 그대로 믿었다. 그때 그는 여덟 살이었고, 누나는 열두 살이었다. 심리치료사는 엄마에게 누나 메리가 문제라고 말한 모양이었다. 왜냐하면 그 후로 헨리는 더 이상 상담을 받지 않았고, 누나가 대신 받았기 때문이다. 헨리는 누나 물건을 망가뜨리는 일을 그만두었지만 누나를 괴롭힐 수 있는 다른 방법들을 찾아냈다. 그것도 그가 한 짓이라는 사실을 아무도 모르게. 아주 쉬웠다. 누나가 친구들과 사이가 나빠지게 만드는 소문을 퍼뜨린다든가, 누나가 처음으로 아르바이트를 하게 된 드러그스토어에서 물건을 훔친 것처럼 보이게 꾸몄다. 한동안 누나가 마시는 게토레이에 조금씩 부동액을 타서 마침내 누나는 일주일간 입원하게 되었다. 누나는 고등학교 2학년 때 중퇴하고 동네 마약상과 눈이 맞아 마을을 떠났다. 5년 후 샌디에이고에서 누나가 보낸 엽서가 한 장 왔는데 그걸로 끝이었다.

헨리는 한동안 가족을 잊고 살았고, 그들을 생각하면 늘 그렇듯 즐거우면서도 그들의 평범함이 부끄러웠다. 부모님은 아직도 스타크의 소박한 단층집에서 함께 살았다. 어쩌다 부모님과 통화하게 되면 그는 누나의 행방을 찾기 위해 사립 탐정을 고용했다고 거짓말했다. 부모님은 그에게 고맙다고 말하며 누나가 어디에 있든 평안하기를 기도했다. 두 분의 목소리에서 사실은 누나가 어디에 있는지 알고 싶지 않고, 이미 자식은 없는 셈 치기로 했음을 알 수 있었다. 물론 부모님은 헨리가 돌아오는 것도 원치 않았다. 헨리도 그 정도는 알았다. 부모님을 안 본 지 십 년이나 되었다.

그는 다시 눈앞의 스케치로 정신을 돌렸다. 눈을 뭉개버리고 싶은 마음이 굴뚝같았지만 그러지 않기로 했다. 너무 무모한 짓이었다. 케이트는 경찰에 신고하고 이 집을 떠날 것이다. 그래서 자신을 그린 스케치로 돌아가 손가락으로 얼굴 윤곽선을 문질러 얼굴형을 바꿔놓고 젖은 손끝으로 눈을 톡톡 만져 멍해 보이게 만들었다. 헨리는 만족스러운 마음으로 스케치북을 덮고 다시 침대 밑에 밀어 넣었다. 여기 얼마나 앉아 있었을까? 갑자기 어리둥절해진 채 그는 자리에서 일어났다.

눈앞이 약간 빙빙 도는 듯했다. 배가 고파서 먹을 만한 음식을 찾아 부엌으로 갔다. 없다면 그의 배낭에 가득 든 그래놀라 바를 먹을 것이다.

그날 저녁 케이트는 저녁 8시쯤에 돌아왔다. 헨리는 손님용 침실의 어둠 속에 앉아 있었다. 굳이 숨지 않았다. 만약 그녀가 이 방에 온다면 불을 켜는 동안 벽장에 숨을 시간이 충분했다. 제때 못 숨어서 케이트가 그를 보게 된다면, 어쩌겠는가, 그녀를 죽일 수밖에. 케이트가 죽으면 코빈이 어떻게 나올지 궁금했다. 같은 핏줄, 가족이기 때문에 더 가슴이 아플까? 아니면 잠을 잔 여자가 아니라서 덜 가슴 아플까. 어느 쪽이든 코빈은 런던에 숨어 있지 않고 나올 것이다. 그는 보스턴으로 돌아와야만 한다. 헨리가 그런 생각을 하고 있을 때 지하실에서 본 하얀 고양이가 침실로 총총 걸어 들어와 그를 빤히 바라보았다. 어둠 속에서 눈동자가 노랗게 빛났다. 헨리가 하악 소리를 내자 고양이는 고개를 갸웃하더니 방에서 나갔다.

그는 귀를 기울인 채 방에서 기다렸다. 현관문이 열렸다 닫히는 소리가 들렸다. 케이트가 나갔을까? 왠지 그런 것 같지 않아서 계속 방에 남아 기다렸다. 15분 후에 그녀가 복도를 걸어와 텔레비전이 있는 방으로 가는 소리가 들렸다. 충전재가 빵빵하게 들어간 가죽 소파가 있고, 벽에 짙은 갈색 나무 패널이 덧대진 그 방을 뭐라고 부르는지 모르겠지만. 헨리는 5분 더 기다렸다가 복도로 나갔다. 가죽 소파 옆의 램프가 켜져 있었다. 비록 소파는 헨리를 등졌지만 소파 옆으로 나온 케이트의 머리가 보였다. 책장을 넘기는 메마른 바스락 소리로 보아 그녀는 책을 읽고 있었다. 헨리는 가능한 한 꼼짝도 하지 않은 채 케이트가 다음 장으로 넘기기를 기다렸다. 하지만 책장은 좀처럼 넘어가지 않았다. 책을 읽는 속도가 느린가 보다 생각하는 순간, 책이 바닥에 떨어지면서 케이트가 소파에서 뒤척거렸다. 잠이 든 모양이다.

헨리는 소파 뒤에 가서 섰다. 케이트는 안의 솜이 여기저기 뭉친 이불을 반쯤 덮고, 손바닥을 바깥쪽으로 보인 채 손가락 관절이 볼 위에 오도록 팔을 구부린 자세로 누워 있었다. 그는 한동안 케이트를 지켜보며 인간이 저토록 연약한 살갖에 싸여 있다는 사실에 감탄했다. 램프의 흐릿한 불빛으로도 살갗 아래 흐르는 피가 보였다. 그녀의 턱이 움직였고, 그러자 목의 섬세한 힘줄도 함께 움직였다. 그녀는 코를 골더니 몸을 뒤척였고, 마치 꿈이 보여주는 장면을 보지 않으려는 듯 눈을 꼭 감았다. 헨리는 뒤로 물러나 방에서 나와 부엌으로 갔다. 우유를 병째 마시고는 재미 삼아 오늘은 코빈의 침대에서 자볼까 생각했다. 케이트는 밤새 저 소파에서 잘 확률이 높았다. 아니다. 그는 이 일이 너무 즐거웠으므로 빨리 끝내고 싶지 않았다. 가장 안전한 장소인 손님용 침실의 침대 밑에서 잘 것이다.

우유를 다시 냉장고에 넣었더니 지하실로 이어지는 문에서 무언가 부드럽게 긁는 소리가 났다. 문을 열어 그 멍청한 고양이를 들어오게 했다. 녀석은 그의 다리에 몸을 비벼댔다. 헨리는 허리를 숙여 고양이를 들어 올리고는 한 손으로 녀석의 머리를 감쌌다. 테니스공보다 조금 컸다. 고양이가 갸르릉거렸다. 맨손으로 이 머리를 박살낼 수 있을까? 아마 가능할 것이다. 그는 손에 힘을 주었다가 그만두기로 하고 고양이를 바닥에 내려놓았다. 고양이는 자신이 죽을 뻔한 사실도 모른 채 거실로 잽싸게 가버렸다. 케이트가 저 고양이를 보고 어떻게 집에 들어왔는지 의아해하도록 두는 게 더 재미있을 것이다.

헨리는 손님용 침실로 돌아가 침대 밑으로 들어갔다. 눈을 감았다. 피곤하지는 않지만 오래전에 눕자마자 잠드는 법을 터득했다. 먼저 자신이 엄청나게 넓은 강의 수면에 떠 가고 있다고 상상한다. 그의 앞에는 그보다 먼저 태어나서 나이 들어가는 사람들이 떠 있는데 노화로, 혹은 병으로, 혹은 운이 나빠서 한 명씩 수면 아래로 가라앉는다. 주변에는 그와 비슷한 또래의 사람들이 있다. 스타크에서 함께 고등학교를 다닌 동기들, 자기들은 영원히 살 것처럼 굴던, 대학에서 만난 부잣집 도련님들, 직장 동료들과 고객들, 모두 한창때로 물 위에 계속 떠 있으려고 열심히 헤엄친다. 뒤에는 그보다 어린 사람들, 이제 막 태어난 아기들, 가운데로 들어오려는 새로운 사람들이 있다. 그의 앞에 있는 사람들이 줄어들수록 뒤의 사람들은 무수히 늘어난다. 자신을 중심으로 밀집 진영을 이룬 인간들이 끊임없이 앞으로 전진하는 이미지가 선명하게 떠오르면 그는 비로소 물속으로 가라앉고, 움직이는 강의 거품 속에서 물장구치는 사람들의 다리가 보인다. 늑대거북이 연못 수면 아래서 수면 위의 새끼 오리를 물속으로 끌어내리듯 헨리는 누군가의 다리를 잡아 어둡고 차가운 강바닥으로 끌어내릴 수 있다. 그곳에서 그는 숨을 쉴 수 있지만 그들은 쉴 수 없다.

그런 생각을 하며 헨리는 깊은 잠에 빠져들었다.

33

헨리는 케이트가 나갈 때까지 침대 밑에 누워 있었고, 케이트는 정오쯤에 집을 나섰다.

그녀는 새벽이 되기도 전에 일어나더니 다시 집에 나타난 고양이를 보고 무척 놀랐는지 "누구 있어요?"라고 외치며 집 안을 돌아다녔다. 그러다 잠시 후에 헨리가 있는 손님용 침실로 들어와 불을 켰다. 헨리는 숨을 죽인 채 혹시 그녀가 침대 밑을 들여다보려나 생각했지만 그런 일은 일어나지 않았다. 10초 뒤에 케이트는 다시 불을 껐고, 그 후로 서너 시간 동안 집 안에서 그녀가 돌아다니는 소리가 들렸다.

한동안 조용해졌고, 헨리는 그녀가 다시 잠들었거나 집에서 나갔을 거라고 생각했다. 그러더니 현관에서 말소리가 들렸다. 누군가 찾아왔다. 영국식 억양이 들어간 케이트의 독

특한 목소리와 다른 여자의 목소리가 들렸다. 다른 여자는 나이가 많고 쉰 듯한 목소리로 크게 말했다. 헨리는 혹시 경찰이 아닌지, 케이트가 경찰에 신고해 누가 집을 수색하러 왔는지 잠시 걱정했으나 말소리는 곧 멈췄고 이내 현관문 닫히는 소리가 들렸다. 그는 케이트가 집에서 나갔다고 확신했다. 그래서 침대 밑에서 기어 나갔다.

바닥에서 일어났더니 무릎에서 우두둑 소리가 났다. 팔을 돌려서 관절을 부드럽게 한 다음, 머리도 돌려주고 침실에서 살그머니 빠져나왔다. 케이트는 나가고 없었다. 벌써 집 안 공기에서 느낄 수 있었다.

손님용 욕실에서 세수한 다음, 셔츠를 갈아입고 땀 억제제를 듬뿍 발랐다. 한동안 케이트와 함께 살려면 가능한 한 냄새가 나지 않아야 했다. 부엌 찬장 맨 위 선반에 반쯤 남은 라이스 첵스 시리얼이 있었다. 그릇에 시리얼을 붓고, 케이트가 사둔 무지방우유를 조금만 부었다. 우유가 줄어든 것을 눈치채지 못할 정도로. 시리얼은 오래돼서 퀴퀴했지만 코빈을 떠올리게 했다. 아주 오래전 뉴에식스에서 코빈과 함께 주말을 보내며 먹은 라이스 첵스가 마지막이었다. 그 후로는 한 번도 먹지 않았다.

헨리는 그릇을 씻어 제자리에 두고, 집 안을 서성이며 계획을 짰다. 케이트가 그린 자신의 얼굴을 다시 보고 싶어서 스케치북을 가지러 갔지만 침대 밑에 없었다. 그녀가 가져간 모양이었다.

지하실에 있는 개인 창고가 떠올랐다. 자물쇠 따는 도구가 있기는 했지만 코빈이 여분의 열쇠들을 보관해두는 부엌 서랍으로 갔다. 꼬리표에 '창고'라고 적힌 열쇠를 집어 들고 지하실로 내려갔다. 코빈의 창고로 들어가 문을 닫은 뒤, 펜라이트를 켜고 작은 공간을 살펴보았다. 상자마다 깔끔하게 정리된 만화책이 들어 있었다. 바비큐 그릴과 액자 포스터가 예닐곱 개 있었는데 20대 초반에 대학 기숙사 방이나 처음 살게 된 아파트에 걸어둘 만한 포스터였다. 자동차 포스터. 여자들 포스터. 왜 코빈이 아직도 이런 물건을 보관하는지 의문이었다. 그중에는 윈의 앨범 〈초콜릿 앤드 치즈〉 커버가 인쇄된 대형 포스터도 있었다. 짧은 상의 아래로 풍만한 가슴 아래쪽이 드러난 여자의 상체 사진이었다. 헨리는 주머니칼을 꺼냈다. 포스터를 좀 손봐줄 작정이었다.

케이트는 오후에 돌아왔고, 헨리는 손님용 침실에 숨어 있었지만 그녀는 다시 나갔다. 침실로 갔더니 바닥에 케이트가 벗어두고 간 청바지가 있었다. 아직 온기가 남아 있었다. 바지 냄새를 맡아보았지만 그녀의 향기는 거의 없고, 아기 분 냄새만 희미하게 났다. 어디를 가기에 옷까지 갈아입었지? 그는 욕실을 들여다봤다. 이를 닦고 갔는지 칫솔이 젖어 있었다. 그는 칫솔을 입에 넣고 민트 맛이 나는 칫솔모를 쭉 빨았다.

포스터를 반으로 자른 후로 헨리는 즐겁기는커녕 불안하

고 초조했다. 무슨 일이든 일어나길 바랐다. 코빈이 돌아오든지, 경찰이 찾아오든지, 하다못해 케이트가 벽장 뒤에 숨어 있는 그를 발견하든지. 주머니칼은 언제든 쓸 수 있게 손에 들고 있으니까. 그는 스트레칭을 하다가 뜯지 않은 보드카 한 병을 발견했다. 봉인된 뚜껑을 열고 잘게 부순 얼음 위에 텀블러 반 잔 만큼만 따랐다. 몇 시간이 지나도 케이트는 돌아오지 않았고, 보드카 때문에 얼굴이 따끔거리고 무감각해진 헨리는 집안을 서성였다. 배가 고프고 짜증이 나서 밖에 나가기로 했다. 손님용 침실 벽장에 배낭을 잘 숨긴 다음, 아파트 뒷문을 통해 밤거리로 나갔다. 떠나기 전에 창고 열쇠를 다시 서랍에 넣어두고, 꼬리표가 달리지 않았지만 현관 열쇠로 추정되는 것과 'AM'이라고 적힌 열쇠를 주머니에 넣었다. 아마 오드리 마셜의 집 열쇠일 것이다. 자물쇠를 딸 수 있지만 시간이 걸리니 진짜 열쇠를 가지고 있는 편이 낫다. 밖으로 나온 헨리는 커먼 공원을 가로질러 단골 술집에 가서 닭날개 튀김 두 접시를 시키고, 하이네켄을 너덧 병 마셨다.

"한동안 보스턴에 안 계셨나 봐요." 바텐더가 말했다.

헨리는 바텐더를 바라보았고, 예전에 그녀와 이야기를 나눈 적이 있음을 깨달았다. 그러자 전부 기억났다. 그녀의 이름은 서맨사였고 베이 스테이트 대학교에 재학 중이었다. 그 전까지 등록금을 내주신 할머니가 비싼 요양원에 들어갔고, 학교에서 장학금을 받을 수 있을지 아직 결정되지 않았기 때문에 한 학기를 휴학해야만 했다. 헨리는 또한 그녀가 말해주지 않은 사실들까지 기억했다. 부은 얼굴과 법랑질이 벗겨진 치아로 보아 그녀는 몇 년째 과식증을 앓다가 호전되기를 반복했으며 자신에게 적당히 친절한 남자라면 누구든, 그리고 친절하지 않은 많은 남자들과 잔다는 사실도.

"보스턴에 없었던 게 아니라 한동안 이런 음식을 끊었을 뿐이야." 헨리가 말했다.

"그렇군요." 서맨사는 그렇게 말하고 대화를 끝냈다. 그가 이야기하고 싶어 하지 않는다는 걸 눈치챘을까? 아마 그랬을 거라고 생각하니 짜증이 났다. 헨리는 다른 사람에게 속내를 읽히는 게 싫었다. 설사 상대가 멍청한 여자 바텐더라 할지라도. 그는 닭 뼈를 으드득 씹으며 골수를 빨아먹었다.

다시 베리 가로 돌아온 헨리는 인도에 서서 코빈의 집 창문을 유심히 바라보며 케이트가 아직 돌아오지 않았다는 결론을 내렸다. 아니면 돌아와 곧장 자러 갔거나. 어쨌든 위험을 무릅쓰기로 했다. 아파트 지하실에는 평소처럼 아무도 없었지만 자주 보던 고양이가 있었다. "야옹, 야옹." 헨리는 그렇게 말하며 고양이 턱 밑으로 손가락을 집어넣었다. 약간 혀 꼬부라진 소리가 나오는 걸 보니 술을 너무 마셨나 하는 생각이 들었다. 어쩌면 오늘은 그의 집에 가서 자야 할지도 모른다. 그는 가느다란 나뭇가지로 만들어진 듯한 고양이의 턱뼈를 문질렀다. 고양이는 갸르릉거리지 않았다. 헨리가 손을 턱에서 떼자 고양이가 두 앞발로 그의 팔을 꾹 누르며 발톱을 박았다. 헨리는 살갗이 찢어지는 것을 느끼고 깜짝 놀라 얼른 팔을 잡아당겼다. 고양이는 맹렬하게 하악하악 소리를 내더니 뒤돌아 쏜살같이 달려갔다. 그가 밟아 죽일 새도 없이. 다친 자리를 봤더니 이미 살갗이 부풀어 오르기 시작했고, 유리잔에 물방울이 맺히듯 핏방울이 맺혀 있었다. 그는 상처를 빨아 자신의 짭짤한 피를 맛보았다. 그 자리가 가려워지기 시작했다.

    헨리는 코빈의 집으로 가지 않고 오드리 마셜의 집으로 연결되는 계단을 올라갔다. 오드리를 죽인 후로는 그 집에 가지 않았다. 자물쇠를 따고 집 안으로 들어갔다. 집 안의 커튼이 모두 젖혀져 있고, 달이 밝은 밤이라서 불을 켜지 않고도 집 안을 돌아다닐 수 있었다. 바닥에 감식반이 남겨둔 표시가 있고, 그가 오드리의 시신을 남겨둔 부엌에 폴리스 라인이 쳐져 있었다. 오드리의 손 모양, 그녀의 검지가 코빈의 집을 가리키고 있다는 사실을 경찰이 알아차렸을까? 오드리의 시신을 진열할 때 그는 공동묘지에서 코빈과 함께 클레어를 죽인 이래 가장 즐거웠다. 마음대로 시신을 손질하면서 그는 정말로 시신을 이등분할까, 다시 말해 척추를 따라 톱질할까 생각했지만 그만두기로 했다. 그렇기는 해도 오드리가 완벽하게 이등분된—코빈과 그가 공평하게 반반—모습을 상상하니 웃음이 났다. 언젠가는 할 수 있을 테지만 혼자서는 힘들 것이다.

헨리는 집 안을 돌아다녔다. 침실에 책이나 옷 같은 오드리의 물건 일부가 상자에 담긴 채 그대로 남아 있었다. 아마유가족이 짐을 싸다가 힘들어서 그만뒀을 것이다. 그는 만약자신이 죽으면 어떻게 될지 생각했다. 부모님이 그의 물건을가져가려고 보스턴에 올까? 당연히 오지 않으리라. 두 분은절대 스타크를 떠나지 않을 것이다. 누나가 죽었으면 모를까그가 죽었다고 집을 떠나지는 않을 것이다. 부모님이 자신을약간 무서워한다는 건 그도 알고 있었다. 어쩌다 집에 전화하면 교회에서 열릴 바자회 일손이 부족하다는 집사님 전화이려니 생각하고 전화를 받은 부모님이 "잘 있었니, 헨리?" 하고말할 때 살짝 올라가는 목소리에서 그 사실을 느낄 수 있었다.

헨리는 거실에서 빈 안뜰을 내려다보다가 맞은편 집을바라보았다. 불 켜진 부엌에 누군가 있었다. 헨리는 계속 지켜보았다. 남자와 여자였는데 남자가 조명이 약한 거실을 가로질러 금발 여자가 있는 부엌으로 걸어갔다. 빤히 바라보던 헨리는 확실하지는 않지만 저 여자가 케이트일지도 모른다고생각했다. 다시 부엌에 나타난 남자, 헝클어진 검은 머리에 키가 큰 남자는 헨리가 거리에서 부딪칠 뻔한 남자, 케이트가 스케치북에 그린 남자 같았다. 납득이 갔다. 과정은 몰라도 두사람은 만났고, 이제 케이트는 저 남자와 자려고 한다. 케이트가 언제 보스턴에 왔더라? 사흘 전? 시간 낭비를 안 하는 여자다.

헨리는 20분간 그들을 지켜보았다. 부엌 안쪽까지는 보이지 않았지만 두 사람은 아일랜드 식탁에 앉아서 식사를 하는 듯했다. 남자가 다시 거실에 나타나더니 한쪽 구석에 쪼그려 앉았다가―아마 술을 좀 더 마셨으리라―다시 부엌으로 갔다. 조명에 그의 옆얼굴이 비치며 콧날이 드러났다. 유대인이었다. 헨리는 지겨워졌고 약간 화가 났다. 케이트가 다시 그들의 집으로 돌아와 소파에 쌓아둔 이불 속에서 몸을 둥글게 구부리고 잠들기를 바랐다. 실룩이는 그녀의 얼굴을 바라보고, 숨 쉬는 그녀의 모습을 보고 싶었다. 그녀의 일부, 동물적인 본능은 누군가 자신을 지켜보고 있음을 알 터였다. 여자들은 늘 그렇다.

하지만 적어도 오늘 밤에는 코빈의 집을 독차지할 수 있었다. 헨리는 코빈의 집으로 돌아가 곧장 케이트의 침실로 가서 스케치북을 찾았다. 다시 침대 아래에 있었다. 스케치북을 펼쳐 첫 번째 그림을 보면서 맞은편 집 남자가 맞다는 걸 확인했다. 검지로 그림 속 두 눈을 세게 문질렀다. 너무 심하게 지우지 않으려고 조심했다. 기분이 좋아졌고, 결과도 마음에 들었다. 눈은 아주 미묘하게 달라 보였다. 케이트가 의아해할 만큼만.

욕실에서 세수를 하고 자신의 방으로 갔다. 창밖으로 강을 바라보았다. 밤하늘은 맑았고, 흩어진 별이 보였다. 도시에서는 드문 일이었다. 그는 침대에, 이불 커버 위에 누워 두 손을 깍지 낀 채 배에 올리고 잠의 강물 속으로 가라앉았다.

케이트는 아침 일찍 돌아왔다. 헨리는 침대 밑에 숨을까 하다가 귀찮아서 관두기로 했다. 그리고 침대 위에 있어야 소리가 더 잘 들렸다. 오전 중반쯤에 전화가 왔고, 상대가 누구인지는 몰라도 케이트는 영장이 있냐고 물었다. 만약 경찰이 올 거라면 이 집에서 나가야 했다. 다시 집 안이 조용해졌고, 헨리는 케이트가 낮잠을 자거나 나갔기를 바랐다. 신발을 신고, 배낭을 집어 든 다음, 나가기로 했다. 오늘 밤에 다시 돌아와 케이트를 볼 수 있으리라. 아니면 상심에 빠진 오드리의 친구 잭 루도비코가 되어 다시 찾아올 수도 있다. 잘하면 케이트가 그와 자줄 수도 있다. 별로 어렵지 않을 듯했다.

헨리는 소리 없이 집 안을 가로지르며 어제 고양이가 할퀸 자리를 문질렀다. 부엌을 지날 때 보니 지하실로 내려가는 문이 열려 있었다. 케이트가 지하실에 내려간 모양이었다. 불현듯 아파트 정문으로 나가자는 생각이 들었다. 케이트가 지하실에 있으니 그게 안전할 것이다. 그가 현관문으로 나가 복도를 지나가는데 계단을 올라오는 발소리와 경찰 무전기에서 지지직거리는 말소리가 들렸다. 그는 어떻게 할까 고민했다. 태연하게 경찰 옆으로 지나갈까? 케이트의 집으로 다시 들어갈까? 그러다 AM이라고 적힌 열쇠가 기억 나 주머니에서 열쇠를 꺼냈다. 오드리의 집 현관문을 열고, 폴리스 라인 아래로 몸을 숙여 숨을 헐떡이며 집 안으로 들어갔다. 경찰들이 느릿느릿 복도를 걸어가는 소리가 들렸다. 여자 목소리가 예리한 칼을 찾으라고 지시하자 남자 목소리가 대꾸했다. "필렛 나이프 같은 거요?" 여자의 대답은 듣지 못했다. 그들은 케이트의 현관문을 두드렸다. 그래, 필렛 나이프 같은 거. 헨리는 속으로 생각했다. 30까지 센 다음, 오드리의 집에서 나와 로비로 이어지는 계단을 내려갔고 바람 부는 화창한 야외로 나갔다. 가슴 가득 숨을 들이마셨다. 하마터면 잡힐 뻔했다고 생각하니 웃음이 나올 것만 같았다. 하지만 설사 경찰에게 잡힌다 한들 무슨 일이 있겠는가? 그는 케이트에게 말한 대로 이야기할 것이다. 예전에 오드리 마셜과 사귀었고, 그녀의 죽음이 너무 슬퍼서 집까지 찾아오게 되었다고. 베리 가를 내려가 공원 쪽으로 걸어가며 마음속으로 경찰관과 이야기하는 장면을 상상했다. 경찰은 그가 사랑하는 여자를 잃은 병신 같은 놈이고, 코빈은 옆집에 사는 변태라고 생각할 것이다.

상상 속의 대화가 너무 즐거운 나머지 헨리는 자신이 미행당하고 있다는 사실마저 모를 뻔했다. 하지만 결국에는 알아차렸다. 눈을 감아도 살갗에 온기가 느껴지면 태양이 구름 밖으로 나왔음을 알 수 있듯이, 그는 누군가 자신을 미행하고 있음을 느낄 수 있었다. 급히 왼쪽으로 돌아 다른 주택가로 들어갔다. 벽돌 깔린 보도 아래쪽에 나무 한 그루가 있었다. 그는 얼른 그쪽으로 걸어가 나무 뒤에 숨었다. 여기 숨어 있으면 베리 가에서 내려오는 사람에게는 보이지 않을 터였다.

　15초쯤 뒤에 그가 있는 쪽으로 급히 달려오는 발소리가 들리더니 케이트의 남자 친구, 앨런이라는 남자가 강아지라도 잃어버린 사람처럼 그를 지나쳐 달려갔다.

　"날 찾는 겁니까?" 헨리가 묻자 남자가 뒤로 홱 돌았다. 미끼에 낚인 물고기처럼.

34

헨리는 앨런 처니와 아주 즐거운 오후를 보
냈다. 케이트의 그림에서 본 그의 성을 기억하고 있었다. 두
사람은 베리 가에서 세 블록 떨어진, 작은 동네 술집에 갔다.
헨리는 슬픔에 잠긴 친구 역할을 했고, 코빈이 피해자의 시신
을 훼손하기 좋아하는 연쇄살인범이라는 자신의 가설을 말해
주었다.

코빈의 어머니가 사는 뉴에식스 해변에서 변사체로 발견
된 레이철 체스 이야기도 해주었다. 앨런은 관심을 보였지만
살짝 불편해했다. 헨리는 맥주를 마시자고 했고, 맥주를 마시
다 보니 앨런도 긴장을 풀며 얼굴에 혈색이 돌아왔다. 이야기
를 나누는 동안 헨리는 이 앨런이라는 남자를 파악하려고 했
다. 그와 비슷한 나이였고, 비컨힐에 사는 걸 보니 성공했거나

부자일 것이다. 어디에서든 자기가 제일 똑똑하다고 생각하지만 신경쇠약증에 걸린 사람처럼 행동하며 그런 티를 전혀 내지 않는, 전형적인 유대인 지성인이었다. 헨리는 대학에 다닐 때 저런 타입을 많이 만나봤다. 하지만 쉬운 책에도 유독 모호한 몇 구절이 있듯 앨런에게도 잘 파악되지 않는 점이 있었다. 우선 그는 오드리에게 지나친 관심을 보였다. 어쩌면 케이트를 좋아해서 그럴 수도 있다. 어느 쪽이든 그는 헨리가 하는 말에 관심을 보였고, 한 마디도 허투루 듣지 않았다. 그래서 헨리는 케이트에게 그랬듯이 이번에도 코빈이 범인인 양 이야기했다. 코빈을 사이코패스 살인범으로 묘사하고, 자신은 복수에 나선 불안정한 남자 친구처럼 행동했다.

앨런은 맥주를 예닐곱 병 마셨고, 점점 더 활기를 되찾았다. 헨리도 그와 보조를 맞추려고 맥주를 많이 마실 뿐 아니라 더욱 활기차게 이야기했다. 그들은 기숙사 방에서 철학에 대해 토론하는 신입생 같았다. 앨런은 점점 테이블로 몸을 내밀었고, 한쪽 무릎을 소리굽쇠처럼 떨었다. 내 얘기에 푹 빠졌군, 헨리는 생각했다. 그리고 이야기하는 동안 마음속으로 상상했다. 그와 앨런이 함께 여자를 죽이는 상상. 어쩌면 케이트일 수도 있고, 아직 그들이 만나지 못한 여자일 수도 있다. 그들은 여유 있게 여자를 죽인 다음, 시신의 자세를 조정하고, 정확히 반으로 가른다. 그들을 제외하고는 왜 그랬는지 아무도 모를 것이다. 코빈은 알 테지. 코빈은 무슨 일이 있었는지 정확히 알리라. 그러자 상상이 깨지며 이상하고 낯선 수치심이 들었다. 이런 생각들이 딱히 부정하다기보다 절박하게 느껴진다는 듯이. 다시 없는 경험을 누군가와 재연하고 싶어 하는 욕구가 느껴졌다.

"괜찮아요?" 앨런이 물었다.

"네. 미안합니다. 모든 게 정상이고, 세상은 제대로 돌아가는데 오드리는 더 이상 존재하지 않는다는 사실을 깨닫는 순간이 있어요. 오드리는 죽었는데 세상은 이렇게 멀쩡히 돌아가죠."

앨런은 입을 꾹 다물고 이해한다는 듯이 고개를 끄덕였다. 헨리는 등을 똑바로 펴며 이제야 앨런을 제대로 파악한 느낌이 들었다. 이 남자는 그의 새로운 놀이 친구가 될 수 없었다. 이 남자는 호구였다. 완벽한 호구. "미안합니다." 헨리가 말했다. "계속 내 이야기만 했네요. 당신은 어때요? 분명 여자 친구가 있을 텐데요."

앨런은 머뭇거렸다. 헨리는 그가 어젯밤 케이트와 있었던 일을 말하려는 건가 생각했다. 하지만 앨런은 대신 이렇게 말했다. "별로 할 말 없습니다. 여자 친구가 있었고, 동거했지만 헤어졌어요. 재미없는 이야기입니다."

"아뇨, 듣고 싶어요. 잠시라도 내 상황을 잊고 싶네요. 이야기해주세요."

앨런이 이야기하는 동안 헨리는 생각했다. **어쩌면 이 남자**

는 정말 호구가 되어야 할지도 몰라. 지금까지는 계속 오드리 마셜의 살인범으로 코빈이 체포되길 바랐다. 체포까지는 아니더라도 용의자가 되기를 바랐다. 그것이 그들이 하는 게임의 일부였다. 하지만 어쩌면 코빈이 체포되지 않는 게 나을 수도 있다. 단지 코빈이 경찰에게 사실 헨리 우드가 범인이라는 사실을 폭로할 거라는 이유 때문은 아니었다. 그건 별로 걱정되지 않았다. 경찰은 헨리 우드를 쉽사리 찾아내지 못할 터였다. 불가능하지는 않지만 쉽지 않다. 그가 개명했기 때문이다. 경찰은 오히려 코빈이 가상의 남자를 꾸며냈다고 생각할 것이다. 하지만 코빈이 감옥에 갇히는 건 헨리가 원하는 바가 아니었다. 무언가를 가지고 놀 때는 그것이 우리에 갇혀 있지 않아야 더 재미있는 법이다.

헨리는 계획을 세운 다음, 앨런에게 주의를 돌렸다. 그는 퀸이라는 여자에 대해 열심히 떠드는 중이었다. 헨리와 눈이 마주치자 앨런은 민망하다는 듯이 갑자기 말을 멈추더니 실례한다며 화장실에 갔다.

헨리는 재빨리 움직였다. 술집에 다른 손님이라고는 버튼다운셔츠를 입은 두 남자뿐이었는데 바에 앉아 텔레비전에서 방송 중인 스포츠 하이라이트를 보고 있었다. 헨리는 배낭에서 아직 비닐봉지에 든 칼을 꺼냈다. 살인 무기를 계속 가지고 다니는 것은 무모한 짓이었지만 덕분에 지금 유용하게 써먹을 수 있었다. 그는 지문이 남지 않도록 두 손가락 사이에

425

칼을 끼워 비닐에서 꺼냈다. 그러고는 앨런이 가져온 서류 가방만 한 크기의 가죽 가방을 열었다. 안에는 태블릿 컴퓨터와 《태엽 감는 새》, 개봉하지 않은 봉투 한 무더기가 들어 있었다. 아직 처리하지 않은 우편물일 것이다. 가방 밑바닥까지 뒤졌더니 작은 검은색 우산이 있었다. 헨리는 우산 밑에 칼을 밀어 넣은 다음, 가방을 원래대로 두었다. 그 순간 앨런이 화장실에서 나오더니 "그만 가야겠습니다"라고 말했다.

"물론이죠. 오래 있었어요." 헨리가 말했다. 그들은 바에서 각자 현찰로 계산한 뒤, 함께 걸어 나왔다. 앨런은 가방을 둘러멨다.

* * *

헨리는 터프츠 병원 근처의 공중전화로 보스턴 경찰청에 전화했다. 혹시 몰라서 장갑을 낀 채.

"누가 오드리 마셜을 죽였는지 압니다." 그는 전화를 받은 남자에게 말했다.

"성함을 알 수 있을까요, 선생님?"

"이름은 밝히지 않겠습니다. 가뜩이나 무서워서 지금 공중전화로 전화하는 중입니다." 헨리는 평소보다 높고 확연히 떨리는 목소리로 말했다.

"뭐가 무서운지 여쭤봐도 될까요?"

"앨런 처니가 무섭습니다. 오드리 마셜하고 같은 아파트에 사는 남자인데 분명 그자가 오드리를 죽였습니다."

"앨런 처니의 주소를 말해주실 수 있나요?"

"아뇨. 주소는 모릅니다. 하지만 오드리의 집 바로 맞은편 동에 사니까 금방 찾을 수 있을 거예요. 그건 당신들이—"

"물론이죠. 알겠습니다. 저희가 찾아보겠습니다. 금방 찾을 수 있을 겁니다. 왜 앨런 처니가 오드리 마셜 살인 사건에 연루되었다고 생각하시나요?"

"앨런에게 오드리를 죽인 칼이 있으니까요. 가방 속에 들어 있습니다."

헨리는 전화를 끊고 고개를 숙인 채 공중전화 부스에서 나갔다. 주위에 CCTV는 없었지만 그래도 모를 일이다.

35

집에 돌아온 헨리는 뉴 오더스의 〈브라더
후드〉 음반을 크게 틀었다. 층간 소음 신고를 받지 않을 한도
내에서. 아까 전화를 끊자마자 그는 자신의 결정이 옳았다고
느꼈다. 이제 코빈에게 쏠린 관심을 좀 식힐 때였다. 설사 앨
런이 범인으로 체포되지 않는다고 해도, 물을 흐려놓은 셈이
다. 멀리서 지켜보면 재미있을 것이다. 그가 할 일은 없다. 당
분간은.

오랫동안 뜨거운 물로 샤워한 다음, 옷을 입고 다시 음반
을 틀고 잘 정돈된 침대에 누웠다. 케이트가 그리울 것이다.
오늘 아침 그 집에서 나올 때만 해도 금방 다시 돌아갈 생각
이었다. 하지만 지금으로서는 떨어져 있는 게 최선이다. 그는
눈을 감고 음악에 맞춰 한쪽 발을 까닥거렸다. 늘 하는 대로

강 위에 떠 있다고 상상했다. 서늘하고 상쾌했다. 그렇게 계속 강에 떠서 위아래로 출렁거리며 흡족하고 심지어는 행복한 마음으로 잠이 들었다.

그러다 어두운 집에서 눈을 떴고, 한기를 느끼며 몸을 떨었다. 너무 오래 잤다. 일어나 앉으니 공기가 액체처럼 느껴졌고 하마터면 다시 누울 뻔했다. 온갖 의심이 그를 괴롭혔다. 경찰에 괜히 전화했나? 앨런 처니는 그의 본명을 모르지만 얼굴을 설명할 수 있다. 케이트도 마찬가지고. 알다시피 케이트는 그의 얼굴을 그릴 수도 있다. 헨리는 케이트와 코빈, 앨런과 더는 얽히지 말자고 생각했다. 함정을 파놓았으니 이제 빠져나와야 한다. 오늘 아침에 하마터면 경찰에 잡힐 뻔한 일도 그렇고, 지금까지는 놀랄 정도로 운이 좋았다. 그러니 앞으로 2, 3주는 출근할 때를 제외하고 집에 처박혀 있을 작정이었다.

헨리는 치즈 샌드위치를 만들어서 우유 한 잔과 먹은 다음, 배낭에 든 짐을 풀었다. 케이트의 집에서 가져온 물건을 조심스럽게 꺼냈다. 여분의 셔츠, 장갑, 야외용 모자, 땀 억제제, 그래놀라 바, 숨어 있는 동안 오줌이 마려울 경우를 대비한 빈 병, 미끄럼 방지 양말, 머리에 쓸 수 있는 끈이 달린 야간투시경, 칼집에 든 새 필렛 나이프. 그가 가져간 물건이 다 있었다. 머리카락이 빠지지 않도록 밤에 쓰고 자는 라이크라 스키 마스크만 제외하고. 헨리는 배낭 주머니를 뒤진 다음, 바지와 재킷 주머니도 뒤졌지만 없었다. 전날 밤, 손님용 침실 밑에서 잘 때 쓰고 있었던 기억이 났다. 자다가 더워서 마스크를 이마까지 밀어 올렸는데 그게 마지막 기억이었다. 틀림없이 그러다 벗겨졌고, 아마 아직 침대 밑에 있을 것이다. 달리 어디 있겠는가?

헨리는 다시 밤거리로 나갔다.

케이트의 아파트에 가서 스키 마스크를 찾기 전에 먼저 오드리 마셜의 집을 한 번 더 들어갔다. 이번이 그녀의 집에 갈 수 있는 마지막 기회가 될 것이다.

그는 어둠 속에 서서 숨을 들이쉬며 회상했다.

오드리를 반으로 가르던 일이 아니라—그건 너무 힘든 작업이었다—그녀가 갈라진 채 한 팔을 뻗어 코빈의 집을 가리키던 모습을. 바닥은 피가 너무 많이 튀어서 새빨갰고, 반짝이는 피 웅덩이는 남자를 잘못 사귄 여자를 떠받드는 제단이 되었다. 헨리는 잠시 눈을 감고 꼼짝하지 않고서 이 순간을 음미했다. 눈을 감으니 투명 인간이 된 기분이었다. 자기 눈에 아무것도 보이지 않기 때문에 자신이 투명 인간이라고 착각하는 어린아이처럼. 어린아이들에게는 착각이지만 헨리의 경우는 사실이었다. 그는 투명 인간이었다. 완벽히는 아니더라도 거의. 그를 볼 수 있는 사람은 코빈뿐이었다. 그리고 코빈은 그를 볼 수 있어도 어찌할 도리가 없었다.

헨리는 다시 지하실 복도로 내려가 이번에는 코빈의 집으로 이어지는 계단을 올라갔다. 계단 꼭대기에 거의 다 왔을 때 공기가 물결치는 듯하더니 문이 딸깍 닫히는 소리가 들렸다. 그는 걸음을 멈추고 귀를 기울였다. 아무 소리도 들리지 않았다. 남은 계단을 올라가 코빈의 집 부엌으로 이어지는 문 앞에서 걸음을 멈췄다. 무슨 소리가 나는지 오랫동안 귀를 기울였다. 이제 문을 열어도 되겠다고 생각했을 무렵 인기척이 들렸다. 발소리였다. 헨리는 맨 위 계단에 앉아 기다렸다. 얼마든지 기다릴 수 있었다. 손님용 침실로 가서 스키 마스크만 찾으면 바로 떠나리라.

파이프 안에서 물이 쏟아지며 건물 벽 사이를 흐르는 소리가 들렸다. 다시 발소리가 나는 듯했지만 조용해졌다. 20분쯤 더 기다렸다가 문손잡이를 살그머니 돌려보았다. 문은 잠겨 있지 않았다. 기뻤지만 한편으로는 경계심이 들었다. 문이 잠겨 있지 않은 적은 처음이었다. 케이트가 잠그는 걸 잊었을까? 헨리는 문을 활짝 열고 달빛이 쏟아지는 부엌으로 들어섰다. 집 안은 조용했다. 문을 닫고 거실 쪽으로 걸어가 손님용 침실로 이어지는 복도로 접어들었다. 복도 끝에서 웅얼거리는 소리가 나고 불빛이 번쩍이는 걸 보니 텔레비전을 틀어둔 모양이었다. 그렇다면 아마 케이트는 텔레비전 앞 소파에서 자고 있을 것이다. 헨리는 손님용 침실로 들어가 침대 옆에 무릎을 꿇고, 스펀지 같은 질감의 두툼한 카펫 위를 더듬거렸다. 자세를 바꿔 침대 밑으로 팔을 더 깊이 뻗었더니 둥글게 뭉쳐진 스키 마스크가 있었다. 그는 안도감에 숨을 내쉬었다. 바닥에서 일어나 마스크를 재킷 주머니에 밀어 넣고 침실에서 막 나가려는데 복도에서 인기척이 느껴졌다. 케이트가 잠에서 깬 모양이다. 아니다, 누군가 반대쪽에서 걸어오고 있었다. 헨리는 문틀을 따라 움직이는 그림자를 지켜보며 뒤로 물러섰다. 누군지는 몰라도 텔레비전이 켜진 방에 들어갔다. 헨리는 침실에 갇힌 기분이 들어 재빨리 복도로 나가 거실 쪽으로 갔다. 거기서 걸음을 멈추고 돌아보았다. 동굴처럼 캄캄한 곳에 있으니 기분이 나아졌다. 현관문 근처에 대형 장식장이 있어서 그 그림자 속에 서서 기다렸다.

이 집에 또 누가 있는 거지? 그는 아마 앨런일 거라고, 어젯밤처럼 그가 또 찾아왔을 거라고 생각했다. 그래도 무슨 일이 있는지 지켜보기로 하고 귀를 쫑긋 세웠다. 하지만 텔레비전이 웅얼거리는 소음만 들렸다.

그러더니 코빈이 나타났다. 머리를 빡빡 밀기는 했어도 틀림없이 코빈이었다. 복도에 나타난 코빈이 그가 있는 쪽으로 다가오자 헨리는 가슴이 철렁 내려앉았다. 바위가 물속에 첨벙 가라앉듯이. 두려웠지만 동시에 흥분되기도 했다.

"왔구나." 헨리는 코빈에게 말했다. 상상 속에서 백 번쯤 한 말이었다. 코빈에게 자신이 그를 불렀음을, 그를 조종한 사람이 자신임을 알리고 싶었다. 앞으로 일이 어떻게 되든지 간에 그럴 만한 가치가 있다고 헨리는 생각했다.

"네가 왜 여기 있지, 헨리?" 말썽 부리는 학생을 혼내는 엄한 선생님처럼 코빈이 말했다.

헨리는 말하려고, 설명하려고 했지만 코빈이 칼을 들었고, 그 칼이 자신에게 다가오고 있음을 깨달았다. 그는 아드레날린과 함께 짜릿한 즐거움을 느끼며 뒤로 껑충 물러나 코빈의 공격을 피했다. 그런 다음 코빈에게 달려들어 그를 마룻바닥에 쓰러뜨리고, 못 움직이게 내리누르며 칼을 빼앗으려고 했다. 칼을 거의 손에 넣었을 때, 칼날에 손바닥을 베이는 바람에 본능적으로 움찔 물러났다. 그러자 코빈이 다시 그를 공격해 칼로 얼굴을 찌를 뻔했지만, 칼은 마룻바닥에 꽂혔다. 헨리는 다치지 않은 손으로 칼을 뽑아 들고 코빈에게 달려들어 칼로 그의 목을 그었다. 살갗은 속수무책으로 벌어졌다. 아주 쉽게. 코빈은 바닥에 쓰러졌고, 희미한 달빛에 그의 목에서 나오는 피가 잉크처럼 검게 보였다.

헨리는 자리에서 일어나 비틀거리며 뒷걸음질 쳤다. 떨리는 손을 들어 올렸더니 피가 소매 안으로 흘러내렸고, 엄지가 힘줄이 잘린 채 매달려 있었다. 지혈할 만한 물건을 찾아 재빨리 주위를 둘러보다가 주머니 속에 넣은 스키 마스크가 생각났다. 칼을 바닥에 던지고 다치지 않은 손으로 스키 마스크를 꺼내 바닥에 쪼그리고 앉았다. 매끄러운 마스크의 벌어진 구멍 사이로 덜렁거리는 엄지를 조심스럽게 밀어 넣은 다음, 마스크로 손을 감싸고 남은 천은 안으로 밀어 넣었다. 당분간은 이걸로 버틸 수 있으리라. 코빈에게서는 여전히 소리가 났다. 부드럽게 꿀럭거리는 소리. 헨리는 그에게 주의를 돌렸다.

그때 케이트가 거실에 나타나더니 코빈의 웅크린 몸 옆에 쪼그려 앉았다. 헨리를 미처 보지 못한 듯했다. 헨리는 바닥에서 칼을 뽑아 일어났다. 잠시 지켜보았더니 세상이 느려지며 이 장면에서 멈췄다. 죽어가는 코빈과 이미 그의 곁에 내려온 백색 천사.

그러자 코빈의 시선이 이동했고, 헨리와 잠시 눈이 마주쳤다. 오랜 세월이 흐른 후 마침내 두 사람은 서로를 똑바로 바라보게 되었다. 코빈은 피 묻은 손가락을 움직이며 케이트에게 무슨 말인가를 하려고 했다. 케이트는 뒤를 돌아보았고, 그 순간 헨리는 펄쩍 뛰어 그녀의 등을 덮쳤다. 케이트가 헉하고 숨을 내쉬더니 그대로 쓰러져 얼굴을 바닥에 쿵 부딪혔다. 헨리는 그녀의 등에 칼을 꽂았다가 칼끝에 어깨뼈가 닿자 칼을 뽑아 척추 바로 옆, 좀 더 위쪽의 부드러운 부위에 다시 꽂았다. 이번에는 칼날 전체가 다 들어갔다. 헨리는 그녀의 몸에서 내려와 바닥에 앉았다. 코빈은 아직 손으로 목의 다친 부위를 누르고 있었다. 헨리는 좀 더 가까이 다가가 코빈의 눈을 바라보았다. 코빈은 눈을 뜨고 있었지만 초점이 없었고, 입에서 피가 부글부글 흘러나왔다.

현관문을 요란하게 두드리는 소리가 나더니 여자 목소리가 들렸다. "경찰이다! 문 열어!"

헨리는 머릿속으로 계산하기 시작했다. 지하실로 뛰어갈까? 그런데 놀랍게도 케이트가 여전히 등에 칼이 꽂힌 채 벌떡 일어나 현관으로 비틀비틀 걸어가더니 문을 열었다. 마치 칵테일파티의 손님이 왔다는 듯이. 헨리는 재킷 주머니에서 작은 주머니칼을 꺼내 칼날을 뺀 다음, 코빈 어깨를 잡고 자기 앞으로 홱 끌어당겨 방패로 삼았다. 여자 형사가 총을 겨눈 채 집 안으로 들어왔다. 그녀의 시선이 케이트에서 코빈으로 갔다가 다시 헨리에게로 갔다. 이제 그는 주머니칼을 코빈의 다친 목에 겨눈 채 코빈의 몸을 자신 쪽으로 질질 끌어당겼다. 집 안에서는 피비린내가 진동했다.

형사는 앞으로 한 발짝 내딛더니 총으로 헨리를 겨눴다. "남자는 놔주고, 나한테 양손을 보여줘." 형사는 권총에서 왼손을 떼고는 벨트를 더듬거리며 무전기를 집어 들었다.

헨리는 아주 잠시, 1초도 안 되는 시간 동안 머뭇거렸다. 한편으로는 이렇게 된 것이 감사했다.

36

로베르타 제임스 형사는 신중하게 조준한 뒤, 숨을 내쉬고 생전 처음으로 살아 있는 타깃을 향해 글록을 발사했다. 40구경 총알이 미소 짓는 남자의 윗입술에 적중했고, 그가 뒤로 쓰러지면서 미소는 얼굴 안쪽으로 무너져 내렸다. 남자가 피 흘리는 인질의 목에 밀어 넣었던 주머니칼은 바닥에 땡그랑 떨어졌다.

제임스 형사는 즉각 지원을 바란다는 무전을 보내며 목에 상처 입은 남자 옆에 무릎을 꿇었다. 피가 솟구치지는 않았지만 빠르게 흘러나오고 있었다. 그녀는 케이트를 돌아보며 깨끗한 수건을 달라고 차분히 말했다.

"죽었나요?" 케이트가 물었다. 마치 지금 무슨 일이 벌어지고 있는지 모르겠다는 듯 아주 태평한 목소리였다.

"모르겠어요. 수건으로 지혈해야겠어요."

제임스 형사는 자리에서 일어났다가 그제야 케이트의 등 위쪽, 어깨 바로 밑에 90도 각도로 칼이 꽂혀 있음을 깨달았다. "내가 가져올게요, 케이트. 당신은 여기 있어요. 수건이 어디 있죠?"

"저쪽에 욕실이 있어요." 케이트는 그렇게 말하더니 기이한 표정으로 뒤돌아보며 물었다. "내 등에 뭐가 있나요?" 그녀가 등을 향해 손을 뻗자 제임스 형사는 그녀를 말리며 양팔을 내려주었다. 케이트의 눈동자가 밝게 빛났다. 제임스는 그녀가 쇼크 상태임을 깨달았다. "여기 가만히 앉아 있어요. 등은 만지지 말고. 곧 구급차가 올 거예요."

제임스는 케이트를 그대로 둔 채 최대한 빨리 움직여 욕실을 찾아냈다. 선반에서 수건을 꺼내 다시 거실로 돌아왔더니 다행히 케이트는 무릎에 얌전히 손을 올려둔 채 그대로 앉아 있었다. "코빈이에요." 제임스 형사가 옆으로 지나가자 케이트가 말했다.

"누가요?" 제임스 형사는 목에서 피가 흐르는 자리를 수건으로 누르며 물었다.

"이 남자요. 우리 육촌 코빈 델이에요. 날 구해주려고 했어요." 케이트의 목소리는 지나칠 정도로 차분했다. 잠꼬대하는 사람처럼.

제임스가 대고 있는 수건은 곧 피로 검게 물들며 축축해졌다. 적어도 칼날이 경동맥을 끊지는 않았다. 그랬다면 벌써 죽었을 테니까. 그렇기는 해도 출혈이 상당했다. 제임스는 그의 얼굴을 보았다. 그녀가 본 사진 속 코빈과 닮기는 했다. 초점이 없는 눈을 보며 제임스는 "조금만 더 버텨요, 코빈"이라고 말했다.

그의 눈은 제임스의 말을 알아들은 듯했다.

"죽었나요?" 케이트가 물었다.

"아뇨, 아직 살아 있어요. 곧 구급차가 올 거예요. 무슨 일이 있었는지 말해봐요."

"코빈이 날 깨우더니 벽장에 숨으라고 했어요. 날 구해주겠다면서요. 벽장에서 나오지 말았어야 하는데."

멀리서 사이렌 소리가 들리자 제임스는 제발 여기로 오는 구급차이기를 기도했다. 손가락 두 개를 코빈의 턱 밑에 대보았다. 맥박이 거의 느껴지지 않을 정도로 아주 약하게 뛰고 있었다.

"당신이 케이트를 구했어요, 코빈." 그가 듣고 있을지 몰라서 제임스는 그렇게 말했다.

"안녕, 샌더스." 케이트가 말하자 제임스는 고개를 돌려 누가 들어왔는지 보았다. 하얀 고양이였다. 고양이는 케이트에게 다가가 다리에 몸을 비볐다. 케이트가 고양이를 쓰다듬자 순백색 털에 피가 묻었다. 사이렌 소리가 점점 더 커졌다.

* * *

여섯 시간 전, 제임스 형사는 오드리 마셜 살인사건이 공
식적으로 FBI에게 넘어갔다는 사실에 약간 안도하며 워터타
운에 있는 집에 막 도착한 터였다. 계산해보니 토요일에 시체
가 발견된 뒤로 화요일 저녁인 지금까지 열두 시간 정도밖에
못 잔 듯했다. 얼음이 든 잔에 페이머스 그라우스 위스키를 따
른 다음, 잘 때 입고 자는 민소매 티와 부모님께 크리스마스
선물로 받은 셀틱스 잠옷 반바지로 갈아입었다. 이 바지를 좋
아하는 이유는 셀틱스 로고가 또렷이 새겨져 있어서가 아니
라 편하기 때문이다. 한겨울에 아주 추울 때에도 긴 잠옷 바지
는 입지 않았다. 제임스는 소파에 누워 배 위에 유리잔을 올려
놓았다. 지난 크리스마스에 선물로 받은 셀틱스 관련 물품은
잠옷 반바지만이 아니었다. 늘 선물을 챙겨주는 조카에게 셀
틱스 로고가 그려진 머그잔을, 언니에게는 셀틱스 로고가 그
려진 핑크색 긴소매 티셔츠를 받았다. 이제 로베르타 제임스
하면 한 가지만 떠오르는 친척이 되어버린 것이다. **로베르타는
셀틱스 팬이니까 마땅한 선물이 떠오르지 않으면 셀틱스 관련 제품
을 줘.** 골프를 좋아해서 언제나 골프 제품만 선물로 받는 친척
아저씨와 똑같았다. 그리고 언니가 그녀에게 보내는 메시지
또한 아주 명백했다. 몸에 딱 붙는 핑크색 셔츠는 아직 남자를
낚기에 늦지 않았다는 뜻이다.

그녀는 몸을 살짝 일으켜 위스키를 한 모금 마셨다. 왜 이런 쓸데없는 생각을 하고 있지? **지쳤으니까.** 그녀는 자문자답했다.

눈을 감았더니 부엌 바닥에 고깃덩어리처럼 해체된 오드리 마셜의 모습이 즉시 떠올랐다. 지난 사흘간 눈만 감으면 여지없이 그랬듯이. 몸을 일으켜 위스키를 한 모금 더 마시고, 등을 쭉 펴며 척추가 살짝 우두둑거리는 소리를 흐뭇하게 들었다.

휴대전화가 울렸고, 그녀는 액정에 뜬 이름을 보기도 전에 서장이 전화했음을 직감했다.

"자네가 떠난 직후에 익명의 신고 전화가 왔네. 자네가 알고 싶어 할 거 같아서 전화했어. 사우스엔드의 공중전화에서 걸려온 전화인데 자칭 오드리 마셜의 친구라면서 이름은 안 밝혔네. 앨런 처니가 오드리를 죽였고, 그의 가방에 피 묻은 칼이 들어 있다더군."

"맙소사. 그걸 어떻게 안대요?"

"말 안 했어."

"아마 자기가 그 칼을 거기 넣었으니까 알겠죠."

서장은 웃었고, 늘 그렇듯이 웃음은 기침으로 변했다. "자네가 알고 싶어 할 거 같아서. 비록 눈 좀 붙이려고 집에 갔다는 건 알지만."

"잠은 미뤄야겠네요. 탠 요원에게 알려줬어요?" 애비게일 탠은 현재 이 사건을 담당하는 FBI 요원이었다.

"응. 수색 영장 받으러 갔어."

"탠 생각은 어떻대요?" 제임스가 물었다.

"나한테는 아무 말 안 했지만 자네한테 알려주라더군. 자네 생각은 어때?"

"우리가 찾던 잭이에요. 확실해요. 놈이 앨런 처니에게 뒤집어씌운 거예요. 정확한 이유는 모르겠지만."

"아마 탠도 그렇게 생각할 거야."

"하지만 일단 영장은 집행하죠. 정말로 칼이 나오면 처니를 체포하고요. 최소한 잭에 대해 더 알아낼 게 있을 거예요. 뭐라도."

"그만 끊어야겠어, 로베르타. 바로 전화할게."

서장은 전화를 끊었다. 제임스는 위스키를 한 모금 더 마시려 했지만, 이미 다 마신 후라서 얼음만 이에 닿았다. 그녀는 생각에 잠겨 집 안을 서성였다.

잭은 점점 더 대담해졌고, 이는 그가 곧 일을 망칠 거라는 뜻이었다. 어쨌든 그녀는 그러기를 바랐다. 비록 코빈 델이 런던의 집에서 사라지기는 했어도 지금으로서는 잭 루도비코가 그들의 가장 유력한 용의자였다. 코빈도 사건과 연관이 있지만, 제임스는 그가 오드리 마셜을 죽였다고 생각하지 않았다. 시간을 따져봐도 그럴 가능성이 현저히 낮았다. 그녀는 범인이 잭 루도비코 행세를 하고 다니는 남자이며, 그가 예전에 적어도 여자 둘을 죽였다고 믿었다. 매사추세츠 주 노스쇼어에서 살해된 레이철 체스, 그리고 14년 전쯤 코네티컷 주에서 살해된 린다 알케리였다. 둘 다 오드리 마셜처럼 살해된 뒤 시신이 가운데를 따라 갈려 있었다. 레이철 체스는 코빈 델의 어머니가 사는 집에서 그리 멀지 않은 뉴에식스 해변에서 발견되었다. 제임스는 사건 파일을 읽었고, 코빈이 고인의 지인이었음을 알게 되었다. 하지만 사건 발생 당시 코빈은 국내에 없었기 때문에 용의 선상에서 제외되었다. 코네티컷 주에서 죽은 린다 알케리와 코빈 델 사이에는 아무런 연관도 찾을 수 없었다. 그녀는 시내 외곽에 있는 낡은 보이스카우트 캠프에서 변사체로 발견되었다. 돌로 머리를 맞아 죽었지만 매장되기 전에 누군가 얼굴을 반으로 갈랐고, 옷과 상체의 살갗 일부가 찢어져 있었다. 왜 아무도 이 사건이 뉴에식스에서 죽은 레이철 체스와 연관이 있다고 생각하지 않았을까? 사인은 달랐지만 사후 상흔은 똑같거나 매우 유사했다. 그리고 똑같은 사후 상흔이 발견된 세 번째 피해자가 나오자 FBI가 개입했다. 몇몇 형사들은 이 사건의 범인을 '실패한 마술사'라고 불렀다. **여자를 반으로 자르는 마술을 하려다 실패했네.**

애비게일 탠은 어린 나이에도 불구하고(많아야 스물다섯으로밖에 안 보였다) 유능했다. 그날 오전에 제임스는 린다 알케리 파일에서 알아낸 사실을 그녀에게 말해줬다. "린다의 친구 두 명이 당시 린다가 행크라는 남자와 막 사귀기 시작했다고 했어요. 둘 다 이름은 기억했지만 성은 기억 못 했고요. 경찰은 이 행크라는 남자를 끝내 찾아내지 못했죠."

"그러니까 이 행크가……?"

"그때 행크가 지금 루도비코 행세를 하는 것 같아요."

"정말로 오드리의 친구일 수도 있잖아요. 오드리가 왜 죽었는지 알아내려는 친구. 아니라고 생각하는 이유가 뭐죠?"

"정말 친구라면 우리를 찾아왔겠죠. 오드리 마셜의 일기장에도 그런 이름은 없었고요." 제임스는 그냥 직감적으로 안다는 말은 하지 않았다. 두 사건 모두 절대 모습을 드러내지 않는 미지의 인물이 연루되었고, 그녀는 두 사람이 동일인이라고 확신했다. 아마 본명은 행크도, 잭도 아닐 것이다.

"좋아요. 만약 그자가 범인이라면 왜 사건 현장을 맴돌죠? 왜 케이트 프리디에게 접근했을까요?"

"이번 사건을 코빈 델에게 뒤집어씌우려는 것 같아요. 오드리 마셜의 팔은 머리 위로 꺾여서 코빈 델의 집을 가리켰어요. 검시관은 그녀의 팔이 사후에 그렇게 놓인 것 같다고 했고요. 그는 우리가 코빈을 범인으로 생각하기를 바라죠. 그래서 주위를 맴도는 거고요. 어쩌면 레이철 체스의 살인도 코빈에게 덮어씌우려다가 실패한 걸 수 있어요."

"케이트 프리디가 그린 그자의 얼굴을 언론에 알려야 할까요?"

제임스는 곰곰이 생각했다. "아직 아니에요. 그자는 보스턴에 살지 않을 거예요. 만약 이 스케치가 신문 1면에 실리면 당장 떠날 거예요. 그자는 지금 범죄 현장으로 돌아가 이웃 사람에게 말을 걸면서 무리수를 두고 있어요. 좀 더 기다리면서 또 나타나는지 지켜보자고요."

그런데 이제 그가 알 수 없는 이유로 앨런 처니에게 죄를 뒤집어씌우려 하고 있었다.

제임스는 서장에게 전화하려고 휴대전화를 집어 들었다. 하지만 그 전에 전화기가 손안에서 진동했다. 애비게일이었다.

"영장 나왔어요?" 제임스가 물었다.

"아직요. 근데 디트릭슨 판사와 통화했어요. 퇴근 안 하고 기다려주겠대요."

"같이 가줄까요?"

"그래서 전화했어요."

그들은 법원에서 만났고, 앨버트 디트릭슨 판사는 베리가 101번지에 있는 앨런 처니의 집을 수색할 수 있는 영장에 마지못해 서명했다. 제임스는 그날 오후에 걸려온 익명의 전화가 아니어도 앨런 처니의 집을 수색할 필요가 있다고 디트릭슨 판사를 설득해야 했다.

"시신이 발견된 후에 앨런 처니의 진술을 받았나?" 판사가 퇴근하려고 서류 가방을 챙기며 물었다.

"네. 제가 직접 받지는 않았지만 캐런 깁슨 형사가 받았습니다. 개인적으로는 오드리 마셜을 모르지만 얼굴은 안다고 했다더군요. 깁슨 형사가 진술할 때 그의 행동이 이상했다고 했습니다."

판사는 한쪽 눈썹을 치켜세우며 제임스를 바라보았다. "이상했다는 게 정확히 무슨 뜻이지?"

"같은 아파트 입주민이 죽었다는 사실에 상당히 동요하는 듯했다고 말했습니다. 사건 현장이 집 근처라서 그러는지, 진술과 달리 피해자를 잘 알고 있어서 그러는지는 모르겠다고 했고요. 아, 그리고 현재 코빈 델의 집에 거주하는 케이트 프리디가 앨런 처니와 이야기를 나눴는데 앨런이 예전에 창문 너머로 오드리 마셜을 훔쳐보곤 했다고 알려줬습니다."

"어디서? 길에서?"

"아뇨. 자기 집에서요. 앨런의 집이 안뜰을 사이에 두고 오드리의 집 맞은편이거든요. U자 구조요."

"그렇군." 판사가 말했다. 영장에 서명하는 그의 표정에는 아무런 변화도 없었다.

한 시간 뒤, 제임스는 베리 가 101번지에서 애비게일 탠을 만나 경찰청에서 나온 마이크 가에타노와 안드레이 다무어와 함께 앨런 처니의 집을 찾아가 영장을 집행했다. 앨런은 자고 있었는데 진탕 취해서 눈은 흐리멍덩하고, 혀 풀린 소리를 했다. 그가 욕실에 들어가서 토하는 동안 그들은 익명의 제보자가 말한 가죽 가방을 찾아냈고, 그 안에서 칼을 꺼내 지퍼백에 넣었다. 애비게일은 앨런을 체포했다.

다시 경찰서로 돌아온 제임스는 앨런을 취조실로 데려갔다. 그는 법적 대리인을 부르겠느냐는 제안도, 커피를 마시겠느냐는 제안도 거절했다. 고분고분했다가 겁에 질리기를 반복하더니 이렇게 말했다. "난 오드리를 죽이지 않았어요. 당신도 알죠?"

"곧 탠 요원이 신문할 테니까 그때 전부 말하세요."

잠시 혼자 생각할 시간을 주려고 제임스가 막 나가려는데 앨런이 울먹거리듯 불쑥 내뱉었다. "두드러기가 아니었어." 아까 제임스가 처음 수갑을 채웠을 때도 같은 말을 했다.

나가려던 제임스는 멈칫했다. 앨런을 혼자 둬야 하며, 일단 정식 신문이 시작된 후에 그가 질문에 답하게 돼야 한다는 걸 알았지만 그래도 뒤돌아보았다. "케이트가 무사한지 확인해보세요." 앨런이 말했다. "잭은 팔에 두드러기가 났다고 했지만 그건 두드러기가 아닙니다. 샌더스가 할퀸 자국이에요. 그리고 샌더스는 지하실에 있을 때만 사람을 할퀴죠. 지하실에선 영 다른 고양이가 돼요. 잭도 샌더스처럼 지하실을 돌아다녔고, 그러다가 샌더스에게 당한 겁니다. 그자는 케이트를 노리고 있어요. 느낌이 안 좋아요. 아주 안 좋아요."

"샌더스요?" 제임스가 물었다.

"늘 아파트 안을 돌아다니는 고양이에요. 애교가 많은 녀석이지만 지하실에 있을 때 누가 건드리면 할큅니다. 잭은 지하실을 통해 아파트에 드나든 겁니다."

"곧 케이트에게 사람을 보낼게요, 앨런." 제임스가 말했다.

한 시간 뒤 제임스는 정식으로 시작된 취조를 지켜보았고, 술이 깬 듯한 앨런은 애비게일 탠에게도 고양이에 대해 말했다. 그의 이야기를 듣고 있으니 제임스는 몸에 소름이 끼쳤다.

그녀는 경찰서를 나와 베리 가 101번지로 차를 몰았다. 잠시 차에 앉아 아파트의 텅 빈 창문을 올려다보았다. 잠깐 확인해서 나쁠 건 없으리라. 현관문을 살짝 노크했다가 아무 소리도 안 들리면 그냥 돌아오자.

"안녕하세요, 새너벌." 제임스는 경비원에게 인사했다. 이제는 경찰 배지를 보여줄 필요가 없었다. "304호의 케이트 프리디를 만나러 왔어요. 날 기다리고 있을 거예요."

304호 현관문 앞에 막 도착했을 때 집 안에서 몸싸움을 벌이는 소리가 나더니 모래주머니가 콘크리트 바닥에 쿵 떨어지는 듯한 소리가 났다. 제임스는 권총집에서 총을 빼고, 현관문을 두드렸다. 지원을 요청했어야 하지만 이젠 너무 늦었다.

37

응급구조사는 로베르타 제임스 형사가 얼굴을 쏜 남자에게 사망을 선고했다.

케이트 프리디는 구급차에 실려 매사추세츠 주 종합병원으로 이송되었고, 대기하던 외과 의사들은 그녀의 등 위쪽에 꽂힌 13센티미터짜리 칼을 제거했다. 다행히 칼날은 척수와 다른 대동맥을 모두 비켜갔다. 뼈에 금이 가고, 뇌진탕 증세가 있기는 했어도 기적적으로 살아남은 이 여자의 이야기를 수술에 참석한 의사와 간호사들은 앞으로 오랫동안 하게 될 터였다.

코빈 델은 들것에 실려 다른 구급차로 이송되었다. 응급구조사들이 간신히 지혈했으나 이미 너무 많은 피를 흘린 탓에 종합병원으로 이송되는 도중에 사망이 선고되었다.

베리 가에서 벌어진 일을 전달받은 탠 요원은 앨런 처니의 신문을 중단했고, 앨런은 취조실에 대여섯 시간 더 앉아 있다가 마침내 책상에 엎드려 잠들었다. 신문은 이튿날 새벽에 끝났고, 그는 모든 혐의에서 벗어나 석방되었다.

* * *

수요일 한낮에 눈을 뜬 케이트 프리디가 제일 먼저 본 사람은 제임스 형사였다.

"내가 살아 있네요." 케이트가 말했다.

"네."

제임스는 그녀의 어깨에 손을 올렸고, 케이트는 다시 눈을 감고 잠들었다.

* * *

케이트가 다시 잠에서 깼을 때는 간호사가 바이털 사인을 체크하고 있었다. "안녕하세요." 반쯤 눈을 뜬 케이트를 보고 비키 윌슨이 말했다. 비키는 유명한 환자를 담당하게 되어 내심 기뻤지만 내색하지 않으려 애썼다. "기분은 좀 어떠세요?"

"목말라요."

"얼음을 좀 가져다줄게요. 또 필요한 거 있으세요?"

"형사님." 살짝 갈라지는 목소리로 케이트가 말했다.

"형사?"

"로베르타 제임스 형사님요." 케이트는 목구멍이 아파서 침을 삼켜야 했다.

"이 일이 끝나면 가서 제임스 형사님을 모셔 올게요."

케이트는 다시 눈을 감았다.

눈을 떴을 때는 제임스 형사가 있었다. 케이트가 말했다. "전부 말해주세요."

제임스는 빙그레 웃었다. "우리가 아는 건 다 말해줄게 요. 됐죠?"

"코빈은 죽었나요?"

"네, 코빈 델은 죽었어요."

"잭 루도비코는요?"

제임스는 머뭇거렸다. 덕분에 케이트는 잭이 죽었음을 알 수 있었다. "당신이 잭 루도비코라고 알고 있는 남자도 죽 었어요. 그 남자는 이름이 여러 개였고, 본명이 뭔지 아직 찾는 중이에요. 헨리 우드라는 이름을 들어본 적 있나요?"

케이트는 고개를 저었고, 그 바람에 목과 어깨에 통증이 느껴졌다. 자기도 모르게 얼굴을 찡그렸는지 제임스 형사가 이렇게 말했다. "나중에 얘기하죠. 한 가지 기쁜 소식이 있어 요. 부모님께서 지금 보스턴으로 오고 계세요."

"잘됐네요."

450

"그리고 앨런 처니가 당신을 꼭 만나고 싶어 해요. 지금 여기 병원에 있어요."

"지금 말고 나중에요." 케이트가 눈을 감으며 말했다.

"물론이죠. 일단은 더 자요."

다시 눈을 떴을 때 제임스 형사를 본 케이트는 물었다.

"코빈 델이 어떻게 미국으로 돌아왔죠? 그때 당신이—"

"우린 그의 여권을 감시하고 있었어요. 그런데도 우리가 몰랐던 이유는 코빈이 다른 사람의 여권을 썼기 때문이죠. 네덜란드인 여권이었어요."

"왜 그랬을까요?"

"우리도 아직 다 알지는 못해요, 케이트. 당신이 잭 루도비코라고 알고 있는 남자의 본명은 헨리 우드인데 그자가 코빈을 노렸던 거 같아요. 코빈을 살인자로 몰려고 함정을 팠을 수 있어요."

"그럼 코빈은 살인자가 아닌가요?"

"아직 거기까지는 모르겠어요, 케이트. 우리도 다 아는 게 아니라서요."

"근데 두 사람 다 어떻게 우리 집에……?"

"들어왔냐고요? 코빈에게는 열쇠가 있었고, 잭의 주머니에서 자물쇠 따는 도구가 나왔어요. 아파트 뒷문으로 드나든 거 같아요."

"잭이 언제부터 우리 집에 들락거렸죠?" 케이트는 말을 하면 할수록 입이 말랐다.

"잘은 모르지만 집 전체에서 그의 지문이 검출됐어요. 우리가 알아낸 걸 전부 말해줄게요, 케이트. 하지만 지금은 좀 더 쉬어야 해요."

"알았어요." 케이트가 말했다. 눈이 저절로 감겼다. 등 위쪽과 뒷목이 아팠고, 통증은 점점 더 넓어지며 강해졌다. 제임스 형사가 의자를 뒤로 밀며 일어나는 소리가 들렸고, 그녀는 자신이 혼자 남았음을 알았다. 눈을 뜨려고 했지만 뜰 수 없었고, 그대로 다시 잠들었다.

* * *

제임스는 대기실로 돌아갔다. 대기실에는 앨런 처니가 좀처럼 진도가 나가지 않는 책을 무릎에 올려둔 채 앉아서 기대에 찬 표정으로 그녀를 올려다보았다.

"아직 만날 준비가 안 되었대요." 제임스가 말했다.

"그렇군요. 좀 더 기다려야겠네요."

"그래도 내가 당신 이름을 말했을 때 움찔하지는 않았어요." 왠지 모르게 앨런을 안심시켜주고 싶어서 제임스는 그렇게 말했다. 아무래도 그가 마음에 든 모양이었다. 앨런이 케이트의 신변을 확인해보라고 한 덕분에 그녀의 목숨을 구할 수 있었을 뿐 아니라 헨리의 팔에 있는 상처에 대해 그가 한 말도 옳았다. 검시관은 그것이 고양이가 할퀸 자국이라고 말해주었다.

앨런은 미소를 지었다. "다행이네요."

제임스는 앨런이 들을 수 없는 곳으로 자리를 피해 경찰서로 전화했다. FBI 요원들이 대거 파견되었고, 이제는 애비게일 탠 대신 콜린 웅거라는 상급 요원이 이 사건을 담당했다. 육군 모집 카탈로그에 나오는 모델처럼 생긴 남자였다. 제임스는 서장에게 케이트의 상태를 보고했다.

"FBI 친구들에게 알려주겠네. 케이트가 신문받을 준비가 됐다고 말이야."

"조금 있다가 알려주세요. 지금 당장 신문은 힘들어요."

"케이트가 아는 게 있을까?"

"뭐에 대해서요? 헨리 우드? 아뇨, 아무것도 몰라요. 자기가 죽을 뻔한 밤에 무슨 일이 있었는지는 알죠. 하지만 그거라면 칼에 등이 꽂힌 상태로 이미 전부 말했고요. 아, 그리고 코빈이 결백한지 알고 싶어 하더군요."

"그래서 뭐라고 했나?"

"나중에 얘기하자고 했죠. 회복되려면 아직 멀었으니까요."

전화를 끊은 뒤 제임스는 헨리 우드가 사는 집에서 발견된 폴라로이드 사진을 생각했다. 빗속에 서 있는 코빈 델을 찍은 사진이었는데 아래쪽 구덩이에 갈색머리 여자로 보이는 시신이 있었다. 사진 한쪽 구석의 낡은 묘비로 보아 공동묘지에서 찍은 사진 같았다. 사진 속 코빈은 열여덟 살쯤 되어 보였다. 그가 무슨 생각인지는 알기 힘들었다. 눈은 약간 충격을 받은 듯했지만 표정은 느긋했고, 입술은 살짝 벌어져 있었다. 지난 서른여섯 시간 동안 그녀의 머릿속을 떠나지 않은 것은 피바다가 된 사건 현장이 아니라 바로 그 사진이었다. 그녀가 현장에 도착해 단 한 발로 범인을 명중한 덕분에 살인은 막았다. 코빈 델은 구할 수 없었지만 케이트 프리디는 목숨을 구했다.

그건 값진 일이다.

네 시간 뒤에 웅거 요원과 탠 요원이 케이트를 신문하러 병원에 왔다.

"제가 동석하길 바라세요?" 제임스가 물었다.

"그랬으면 좋겠군요." 웅거 요원의 억양은 살짝 남부식이었다. 노스캐롤라이나 쪽 억양 같다고 제임스는 생각했다.

"좋아요. 하지만 케이트를 깨울 수는 없어요. 저절로 깰 때까지 기다리죠."

오래 기다릴 필요는 없었다. 30분 후에 간호사가 와서 케이트가 깨어났고, 이번에도 제임스 형사를 찾더라고 알려주었다. 기다리는 30분 동안 애비게일 탠은 그들이 알아낸 사실을 제임스에게 알려주었다. 코빈 델과 헨리 우드는 15년 전 런던에서 같은 프로그램의 교환 학생으로 만났다. 뿐만 아니라 당

454

시에 미해결된 살인 사건이 하나 있었는데 피해자는 같은 대학에서 공부하던 클레어 브레넌이라는 여학생이었다. 그녀는 코빈과 헨리가 런던에 머물던 시기에 실종되었고, 후에 노스런던의 낡은 묘지에서 암매장된 시신이 발견되었다. 범인은 체포되지 않았다.

"그 여학생도 사후에 시신이 훼손됐나요?" 제임스가 물었다.

"아뇨, 그렇지 않았어요."

"그래도 분명 관계가 있어요."

"네, 물론이죠."

"그래서 당신 생각은 어때요? 둘이 함께 여자들을 죽이고 다녔을까요?" 제임스가 물었다.

"그런 거 같아요. 헨리와 코빈은 런던에서 만나 클레어 브레넌을 함께 죽였어요. 그런 다음 사진을 찍고, 미국에 돌아와서 또 여자들을 죽였겠죠. 처음에는 린다 알케리, 그다음에는 레이철 체스."

"레이철 체스가 살해됐을 때 코빈 델은 외국에 있었어요." 제임스가 말했다.

"비행 기록에 따르면 코빈 델은 지금 이 순간에도 외국에 있어야 해요."

"네, 일리 있네요. 그럼 그다음엔요? 둘이 오드리 마셜을 함께 죽이고, 코빈 델은 자기 친척을 죽이러 다시 여기 돌아왔나요? 그건 말이 안 돼요."

"네, 나도 알아요. 말이 안 되죠. 케이트 프리디가 단서를 주길 바라고 있어요."

"그날 밤에 무슨 일이 있었는지 케이트가 말해줬어요. 갑자기 코빈이 나타나서 그녀를 깨우더니 벽장에 숨으라고 했다더군요. 집 안에 나쁜 남자가 있다면서요. 코빈이 한 말이에요. 그러다 벽장에서 나왔더니 코빈이 피를 흘리며 바닥에 쓰러져 있었고, 케이트는 뒤에서 공격당했죠."

"그다음에는 당신이 나타났고요." 탠이 말했다.

"네, 그다음에는 내가 나타났죠."

케이트가 깨어난 후 웅거 요원은 탠 요원의 도움을 받아 25분간 케이트 프리디를 신문했다. 케이트의 진술은 제임스에게 한 그대로였다. 더도 덜도 아닌. 신문이 끝나자 케이트의 눈이 감기기 시작했고 그녀가 이렇게 말했다. "나 때문이에요."

"무슨 말입니까?" 웅거 요원이 물었다.

"내 탓이라고요. 난 사이코패스를 끌어당겨요. 자석처럼요."

"아직 잘은 모르지만 케이트, 이번 일이 당신 탓이 아니라는 건 압니다. 당신은 잘못이 없어요." 그 순간 제임스는 웅거 요원을 좋아하기로 마음먹었다. 윗머리를 평평하게 다듬은 스포츠머리와 운동 중독자로 보이는 근육은 영 거슬렸지만.

병실에서 나온 웅거 요원은 제임스에게 왜 케이트가 그런 말을 했는지 물었다.

"5년쯤 전에 전 남자 친구에게 죽을 뻔했거든요. 영국에서 있었던 일이죠. 남자는 케이트를 벽장에 가둔 채 자살해버렸어요."

"맙소사." 웅거는 마치 욕하듯 내뱉었다.

"네, 맙소사죠."

"하지만 이번 사건과는 연관이 없죠?"

"우리가 조사한 바로는 없어요. 그냥 케이트가 운이 나빴던 거 같아요. 아니면 본인 말대로 정말 사이코패스를 끌어당기는 자석이거나요."

제임스는 농담으로 한 말이었지만 웅거는 그 말을 심사숙고하듯 인상을 찌푸렸다. "어느 쪽이든 안됐군요. 헨리 우드가 그 집에 적어도 이틀 동안 숨어 있었다는 사실을 케이트에게 말해줄 건가요?"

제임스도 이 문제를 고민했다. 감식반원들은 집 전체에서 헨리 우드의 지문을 찾아냈다. 부엌에 있던 음식에서도, 대부분의 방에서도, 케이트의 소지품에서도 그의 지문이 나왔다. 또한 손님용 침실의 침대 밑에서 잤는지 거기서 머리카락과 DNA가 나왔다.

제임스는 모든 걸 말해달라는 케이트의 요구를 떠올리며 대답했다. "네, 그럴 거예요."

* * *

마침내 케이트의 부모님이 병원에 도착했을 때는 면회 시간이 지난 뒤였지만, 제임스는 제복 입은 경관이 지키고 있는 개인 병실로 두 사람을 안내했다. 케이트는 자고 있었다.

그들은 30분 동안 케이트를 지켜볼 뿐 깨우려고 하지 않았다. "가서 호텔 체크인부터 하고 다시 옵시다." 패트릭 프리디가 아내에게 속삭였다.

"당신 혼자 하고 오세요, 여보. 난 여기 남을게요."

하지만 패트릭이 떠나기 전에 케이트가 눈을 떴고, 두 사람을 본 케이트는 입원한 후 처음으로 울기 시작했다.

* * *

코빈 델의 신원은 동생 필립 델이 공식적으로 확인했다. 필립은 형의 신원을 확인하려고 뉴에식스에서 차를 몰고 왔다. 제임스 형사는 그를 만나지 못했지만 유가족을 위로하려고 그 자리에 동석한 심리치료사는 필립이 아무런 감정도 내보이지 않았으며 계속 엄마에게 돌아가야 한다고, 엄마는 혼자 있는 걸 싫어한다는 말만 반복했다고 했다.

필립 델은 FBI의 신문을 받았다. 애비게일 탠에게 전해들은 바로는 헨리 우드라는 이름을 들은 적이 없다고 진술했다.

형이 런던에 교환 학생으로 간 일을 물었더니 필립은 기억조차 못 했다. 형이 레이철 체스와 사귀었는지 물었을 때도 형의 성생활은 자기가 알 바 아니라고 대답했다.

＊ ＊ ＊

케이트 프리디는 퇴원하는 날, 앨런 처니를 만나기로 했다. 앨런은 케이트가 입원한 후로 매일 아침 그랬듯이 그날도 병원을 찾아왔다. 그러고는 창백하고 긴장한 얼굴로 흰 수선화 한 다발을 들고 케이트의 병실로 들어갔다. 케이트는 침대에서 일어나 앉아, 전날 부모님이 가져온 새 스케치북에 그림을 그리고 있었다. 이미 간호사 네 명과 의사 둘을 그렸다.

"꽃 고마워요." 앨런에게 꽃을 건네받으며 케이트가 말했다. 향이 워낙 강한 터라 꽃병에 꽂으며 케이트는 자기도 모르게 얼굴을 찡그렸다.

"냄새가 독하죠? 미안해요." 앨런이 말했다.

"아뇨, 아니에요. 병실 냄새보다는 훨씬 나아요."

"오늘 퇴원한다고 들었어요."

"저도 그렇게 들었는데 정말로 퇴원하기 전에는 못 믿겠어요."

"이제 뭘 할 건가요?"

"부모님이 바로 옆 호텔에 스위트룸을 잡아두셔서 오

늘 밤에는 거기서 잘 거예요, 아마. 그런 다음에는 집으로 가야죠."

"여기 남아서 공부를 마치지 않을 건가요?"

케이트는 웃었다. "네. 여긴 지낼 곳도 없는걸요."

"음, 우리 집에서 지내면 되죠. 당신만 좋다면 난……."

"고마워요, 앨런. 하지만 난—"

"충분히 이해합니다. 그냥 내 생각을 말해주고 싶었어요. 진심으로 하는 제안입니다. 당신이 승낙할 거라고는 기대하지 않았어요."

"거긴 어때요?"

"어디요? 우리 아파트?"

케이트는 고개를 끄덕였다.

"난리죠. 기자들이 너무 많이 몰려서 처음에는 건물 전체에 24시간 동안 폴리스 라인을 쳐뒀죠. 지금은 그쪽 동만 쳐놨고요. 하지만 경찰들이 끊임없이 들락날락거리고, 방송국 밴이 늘 진을 치고 있습니다. 내가 체포됐던 거 알죠?"

"알아요. 로베르타가, 제임스 형사님이 다 말해주셨어요. 적어도 형사님 말로는 내게 전부 말해줬다고 했어요. 당신이 체포돼서 한 말 때문에 다시 아파트로 돌아왔다고 하더군요."

"솔직히 말해서 그날 저녁은 기억이 희미합니다. 당신 아파트로 간 일은 기억해요. 다시 한 번 사과하죠. 미안해요. 하지만 우리가 무슨 이야기를 했는지는 기억이 안 납니다. 그런 다음에 집에 가서 곯아떨어졌고, 눈을 떠보니 경찰이 날 체포하고 있었어요. 머릿속에는 당신이 위험하다는 생각밖에 없었죠. 그건 확실했습니다."

"잭이 우리 집에 숨어 있었대요. 내가 그 집에 있을 때도요."

"압니다. 기사에도 그렇게 났더군요. 끔찍해요."

"기사에 또 뭐라고 적혀 있던가요?"

"런던에서 오래전에 일어난 살인 사건 얘기는 들었어요?"

"제임스 형사님이 말해줬어요. 그것도 두 사람 짓인가요?"

"그런 것 같습니다. 당시 범죄 현장에서 채취한 DNA를 보관해뒀다니까 대조해보면 확실히 알게 되겠죠. 지금 모든 매체가 이 사건을 다루고 있어요. 틀림없이 지금 어디선가 이 이야기를 소재로 텔레비전 영화를 제작하고 있을 겁니다."

"그렇겠네요."

"기자들에게 단독 인터뷰를 하자는 연락이 왔습니다. 돈도 주겠대요."

"그래요? 그래서 어떻게 할 거예요?"

"안 할 겁니다. 관심 없어요. 당신이 걱정될 뿐이죠."

"난 괜찮을 거예요, 솔직히. 아직 쇼크 상태일 수는 있지만 무슨 이유에서인지 두렵거나 트라우마가 생길 정도는 아니에요. 난 죽었어야 해요. 그것도 두 번이나. 하지만 여기 이렇게 살아 있죠. 바보같이 들리겠지만 운이 좋다는 생각이 들어요. 기사에 뭐라고 실렸는지 더 말해줘요."

그들은 한동안 이야기를 나눴고, 앨런은 코빈 델과 헨리 우드가 죽은 후의 일을 전부 말해주었다. 심지어 전 여자 친구 퀸이 다시 연락해 언제 술 한잔할 수 있는지 물어봤다는 얘기까지.

"이제 당신이 유명해졌으니까 다시 사귀려는 걸까요?"

"그냥 사건 얘기가 듣고 싶어서 그럴 겁니다."

"당신 명성을 이용하세요. 금방 사라질 테니까." 케이트는 희미하게 미소 지었다.

그 미소 덕분에 앨런은 하고 싶은 말을 해야겠다는 용기를 얻었다. 그래서 플라스틱 의자에 앉은 채 몸을 약간 앞으로 내밀었다. "당신에게 하고 싶은 말이 있어요. 미리 사과할게요." 앨런이 말했다.

"무슨 거창한 말을 하려고 그래요?" 케이트는 그렇게 말했지만 여전히 미소 짓고 있었다.

"딱 한 번만 하고 갈게요. 짧아요, 정말로."

그의 말이 끝난 뒤 케이트는 고개를 끄덕였고, 생각해보겠다고 했다. 앨런은 고맙다고 하고 병실에서 나갔다. 적어도 하고 싶은 말은 다 했다. 사실대로 혹은 사실에 가깝게. 그들이 함께한 밤이 자기에게 얼마나 특별했는지, 지하실을 통해 그녀의 집으로 찾아가서 얼마나 미안한지, 또한 그녀는 당분간 미국에 머물며 그에게 사귈 수 있는 기회를 줘야 한다고.

장황하게 늘어놓았지만 사실 그가 정말로 하고 싶은 말은 이거였다. 만난 지 얼마 안 됐지만 자신은 그녀와 사랑에 빠졌다고.

* * *

짐과 리나 우드는 아들의 시신 확인을 위해 뉴욕 주 북부의 스타크에서 여덟 시간이나 차를 몰아 보스턴으로 왔다. 놀랍게도 그들은 지하에 있는 영안실로 안내되지 않았고, 젖혀진 시트 아래로 헨리의 얼굴을 보지도 않았다. 텔레비전 드라마에서는 늘 그런 장면이 나왔기 때문에 실제로도 당연히 그럴 거라고 생각했다. 대신 그들은 불이 환히 켜진 삭막한 사무실로 안내되었고, 푸른색 시트에 둘러싸인 헨리의 얼굴 사진을 보게 되었다. 당연히 그들의 아들이었다. 둘 다 전혀 놀라지 않았다.

짐은 그날 바로 스타크로 돌아가고 싶어 했지만 리나는 남편에게 하룻밤 자고 가자고 설득했다. 도시 서쪽에 슈퍼 8 모텔이 있었다. 모텔 건너편에 저렴한 식당이 있었는데 거기서 저녁을 먹으면 될듯했다. 짐은 인정하지 않았지만 그의 운전 실력은 예전만 못했다. 특히 밤 운전은.

저녁을 먹은 뒤에는 모텔로 돌아갔다. 짐은 텔레비전에서 하는 야구 중계를 보았다. 둘 다 헨리 이야기는 하지 않았다. 헨리가 어릴 때는 그 애 이야기를 많이 했다. 그 애를 위해서 기도도 하고. 헨리가 이렇게 죽었다는 사실은 그들에게 충격도, 위로도 되지 않았다. 그냥 현실이었다. 헨리는 무언가 잘못되었고, 이제 하느님의 손에 있었다. 헨리가 그 여자들을 죽였다니 끔찍했지만 적어도 이젠 아무도 죽일 수 없다.

짐은 야구 경기를 틀어놓은 채 잠이 들었고, 리나는 텔레비전을 껐다. 짐은 힘겹고 거칠게 숨을 내쉬었다. 리나는 수면무호흡용 마스크가 없어서 걱정됐지만 하룻밤 정도는 괜찮을 것이다.

잠들기 전에 리나는 잠시 이기적인 순간을 갖기로 하고 헨리가 생후 5, 6개월 됐을 때를 떠올렸다. 당시 그녀는 소파에 앉아 허벅지에 헨리를 올려두곤 했는데 그 작은 가슴에 한 손을 대고 부드럽게 흔들면 헨리가 까르르 웃으며 그녀의 눈을 올려다보았다.

그녀는 그 추억을 떠나보내며 다시는 떠올리지 말자고 다짐했다.

38

"여기에 며칠만 더 있다가 가고 싶어요."

병원 근처 대형 호텔에서 묵는 둘째 날 저녁에 케이트는 그렇게 말했다. 그녀는 부모님과 함께 호텔에 있는 세 개의 레스토랑 중 한 곳에서 저녁을 먹고 있었는데 딱히 출장비가 넉넉한 직장인을 겨냥한 레스토랑은 아니었다.

"왜?" 스푼 위에서 찰랑거리는 크림 브륄레를 입으로 가져가다 말고 엄마가 물었다.

"어디를 가려고?" 아빠가 물었다.

"그냥 며칠만요. 이유는 모르겠어요. 페리를 타고 프로빈스타운에 가서 이삼일 정도 혼자 있고 싶어요. 혼자서 여행한 적이—"

"그럼 다 같이 가자꾸나, 애야." 엄마가 말했다.

"아뇨, 혼자 가고 싶어요. 만약 이대로 영국에 돌아가 엄마, 아빠와 함께 산다면 다시는 그 집을 못 떠날 거 같아요. 금방 돌아갈게요."

놀랍게도 부모님은 순순히 허락해주었다. 그들은 케이트와 함께 호텔 서비스 데스크에 가서 케이프코드 끝에 있는 프로빈스타운까지 가는 페리에 관한 정보를 물었다. 직원은 프로빈스타운의 호텔을 예약해주겠다고 했지만 케이트는 자기가 직접 가서 찾겠다고 우겼다. 부모님이 런던행 항공권을 예약해주겠다고 했을 때도 케이트는 돌아갈 준비가 되면 자기가 직접 하겠다고 말했다.

"금방 올 거지?" 엄마가 물었다.

"그런 일이 있었는데도 널 여기 두고 온 걸 알면 할아버지, 할머니가 기절하시겠구나." 아빠가 말했다.

"두 분께 이제 전 성인이라고 말해주세요. 그리고 곧 돌아갈 거라고도요."

케이트의 부모님은 영국으로 돌아가는 비행기를 타기 전에 그녀를 선착장까지 배웅했다. 떠나기 전, 케이트는 호텔에서 제임스 형사에게 전화해 프로빈스타운으로 갈 거라고 알려주었다. 혹시 그들이 추가로 신문할 경우를 대비해서. 하지만 그럴 것 같지 않았다. 재판도 열리지 않을 터였다. 코빈 델과 헨리 우드는 함께 죽었다.

"프로빈스타운은 멋진 곳이죠." 제임스 형사가 말했다.

"그렇다고 들었어요."

"조심해서 다녀와요, 케이트. 당신은 큰일을 겪었어요."

"처음도 아닌데요 뭐." 케이트가 말했다.

중형 페리가 보스턴 항구를 출발해 광활한 대서양을 향해 통통거리며 나아갔다. 대서양은 구름 한 점 없는 하늘 아래서 눈부시게 반짝거렸다. 케이트는 90분 내내 갑판에 서 있었다. 태양을 향해 얼굴을 쳐든 채 가끔씩 눈을 감았다. 어쩌자고 혼자 여행을 떠났는지 그녀도 알 수 없었다. 그저 이대로 집에 돌아가 부모님의 과보호, 친척과 친구들의 질문, 혹은 그보다 더 끔찍한 침묵 속으로 들어가고 싶지 않을 뿐이었다. 그렇다고 베리 가의 아파트로 돌아갈 수도 없었다. 또한 아직 앨런 처니를 어떻게 해야 할지도 결정하지 않았다. 그가 병원에서 말한 대로 그들이 함께 보낸 밤은 특별했다. 케이트도 그렇게 느꼈다. 하지만 아직 현실을 대면하고, 타인의 손에 자신의 인생과 행복을 맡기기가 엄청나게 두려웠다.

지평선을 따라 케이프 코드의 기다란 곶이 어른거리더니 이윽고 집들이 빽빽하게 들어찬 마을 위로 급수탑과 높은 석조 기념비가 보였다. 페리는 정박된 배들이 흩어진 프로빈스타운 항구를 가로질러 콘크리트로 된 부두에 도착했다. 케이트는 무너질 듯한 트랩을 걸어 내려가 단단한 땅에 발을 디뎠다. 배를 타고 오느라 살짝 메스꺼웠지만 불현듯 낯선 땅에 있다는 사실이, 이방인이 되었다는 사실이 행복했다. 페리에서 내려 첫 번째로 보이는 식당에 들어가 프라이드 클램 롤[*]을 주문했다. 공기가 차가웠지만 바깥에 있는 나무 테이블에 앉았다. 이제 막 4월에서 5월로 넘어간 터라 아직 비수기인데도 관광객이 많았다. 프로빈스타운은 게이 인구가 많다고 들었지만 케이트가 점심을 먹는 동안 지나가는 주민과 관광객은 그녀가 가본 어느 도시보다 다양한 듯했다. 둘이서, 그리고 여럿이서 함께 다니는 근육질의 젊은 남자들, 가족 단위 관광객, 아직도 겨울 코트를 입은 채 자전거를 밀고 가는 두 노부인, 양복을 입고 시가를 피우는 뚱뚱한 남자, 미식축구 유니폼을 입은 스물네 살 아가씨들. 점심을 먹은 후 케이트는 이리저리 거닐다 마침내 하우랜드 가에 있는 게스트하우스에 방을 얻었다. 간소한 방이 그녀의 마음에 쏙 들었다. 페인트가 칠해진 마룻바닥에 기둥이 네 개 달린 침대가 있고, 텔레비전은 없었다. 좁고 긴 창문으로 바다가 보였다.

그녀는 이곳에 사흘간 머물며 오랫동안 산책하고, 중고책 서점에서 구입한 바바라 핌 소설을 대여섯 권 읽고, 마을 동쪽에 있는 포르투갈 식당의 길고 구부러진 바에서 끼니를 대부분 해결했다. 여전히 두렵기는 했다. 해가 진 후에 집으로 걸어갈 때면 들리는 발소리가 모두 그녀를 따라오는 듯했고, 집들 사이의 음지에는 살인자와 강간범들이 우글거렸다.

* 핫도그 빵 사이에 튀긴 조갯살을 넣은 샌드위치.

낮에는 술에 취한 운전자가 커머셜 가의 좁은 인도 위로 차를 몰아 보행자들을 다 치어버릴 것만 같았다. 또 하늘을 바라보며 혹시 폭풍우가 불어 소금에 풍화된 지붕이 몽땅 날아가지는 않을까 생각했다. 심지어 늘 그랬듯이 멀리서 걸어가는 긴 다리 이방인들에게서, 웨이터 같은 머리 모양을 한 남자들에게서 조지 대니얼스를 보기도 했다. 이제 코빈 델과 헨리 우드도 합류했는데 여전히 조지 대니얼스가 그녀를 따라다닌다는 사실이 웃겼다. 언젠가 헨리 혹은 잭이 몸을 뒤틀고 하얀 이를 드러내며 그녀의 꿈에 나타날 터였지만 상관없다. 그는 더 이상 그녀를 해칠 수 없다.

하지만 코빈도 악몽에 나타날지는 알 수 없었다. 코빈이 적어도 두 건의 살인, 즉 런던 여대생과 코네티컷 주 하트포드 여자가 살해된 사건에 개입했다는 강력한 증거가 있지만 오드리 마셜의 죽음에 개입하지는 않았을 거라고 제임스 형사는 확신했다.

코빈은 그녀를 구하러 런던에서 돌아왔다. 예전에 어떤 사람이었든지 간에 이제는 변했다는 뜻이 아닐까?

프로빈스타운을 떠나려고 짐을 꾸리는데 여행하는 동안 미처 갈아입지 못한 두 개의 스웨터 사이에서 쪽지가 떨어졌다. 엄마가 쓴 쪽지였다.

사랑하는 딸아, 널 여기 남겨두고 영국으로 데려가지

않는 건 내 생애 가장 힘든 일이었지만 네 아빠가 넌
괜찮을 거라고 우기더구나. 나도 그럴 거라고 생각해.
우리가 널 얼마나 자랑스러워하는지 말해주고 싶구나.
네가 지금까지 얼마나 힘들게 살아왔는지 안단다.
하지만 넌 최악의 고비를 이겨냈어. 그것도 두 번이나.
엄마는 늘 조바심치는 성격이지만 이제 네 걱정은 안
해. 넌 괜찮을 거야. 곧 집에서 보자.
사랑한다, 우리 딸.

엄마가

케이트는 쪽지를 여러 번 읽은 뒤 읽고 있던 책 속에 넣
었다.

다시 보스턴에 돌아왔을 때는 초저녁이었다. 여기가 프
로빈스타운보다 따뜻했지만 하늘은 절반이 구름으로 뒤덮였
고, 공기는 비가 내리려는지 무거웠다. 항구에서 택시를 타고
베리 가까지 가자고 했다. 운전사가 아파트에서 일어난 사건
을 언급할 줄 알았는데 그러지 않았다. 그저 짐을 내려주고 어
스름 속에 그녀를 남겨둔 채 가버렸다. 아파트 건물은 예전과
똑같아 보였다. 폴리스 라인도 없고, 방송국 밴도 없었다. 그
저 걸어가던 젊은 커플이 아파트 입구에서 발걸음을 늦췄고,
여자가 코빈 델의 집 창문을 가리킬 뿐이었다.

로비로 들어간 케이트는 경비를 서고 있는 봅을 보고 깜

짝 놀랐다. 원래 봅은 저녁에 일하지 않기 때문이다. 그런데 그녀를 본 봅이 더 놀란 눈치였다.

"안녕하세요, 아가씨. 반갑네요." 봅이 말했다.

"안녕하세요, 봅. 앨런 처니를 만나러 왔어요. 지금 집에 있나요?"

"확인해드리죠." 봅은 전화기를 집어 들었고, 잠시 통화한 후에 케이트를 앨런의 집이 있는 동으로 올려 보냈다.

그녀에게는 아무런 계획이 없었다. 그저 앨런을 다시 만나고 싶을 뿐이었다. 앨런 처니의 집을 향해 걸어가는 케이트 프리디는 가슴이 뛰었다. 그의 집 문이 열려 있었고, 앨런은 긴장한 미소를 지은 채 문간에 서 있었다. 케이트는 가방을 내려놓고 양팔을 벌린 그의 품에 안겼다.

옮긴이 **노진선**

숙명여대 영어영문학과를 졸업했고 잡지사 기자 생활을 거쳐 전문번역가로 활동하며 감칠맛 나고 생생한 언어로 다양한 작품들을 번역해왔다. 옮긴 책으로《죽여 마땅한 사람들》《아낌없이 뺏는 사랑》《거북이는 언제나 거기에 있다》《스노우맨》《데빌스 스타》《네메시스》《먹고 기도하고 사랑하라》《토스카나 달콤한 내 인생》《아빠가 결혼했다》《나의 외로움이 널 부를 때》《만 가지 슬픔》《새장 안에서도 새들은 노래한다》《금요일 밤의 뜨개질 클럽》등이 있다.

312호에서는 303호 여자가 보인다

첫판 1쇄 펴낸날 2018년 8월 14일
4쇄 펴낸날 2020년 1월 17일

지은이 피터 스완슨 **옮긴이** 노진선
발행인 김혜경
편집인 김수진
책임편집 유예림
편집기획 이은정 김교석 조한나 이지은 김수연 임지원
디자인 한승연 한은혜
경영지원국 안정숙
마케팅 문창운 정재연
회계 임옥희 양여진 김주연

펴낸곳 (주)도서출판 푸른숲
출판등록 2003년 12월 17일 제 406-2003-000032호
주소 경기도 파주시 회동길 57-9, 우편번호 10881
전화 031)955-1400(마케팅부), 031)955-1410(편집부)
팩스 031)955-1406(마케팅부), 031)955-1424(편집부)
홈페이지 www.prunsoop.co.kr
페이스북 www.facebook.com/prunsoop **인스타그램** @prunsoop

ⓒ푸른숲, 2018
ISBN 979-11-5675-757-3 (03840)